新版

発心集 上

現代語訳付き

角川文庫
18477

凡例

本書は古典を学ぶ人、古典を愛好する人が利用しやすい本文と現代語訳を提供し、より多くの方々にこの作品を味わい、活用して頂くことを第一に目指している。その方針のもと、本書は以下のように作成した。

一　本文は慶安四年刊本を底本とし、必要に応じて寛文十年刊本、神宮文庫蔵写本（江戸時代写。『神宮古典籍影印叢刊9』に拠る）を参照した。神宮文庫蔵写本にのみ見られる四つの章段は、異一〜四として、末尾に別に掲げた。

二　上冊には序から巻第五まで、下冊には巻第六から巻第八までおよび異本（神宮文庫本）独自章段を収めた。

三　各話に、巻毎の説話番号を付した。巻頭の目次の説話題の下には、通し番号を〔　〕に入れて掲げた。この通し番号は、旧版の角川文庫『発心集』の番号と一致している。

四　脚注冒頭に、主要な同話・類話を掲げた。また、簡単な内容の見出しを付し、叙述の流れをつかみやすくした。脚注は通読の助けとなることを心がけ、あわせて古典をより深く学ぶ人の一助となることをめざした。スペースが足りない場合は巻末の補注によって詳しい説明を試みた。

五　今回、校注にあたって特に学恵を蒙ったのは以下の三書で、本文中ではそれぞれ角川文庫・新潮集成・鴨長明全集と略称した。

簗瀬一雄訳注『発心集』(角川文庫　一九七五年　角川書店)

三木紀人校注『方丈記　発心集』(新潮日本古典集成　一九七六年　新潮社)

大曽根章介・久保田淳編『鴨長明全集』(二〇〇〇年　貴重本刊行会)

六　翻刻にあたっては、底本の忠実な再現を目指すのではなく、読みやすさ・使いやすさを第一に考え、次のように表記を改めた。

1　底本の漢字片仮名交じり文を平仮名交じり文に改めた。

2　仮名遣いは原則として歴史的仮名遣いに統一し、おどり字は用いなかった。

3　漢字・仮名の表記は適宜改めた。仮名を漢字に改めたり、漢字を仮名や異なる漢字に改めたりした場合がある。

4　底本の仮名やフリガナが、明らかに間違っていたり、不適当だと思われたりした場合は、適切な形に直した。他本にその根拠がある場合は、適宜その旨を注記した。

5　底本に付されたフリガナは、必要と思われるものについて記した。底本にフリガナが付されていない場合も、校注者の判断で書き加えた場合がある。
6　漢字は原則として通行の字体に直した。
7　会話文、引用文には、「　」や『　』を付したり、字下げをおこなったりした。
8　仏典は、底本のフリガナに従い、訓読文もしくは音読で示した。
七　現代語訳は原文の味わいを残しつつ、現代語としての読みやすさを心がけた。
八　寛文十年刊本から挿絵を一六葉選び、鑑賞の助けとした。
九　下巻末に、発心集の作品解説を付し、諸本および成立に関する問題について略述した。
また、固有名詞索引、鴨長明関係年表等を付した。
一〇　浅見・伊東は相互に原稿を交換、意見調整をおこなった。また、パリ第七大学名誉教授ジャクリーヌ・ピジョー氏から貴重な御教示をいただいた。

新版　発心集　上　目次

発心集　第三

発心集　第四

発心集　第五

発心集　序

鴨長明　撰

[1]仏の教へ給へることあり。
[2]「心の師とはなるとも、心を師とすることなかれ」と。
まことなるかな、この言《こと》。

人一期《いちご》過ぐるあひだに、思ひと思ふわざ、悪業《あくごふ》にあらずといふことなし。もし、形をやつし、衣《ころも》を染めて、世の塵にけがされざる人すら、[3]跡《そとも》の鹿繋《かせぎつな》ぎがたく、家の犬[4]常になれたり。いかにいはんや、因果[5]の理《ことわり》を知らず、[6]名利《みやうり》の謬《あやま》りにしづめるをや。空《むな》しく五欲[7]のきづなに引かれて、つひに[8]奈落《ならく》の底に入りなんとす。心あらん人、誰かこのことを恐れざらんや。

かかれば、ことにふれて、我が心のはかなく愚《おろ》かなること

【心の扱い難さ】

1　「古の人の云へる事有り。身を観ずれば岸の額に根を離れたる草、命を論ずれば江の辺に繋がざる船」(三宝絵・冒頭)。
2　日本霊異記・往生要集・宝物集など参照。→補注1
3　人間の仏道心を喩える。「そとも」は家の外。「かせぎ」は鹿の古名。→補注2
4　煩悩を指す。
5　原因と結果。
6　名誉や利益。
7　色・声・香・味・触の五境に対する欲望。
8　地獄。

を顧みて、かの仏の教《をし》へのままに、心を許さずして、このたび[9]生死《しやうじ》をはなれて、とく浄土に生れんこと、喩《たと》へば、[10]牧士《ぼくし》の荒《あ》れたる駒《こま》を随《したが》へて、遠き境《さかひ》に至るが如し。ただこの心に[11]強《がう》弱《にやく》あり、浅深あり。かつ自心《じしん》をはかるに、善を背《そむ》くにもあらず、悪を離るるにもあらず。[12]風の前の草のなびきやすきが如し。また[13]浪の上の月の静まりがたきに似たり。いかにしてか、かく愚かなる心を教へんとする。

仏は[14]衆生《しゆじやう》の心のさまざまなるを鑑《かが》み給ひて、[15]因縁譬喩《いんねんひゆ》をもつて、[16]こしらへ教へ給ふ。我《われ》ら仏に値《あ》ひ奉らましかば、いかなる法《ほふ》に付いてか、勧《すす》め給はまし。[17]他心智《たしんち》も得ざれば、ただ我が分《ぶん》にのみ理を知り、愚かなるを教ふる[18]方便《はうべん》はかけたり。所説妙《しよせつたへ》なれども、得《う》る所は益《やく》すくなきかな。

これにより、[19]短き心を顧みて、ことさらに深き法《みのり》を求めず。はかなく見ること聞くことを注《しる》しあつめつつ、しのびに座の右に置けることあり。すなはち賢《かしこ》きを見ては、及び難くとも

9　六道輪廻。迷いの世界。
10　牧場で牛馬を飼育する人。
11　往生要集・大文第四「菩提心に浅深強弱あり」。
12　「君子の徳は風なり。小人の徳は草なり。草はこれに風を尚（くは）ふれば必ず偃（ふ）す」（論語・顔淵）。
13　往生要集・大文第二「譬へば水中の月の、浪に随ひて動き易く」。

【仏の教え導き方】

14　迷いの世界にある一切の生物。
15　一切のものは直接・間接の原因によって起こることを説く物語や喩え話。法華経・方便品「吾、成仏してより已来、種種の因縁、種種の譬喩をもって広く言教を演べ、無数の方便をもって衆生を引導し」。
16　あれこれと手を尽くす。
17　他人の心を知る智。往生要集・大文第二「宿命智を以てそ

こひねがふ縁とし、愚かなるを見ては、みづから改むる媒《なかだち》とせんとなり。

今これをいふに、[20]天竺《てんぢく》・震旦《しんたん》の伝へ聞くは、遠ければ、書かず。仏菩薩《ぶつぼさつ》の因縁は、分にたへざれば、これを残せり。ただ我が[21]国の人の耳近きを先として、[22]承《うけたまは》る言《こと》の葉をのみ注《しる》す。されば、定めて謬《あやま》りは多く、まことは少なからん。もしまた、ふたたび問ふに便《たよ》りなきをば、所の名、人の名をしるさず。いはば[23]雲をとり、風をむすべるが如し。誰人《たれびと》かこれを用ゐん。[24]ものしかあれど、人信ぜよとにもあらねば、必ずしもたしかなる跡を尋ねず。道のほとりのあだ言《こと》の中に、我が[25]一念の発心を[26]楽《たの》しむばかりにやといへり。

の恩を憶ひ、他心智を以てその心を了り」。
18　衆生を導くための手段。
19　浅はかな心。

【発心集の叙述方針】

20　インド・中国。
21　日本。
22　宝物集七「人の申し事をのみききあつめて申侍れば、まことはすくなくぞ侍らん」。
23　こころもとないことの喩え。
24　寛文本「しかあれど」、神宮本「然ば」。
25　わずかに悟りを得たいと思う心を起こす。「或寺僧、一念発心によりて南都をさりて後」(春日権現験記絵一四—一)。「これ全く名利のためにあらずして、自他の発心のためなり」(拾遺往生伝・慶政書写奥書)。
26　満足に思う。神宮本「願ばかり也と云り」。

発心集　第一

一　[1]玄敏僧都《げんびんそうづ》、[2]遁世《とんせい》[3]逐電《ちくでん》の事

昔、玄敏僧都といふ人ありけり。[4]山階寺《やましなでら》のやんごとなき[5]智者なりけれど、[6]世を厭《いと》ふ心深くして、さらに寺の交《まじは》りを好まず。[7]三輪川のほとりに、わづかなる草の庵《いほり》を結びてなん、[8]思ひつつ住みけり。

[9]桓武《くわんむ》の御門《みかど》の御時、このことを聞《き》こしめして、あながちに召し出《いだ》しければ、遁《のが》るべき方《かた》なくて、[10]なまじひに参りにけり。されども、なほ本意ならず思ひけるにや、[11]奈良の御門の御世《みよ》

＊古事談三―八・九、三国伝記四―六等と同話。

【玄敏、遁世する】

1　?～八一八。玄賓とも。河内国の人。俗姓弓削氏。興福寺の学僧となるが、伯耆国に隠棲。大僧都補任を辞退。嵯峨天皇の篤い帰依を受ける。後に備中国湯川山寺に隠棲。

2　世間から遁れて出家すること。あるいは僧侶が寺や教団を離れて修行すること。

3　出奔する。

4　興福寺。

5　高才の学僧。

6　俗世を嫌う。

7　初瀬川の三輪山付近（奈良県桜井市）流域。→補注3

8　仏道心を深めながら。

9　在位七八一～八〇六。八〇五年三月、伯耆国に使いを遣わし、玄賓を招請した（日本後紀）。

10　いやいやながら。

に、大僧都[12]に成し給ひけるを、辞し申すとてよめる。

[13]三輪川の清き流れにすすぎてし衣の袖をまたはけがさじ

とてなん奉りける。

かかる程に、弟子にも使はるる人にも知られずして、いづちともなく失《う》せにけり。さるべき所に尋ね求むれど、さらになし。いふかひなくて日ごろ経《へ》にければ、かのあたりの人はいはず、すべて世の嘆きにてぞありける。

その後、年ごろ経《へ》て、弟子なりける人、[14]ことの便りありて、[15]越《こし》の方《かた》へ行きける道に、ある所に大きなる河あり。渡舟待ち得て、乗りたるほどに、この渡守《わたしもり》を見れば、頭《かしら》は[16]をつつかみといふほどに生《お》ひたる法師の、きたなげなる[17]麻の衣《ころも》着たるにてなんありける。「あやしのさまや」と見るほどに、さすがに見なれたるやうに覚ゆるを、「誰かはこれに似たる」と思ひ廻《めぐ》らすほどに、失《う》せて年ごろになりぬる我が師の僧都に[18]見なしつ。「[19]僻目《ひがめ》か」と見れど、つゆ違《たが》ふべくもあらず。いと

11 平城天皇（在位八〇六～八〇九）。大法師玄賓の任大僧都は八〇六年四月（日本後紀）。
12 僧正・僧都・律師から成る僧綱（僧官）の一つ。
13 →補注4

【越の国の船頭】

14 「その時、おのづから事のたよりありて」（方丈記）。
15 北陸地方。
16 「おつかみ」とも。つかめる程度に伸びた頭髪。手入れを怠っている僧の頭髪を言うことが多い。
17 麻の着物は粗末な衣類だった。
18 判断する。
19 見間違い。

悲しうて、涙のこぼるるを押へつつ、さりげなくもてなしけり。かれも見知れる気色《けしき》ながら、ことさら目見合はず。走り寄りて、「いかでか、かくては」とも言はまほしけれど、いたく人[20]しげければ、なかなか[21]あやしかりぬべし。上《のぼ》りさまに、夜など居給へらん所に尋ね行きて、のどかに聞[22]こえんとて、過ぎにけり。

かくて、帰[23]るさに、その渡りに至りて見れば、あら[24]ぬ渡守なり。まづ目く[25]れ、胸ふたがりて、細《こま》かに尋ぬれば、「さる法師侍り。年ごろ、この渡守にて侍りしを、さやうの下[26]﨟《げらふ》ともなく、常に心を澄まして、念仏をのみ申して、かずかずに[27]船賃《ふなちん》取ることもなくして、ただ今うち食《くら》ふものなんどのほかは、ものをむさぼる心もなく侍りしかば、この里の人も、いみじうい[28]とほしうし侍りしほどに、いかなることかありけん、過ぎぬるころ、かき消つやうに失《う》せて、行方《ゆきかた》も知らず」と語るに、くやしく、わ[29]りなく覚えて、その月日を数ふれば、我

20 人が多くいたので。
21 かえって。
22 （挨拶を）申し上げよう。

【玄敏、再び行方をくらます】

23 帰り道。帰りがてら。
24 別の。
25 目がくらむ。
26 身分の低い者。
27 たくさん。
28 同情する。大切に扱う。古事談「あはれみ侍りしに」。
29 耐え難い。

〈1－1話〉興福寺の高僧、玄敏僧都は、俗世を嫌い寺より失踪。北陸のとある大河の船頭に身を替えていた。立っているのが玄敏、左端は偶然出会った弟子。

が見《み》あひたる時にぞありける。身のありさまを知られぬとて、また去りにけるなるべし。

「このことは、[30]物語にも書きて侍る」となん、人のほのぼの語りしばかりを書きけるなり。

また、[31]古今の歌に、

山田守《も》る[32]僧都の身こそあはれなれ秋はてぬれば問ふ人も
なし

これもかの玄敏の歌と申し侍り。雲風の如くさすらへ行きければ、田など守る時もありけるにこそ。

近きころ、[33]三井寺の[34]道顕《だうけん》僧都と聞こゆる人侍りき。かの物語を見て、涙を流しつつ「[35]渡守こそ、げに罪なくて世を渡る道なりけれ」とて、[36]水海《みづうみ》の方に、舟を一つ設《まう》けられたりけるとかや。そのこと[37]あらましばかりにて、空しく[38]石山の河岸《かはぎし》に朽ちにけれども、乞ひ願ふ志は、なほありがたくぞ侍りし。

30　未詳。同文的同話を収める古事談を指すか。
31　古事談も「古今」とするが、「山田もる」の歌は古今集になく、続古今集・雑上に「備中国湯河といふ山寺にて　僧都玄賓」として見える。
32　案山子（かかし）の意の「そほづ」を掛ける。

【道顕僧都の感激】

33　滋賀県大津市園城寺町にある天台寺門宗総本山。
34　一一三五～八九。園城寺僧。権中納言藤原顕時息。大僧都。最勝講等の講師を度々務めた記事が玉葉に見える。
35　渡し守は、病人をいたわる行為などと共に「利他」の行いと考えられていた。→六―九話
36　琵琶湖。
37　計画。
38　琵琶湖南部、瀬田川沿岸の地。大津市石山町。

二　同人[1]、伊賀《いが》[2]の国《くに》郡司《ぐんじ》[3]に仕はれ給ふ事

伊賀の国に、ある郡司のもとに、[4]あやしげなる法師の、「人や仕《つか》ひ給ふ」とて、[5]すぞろに入り来《きた》るありけり。主《あるじ》これを見て、「[6]わ僧のやうなるものを置きては、何にかはせん。いと用ゐることなし」といふ。法師のいふやう、「[7]おのれらほどのものは、法師とて、[8]をのこに替《かは》ることなし。何わざなりとも身に[9]たへんほどのことは仕《つかまつ》らん」といへば、「さやうならばよし」とて、留《とど》む。悦《よろこ》んで、いみじう[10]真心《まごころ》につかはるれば、ことにいたはる馬をなんあづけて、飼はせける。

かくて、三年ばかり経るほどに、この主《あるじ》の男、国の守のためにいささか便りなきことを[11]聞《き》こしめして、[12]堺の内を追はる。父祖父《おほぢ》の時より居付きたるものなりければ、所領も多く、[13]やつこもその数あり。他の国へ浮かれ行かんこと、[14]かたがたゆ

＊古事談三―一〇と同話。

【郡司のもとで働く法師】

1 前話と同じく玄敏僧都。
2 三重県西北部。
3 令制の地方官。
4 みすぼらしい。
5 理由もなく。ふらっと。
6 「わ」は親愛・軽い敬意や軽蔑を表す接頭語。多く目下に対して用いる。
7 私ども。
8 下男。
9 耐えられる。
10 誠心誠意。

【追放される郡司】

11 （郡司が）お思いになる。ただし、本話中、郡司への敬語は例外的。神宮本「聞て」。
12 追放される。「堺」（境）は領地の境界。

ゆしき嘆きなれど、遁《のが》るべき方《かた》なくて、泣く泣く出で立つあひだに、この法師、ある者にあひて、「この殿には、いかなる御《おん》嘆きの出で来て侍《はんべ》るにか」と問ふに、「[15]我らしきの人は、聞きてもいかがは」[16]とことのほかにいらふるを、「何とてか、身の[17]あしきに依らん。憑《たの》み奉りても年ごろになる。うちへだて給ふべきにあらず」とて、懇《ねんご》ろに問へば、ことの起りをありのままに語る。

法師のいふやう、「[18]己《おのれ》が申さんこと用ゐ給ふべきにあらねど、何かは、たちまちに急ぎ去り給ふべき。ものは思はざることも侍るものを。まづ[19]京上《きやうじやう》して、いくたびもことの心を申し入れて、[20]なほかなはずは、その時にこそは、いづ方へもおはせめ。己がほのぼの知りたる人、国司の御辺《おんあた》りには侍り。尋ねて申し侍らばや」といふ。

思ひのほかに、人々「いみじくもいふものかな」とあやしう覚えて、主にこの由語るに、近く呼び寄せて、みづから尋

13　家来。
14　あちらでもこちらでも。
15　一人称「我ら」に、つまらないもの・程度の低いものをあらわす接尾語「しき」で、我々風情。神宮本「我等涯（きわ）」。
16　ひどくぞんざいに。
17　神宮本「いやしき」。

【法師の申し出】

18　卑下の意味をこめた自称。
19　京上り。神宮本「京へ上り給ひて」。
20　わずかに。

ね聞き、[21]ひたすらこれを憑《たの》むとしもなけれども、また思ふ方なきままに、この法師うち具して京へ上りにけり。

その時、[22]この国は[23]大納言なにがしの[24]給はりてなんありけるに、京に至り着《つ》きて、[25]かの御許《みもと》近く行き寄りて、法師の言ふやう、「人を尋ねんと思ふに、この形のあやしく侍るに、衣《ころも》袈裟《けさ》[26]尋ね給はりてんや」といふ。すなはち、借りて着《き》せつ。[27]主の男を具して、[28]彼を門に置きて、さし入りて、「物申し侍らん」と言ふに、[29]ここら集まれるものどももこの人を見て、[30]はらはらと下《お》り、ひざまづきて敬ふを見るに、[31]伊賀の男、門のもとよりこれを見て、おろかに覚えん[32]やは。あさましと[33]まもり奉る。

すなはち、[34]かくと聞きて、大納言急ぎ出で合ひて、もてなし騒がるるさま、ことのほかなり。「さても、いかになり給ひにけるにかと、思ふ[35]はかりなくて過ぎ侍りつるに、[36]さだかにおはしけるこそ」なんど、[37]かきくどきのたまへり。[38]それを

21 一途にこの法師の言うことをあてにするというわけではないが。
22 伊賀国。
23 未詳。前出の「国の守」。
24 朝廷から。
25 大納言なにがし。
26 捜して頂けませんか。
27 法師が主人である郡司を連れて。
28 郡司を。
29 たくさんの。
30 いっせいに動く音や様。
31 郡司。
32 反語表現。
33 注視する。

【法師と大納言との対談】

34 法師がやって来て案内を請うていると。
35 手立て。
36 確かに。
37 くどくどと。
38 大納言の言葉への返事は。

ば言《ことば》少なにて、「さやうのことは、しづかに申し侍らん。今《こん》日《にち》は、さして申すべきことありてなん。[39] 伊賀の国に年ごろあひ憑《たの》みて侍りつる者の、はからざるほかに、[40] かしこまりを蒙《かうむ》りて、国の内を追はるるとて、嘆き侍り。[41] いとほしう侍るに、もし深き[42]犯しならずは、この法師に許し給はりなんや」と聞こゆ。「とかく申すべきならず。[43] さやうにておはしければ、[44] わざとも思ひしるべき男にこそ侍るなれ」とて、元よりもま[45]さざまに、説《よろこ》ぶべきやうの[46]庁宣《ちやうせん》のたまはせたりければ、説《よろこ》んで[47]出《いだ》す。

また、伊賀の男あきれまどへるさま理《ことわり》なり。さまざまに思へど、あまりなることは、[48] なかなかえうち出ださず。宿に帰りて、のどかに聞こえんと思ふほどに、衣袈裟の上に、ありつる庁宣さし置きて、[49] きと立ち出づるやうにて、[50] やがて、いづちともなく隠《かく》れにけりとぞ。

これも、かの玄敏僧都のわざになん。[51] ありがたかりける心[52]

39 文末で係助詞「なむ」を受ける、「参る」といった語が略されている。
40 謹慎処分。
41 気の毒だ。
42 重い罪。
43 あなたがそのように仰るのでしたら。
44 しっかりと。
45 以前よりも多くなるように。
46 在京の守・介が、国元に対して出す文書。
47 神宮本「出でぬ」。

【行方をくらます法師】

48 容易に口に出せない。
49 ちょっと。
50 そのまま。
51 めったにない。もったいない。
52 神宮本「人」。

なるべし。

三　[1]平等《びやうどう》[2]供奉《ぐぶ》、[3]山を離れて[4]異州に趣《おもむ》く事

中ごろ、山に平等供奉といふて、やんごとなき人ありけり。すなはち、[5]天台真言の[6]祖師なり。

ある時、[7]隠所《かくれところ》にありけるが、にはかに[8]露の無常を悟る心起つて、「何として、かくはかなき世に、[9]名利《みやうり》にのみほだされて、厭ふべき身を惜しみつつ、空しく明かしくらすところぞ」と思ふに、過ぎにし方もくやしく、年ごろの栖《すみか》もうとましく覚えければ、[10]さらに立ち帰るべき心地《ここち》せず、[11]白衣《びやくえ》にて[12]足《あし》駄《だ》[13]さし履きをりけるままに、[14]衣《ころも》なんどだに着ず、いづちともなく出でて、[15]西の坂を下《くだ》りて、京の方《かた》へ下《くだ》りぬ。

いづくに[16]行き止《とど》まるべしとも覚えざりければ、行かるるにまかせて、淀の方へ迷《まど》ひ歩《あり》き、下船《くだりぶね》のありけるに乗らんとす。

＊古事談三―三六、私聚百因縁集九―一五、三国伝記九―二一、今昔物語集一五―一五と同類話。

【便所で発心】

1　生没年・出自未詳。→補注

5

2　内供奉の略で、内供とも。御斎会など宮中での法会の際、読師などの役を務める僧。

3　比叡山。

4　異国。ここでは都から遠く離れた国（地方）の意。

5　天台密教。

6　宗派や流儀を打ち立てた人を言うが、ここでは高僧の意か。

7　古事談は「河屋」。便所のこと。いんじょ。

8　露のように儚いこの世の無常さ。神宮本「世の無常」。「諸の有は無常・無我等なり。また水の月・電・影・露の如し」（往生要集・大文第二）。

9　名誉や利益。

10　全く。

顔なんども世の常ならず、あやしとて[17]うけひかねども、あながちに[18]見ければ、乗せつ。「さても、いかなることによりて、いづくへおはする人ぞ」と問へば、「さらに、何ごとと思ひわきたることもなし。さして行きつく所もなし。ただ、いづ方なりとも、おはせん方《かた》へまからんと思ふ」といへば、「いと心得ぬことのさまかな」と[19]かたむきあひたれど、[20]さすがに情なくはあらざりければ、おのづからこの舟の便《たよ》りに、[21]伊予《いよ》の国《くに》に至りにけり。

さて、かの国にいつともなく迷ひ歩《あり》きて、乞食《こつじき》をして日を送りければ、国の者ども、[22]門乞食《かどこじき》とぞ付けたりける。[23]山の坊には、[24]「あからさまにて出で給ひぬる後、久しくなりぬることあやしうなん」といへど、かくとはいかでか思ひよらん。[25]「おのづから、故《ゆゑ》こそあらめ」なんどいふほどに、日も暮れ、夜も明けぬ。驚きて尋ね求むれど、さらになし。[26]いひがひなくして、ひとへに亡人《なきひと》になしつつ、泣く泣く[27]跡《あと》のわざを営《いとな》み

11 墨染めの僧衣の下に着る白い衣。下着姿。
12 下駄の古称。雨の日や排便、洗濯時に用いた。
13 「さし」は接頭語。
14 僧衣。
15 京都・修学院付近から比叡山へ到る道。雲母坂。
【淀から伊予の国へ】
16 木津川・宇治川・桂川が合流し、淀川の起点に当たる河港。京都市伏見区。
17 引き受けないが。
18 寛文本「たのみ」。
19 首をかしげあったけれど。
20 そうはいっても。
21 愛媛県。

【伊予国の門乞食】

22 家の門口で物乞いをする者。
23 平等がいた比叡山の坊。
24 ついちょっとという様子で。
25 もしかして。
26 言っても仕方ない。
27 故人を弔う仏事。

あへりけり。

かかるあひだに、この国の守[28]なりける人、供奉の弟子に[29]浄真阿闍梨《じやうしんあじやり》といふ人を年ごろあひ親しみて、祈りなんどせさせければ、[30]国へ下るとて、遥かなるほどに憑《たの》もしからんと言ひて、具して下りにけり。

この門乞食、かくとも知らで、館《たち》の内へ入りにけり。物を乞ふあひだに、童部《わらんべ》ども[31]いくらともなく尻《しり》に立ちて、笑ひ[32]ののしる。[33]ここら集まれる国の者ども「異様《ことやう》の物のさまかな。まかり出でよ」と[34]はしたなくさいなむを、この阿闍梨あはれみて、ものなんど取らせんとて、まぢかく呼ぶ。恐れ恐れ縁の[35]際《きは》へ来りたるを見れば、人の形にもあらず痩《や》せ衰へ、もののはらはらとある[36]つづりばかり着て、まことにあやしげなり。さすがに見しやうに覚ゆるを、よくよく思ひ出づれば、我が師なりけり。あはれに悲しくて、すだれの内《うち》よりまろび出でて、縁の上に引き上《のぼ》す。守より始めて、ありとあらゆる人、

【思いもよらぬ再会】
28 →補注6
29 静真。→補注7
30 京都から任国伊予へ。
31 数え切れないほど多数。
32 大声でさわぐ。
33 たくさんの。
34 ひどくとがめる。
35 破れてぼろぼろな様。
36 底本「そぞり」。寛文本に拠る。日葡辞書「ツヅレ。または、ツヅリ　古びたぼろ布、または、ひどく修理してある着物」。

驚き怪しむあまり、泣く泣くさまざまに語らへど、詞《ことば》少なにて、しひていとまを乞《こ》ひて、去りにけり。

いふはかりもなくて、[37]麻の衣やうのもの用意して、ある所を尋ねけるに、[38]ふつとえ尋ねあはず。はてには、国の者どもに仰せて、山林至らぬ隈《くま》なく踏み求めけれども、あはで、そのままに跡を[39]くらうして、つひに行末も知らずなりにけり。

その後遥かに程経て、「人も通はぬ深山《しんざん》の奥の、清水のある所に、死人のある」と、山人《やまうど》の語りけるに、あやしく覚えて、尋ね行きて見れば、この法師[40]西に向かひて、合掌して居たりけり。いとあはれに貴く覚えて、阿闍梨泣く泣く[41]とかくのことどもしけり。

今も昔も、まことに心を発《おこ》せる人は、かやうに[42]古郷《こきやう》を離れ、見ず知らぬ所にて、いさぎよく名利をば捨てて、失《う》するなり。「菩薩の[43]無生忍《むしやうにん》を得《う》るすら、もと見たる人の前にては、[44]神通《じんづう》を現はすこと難《かた》し」といへり。いはんや、今発《おこ》せる心はやん

【再度の失踪と往生】

37　麻の着物は粗末な衣類。

38　全く。

39　くらまして。

40　阿弥陀仏の極楽浄土である西方浄土のある方角。

41　弔いや何や。

【故郷を離れよ】

42　住み慣れた地。往生要集・大文第九「もしその心（＝名利）を制することあたはずは、なほすべからくその地を避くべし」。

43　無生法忍。一切が空であるという道理を受け入れること。

44　修行によって得る自在な能力。

ごとなけれど、未《いま》だ不退《ふたい》[45]の位《くらゐ》に至らねば、ことにふれて乱れやすし。

古郷に住み、知れる人にまじりては、いかでか一念の妄心《まうしん》[46]おこさざらん。

四　千観《せんくわん》[1]内供《ないぐ》[2]、遁世籠居《とんせいろうきよ》[3]の事

千観内供といふ人は、智証《ちしよう》[4]大師の流れ、並びなき智者[5]なり。もとより道心深かりけれど、いかに身をもてなして、いかやうに行ふべしとも思ひ定めず、おのづから月日を送りけるあひだに、ある時、公請《くじやう》[6]を勤めて帰りけるに、四条河原[7]にて空也上人[8]に遇ひたりければ、車より下りて、対面し、「さても、いかにしてか、後世[9]助かることは仕《つかまつ》るべき」と聞こえければ、聖人これを聞きて、「何、さかさまごと[10]はのたまふぞ。さやうのことは、御房[11]なんどにこそ問ひ奉るべけれ。かかるあや

45　修行に於いて後退せぬこと。
46　迷いの心。方丈記「はたまた妄心のいたりて狂せるか」。

＊私聚百因縁集九―一六、三国伝記一―二一と同話。

【千観、空也に会う】

1　九一八～九八四。橘敏貞息で実因の弟（尊卑分脈）。園城寺の運昭に顕密を学ぶ。内供奉に任ぜられるが辞退して遁世。新勅撰集以下四首入集。
2　→一―三話注2
3　→一―一話注2
4　円珍（八一四～八九一）。天台宗寺門派祖。讃岐の人。俗名和気氏。母は空海の姪。比叡山で義真に師事。入唐後、園城寺を再興。
5　高才の学僧。
6　朝廷の法会や講義に召され

しの身は、ただ[12]いふかひなく迷ひ歩《あり》くばかりなり。さらに思ひ得たること侍らず」とて、去りなんとし給ひけるを、袖を[13]ひかへて、なほ懇《ねんご》ろに問ひければ、「いかにも、身を捨ててこそ」とばかりいひて、引き放ちて、足早に行き過ぎ給ひにけり。

　その時、内供、河原にて装束脱ぎかへて、車に入れて、「供の人はとく坊へ帰りね。我はこれよりほか往《い》なんずるぞ」といひて、みな返し遣して、ただ独り、[14]箕尾《みのを》といふ所に籠りにけり。

　されど、なほかしこも心にかなはずやありけん、居所思ひ煩《わづら》はれけるほどに、東《ひがし》の方に金色《こんじき》の雲の立ちたりければ、その所を尋ねて、そこに、形の如く庵を結びてなん、跡を隠せりける。すなはち、今の[15]金龍寺《こんりゆうじ》といふはこれなり。かしこに、年ごろ行ひて、つひに往生を遂げたりける由《よし》、詳しく伝[16]にしるせり。

ること。
7 鴨川の四条大橋付近の河原。
8 九〇三～九七二。阿弥陀聖・市聖とも。皇胤説もあるが伝未詳。念仏聖として社会事業に尽くした。後の六波羅蜜寺を創建、同寺で没した。
9 死後の世界。後の世。
10 千観が園城寺の学僧なのに対し、空也が一介の聖だから。
11 僧を敬って呼びかける語。
12 意味もなく。
13 引っ張って。

【箕尾に遁世】

14 大阪府箕面市。箕面寺（滝安寺）・勝尾寺があり、共に修験の地として知られる（梁塵秘抄二九七）。

【金龍寺で極楽往生する】

15 延暦年中（七八二～八〇六）の創建で、はじめ安満寺と号した。千観が中興。高槻市成合にあった。
16 日本往生極楽記。

この内供は、人の夢に千手観音[17]の化身《けしん》と見えたりけるとかや。千観といふ名は、かの菩薩の御名を略したるになんありける。

五　[1]多武峰《たふのみね》[2]僧賀上人《そうがしやうにん》、遁世往生の事

僧賀上人は[3]経平《つねひら》の宰相《さいしやう》の子、[4]慈恵僧正の弟子なり。

この人少《をさな》かりしに、[5]碩徳《せきとく》人に勝《すぐ》れたりければ、「行末には、やんごとなき人ならん」と、あまねくほめあひたりけり。しかれども、心の内には深く世を厭《いと》ひて、[6]名利《みやうり》にほだされず、極楽に生れんことをのみぞ、人知れず願はれける。思ふばかり[7]道心の発《おこ》らぬことをのみぞ嘆きて、[8]根本中堂に千夜参りて、夜ごとに千返の礼《らい》をして、道心を祈り申しけり。始めは礼《らい》のたびごとに、いささかも音《こゑ》立つることもなかりけるが、六七百夜になりては、「付き給へ。付き給へ」と忍びやかにいひ

【千観は千手観音の化身】

17　千の手と目を持ち、衆生を救うとされる観音。千観を千手観音の申し子とするのは元亨釈書四。

＊本朝法華験記下八二、今昔物語集一二―三三、古事談三―九〇、私聚百因縁集八―三、三国伝記一〇―一五などと同類話。

【比叡山で道心を祈る】

1　奈良県桜井市多武峰。定恵が、父藤原鎌足の廟所に十三重塔を建て、講堂（妙楽寺）、鎌足の像を祀る聖霊院を設け、一帯は多武峰（寺）と呼ばれた。明治二年、談山神社として再編。

2　九一七～一〇〇三。増賀とも。

3　橘恒平（九二二?～九八三）。敏行息。ただし、僧賀より年下で、父としてふさわしくない。宰相は参議の異称。

4　良源（九一二～九八五）。

て、礼《らい》しければ、聞く人、「この僧は何事を祈り、[9]天狗《てんぐ》付き給へといふか」なんど、かつはあやしみ、かつは笑ひけり。終《をは》り方《がた》になりて、「道心《だうしん》付き給へ」と、さだかに聞こえける時、「あはれなり」なんどいひけり。

かくしつつ千夜《せんよ》満ちて後、さるべきにやありけん、世を厭ふ心いと深くなりにければ、いかでか[10]身をいたづらになさんと、ついでを待つほどに、ある時、[11]内論義《ないろんぎ》といふことありけり。定まれることにて、論義すべきほどの終りぬれば、[12]饗《きやう》を庭に投げすつれば、諸々《もろもろ》の乞食方々《こつじきはうばう》に集りて、争ひ取つて食ふ習《なら》ひなるを、この宰相禅師、にはかに[13]大衆《だいしゅ》の中より走り出でて、これを取つて食ふ。見る人、「この禅師は、物に狂ふか」と、[14]ののしり騒ぐを聞きて、「我は物に狂はず。かく言はるる大衆達こそ物に狂はるめれ」といひて、さらに驚かず。「あさまし」といひあふほどに、これをついでとして、籠居しにけり。

延暦寺中興の祖。
5 高徳。
6 名誉や利益。
7 仏道を求める心。「むかしの上人は、一期、道心の有無を沙汰しき」(一言芳談下)。
8 延暦寺の本堂。
9 山に住み、神通力のある想像上の生き物。

【とりばみの真似】
10 自分を、意味のない存在にする。
11 御斎会結願の一月一四日に、紫宸殿や仁寿殿で行われた、宗義をめぐる講師と問者の問答。
12 もてなしの料理。その残りを拾わせることを「とりばみ」と言った。→補注8
13 多くの僧。
14 大声でさわぐ。

後には大和の国多武峰《たふのみね》といふ所に居て、思ふばかり勤め行ひて、年を送りけり。その後、貴き聞こえありて、[15]時の后の宮の[16]戒師に召しければ、[17]なまじひに参りて、[18]南殿の高欄《かうらん》のきはに寄《よ》りて、様々《さまざま》に見苦しきことどもをいひかけて、空しく出でぬ。

また、仏供養せんといふ人のもとへ行くあひだに、説法すべきやうなんど、道すがら案ずとて、「名利《みやうり》を思ふにこそ。[19]魔縁便《たよ》りを得てげり」とて、行きつくやおそき、そこはかとなきことを咎めて、[20]施主《せしゅ》といさかひて、供養をも遂げずして帰りぬ。これらのありさまは、人にうとまれて、再びかやうのことをいひかけられじとなるべし。

また、[21]師僧正悦《よろこ》び申し給ひける時、[22]前駆《ぜんくう》の数《かず》に入つて、[23]乾《から》鮭《ざけ》といふものを太刀にはきて、[24]骨限なる[25]女牛《めうし》のあさましげなるに乗つて、「[26]屋形口 仕《つかまつ》らん」とて、おもしろく[27]折りまはりければ、見物のあやしみ驚かぬはなかりけり。

【授戒の場で放言】

15　円融天皇の后妃藤原遵子・藤原詮子らが考えられるが、史料で跡付けられない。
16　戒を授ける法師。
17　いやいやながら。
18　ここでは寝殿の意。
19　人の心を惑わす悪魔。
20　寺や僧に喜捨する人。檀越、檀那。

【干鮭を腰に差し牝牛に乗る】

21　良源。
22　行列を先導する役。「ぜんく」の変化した形。
23　保存のため鮭を干したもの。↓補注9
24　「限」を「ばかり」と訓ませようとしたか。神宮本「骨の限りなる」。痩せて骨ばかりの。
25　普通、力仕事は雄牛にさせた。↓補注10
26　牛車や輿の屋形（屋根のついた、人が乗る部分）の入り口におつきしよう。神宮本「やかかくて、「名聞《みやうもん》こそ苦しかりけれ。[28]乞児《かたゐ》の身ぞ楽しかり」とうたひて、うち離れにける。僧正も凡人《ただびと》ならねば、かの「我こそ屋形口打ため」とのたまふ声の、僧正の耳には、「悲しきかな。我が師悪道に入りなんとす」と聞こえければ、車の内にて、「これも[29]利生《りしやう》のためなり」となん答へ給ひける。

この聖人、命終らんとしける時、まづ碁盤《ごばん》を取り寄せて、独《ひとり》[30]碁《ご》を打ち、次に[31]障泥《あふり》を乞うて、これをかづきて、[32]胡蝶《こてふ》といふ舞のまねをす。弟子どももあやしんで、問ひければ、「いとけなかりし時、この二事を人に諫《いさ》められて、思ひながら、空しくやみにしが、心にかかりたれば、もし生死《しやうじ》の執《しふ》となることもぞあると思うて」とこそいはれけれ。

すでに、[33]聖衆《しやうじゆ》の迎《むか》へを見て、悦《よろこ》んで歌を詠《よ》む。

[34]みつはさす八十《やそぢ》あまりの老の[35]浪くらげの骨にあひにける
かな

と詠《よ》みて、終りにけり。

たくちに打つ」。「御さきと云は、大外記・大夫史・弁・少納言をくるまのやかたぐちにうたする也」(愚管抄六)。
27 神宮本「ねりまはりければ」。見事に操縦する。→補注11
28 乞食。
29 衆生に利益を与える。
【碁を打ち、舞をまう】
30 →補注12
31 泥のはねを防ぐ皮製の馬具。
32 壱越調の舞楽。
33 菩薩などの諸仏。
34 「みづはぐむ」と同意で、ひどく年をとること。
35 ありえないことのたとえ。

この人のふるまひ、世の末には[36]物狂ひともいひつべけれども、[37]境界《きやうがい》離れんための思ひばかりなれば、それに付けても、ありがたき例《ためし》にいひ置きけり。人にまじはる習ひ、高きに随ひ、下れるをあはれむに付けても、[38]身は他人のものとなり、心は恩愛のためにつかはる。これ、この世の苦しみのみにあらず。[39]出離《しゆつり》の大きなる障《さは》りなり。境界を離れんよりほかには、いかにしてか乱れやすき心をしづめん。

六　[1]高野の[2]南筑紫上人、出家[3]登山《とうざん》の事

中ごろ、高野に、南筑紫といふて、貴き聖人ありけり。もとは筑紫の者にて、[4]所知《しよち》なんどあまたある中に、かの国の例として、[5]門田《かどた》多く持ちたるを、いみじきことと思へる習ひなるを、この男は家の前に[6]五十町ばかりなん持ちたりける。八月ばかりにやありけん、朝さし出でて見るに、穂波ゆら

【境界を離れることの大切さ】
36 →補注13
37 煩悩を起こさせる世界。「必ず、禁戒を守るとしもなくとも、境界なければ何につけてか破らん」（方丈記）。
38 「人をたのめば、身、他の有なり。人をはぐくめば、心、恩愛につかはる」（方丈記）。
39 迷いの世界から離れること。
＊私聚百因縁集九―一七と同話。

【門田を見ての発心】
1 高野山。空海が開いた真言宗の道場。
2 →補注14。「筑紫」は筑前・筑後の汎称で、北九州地方、あるいは九州全体を指す。
3 僧侶が山に籠もること。寺社参詣のため山に登ること。
4 所領。
5 家の前の田。
6 一町は約一ヘクタール、三〇〇〇坪。

ゆらと出でととのほりて、露こころよく結びわたして、はるばる見え渡るに、思ふやう、「この国に[7]階《かな》へる[8]聞こえある人多かり。然《しか》れども、門田五十町持てる人は、ありがたくこそあらめ。[9]下郎の分にはあはぬ身かな」と、心にしみて思ひ居たるほどに、さるべき[10]宿善《しゆくぜん》や催《もよほ》しけん、また、思ふやう、「そもそも、これは何ごとぞ。この世の有様、[11]昨日ありと見し人、今日はなし。朝《あした》に栄《さか》ゆる家、夕《ゆふべ》に衰へぬ。一度眼閉《ひとたびまなこと》づる後《のち》、惜《を》しみたくはへたる物、何の詮《せん》かある。はかなく執心にほだされて、永《なが》く[12]三途《さんづ》に沈みなんことこそ、いと悲しけれ」と、たちまちに無常を悟れる心強く発《おこ》りぬ。また、思ふやう、「我が家にまた帰り入りなば、妻子あり、[13]眷属《けんぞく》も多かり。定めて妨《さまた》げられなんず。ただこの所を別れて、知らぬ世界に行きて、仏道を行はん」と思うて、[14]あからさまなる体《てい》ながら、京へ指して行く。

その時、[15]さすがにものの気色《けしき》やしるかりけん、往来《ゆきき》の人あ

7 望みがかなう、経済的に成功する、の意か。あるいは立場に相応する、の意か。
8 評判。
9 身分の低い者。
10 過去世あるいは今までに積んだ善根。
11 →補注15
12 地獄・餓鬼・畜生の三悪道。
13 親族。「すべて、世の人の住みかをつくるならひ、必ずしも事のためにせず。或は妻子、眷族のためにつくり、或は親昵、朋友のためにつくる」（方丈記）。
14 ついちょっとという様子で。

【愛娘を振り捨てて出家】

15 そうはいっても。

やしがりて、家に告げたりければ、驚き騒ぎてけるさま、ことわりなり。その中に、かなしくしける[16]むすめの十二、三ばかりなる者ありけり。泣く泣く追ひ付きて、「我を捨てては、いづくへおはします」とて、袖をひかへたりければ、「いで[17]や、おのれに妨げらるまじきぞ」とて、刀を抜き、髪を押し切りつ。むすめ恐れをのきて、袖をば放《はな》して、帰りにけり。かくしつつ、これよりやがて[18]高野の御山へ上《のぼ》つて、頭をそりて、本意《ほい》のごとくなん行ひける。かのむすめ、恐れてとどまりたりけれど、なほ、跡を尋ねて、尼になりて、かの[19]山の麓に住みて、死ぬるまで、物うち洗《すす》ぎ、裁《た》ち縫《ぬ》ふわざをしてぞ、孝養《けうやう》[20]しける。

この聖人、後には徳高くなつて、高きも賤しきも帰《き》せぬ人なし。堂を作り、供養せんとしける時、導師《だうし》[21]を思ひ煩《わづら》ふあひだに、夢に見るやう、「この堂は、その日、その時、浄名《じやうみやう》[22]居士《こじ》のおはしまして、供養し給ふべきなり」と人の告ぐる由

16　いとおしんでいる。かわいがっている。参考「としごろさりがたく、いとうしがりける女子、生年四歳になるが」（西行物語上）。
17　何としても。

【高野山に登る】
18　そのまま。
19　↓補注16
20　孝行。

【維摩居士の夢告】
21　法会・供養で首座となる僧。
22　維摩経の主人公維摩。在家の信者で大乗思想に精通し、釈尊の弟子や菩薩たちを論破した。「すみかはすなはち、浄名居士のあとをけがせりといへども」（方丈記）。

見ければ、すなはち[23]枕障子《まくらしやうじ》に書き付けつ。いとあやしけれど、やうこそあらめと思うて、おのづから日を送りけり。

　まさしくその日になつて、[24]堂荘厳《しやうごん》して、[25]心もとなく待ち居たりければ、朝より雨さへ降りて、さらにほかより人のさし入るもなし。やうやう[26]時になりて、いとあやしげなる法師の蓑笠《みのかさ》着たる出で来たつて、礼《をが》み歩《あり》くありけり。すなはち、これをとらへて、「待ち奉りけり。とくこの堂をこそ供養し給はめ」といふ。法師驚きていはく、「すべて、さやうの[27]才覚の者にはあらず」といふ。「あやしの者の、おのづからことのたよりあつて、参り来たれるばかりなり」とて、[28]ことのほかにもてなしければ、[29]兼ねて夢の告げのありしやうなんど語りて、書き付けたりし月日の、たしかに今日《こんにち》にあひかなへることを見せたりければ、遁《のが》るべき方《かた》なくて、「さらば、[30]形《かた》の如く申し上げ侍らん」というて、蓑笠《みのかさ》脱ぎ捨てて、たちまちに[31]礼盤《らいばん》に上《のぼ》つて、なべてならず、めでたく説法《せつぽふ》したりけり。

23　枕元に立てる衝立。

【蓑笠を着た賤しげな法師】

24　飾り付け。
25　待ち遠しく。
26　夢のお告げで示された時刻。
27　この場合、堂供養の先導役を務めるような見識を持つこと。
28　ひどくぞんざいに。
29　前もって。
30　形式だけは整うように。
31　「らいはん」とも。本尊の前の座。
32　一〇二六～?。「多年横川に籠居す、発菩提心の人なり」(中右記・承徳二・八・二七)。
33　高野山。

この導師は、天台の[32]明賢阿闍梨《みやうけんあじやり》になんありける。[33]かの山を拝まんとて、忍びつつさまをやつして詣《まう》でたりけるなり。これよりこの阿闍梨を、高野には浄名居士の化身《けしん》といふなるべし。

さて、この[34]聖人は殊に貴き聞こえありて、[35]白河院の帰依し給ひけり。高野は、この聖人の時より殊に繁昌しにけり。つひに、[36]臨終正念にして、往生を遂げたる由《よし》、委《くは》しく[37]伝に見えたり。惜むべき資財に付けて、[38]厭心《えんしん》を発《おこ》しけん、いとありがたき心なり。

[39]賢き人のいふ、「[40]二世の苦を受くることは、[41]財《たから》を貪《むさぼ》る心を源とす。人もこれに耽《ふけ》り、我も深く着《ぢやく》する故に、諍《あらそ》ひ妬《ねた》みて、貪欲《とんよく》もいやまさり、[42]瞋恚《しんい》も殊に栄え[43]けり。人の命をも絶ち、他の財《たから》をもかすむ。家の亡《ほろ》び、国の傾《かたぶ》くまでも、みなこれより発《おこ》る。この故に、[44]『欲深ければ、わざはひ重し』とも説き、また、[45]『欲の因縁を以て、三悪道に堕《だ》す』とも説けり。

【白河院の帰依と極楽往生】
34 南筑紫。
35 一〇五三～一一二九。在位一〇七二～一〇八六、院政一〇八六～一一二九。
36 亡くなる時、心が静かで乱れないこと。
37 三外往生記もしくは高野山往生伝のこと。
38 現世を厭う心。

【財物を貪る心】
39 底本「賢き人と云」を改める。神宮本「或人の云く」。
40 現世と来世。
41 「諸の苦の因とする所は、貪欲を本となす」（法華経・譬喩品）。
42 しんに。怒り憎むこと。貪欲・愚痴と並び三毒の一つ。
43 神宮本「盛ん也」。
44 「欲深くして禍重し、瘡疣外に無し」（仁王経）。
45 「諸欲因縁を以て三悪道に墜堕し」（法華経・方便品）。

かかれば、『弥勒の世[46]には、財を見ては深く恐れ厭《いと》ふべし。この釈迦の遺法の弟子、これがために戒を破り、罪を作りて、地獄に堕ちけるものなり』とて、『毒蛇を捨つるが如く[47]、道のほとりに捨つべし』といへり」。

七　小田原[1]教懐《けうくわい》[2]上人、水瓶《すゐびん》[3]を打ち破《わ》る事
付けたり　陽範阿闍梨《やうはんあじやり》[4]、梅の木を切る事

小田原といふ寺に、教懐聖人といふ人ありけり。後には高野に住みけるが、新しき水瓶の、様《やう》なども思ふやうなるをまうけて、殊《こと》に執し思ひけるを、縁にうち捨てて、奥の院[5]へ参りにけり。かしこにて、念誦《ねんじゆ》なんどして、一心に信仰しける時、この水瓶を思ひ出だして、「あだに[6]並べたりつるものを、人や取らん」と不審にて、心一向《いつかう》にもあらざりければ、由《よし》なく覚えて、帰るや遅きと、雨垂り《あまだ》[7]の石畳の上に並べて、打ち

46　釈迦滅後五六億七千万年後に再誕するという未来仏で、兜率天の内院に住する。以下の出典、未詳。
47　「毒蛇を捨つるが如く、桎梏を捨つるが如し」（大智度論）。

【水瓶を砕いた教懐】
1　↓補注17
2　一〇〇一〜九三。高野山を代表する勧進聖。↓補注18
3　僧の持つ必需品「十八物」の一つ。
4　未詳。
5　高野山の、空海廟を中心とする霊域。
6　不用意に。
7　雨のしたたり落ちる所。

〈1－7話〉比叡山横川に住んでいた陽範阿闍梨は賞愛していた紅梅の木を根元から切り倒してしまった。執着になることをおそれたからであった。

砕《くだ》き捨ててけり。（私《わたくし》にいふ。水瓶は[8]金瓶といへり。）

　また、[9]横川《よかは》に尊勝阿闍梨《そんしようのあじやり》陽範《やうはん》といひける人、めでたき紅梅を植ゑて、またなきものにして、花盛りには、ひとへにこれを興じつつ、おのづから人の折るをもことに惜み、さいなみけるほどに、いかが思ひけん、弟子なんどもほかへ行きて、人もなかりけるひまに、[10]心もなき小法師のひとりありけるを呼びて、「斧《よき》やある。持て来《こ》よ」といひて、この梅の木を土《つち》際《ぎは》より切《き》つて、上に砂《いさご》うち散らして、跡形なくて居たり。弟子帰りて、驚きあやしみて、故を問ひければ、ただ「[11]由《よし》なければ」とぞ答へける。

　これらは、みな執《しふ》をとどめることを恐れけるなり。教懐も陽範も、ともに往生を遂げたる人なるべし。

　まことに[12]仮の家にふけりて、[13]長き闇に迷ふこと、誰かは愚かなりと思はざるべき。しかれども、[14]世々生々《せぜしやうじやう》に、煩悩の[15]つぶね、やつことなりける習ひの、悲しさは知りながら、我

8　金色の瓶。

【紅梅を切り捨てた陽範】

9　比叡山三塔の一つ。

10　思慮分別のない。何も分らない。

11　つまらないものだから。

【執着の恐ろしさ】

12　神宮本「仮の色」。はかない現世の喩え。

13　抜け出し難い迷いの世界。

14　生々世々。何度生まれ変わっても。

15　「つぶね」も「やつこ」もしもべの意。

も人もえ思ひ捨てぬなるべし。

八　佐国《すけくに》、花を愛し蝶となる事
付けたり　六波羅寺《ろくはらじ》　幸仙《かうせん》、橘の木を愛する事

ある人、円宗寺《ゑんしうじ》の八講《はつこう》といふことに参りたりけるに、時待つほどやや久しかりければ、その辺《あた》り近き人の家を借りて、しばらく立ち入りたりけるが、かくて、その家を見れば、つくれる家のいと広くもあらぬ庭に、前栽《せんざい》を、えもいはず木ども植ゑて、上に仮屋のかまへをしつつ、いささか水をかけたりけり。色々の花、数をつくして、錦を打ちおほへるが如く見えたり。殊に、さまざまなる蝶、いくらともなく遊びあへり。

ことざまの有り難く覚えて、わざとあるじを呼び出でて、このことを問へり。あるじのいふやう、「これは、なほざり

＊法華験記上三七・拾遺往生伝中二・今昔物語集一三―四二は同類話。

【美しい庭の前栽】
1　大江佐国。平安時代中期の学者・漢詩人。↓補注19
2　六波羅蜜寺。
3　↓補注20
4　みかん。
5　後三条天皇の御願寺。↓補注21
6　庭先の植え込み。

【大江佐国、蝶となる】
7　いいかげんな。

のことにもあらず。思ふ心ありて、植ゑて侍り。おのれは、佐国《すけくに》と申して、人に知られたる博士[8]の子にて侍り。かの父、世に侍りし時、深く花を興じて、折りにつけて、これを翫《もてあそ》び侍りき。かつは、その志をば詩にも作れり。

　[9]六十余国見れども未《いま》だあかず
　他生《たしやう》にも定めて花を愛する人たらん

なんど、作り置きて侍りつれば、おのづから生死の余執《よしふ》[10]にもやまかりなりけんと、疑はしく侍りしほどに、ある者の夢に、蝶になつて侍ると、見たる由《よし》を語り侍れば、罪深く覚えて、然らば、もしこれらに[11]もや迷ひ侍るらんとて、心の及ぶほど植ゑて侍るなり。それにとりて、ただ花ばかりは、なほあかず侍れば、あまづら蜜[12]なんどを、朝ごとにそそき侍る」とぞ語りける。

　また、六波羅寺の住僧幸仙といひける者は、年ごろ道心深かりけるが、橘の木を愛し、いささか、かの執心によりて、

8　学者。

9　神宮本「年六十余歳」。新撰朗詠集・春・花付落花「六十余廻」。

10　底本「会執」。神宮本に拠り改める。心に残って離れない執着。

11　これら前栽の花々にも。

12　つる草の甘葛から採った甘味料。「甘葛煎」とも。「甘葛汁蜜」（類聚三代格六）。神宮本「甘蔗蜜」。

【幸仙、蛇となる】

[13]くちなはとなつて、かの木の下にぞ住みける。委《くは》しくは伝[14]にあり。

かやうに人に知らるるはまれなり。すべて念々の妄執《まうしふ》、一々に[15]悪身を受くることは、はたして疑ひなし。まことに恐れても恐るべきことなり。

九　[1]神楽岡《かぐらをか》[2]清水谷《しみづだに》、[3]仏種房《ぶつしゆばう》の事

神楽岡の清水谷といふ所に、仏種房といふて貴き聖人ありき。対面したることはなかりしかども、近き世の人なりしかば、つひに往生人《わうじやうにん》とて、人の貴みあひたりしをば、伝へ聞き侍りき。

この聖人、そのかみ、[4]水飲《みづのみ》といふ所に住み侍りけるころ、木拾ひに谷へ下りける間《ま》に、盗人《ぬすびと》入りにけり。わづかなる物どもみな取つて、遠く逃げぬと思うて、かへりみれば、本の

13　蛇。しばしば執念の象徴として登場する。→五―三話
14　拾遺往生伝。
15　悪業によって陥る苦難に満ちた身。

【神楽岡の仏種房】
1　京都市左京区吉田神楽岡町。吉田山。西麓に吉田神社があり、古来陵墓の地でもあった。
2　「ひむがし山にしみづだにとまうすやまでらに」（聞書集一一四）。
3　未詳。

【盗人逃げられず】
4　雲母坂の上にあった場所。登山者のために湯水が供されていたという。

所なり。いとあやしと思ひて、なほ行くぞと思ふほどに、[5]二《ふた》時《とき》ばかり、かの水飲の[6]湯屋をめぐりて、さらに他《ほか》へ去らず。

その時に、[7]聖帰り来て、あやしみて問ふ。答へていふやう、「我は盗人なり。しかるに、遠く逃げ去りぬと思へども、[8]すべて行くことをえず。これ、ただごとにあらず。今に至りては、物を返し侍らん。願はくは、許《ゆる》し給へ。まかり帰りなん」といふ。聖のいはく、「なじかは、罪深く、かかるものをば取らんとする。ただ、欲《ほ》しう思うてこそは取りつらん。さらに返し得《う》べからず。それなしとも、我こと欠くまじ」といひて、盗人に、なほ取らせてやりけり。おほかた、心にあはれみ深くぞありける。

年を経て、かの清水谷《しみづだに》に住みける時、あひ[9]頼《たの》みたる[10]檀越《だんをつ》あり。深く帰依《きえ》して、折節《をりふし》には、送り物し、ことに触れて、[11]志を運びつつ過ぎけるに、殊に、この聖、[12]わざと出で来たりていふやう、「思ひかけずおぼしぬべけれど、年ごろ頼み奉つ

5 四時間。
6 風呂場。水飲に風呂があったか未詳。あるいは水屋の類か。

【仏種房、盗品を渡す】

7 四字、底本ナシ。神宮本に拠る。
8 全く。

【仏種房、魚を所望】

9 頼りにしている。
10 後援者。信徒。
11 贈り物。寄付。
12 わざわざ。

て侍るなり。このほど、夢[13]の如くなる庵室《あんじつ》を造るとて、匠《たくみ》[14]をつかひ侍りしが、魚をよげに食《くら》ひ侍りしが、うらやましくて、魚の欲しく侍れば、この殿には多く侍るらんと思ひて、わざと参れるなり」といふ。

主《あるじ》、愚かなる女心に、あさましと[15]、思ひのほかに覚えけれど、よきやうにして、取り出だしたりければ、よくよく食《くら》うて、残りをば瓦器《かはらけ》[16]をふたにおほひて、紙にひき包みて、「これをば、あれにて食べん」とて、ふところに入れて、出でにけり。

その後《のち》、この人本意《ほい》なく覚えながら、さすがに[17]心苦しく思ひやりて、「一日《ひとひ》の御家づと[18]、夢がましく[19]見え侍りしかば、重ねて奉るなり」とて、さまざまに[20]調じて、おくりたりければ、そのたびはとどめず[21]。「御志はうれしく侍り。されども、一日《ひとひ》の残りに食べあきて、今は欲しくも侍らねば、これを返し奉る」となんいひたりける。これも、この世に執をとどめ

13 夢のようにはかない。ささやかな。神宮本「形の如くなる」。
14 大工。

【魚の残りを持ち帰る】

15 意外で興ざめだ。不殺生戒に触れるので、出家者の魚食は禁じられていた。
16 「土器」とも。飲食用の素焼きの陶器。

【二度目は辞退】

17 そうはいっても。
18 みやげ。
19 わずかばかりに思われましたので。「ユメガマシイ　夢のようにわずかで短い（もの）。これは婦人語である」（日葡辞書）。
20 いろいろに調理して。
21 神宮本「留めず」。

じと、思ひけるにや。

この仏種房、ある時[22]風気《ふうき》ありて、煩《わづら》ひけり。[23]形《かた》の様《やう》なる家荒れこぼれて、つくろふことなし。病を見る人もなければ、ひとりのみ病み臥《ふ》せりけるに、時は[24]八月十五夜の月いみじく明《あ》かかりける夜、宵より、声《こゑ》をあげて念仏することあり。間近き家々、尊くなん聞こえき。集まりて見るに、板間も合はず荒れたる家に、月の光、心のままにさし入りたるよりほかに、[25]ともなし。夜中うち過ぐるほどに、「あなうれし。これこそは、年ごろ思ひつることよ」といふ音《（こゑ）》、壁の外に聞こえけり。その後は、念仏の音もせずなりぬ。

夜あけて、見ければ、[26]西に向ひて[27]端坐し、合掌して、眠《ねぶ》るが如くにてぞありける。この家は、少しも離れず、あやしの[28]下臈《げらふ》の家どもの軒つづきになんありける。


【中秋の名月の晩に念仏】
22 風邪などの病気。
23 「形の如くなる」と同じ。形ばかりの。
24 いわゆる中秋の名月。
25 「供なし」で、世話する従僕もいない、の意か。

【見事な往生】
26 西方浄土の方角。
27 正しい姿勢で。以下、臨終正念を暗示する様態。
28 身分の低い者。仏種房が市井に住む「大隠」であったことを暗示する。↓一一〇話

一〇　天王寺聖《てんわうじひじり》[1]、隠徳の事　付けたり　乞食聖《こつじきひじり》の事

近ごろ、天王寺に聖ありけり。詞《ことば》の末ごとに、「瑠璃《るり》」[2]といふ二つの文字を加へていひければ、やがて字を名に付けて、瑠璃とぞいひける。その姿、布のつづり[3]、紙衣《ぎぬ》[4]なんどのいふばかりなく[5]、ゆゆしげに破《や》れ[6]はらめきたるを、いくらともなく着ふくれて、布袋《ぬのぶくろ》[7]のきたなげなるに、乞ひ集めたるものを、ひとつに取り入れて、歩《あり》き歩きこれを食《くら》ふ。童部《わらはべ》いくらともなく笑ひあなづれど、さらにとがめ腹立つことなし。いたくせたむる[8]時は、袋よりものを取り出だして取らすれば、童《わらべ》きたながりて、これを取らず。捨つれば、また取つて入れつつ、常には様々のすぞろごと[9]をうちいうて、ひたすら物狂ひにてなんありける。さして、そこに跡とめたり[10]と見ゆる所なし。垣根《かきのね》、木の下、築地《ついぢ》にしたがひて、夜を明かす。

【天王寺の乞食聖瑠璃】

1　大阪市天王寺区の四天王寺。聖徳太子創建の寺と伝えられ、太子信仰の隆盛に伴い信仰を集めた。西門が、西方極楽浄土の東の入口と考えられ、夕陽を拝むことが流行し、その先の難波の海に入水する者も多かった。
2　古代インドの七宝の一つ。青色が代表的。
3　つぎだらけの着物。
4　「かみこ」（紙子・紙衣）と同じ。厚い紙に柿渋を塗り、干して加工した簡素な衣服。
5　ひどく。甚だしく。
6　破れてぼろぼろな様。
7　乞食の典型的な持ち物。
8　責める。さいなむ。
9　とりとめもない言葉。「すずろ」「そぞろ」と同義。
10　居を定める。

そのころ、大塚[11]といふ所に、やんごとなき智者[12]ありけり。ある時、「雨の降りて、まかりよるべき所もなければ、この縁のかたはしに候《さふら》はん」といひければ、例ならずあやしう覚えながら、置[13]きつ。

夜ふけて、聖がいふやう、「かく、たまたま参りよりて侍り。年ごろおぼつかなく思ひ給ふることども、はるけ[14]侍らばや」といふ。ことのほかに[15]覚ゆれど、世の常の人のやうにあひしらふほどに、やうやう天台宗[16]の法門どもの、えもいはぬ理《ことわり》ども尋ねつ。また、主《あるじ》あさましくめづらかに覚えて、夜もすがら寝ず、さまざまに問ひ答へて、明けぬれば、「今は、いとま申し侍らん」とて、「心にいぶかしく思ひ給ふることどもを、賢く今宵《こよひ》候ひて、はるけ侍りぬ」とて、去りぬ。

また、このこと、ありがたく貴く覚えけるままに、そのあたりの人どもに語りたりければ、誹《そし》りいやしめし心を改めて、かたへは権者《ごんじゃ》[17]の疑《うたが》ひをなして、尊みけり。されど、そのあり

【智者と談義】

11 大阪市東住吉区北田辺の辺り。天王寺の南東。
12 高才の学僧。
13 智者が聖をいさせてやった。
14 不審な箇処を明らかにする。もやもやしたものを取り払う。
15 意外に。聖の身なりや様子と、口にしたことに差がありすぎたからである。
16 四天王寺は、平安時代中期には天台宗、中でも園城寺僧が別当を独占するようになった。

【聖、評判を受け流す】

17 仏が人間を救うために化身したもの。

さまは、さきざきにつゆ変らず。「さることやありける」と、人の問ふ時には、うち笑ひて、そぞろごとにぞいひなしける。

かやうに、人に知られぬることをうるさくや思ひけん、終《はて》には、行方《ゆきかた》も知らせずなりにけり。年経て、人語りけるは、[18]和泉《いづみ》の国《くに》に乞食し歩《あり》きけるが、終りには、人も来らぬ所の大きなる木のもとに、下枝に仏かけ奉りて、西に向ひて合掌して、[19]居ながら眼を閉ぢてなんありける。その時は、知れる人もなくて、後に見付けたりけるなり。

また、近ごろ、世に[20]仏みやうといふ乞食《こつじき》ありけり。それもかの聖の如く、物狂ひのやうにて、食物《しよくもつ》は魚鳥をも[21]きらはず、着物《きもの》は[22]筵《むしろ》薦《こも》をさへ重ね着つつ、人の姿にもあらず、逢ふ人ごとに、必ず「[23]尼人、法師、男人《をとこひと》、女人等《によにんとう》、清浄《しやうじやう》」といひ拝むわざをしければ、それを名に付けてなん、見と見る人、みなつたなく[24]ゆゆしき者とのみ思ひけれど、実《げ》にはやうありける者にや。[25]阿証房といふ聖を[26]得意《とくい》にして、思ひかけぬ[27]経論な

【和泉の国で往生】

18　大阪府南部。

19　座ったまま。

【仏みょうという乞食】

20　未詳。神宮本「仏性」。

21　避けず。

22　真菰や藁で織った敷物。

23　↓補注22

24　不気味な。

25　↓補注23

26　知友。

27　仏の教説である「経」と、それを注解した「論」。仏典のうち理論的分野に関わるもの。

んどを借りて、人にも知らせず、懐《ふところ》に引き入れて、持ちて行きて、日ごろ経てなん返すことを、常になんしける。つひに[28]切れ堤の上に、西に向ひて、合掌端座して、終りにけり。

これらは、勝《すぐ》れたる[29]後世者《ごせしゃ》の、[30]一《いち》のありさまなり。「[31]大隠《たいいん》、[32]朝市《てうし》にあり」といへる、すなはちこれなり。かくいふ心は、賢き人の世を背《そむ》く習ひ、我が身は[33]市《いち》の中にあれども、その徳をよく隠して、人に[34]もらせぬなり。山林に交り、跡をくらうするは、人の中にあつて徳をえ隠さぬ人のふるまひなるべし。

一　[1]高野の辺《へん》の上人、偽《いつは》つて妻女《さいぢょ》を儲《まう》くる事

高野の辺《ほとり》に、年ごろ行《おこな》ふ聖《ひじり》ありけり。本《もと》は[2]伊勢の国の人なりけり。自《おのづか》らかしこに居付《つけ》たりけるなり。[3]行徳《ぎやうとく》あるのみならず、人の帰依《きえ》にて、いと貧しくもあらざりければ、弟子なんどもあまたありけり。

28　高野川東岸。「さがり松・きれ堤・賀茂の河原・糺・梅ただ・柳原・東北院の辺に」（平家物語一・御輿振）。

【大隠と小隠】

29　極楽往生を願う人。

30　第一の。最もすぐれた。

31　俗世を超越した世捨人。↓補注24

32　町中。

33　朝市に同じ。市中。

34　神宮本「知られぬ」。

＊私聚百因縁集九―一八と同話。

【高野山のほとりの上人】

1　高野山。周辺には多くの別所があり、別所聖が住していた。

2　三重県東部。

3　仏道修行によって備わる徳。

年やうやうたけて後、殊にあひ憑《たの》みたる弟子を呼びて、いひけるやう、「聞こえばやと思ふことの日ごろ侍《はんべ》るを、[4]その心の内をはばかりて、ためらひ侍りつるぞ。[5]あなかしこ、あなかしこ、[6]違《たが》へ給ふな」といふ。「何ごとなりとも、のたまはんこと、いかで違《たが》へ侍らん。また、へだて給ふべからず。速《すみや》かに承《うけたまは》らん」といへば、「かく人を憑《たの》みたるさまにて過《すご》す身は、さやうのふるまひ思ひよるべきことならねども、年高くなり行くままに、傍《かたは》らもさびしく、ことにふれて、たづきなく覚ゆれば、さもあらん人を語《かた》らひて、[7]夜の伽《とぎ》にせばやとなん思ひたるなり。それにとりて、いたう年若からん人は、あしかりなん。物の[8]思ひやりあらん人を、忍びやかに尋《たづ》ねて、我が伽《とぎ》にせさせ給へ。さて、[9]世の中のことをば、それに譲り申さん。ただ我がありつるやうに、この坊の主《ぬし》にて、人の祈りなんどをも沙汰《さた》して、我をば奥の屋にするゑて、二人が食物《くひもの》ばかりを、[10]形《かた》のやうにしておくり給へ。さやうになりなん後

【夜伽の女性】

4　あなた。君。
5　決して。
6　背く。
7　添い臥し。
8　思慮。
9　世事。ここでは房の管理運営。
10　神宮本「形の如くして」。

は、そこの心の内も恥しかるべければ、対面なんどもえすまじ。いはんや、そのほかの人には、すべて、世にあるものとも知るべからず、死に失せたるものの様にて、僅かに命つぐべくばかり、沙汰し給へ。これを違《たが》へ給はざらんばかりぞ、年ごろの[11]本意《ほい》なるべし」と、[12]かきくどきつついふ。

[13]あさましく、思はずに覚えながら、「かやうに、[14]心おかず語らはする、本意に侍り。急ぎ尋ね侍らん」といひて、近く遠く聞き歩《ある》きけるほどに、男に[15]おくれたりける人の、年四十ばかりなる、ありけるを聞き出でて、ねんごろに語らひて、便《たよ》りよきやうに沙汰し、[16]据《す》ゑつ。人も通さず、我も行くこともなくて、過ぎけり。

[17]おぼつかなくも、またものいひあはせまほしくもあれど、さしも契《ちぎ》りしことなれば、[18]いぶせながら過ぐるほどに、六年経て後、この女人《にょにん》うち泣きて、「この暁《あかつき》、はや、[19]終り給ひぬ」とて来たる。驚いて、行きてみれば、持仏堂《ぢぶつだう》の内に、仏の御《み》

11 希望。
12 くどくどと。

【女性を住まわせる】

13 意外で興ざめだ。
14 隔意を持たず。
15 先立たれる。
16 住まわせる。

【僧の命終と日ごろの様子】

17 いろいろと心配で。
18 気がかりなまま。
19 亡くなる。

手《て》に[20]五色の糸かけて、それを手にひかへて、脇息《けふそく》にうち寄りかかりて、念仏しける手も、ちともかはらず、数珠《ずず》の引きかけられたるも、ただ生きたる人の眠《ねぶ》りたるやうにて、つゆも例《れい》にたがはず。壇《だん》には行ひの具《ぐ》、[21]うるはしく置き、[22]鈴《れい》の中に紙を押し入れたりけり。

いと悲しくて、ことの有様をこまかに問へば、女のいふやう、「年ごろかくて侍りつれども、[23]例のめをとこのやうなることなし。夜は[24]畳をならべて、我も人も目ざめたる時は、[25]生《しゃ》死《うじ》の厭《いと》はしきやう、浄土《じゃうど》願ふべきやうなんどをのみ、こまごまと教へつつ、由《よし》なきことをばいはず。昼《ひる》は阿弥陀の[26]行法《ぎゃうぼふ》、三度ことかくことなくて、ひまひまには、念仏をみづからも申し、また我にもすすめ給ひて、[27]始めつ方二月《ふたつき》、三月《みつき》までは、心をおきて、『かく世の常ならぬありさまをば、[28]わびしくは思ふ。さらば、心にまかすべし。[29]もしうときことになるとも、かやうに縁を結ぶも、[30]さるべきことなり。このありさまを、

20　青・黄・赤・白・黒の糸を、阿弥陀仏の手と病者の手をつなぎ、仏によって浄土へ連れて行ってもらうことを願う。
21　きちんと。
22　柄のついた仏具で振ると音がする。音が出ないよう紙をねじこんであったのである。
23　通常の男女のような（性的関係）。
24　敷物。
25　六道輪廻。迷いの世界。
26　修行法。
27　初めのうち。
28　やりきれないと思うか。
29　疎遠になる。
30　前世からの約束事。

ゆめゆめ[31]人に語るな。もしまた、互ひに善知識《ぜんちしき》[32]とも思ひて、後世《ごせ》までの勤《つと》めをも静かにせんとならば、こひねがふところなり』とのたまひしかば、『さらさら御心おき給ふべからず、年ごろあひ具したりし人をはかなく見なして[33]、いかでかその[34]後世をも訪《とぶら》はざらん[35]。我もまた、かかる憂き世に廻《めぐ》り来《こ》じ[36]と願ひ、厭ふ心[37]は侍りしかど、さても一日たちめぐるべき[38]やうもなき身にて、本意《ほい》[39]ならぬ方にて見奉れば、なべての[40]女のやうにおぼすにや。ゆめゆめしかにはあらず。いみじき善知識と、人知れず喜びてこそ過ぎ侍りしか』と申ししかば、『かへすがへすうれしきこと』とて、今隠れ給へる[41]ことも、かねて知つて、『終らん時、人にな告げそ[42]』とありしかば、かくとも申さず」とぞいひける。

31 決して。
32 真の道への導き手。
33 亡くして。
34 是非とも。
35 故人の来世での安楽のために法要を行う。
36 輪廻の果てにまたこの迷いの世界に生まれて来るまい。
37 現世を。
38 この世を生きていく。
39 夜伽の相手として。
40 世間一般の。
41 お亡くなりになる。
42 知らせてくれるな。

一二　美作守[1]《みまさかのかみ》顕能[2]《あきよし》の家に入り来たる僧の事

美作守顕能のもとに、なまめきたる[3]僧の入り来たつて、経をよに貴《たふと》く読むあり。主《あるじ》聞いて、「なにわざし給ふ人ぞ」といふ。近く寄つて、いふやう、「乞食《こつじき》に侍り。ただし、家ごとに物乞ひ歩《あり》くわざをば仕《つか》うまつらず。西山[4]なる寺に住み侍るが、いささか望み申すべきことありてなん」といふ。

ものざま、むげに[5]思ひ下すべきにはあらざりければ、こまやかに尋ね問ふ。「申すに付けて、いと異様《ことやう》には侍れど、ある所のなま女房[6]をあひ語らひて[7]、ものすすがせ[8]なんどし侍りしほどに、はからざるほかに、ただならず[9]なりて、この月にまかり当りて[10]侍るを、ひとへに我があやまちなれば、ことさら籠りゐて侍らんほど、彼が命つぐばかりのもの、与へ侍らばやと思ひ給ふるが、いかにもいかにも力及び侍らねば、も

*古事談三―一〇四、沙石集八―一と同話。

【上品な僧の来訪】

1 岡山県北部。
2 藤原顕能（一一〇七～一一三九）。白河院近臣、権中納言顕隆の子。鳥羽天皇の乳母子で、寵遇された。一一三二年閏四月四日、任美作守。
3 上品な。
4 愛宕山から天王山にかけての、京都市西部の山。
5 すっかり。

【女を妊娠させたと告白】

6 「なま」は未熟、本格的でないことをあらわす接頭語。古事談「青女房」。
7 恋仲になって。
8 洗濯などさせて。
9 妊娠して。
10 臨月が当たって。

し御あはれみや侍るとてなん」といふ。ことのおこりは[11]げにと覚えずなれど、さこそ思ふらめと、[12]いとほしく覚えて、「いとやすきことにこそ」とて、[13]おしはからひて、人一人《ひといちにん》に持たせて、そへて取らせんとす。この僧のいふやう、[14]「かたがたきはめて[15]つつましく侍り。ことさらそことは[16]知られじと思ひ給ふるなり。みづから持ちてまからん」とて、持たるるほど負うて出でぬ。

主《あるじ》なほあやしく思ひて、さやうの方《かた》に[17]いひがひなき者を付けてやる。さまをやつして、[18]見がくれに行きけるほどに、[19]北山の奥にはるばると分け入りて、人も通はぬ[20]深谷《しんこく》に入りにけり。[21]一間ばかりなるあやしき柴の庵の内に入りて、ものうち並べて、「あな苦し。[22]三宝の助けなれば、[23]安居《あんご》の食《じき》も設《まう》けたり」と、独りうちいうて、足うち洗ひて静まりぬ。この使「いとめづらかにもあるかな」[24]と聞きけり。日暮れて、今宵《こよひ》帰るべくもあらねば、木陰にやはら隠れ居にけり。

11 納得できない。
12 気の毒だ。
13 （必要そうなものを）見繕って。
14 あれこれと。物を恵んだ上に、人をつけて運ばせようとしてくれていることを指す。
15 遠慮される。
16 底本「知らじ」。寛文本に拠り改める。神宮本「知らせ申さじ」。

【僧、北山の奥に帰る】

17 →補注25
18 古事談「みえかくれ」。見えたり隠れたりしながら尾行する様子。「ミガクレ　詩歌語。すなわち、見えつ隠れつ」（日葡辞書）。
19 京都北方の山々。
20 「シンコク　深き谷。深い谷。文書語」（日葡辞書）。古事談「深谷の介（はざま）」。
21 一部屋。
22 仏・法・僧。

夜ふくるほどに、法華経をよもすがら読み奉る声、いと尊くて、涙もとどまらず。明くるやおそしと立ち帰りて、主《あるじ》にありつる様を聞こえければ、驚きながら「[25]さればよ、ただ者にはあらずと見き」とて、重ねて消息をやる。

「思ひかけず、安居の御料《ごれう》と承《うけたまは》る。しかあらば、一日のものは少くこそ侍らめ。これを奉る。なほもいらんこと候はば、必ずのたまはせよ」といはせたりければ、経うち読みて、何とも返事《へんじ》いはざりけり。[26]とばかり待ちかねて、ものをば庵の前に取り並べて帰りぬ。

日ごろ経て、「[27]さてもありつる僧こそ不審なりけれ」とて、[28]おとづれたりけれど、その庵には人もなくて、前《さき》に得たりしものをば、ほかへ持ち去《い》にけると思《おぼ》しくて、後のおくりものをば、さながら置きたりければ、鳥、獣、食ひ散らしたる様にて、ここかしこにこぼれ散りてぞありける。

まことに道心ある人は、かく我が身の徳を隠さんと、[29]過《とが》を

23　夏安居。陰暦四月一六日から三ヶ月間、外出せずに修行に専念すること。
24　そっと。
25　やっぱり。
26　しばらく。

【無人の庵】
27　この間の。
28　出かけて尋ねる。
29　露悪的なことをして。摩訶止観七下には、名誉（名利）から身を守るために「まさに徳を縮め玼を露はし、狂を揚げ実を隠せ。…もし名利の眷族、外より来たり破らば…譲れ、隠せ、去れ」とある。

あらはして、貴まれんことを恐るるなり。もし人、世を遁《のが》れたれども、いみじくそむけりといはれん、貴く行ふ由《よし》を聞かれんと思へば、世俗の名聞《みやうもん》[30]よりも甚《はなは》だし。

この故に、ある経[31]に、「出世の名聞は、譬へば、血を以て血を洗ふが如し」と説《と》けり。本の血は洗はれて、落ちもやすらん、知らず。今の血は大きにけがす。愚かなるにあらずや。[32]

発心集　第一

30　名誉を得るための偽善。

【出家の後の名聞】

31　未詳。神宮本「瑜伽論には」。

32　「血で血を洗う」は、経典では折角何かから脱したのに、元に戻ってしまうことの喩えとして用いられる。「闇より闇に入り、廁より廁に入り、血を以て血を洗ふ…悪を捨て悪を受け、冥より冥に入るは、また復たかくの如し」（雑阿含経四二）。

発心集　第二

鴨長明　撰

一　[1]安居院聖《あぐゐひじり》、京中に行く時、隠居の僧に値《あ》ふ事

近ごろ、安居院に住む聖《ひじり》ありけり。なすべきことあつて京へ出でける道に、[2]大路つらなる井のかたはらに、[3]下種《げす》の尼の物洗ふありけり。この聖を見て、「[4]ここに人の会ひ奉らんと侍るなり」といふ。「誰《たれ》と申すぞ」といへば、「今、[5]対面《たいめん》でぞのたまはせんずらん」といひて、「ただ、[6]きと立ち入り給へ」と[7]切々《せつせつ》にいひければ、[8]思ひながら、尼を前《さき》に立てて行き、入

【聖、呼び止められる】

1　京都市上京区にあった、比叡山東塔北谷竹林院の里坊。安居院流唱導の祖澄憲・聖覚父子が拠点としたことで知られる。
2　大路に面した側。
3　身分が低い。
4　ある人が（あなたに）お会いしたがっています。
5　（本人が）お目に掛かって。
6　ちょっと。
7　神宮本「切（しき）りに」。
8　寛文本「思はずながら」、神宮本「恠とは思ひながら」。

つて見れば、はるかに奥深なる家の小さく造れるに、年たけたる僧一人《いちにん》あり。

そのいふことを聞けば、「いまだ[9]知り奉らざるに、申すは[10]うちつけなれど、かくて形《かた》の如く後世の勤めを仕《つかまつ》りて侍りつれど、知れる人もなければ、[11]善知識もなし。また、[12]まかり隠れけんのちは、[13]とかくすべき人も覚え侍らぬによりて、[15]『誰にても[14]後世者と見ゆる人過ぎ給はば、必ず呼び奉れ』と、[15]うはの空に申して侍りつるなり。さて、もし[16]うけひき給はば、[17]あやしげなれども、跡にのこるべき人もなし、譲り奉らんと[18]思ひ給ふるなり。それにとつて、かくて[19]侍《はんべ》るを悪しくも侍らず。[20]なかなかしづかに侍るを、隣りに[21]検非違使《けびゐし》の侍りつるあひだに、罪人を責め問へる音《おと》なんどの聞こえて、うるさく侍りつれば、まかり去りなばやと思ひ給ふれど、[22]さてもいくほどもあるまじき身をとなん思ひ煩ひ侍る」なんど、こまやかに語る。この聖、「かやうに承るは、[23]さるべきにこそ。のた

【老僧の願い】

9 私があなたを。
10 唐突だが。
11 真の道への導き手。
12 私が死んだ後は。
13 弔いや何やを。
14 極楽往生を願う人。
15 漠然と。神宮本「此のうばに」。
16 承認する。底本「うちひく」。寛文本に拠る。神宮本「承引し」。
17 みすぼらしい住まいだが。
18 謙譲の補助動詞「給ふ」(下二段活用)。
19 神宮本「侍るも」。
20 かえって。
21 京の治安・衛生維持に携わった令外官。
22 余命どれほどもないだろう。
23 前世からの約束事。

まはすることは、いとやすきことに侍り」とて、浅からず契りて、[24]おぼつかなからぬほどに行き訪《とぶら》ひつつ過ぎけり。

そののち、いくほどなく[25]かくれける時、本意《ほい》の如く行き[26]あひて、これを[27]見あつかふ。[28]弥勒《みろく》の[29]持者《ぢしや》なりければ、その[30]名号《みやうがう》を唱《とな》へ、[31]真言《しんごん》なんどみてて、臨終《りんじふ》思ふやうにて、終りにけり。いひしが如く、とかくのことなんど、また、[32]口入《くちいれ》する人もなし。されど、この家をばその尼になん取らせたりける。

さて、かの尼に、[33]「いかなる人にておはせしぞ。また、何ごとの縁にて世をば渡り給ひしぞ」なんど問ひければ、「我も委《くは》しきことはえ知り侍らず。思ひかけぬゆかりにて、つきたてまつりて、年ごろ仕《つかうまつ》りつれど、[34]誰とか申しけん。また、知れる人の尋ね侍《はんべ》るもなかりき。ただ[35]つくづくと一人《ひとり》のみおはせしに、[36]時料《じれう》は二人《ににん》がほどを、誰人とも知らぬ人の、[37]失《う》するほどをはからひてなんまかり過ぎし」とぞ語りける。

これも[38]やうありける人にこそ。

24 不安に思わないくらいの間隔で。

【老僧の往生】

25 僧が亡くなった。
26 聖が僧の臨終に。
27 世話をした。
28 ↓一—六話注46
29 持経者。常に経や呪文などを読誦・保持する遁世者。
30 仏・菩薩の名。
31 呪文。陀羅尼・咒とも。
32 干渉する。

【尼、老僧の名も知らず】

33 亡き僧は。
34 名前も分かりません。
35 じっと。
36 生活費。
37 なくなる時分を見計らって。
38 事情・いわれ。わけ。

二　[1]禅林寺　[2]永観《えうくわん》律師《りつし》の事

永観律師といふ人ありけり。年ごろ念仏の志《こころざし》深く、名利《みやうり》を思はず、世捨てたるが如くなりけれど、さすがにあはれにも仕《つかうまつ》り、知れる人を忘れざりければ、ことさら、深山《しんざん》を求むることもなかりけり。東山禅林寺といふ所に籠居《ろうきよ》しつつ、人に[3]物を貸してなん、日を送るはかりことにしける。借る時も、返す時も、[4]ただ来たる人の心にまかせて沙汰しければ、[5]なかなか仏の物をとて、[6]いささかも不法《ふほふ》のことはせざりけり。いたく貧しき者の返さぬをば、前に呼びよせて、もののほどに随ひて念仏を申させてぞ、あがはせける。

[7]東大寺別当《べつたう》のあきたりけるに、[8]白河院《しらかはのゐん》この人をなし給ふ。聞く人[10]耳を驚かして、[9]「よも受け取らじ」といふほどに、思はずにいなび申すことなかりけり。

＊古事談三―六四・私聚百因縁集八―五などと同類話。

【永観、人に物を貸して暮らす】

1　京都市左京区にある浄土宗西山禅林寺派総本山。永観堂。空海の弟子真紹の創建。永観が入寺して後、浄土教の念仏道場となった。

2　一〇三三～一一一一。文章生源国経の子、石清水別当法印元命の養子。山城光明山寺に隠棲、後に禅林寺に帰住する。往生講を行い、往生拾因・往生講式などを著す。

3　古事談では「米を出挙成して多く」しようとした。寺社による米や稲の貸し付けは古来行われた。

4　古事談では、永観は「請文をもせさせず、人をも遣て徴すまじ。只秋の時、各持ち来て弁ずべし」と言ったとする。

5　かえって。

6　古事談では、秋になっても

その時、年ごろの弟子、つかはれし人なんど、我も我もとあらそひて、東大寺の[11]庄園《しやうゑん》を望みにけれども、一所《いつしよ》も人の[12]かへりみにもせずして、みな寺の修理の[13]用途《ようど》によせられたりけり。みづから本寺に行き向ふ時には、異様《ことやう》なる馬に乗つて、かしこにゐるべきほどの[14]時料《じれう》、小法師に持たせてぞ入りける。

かくしつつ三年のうちに修理《しゆり》こと終りて、すなはち辞し申す。君《きみ》、また、とかくの仰せもなくて、こと人をなされにけり。よくよく人の心を合せたるしわざのやうなりければ、時の人は、「寺の破《やぶ》れたることを、この人ならでは心やすく沙汰すべき人もなしとおぼしめして、仰せ付けけるを、律師も心得給ひたりけるなむめり」とぞいひける。深く罪を恐れける故に、年ごろ寺のこと行なひけれど、寺物《じもつ》をつゆばかりも自用《じよう》のことなくてやみにけり。

この禅林寺に、梅の木あり。実なるころになりぬれば、これを[15]あだに散らさず。年ごとに取つて、[16]薬王寺《やくわうじ》といふ所に多

誰も返しに来なかったが追求せず「無沙汰にて止みにけり」。

【東大寺別当に就任】

7　一一〇〇年五月に任ぜられ、〇二年退任。

8　→一—六話注35

9　まさか引き受けまい。

10　断り申し上げる。

11　東大寺は莫大な荘園を有していたことで有名。

12　管理すること。

13　費用。

14　生活費。

【修理が終わると退任】

【悲田梅】

15　無駄に。

16　→補注26

かる病人に、日々《にちにち》といふばかりに施《ほどこ》[17]させられければ、あたりの人、この木を悲田梅《ひでんばい》[18]とぞ名づけたりける。今もことのほかに古木になりて、花も僅かに咲き、木立もかじけ[19]つつ、昔の形見に残りて侍るとぞ。

[20]ある時、かの堂に客人《きやくじん》の詣で来たりけるに、算《さん》[21]をいくらともなく置きひろげて、人には目もえかけざりければ、客人の思ふやう、「律師は出挙《しゆつきよ》[22]をして命つぐばかりをことにし給へりと聞くに、あはせてその利のほど数へ給ふにこそ」と見居るほどに、置きはてて、取りをさめて、対面せらる。その時、「算置き給ひつるは、何の御用ぞ」と問ひければ、「年ごろ申し集めたる念仏の数のおぼつかなく[23]て」とぞ答へられける。

　さまで驚くべきことならねど、主《ぬし》[24]からに貴く覚えし。後に、人の語りけるなり。

17　恵み与える。
18　「悲田」は、慈悲の種子を蒔き、功徳の収穫を得る田の意。
19　生気を失う。

【算木で数える】
20　以下、神宮本は他の逸話を複数載せる。
21　計算用の棒。
22　「すいこ」とも。稲・財物を有利子で貸し付けること。
23　はっきりしない。
24　「から」（もしくは「がら」）は、そのものの本来持っている性質に適っていること。

三　[1]内記《ないき》入道寂心《じゃくしん》の事

[2]村上の御代に、内記入道寂心といふ人ありけり。[3]そのかみ、宮仕へける時より、[4]心に仏道を望み願うて、ことにふれてあはれみ深くなんありける。

[5]大内記にて、注《しる》すべきことあつて、内裏《うち》へ参りけるに、[6]左衛門の陣の方《かた》に、女の涙を流して泣き立てるあり。「何ごとによりて泣くぞ」と問ひければ、「主《しゅ》の使にて、[7]石の帯《おび》を人に借《か》りて、持ちてまかりつる道に、落して侍れば、主にも重く[8]誡《いまし》められんずらん。さばかりの大事のものを失ひたる悲しさに、[9]帰る空も覚えず、思ひやる方なくて」となんいふ。心の内にはかるに、実《げ》にさぞ思ふらんと、[10]いとほしうて、我がさしたる帯解きて、取らせてけり。「もとの帯にあらねど、[11]むなしう失うて、申す方なからんよりも、これを持ちてまか

*今鏡九・まことの道、今昔物語集一九―三は同類話。

【寂心、女に石帯を与える】

1　慶滋保胤（?～一〇〇二）。賀茂忠行の子。大内記。勧学会の中心人物で、日本往生極楽記の編者。
2　村上天皇（九二六～九六七）の在位は九四六～九六七年。
3　その昔。
4　内心。神宮本「心一つに」。
5　中務省に置かれた書記官。
6　左衛門府の詰所。内裏外郭東側建春門の外側にあった。
7　せきたい。玉帯とも。束帯姿の時、腰に締める革製の帯で、玉・色石などの装飾がある。
8　叱られる。
9　帰ろうとする気持ち。
10　気の毒だ。
11　ただなくしてしまって。

りたらんは、おのづから罪《つみ》もよろしからん」とて、手をすり、喜びてまかりにけり。

さて、片角《かたすみ》に、帯もなくて、隠れ居たりけるほどに、[12]事始まりにければ、「遅し。遅し」と催されて、こと人の帯を借りて、その[13]公事をばつとめけり。

[14]中務の宮の文《ふみ》習ひ給ひける時も、少し教へ奉りては、ひまひまに目を[15]ひさきつつ、常に仏をぞ念じ奉りける。

ある時、かの宮より馬を給はらせたりければ、乗りて参りける道のあひだ、堂塔《だうたふ》の類《たぐひ》はいはず、いささか卒都婆《そとば》一本ある所には、必ず馬より下りて、[16]恭敬礼拝《くぎやうらいはい》し、また、草の見ゆる所ごとに、馬の[17]食《は》みとまるに、心にまかせつつ、こなたかなたへ行くほどに、[18]日たけて、朝《あした》に家を出づる人、[19]未申《ひつじさる》の時までになんなりにける。[20]舎人《とねり》いみじく[21]心づきなく覚えて、馬をあらかに打ちたりければ、涙を流し、声を立てて泣き悲しみていはく、「多かる[22]畜生《ちくしやう》の中に、かく近づくことは深き

12 他の人の帯。神宮本「御倉(みくら)の小舎人が帯」。
13 朝廷の儀式。

【寂心の信心深さ】

14 具平親王(九六四〜一〇〇九)。村上天皇皇子。後中書王とも。漢詩文にすぐれ、寂心の弟子。
15 ふさぐ。
16 慎み敬う。
17 草を食べるために止まる。
18 日が高くなる。
19 未は一三〜一五時、申は一五〜一七時。
20 貴人に従う牛飼いや馬の口取りのこと。
21 不満に思う。
22 動物のこと。仏教では六道の一つ、畜生道の境涯を言う。

[23]宿縁《しゆくえん》にあらずや。過去の[24]父母にもやあるらん。いかに大きなる罪をば作るぞと、いと悲しきことなり」と驚きさわぎければ、舎人《とねり》いふばかりなくて、まかりてぞ立ち帰りける。

かやうの心なりければ、[25]池亭記《ちていき》とて、書き置きたる文にも、「[26]身は朝《てう》にありて、心は隠《いん》にあり」とぞ侍《はんべ》るなる。

年たけて後、頭《かしら》おろして、[27]横川《よかは》に上《のぼ》り、法文《ほふもん》習ひけるに、[28]僧賀上人《そうがしやうにん》いまだ横川に住み給ひけるほどに、これを教ふとて、「[29]止観《しくわん》の明静《みやうじやう》なること、前代いまだ聞かず」と読まるるに、この入道ただ泣きに泣く。聖「さる心にて、かくやは[30]いつしか泣くべき。あな、[31]愛敬《あいぎやう》なの僧の道心や」とて、こぶしをにぎりて、打ち給ひければ、「[32]我も人もこそ」とまかりて立ちにけり。

ほどへて、「さてしもやは侍るべき。この文《ふみ》うけたてまつらん」といふ。さらばと思うて、読まるるに、前《さき》の如く泣く。また、[33]はしたなくさいなまるるほどに、後《のち》の詞《ことば》も聞かで、止《や》

23　前世からの因縁。
24　過去世での。
25　保胤の邸「池亭」（具平親王から譲られたか）をめぐる記で、長明の方丈記の典拠としても有名。本朝文粋一二所収。
26　池亭記「以身在朝、志在隠也」。

【僧賀上人の叱責と落涙】

27　比叡山三塔の一つ。
28　→一—五話注2
29　摩訶止観（天台三大部の一つで、五九四年、天台大師智顗の講述）の冒頭部。「止観」は心を静め、智恵を働かせて対象を観ずること。
30　すぐさま。
31　かわいげがない。神宮本「愛敬なく虚（そら）道心や」。
32　私もあなたも、の意か。神宮本「我も人も事にがりて立にけり」。
33　ひどくとがめる。

みにけり。

日ごろ経《へ》て、なほ[34]こりずまに御気色《おんきしよく》とりて、恐れ恐れうけ申しけるにも、ただ同じやうに、いとど泣きける時、その聖も涙をこぼして、「まことに深き御法《みのり》の尊く覚ゆるにこそ」とあはれがりて、静かにさづけられけり。

かくしつつ、やんごとなく、徳いたりにければ、[35]御堂《みだう》の入道殿も、御戒なんど受け給ひけり。

さて、聖人《しやうにん》往生しける時は、御諷誦《おんふじゆ》[36]なんどし給ひて、[37]さらし布百千たまはせけり。請文《しやうもん》[38]には、三河入道[39]秀句《しうく》書きとめたりけるとぞ。

[40]昔は隋《ずい》の煬帝《やうてい》の智者に報ぜし、千僧ひとりをあまし、

今は左丞相《さじようしやう》の寂公《じやくこう》を訪《とぶら》ふ、さらし布百千《ももち》にみてり

とぞ書かれたりける。

34 しょうこりもなく。

35 藤原道長（九六六～一〇二七）。一〇一九年に出家。↓補注27

【藤原道長の諷誦文】

36 法会で、亡者追善のため布施を備え、施主の願意を述べる文。

37 ↓補注28

38 うけぶみ。受入状。

39 寂照（寂昭とも。?～一〇三四）。俗名大江定基。斉光の子。蔵人、図書頭、三河守、従五位下。九八八年出家。五台山巡礼のため入宋、中国杭州で没。

40 ↓補注29

四　[1]三河聖人寂照《みかはのしやうにんじやくせう》、入唐《にっとう》往生の事

三河の聖《ひじり》といふは、大江定基《おほえのさだもと》といふ博士《はかせ》、これなり。[2]三河守になりたりける時、もとの妻《め》を捨てて、類《たぐひ》なく覚えける女をあひ具《ぐ》して下りけるほどに、国にて女、病を受けて、つひ[3]にはかなくなりにければ、嘆き悲しむこと限りなし。恋慕《れんぼ》のあまりに、[4]取り捨つるわざもせず、[5]日ごろ経《ふ》るままに、なりゆくさまを見るに、いとど憂き世のいとはしさ思ひ知られて、[6]心を発《おこ》したりけるなり。

[7]頭《かしら》おろして後、[8]乞食《こつじき》し歩《あり》きけるに、我が道心《だうしん》はまことに発《おこ》りたるやと、心見んとて、妻《め》のもとへ行きて、物を乞ひければ、女これを見て、[9]「我に憂き目見せし報《むくい》に、かかれとこそは思ひしか」とて、[10]うらみをして向ひたりけるが、何とも覚えざりければ、「[11]御徳に、仏になりなんずること」とて、手

＊続本朝往生伝三三・今昔物語集一九―二・今鏡九まことの道・宇治拾遺物語五九等は同類話。

【愛する女の遺体を見て発心】

1 →二―三話注39。三河は愛知県東北部。
2 「入道前三河守大江定基」（九八九・三・七。日本紀略）。
3 亡くなった。
4 遺体を。
5 何日も。
6 仏道心。

【旧妻を訪ねる】

7 剃髪して。
8 僧が食を求めながら修行すること。托鉢。頭陀（ずだ）。
9 以下、神宮本「かかる身のなれるはてよとて、手を扣（たたき）て向ひ笑たりけるが」。
10 恨みごとを言って。
11 あなたのおかげで。

をすり、悦《よろこ》びて出でにけり。

さて、かの[12]内記の聖の弟子になりて、東山[13]如意輪寺《にょいりんじ》に住む。そののち、[14]横川に上《のぼ》りて、[15]源信僧都にあひ奉りてぞ、深き法《のり》をば習ひける。かくてつひに[16]唐へ渡つて、[17]いひしらぬ験《しるし》どもあらはしたりければ、大師の名を得て、円通大師《ゑんつうだいし》とぞ申しける。往生しけるに、仏の御迎への楽《がく》を聞きて、詩を作り、歌を詠《よ》まれたりける由《よし》、[18]唐より注《しる》し送りて侍り。

[19]笙歌遥《しやうかはる》カニ聞《きこ》ユ孤雲《こうん》ノ上《うへ》　[20]聖衆来迎《しやうじゆらいがう》ス落日《らくじつ》ノ前《まへ》

[21]雲の上にはるかに楽《がく》の音すなり人や聞くらんひが耳かもし

五　[1]仙命《せんみやう》上人の事　ならびに　[2]覚尊上人の事

近きころ、[3]山に仙命上人とて、貴き人ありけり。その勤め[4]理観《りくわん》を旨《むね》として、常に念仏をぞ申しける。ある時、持仏堂に

【寂照の修行と往生】
12　慶滋保胤。→二—三話注1
13　→補注30
14　比叡山三塔の一つ。
15　九四二～一〇一七。天台僧。恵心僧都。良源の弟子。横川の恵心院に隠遁し、往生要集他、多数の著作を著した。
16　一〇〇三年八月（扶桑略記）。
17　例えば続本朝往生伝などに、寂照の飛鉢譚が見える。
18　→補注31
19　→補注32
20　極楽浄土から来迎する二十五菩薩。
21　袋草紙上「時に臨める歌参河入道滅する時」。第四句「人にとはばや」。
＊古事談三—一〇三は部分的に同話。

【仙命の修行】
1　→補注33

て[5]観念《くわんねん》するあひだに、空に音《こゑ》ありて、「あはれ、貴きことをのみ観じ給ふものかな」といふ。あやしみて、「誰《た》そ、かくはのたまふぞ」と問ひければ、「我は当所の[6]三聖《さんしやう》なり。発心《ほつしん》し給ひし時より、日に三度天翔《あまかけ》りて、守り奉るなり」とぞ答へ給ひける。

この聖《ひじり》、さらにみづから朝夕《てうせき》のことを知らず。一人使ひける小法師、山の坊ごとに一度廻《めぐ》りて、一日の[7]かれひを乞うて、養ひけるほかには、何も人の施《せ》を受けざりけり。

[8]時の后の宮《きさいのみや》、願を発《おこ》して、世に勝《すぐ》れて貴《たつと》からん僧を供養《くやう》せんと心ざして、あまねく尋ね給ひけるに、この聖のやんごとなき由《よし》を聞き給ひて、すなはち御《おん》みづから布袈裟《ぬのけさ》を縫ひ給ひて、「ありのままにいはば、よも受けじ」とおぼして、とか[9]くかまへて、この小法師に心を合はせてなん「思ひかけぬ人の給はせたりつる」とて、奉りければ、聖これを取つて、よくよく見て、「[10]三世の仏《ほとけ》得給へ」とて、谷へ投げ捨ててけれ

2 ↓補注34
3 比叡山。
4 普遍の真理を観ずること。
5 仏や浄土を心に思い描き念ずること。
6 比叡山の地主神である日吉山王の三聖（大比叡・小比叡・聖真子）。
7 かれいひとも。飯を乾燥させた携帯用の食糧。

【后宮からの布施を谷に捨てる】

8 未詳。古事談は白河院の女御（藤原道子〈一〇四二～一一三二〉か）とする。
9 段取る。
10 過去・現在・未来の無数の仏たち。

ば、いふかひなくてやみにけり。

　おほかた、人の乞ふもの、さらに一つ惜しむことなかりけり。[11]板敷《いたじき》の板を欲《ほ》しがる人のありければ、我が房の板を二、三枚[12]はなして取らせたりけるあひだに、[13]東塔の[14]鎌倉にすむ覚尊聖人[15]得意《とくい》にて、夜暗《くら》き時、来たりけるが、板敷の板のなきことを知らずして、落ち入るあひだに、「あな、[16]悲し」といひけるを聞きて、[17]「御房《ごぼう》は[18]不覚《ふかく》の人かな。もし、さて、[19]やがて死なんことも、[20]かたかるべき身かは。あな、悲しといふ[21]終りの言やはあるべき。南無阿弥陀仏とこそ申さめ」なんどいひけり。

　この仙命上人、かの覚尊が住む鎌倉へ行きたりけるに、[22]とみのことありて、[23]客人をおきながら、[24]きとほかへ行くとて、急ぎ出づる人の、さらに内へ帰り入つて、やや久しくものを[25]したためければ、[26]あやしうて、出でて後《のち》、跡を見給ふに、万《よろづ》のものにことごとく[27]封《ふう》を付けたり。この聖思ふやう、「いと

【仙命、覚尊を叱責】
11 縁側の板。
12 はずして。
13 比叡山三塔の一つ。神宮本は「東谷に住みける覚尊」。東谷は東塔・西塔にある。
14 未詳。古事談の「神蔵」が正しいか。
15 知友。
16 残念。
17 僧を敬って呼びかける語。
18 愚かな。
19 そのまま。
20 あり得ない身だろうか、いや大いにあり得る。
21 臨終のことば。→補注35
【覚尊、家財に封印する】
22 急な用事。
23 客である仙命を（覚尊の）住房に残して。
24 ちょっと。
25 用意する。神宮本「調うる」。

[28]心悪《わる》きしわざかな。[29]よも歩《あり》きのたびに、かくしもしたためじ。我を疑ふ心にこそ。はや帰れ[30]かし。このことを恥ぢしめん」といふ。

かく思ひたるほどに、帰り来たれり。思ひ[31]まうけたることなれば、見つくるや遅しと、このことをいふ。覚尊のいはく、「常にかくしたたむるにあらず。また、人のものを取るを惜しむにもあらず。されども、御房のおはすれば、かく取り収め侍るなり。その故は、もし、これらいささかも失《う》せたることあらば、[32]凡夫なれば、自《おのづか》ら御房を疑ひ奉る心のあらんことの、いみじう罪障《ざいしやう》ありぬべく覚えて、我が心の疑はしさになん。何ばかりのものをかは惜しみ侍《はんべ》らん」とぞいひける。

かくて、鎌倉の聖、さきに[33]隠《かく》れぬと聞きて、「必ず往生しぬらん。ものに封付けしほどの、[34]心のたくみなれば」とぞ、仙命聖人はいひける。

その後《のち》、夢に覚尊にあへり。まづ初《はじ》めの詞《ことば》には、「いづれ

26 不審に思って。
27 封印。
28 心が汚い。
29 まさか。
30 強調の助詞。
31 準備する。
32 私（覚尊）が並みの人間なので。

【没後、夢に現れる】

33 亡くなった。
34 神宮本「工みの者」。工夫ある人。

の品《ほん》[35]ぞ」と問ひければ、「下品下生《げぼんげしやう》なり。それだにも、ほと[36]ほとしかりつるを、御房の御徳《おんとく》に往生とげたるなり。日ごろ橋[37]を渡し、道をつくりし行《ぎやう》ばかりにては、かなはざらまし。御すすめによりて、時々《ときどき》念仏をせしかば」とぞいひける。またいはく、「仙命、往生はかなひなんや」と問ふ。「そのこと、疑ひなし。[38]はやく上品上生《じやうぼんじやうしやう》に定まり給へり」といふとぞ見えたりける。

六　津《つ》[1]の国《くに》[2]妙法寺、楽西《らくさい》[3]聖人の事

津の国和田[4]の奥に、妙法寺といふ山寺あり。かしこに楽西といふ聖人住みけり。本《もと》は出雲《いづも》[5]の国《くに》の人なり。我が身いまだ男《をとこ》[6]なりける時、人の田を作るとて、牛[7]のたへがたげなるを打ちせめて[8]、かきすきける[9]を見て、「かく有情《うじやう》[10]をなやましつつ、わりなく[11]して作《つく》りたてたるものを、作《な》すことなくて受用する

35 浄土に往生する者の、下品下生から上品上生までの九品(段階)の等級。
36 きわめてあやうい。
37 人々のために土木工事を呼びかける勧進活動。古事談「覚尊は常に出洛して知識勧進しけるを、仙命は由無き事をし給ふ物かなと云て」。
38 すでに。

【楽西、酷使される牛を見て発心】
1 摂津国。大阪府西北部と兵庫県東南部。
2 神戸市須磨区にある真言宗の寺院。
3 伝未詳。
4 神戸市兵庫区。大輪田泊の内陸で、福原の都の中心地。
5 島根県東部。
6 在俗。

ことこそ、いみじう罪深けれ」と思ひけるより、[12]心発《おこ》つて、[13]やがて出家したりけり。

その後、[14]居所《あどころ》求むとて、国をあまねく見行きけるに、縁やありけん、この所の心に[15]付きて覚えければ、ここに住まんと思ひて、ある僧の庵に尋ね行きたるに、主《あるじ》はあからさまに立ち出でたるに、[16]榾《ほた》といふものを[17]さし合はせて置きたるを見て、この聖とかくもいはで、はい入つて、木多くとり[18]くべて、背中あぶりして居たりけり。

主帰り来て、いふやう、「何者なれば、人のもとに来て、[19]案内もいはで、[20]したりがほに火たきては居たるぞ」といふ。[21]「けうのしわざや」と、腹立てければ、「我は、いささか心を発《おこ》して迷ひ歩《あり》く修行者なり。汝もろともに仏の御弟子にあらずや。[22]あながちに[23]知る知られずといふべきことかは。[24]風のおこりてなやましう覚えければ、この火のあたり見過《すご》しがたくて、居たるぞかし。木いくばくかは焚《た》きたる。惜しく思はれ

7 →補注36
8 神宮本「せため」。
9 鋤（すき）で畑を耕す。
10 生き物の総称。衆生。
11 やっとのことで。参考「この一盛の食ひ物は、数もなき労ひより来たれるにはあらずや」（閑居友上一三）。
12 仏道心が発って。
13 そのまま。

【ある僧の庵に上がり込む】

14 妙法寺周辺。
15 気に入る。
16 「ほだ」とも。燃料用の薪、枯木、枝など。
17 一緒にして。まとめて。
18 火の中に入れる。
19 挨拶。
20 得意げな様子。
21 希有。とんでもない。
22 ひたすら。
23 知り合いであるとかないとか。
24 風邪をひいて。

ば、[25]樵《こ》りて返し申さん。また、なほこの火にあてじとならば、去るべし。[26]慳貪《けんどん》なる火にはあたらでこそはあらめ。やすきことなり。まかり出でなん」といふ。

主もいささか道心ある者にて、「[27]ことがらを心得《え》ず覚ゆれば、申すばかりぞ。いはるるところも、また理《ことわり》なり。さらば、静かに居給へ」とて、ことの心を問ふ。我が志あるやうなんどいひけるほどに、やがて、この僧[28]得意《とくい》になりて、山の中の人離れたる所を切り払ひて、[29]形《かた》の如く庵を結びて、[30]住みそめたるになんありける。

かくて、貴く行なひて、年ごろになりければ、近きほどにて、[31]福原入道大臣《おとど》、この聖のことを聞き給ひて、「まことに貴き人かな。ことざま見よ」とて、[32]守俊を使にて、消息し給ひたりけり。「近きほどにかくて侍れば、[33]憑《たの》み奉る。また、いかなることなりとも候はば、必ずのたまはせよ」なんどねんごろにいはせ給ひて、送り物どもせられたりけり。聖人の

25　木や薪を伐る。
26　物惜しみすること。餓鬼道に堕ちる第一の原因とされた。
27　事情。
28　知友。
29　形ばかり。
30　住み始める。

【平清盛の帰依を辞退】

31　平清盛（一一一八～八一）。武家として初めて公卿となり従一位太政大臣に至る。一一六八年出家。福原遷都を行う。
32　平盛俊（?～一一八四）。父盛国と共に清盛の側近。大力として知られる。一の谷合戦で戦死。
33　帰依する。

いはく、「仰せは畏《かしこま》り侍《はんべ》り。ただし、行もなく徳もなければ、かやうの仰せ蒙《かうむ》るべき身にては[34]ゆめゆめ侍らず。いかやうに聞こしめして、[35]なほざりにて、御使なんど給はりてか侍るらん。このこと驚き思ひ給へ侍り。この給はせる物も返し奉るべきにて侍れど、恐れさりがたくて、今度《このたび》ばかりはとどめ侍り。今より後は、候ふまじきことなり。[36]さらさら身に申し侍るべき用なく侍り。[37]また知られ参らせて、御用にかなふべきことは[38]いささかも侍らず」と、[39]いとことのほかに申したりけり。

使帰り参りて、この由《よし》聞こえければ、「まことに貴き人にこそ。されど、さやうに[40]もてはなれんをば、[41]いかがはせん。なほとかくいふは、心に違《たが》ひなん」とて、またおとづれ給はずしてぞやみにける。

さてこの送り物をば寺の僧どもに方々《はうばう》分けて取らせて、我はいささかも取らず。ある僧[42]あやしめて、「何かはこれを受

34　決して。
35　「なほざりならず」と同じ。大変、豪勢に。
36　一向に。
37　知って頂いても。
38　少しも。
39　ひどくぞんざいに。
40　遠ざけようとする。
41　様子を尋ねる。
【清盛からの進物を分配】
42　変だと思ってとがめる。

け給はぬ。貧しき者のわりなくして、いささかの物なんど奉ることそ志は重く見ゆれ、それをば受け給ふめり。これほどの物、かの[43]御ためには何《なん》の物の数にてはあらん」といひければ、「のたまふところ、いはれたり。げに貧《まど》[44]しき人の志、重き信施[45]なれど、我受けずは、誰かは少き物を得て、思[46]ふばかりその志を報はんとする。これを返すものならば、我が罪をのみ恐れて、人を救ふ心は欠けぬべし。しかれば、さだめて仏の御意《おんこころ》にも背《そむ》きぬらんと思ひ給へば、なまじひ[47]に受け給ふなり。さてこの入道殿は、功[48]徳を作《な》し給はんには、いづれのことか心にかなはざらん。善[49]知識を尋ね給はんにもまた、行[50]徳高き人多し。誰か参らざらん。この法師知り給はずとも、さらさらことかくまじ。勢[51]ひいかめしうおはすめれば、さだめて罪もおはすらん。させる徳なき身にて、引[52]きかづきて由《よし》なしとて、遁《のが》れ申すなり」とぞいひける。

ここかしこより物を得るほどに、多くなりぬれば、寺の僧

43 平清盛のこと。
44 「まずし」の交替形。
45 三宝（仏・法・僧）に布施したもの。
46 布施した者が願うほど。
47 いやいやながら。
48 善行によって積む徳。
49 真の道への導き手。
50 仏道修行によって備わる徳。
51 威勢盛ん。
52 拝領する。ここでは引き受けるの意。

【烏、数珠をくわえて来る】

〈2－6話〉摂津国和田の妙法寺の楽西上人は物欲のない人だった。ある時、たくさんもらった餅を近くの老女に届けに行った。その時に大切な数珠を落としてしまった。困惑していると、烏（右上）がくわえて届けてくれた。

を呼び集めて、これを施《ほどこ》す。[53]さらに[54]後の料《れう》と思へることなし。かの山寺近く、[55]やまめなる老うばの、たへがたく貧しきあり。これをあはれみて、常に物なんど取らせけり。師走《しはす》の晦日《つごもり》、二人の手より餅をあまた得たりける時、かのうばを思ひ出して、夜いたうふけて、みづから持ちて行きけるほどに、年ごろ持ちたりける[56]念珠《ねんじゅ》を落してげり。帰りて後、思ひ出だしたりけれど、繁き山を分け行く道なれば、いづくにか落ちにけん、[57]求めにも行かず。「多年[58]薫修《くんじゅ》積みつる念珠を」と、歎きながら、[59]数珠《すず》挽《ひ》き語らひて、[60]あつらへんとするほどに、烏《からす》の物を[61]食ひて、堂の上にからからと鳴らすを見れば、我が落したりける念珠なりけり。「烏いとど[62]あはれなり」とて、これを返し取りつ。

　それより、この烏[63]得意《とくい》になりて、人の物持ち来べき時には、必ず来居《きゐ》て鳴く。[63]その居たる遠さに、今幾日《いくか》なりとはからふに、つゆもたがはず。[64]ほとほと[65]護法《ごほふ》なんどもいひつべきさま

53 全く。
54 後にとっておくための分。
55 やもめ。独身の女性。
56 数珠。
57 捜す。神宮本「求むるに及ばず」。
58 仏道修行の善行。
59 数珠作り。
60 注文して作らせる。
61 くわえる。
62 すばらしい。
63 烏は上空から、来客の速度に合わせながら寺に徐々に近づいて来るので、烏の声の距離で来客の位置が推測できる。
64 ほとんど。
65 護法天童。護法善神の使者。

にぞありける。

また、この庵の前に、小さき池あり。蓮《はちす》多くて、花《はな》の盛りには、水も見えず。ひとへに[66]紅梅の絹をおほへるが如し。ある時の夏、いささかも花の咲かざりけるを、人のあやしみければ、「今年は、我[67]この界を去るべき年なれば、[68]行くべき所に咲かんとて、ここには咲かぬなり」と答へけり。まことにその年、[69]臨終正念にめでたくてぞ終りにける。かやうの不思議多く聞こえ侍りしかど、[70]ことしげければ注《しる》さず。

七　[1]相真《さうしん》没して後、袈裟《けさ》を返す事

[2]津《つ》の国《くに》の[3]渡辺《わたなべ》といふ所に、[4]長柄《ながら》の[5]別所《べつしよ》といふ寺あり。そこに近ごろ、[6]暹俊《せんしゆん》といふ僧ありけり。若くては、[7]山に学問なんどしてありけるが、おのづからここに居つきたりけるなり。

この僧いかでか伝へ持ちたりけん、昔、[8]文殊《もんじゆ》の法《みのり》説き給ひ

【自らの往生を予見】

66 織物の色の名。紫色の縦糸と紅色の横糸で織る。

67 この世。

68 蓮華が咲くところから、極楽浄土を暗示する。「行者かの国に生れ已りて、蓮華初めて開く時」（往生要集・大文第二）。

69 亡くなる時、心が乱れない。

70 煩瑣なので。

＊説経才学抄・袈裟事、私聚百因縁集九―一九は同話。

【文殊の袈裟】

1 未詳。

2 摂津国。→二―六話注1

3 大阪市中央区天満橋付近の大川の津で、海陸交通の要所。嵯峨源氏の一流渡辺党の本拠。

4 大阪市北区北東部・淀川区南部の、淀川と大川に沿った地域で、歌枕長柄の橋周辺か。

5 別所は、聖が本寺を離れた

ける時の御袈裟とて、蓮[9]の糸にて織れる袈裟なり。もとは山の[10]禅瑜《ぜんゆ》僧都《そうづ》の伝へたりけるを、[11]池上《いけがみ》の皇慶阿闍梨《くわうけいあじやり》の時、[12]乙護《をつご》法《ほふ》して[13]無熱池《むねつち》にて洗はせ給ひける由、伝へたる袈裟なり。

この暹俊、年八十ばかりまで、殊《こと》なる弟子なし。そのあたり近く、[14]柳津の別所といふ所に、相真といふ僧あり。六十にあまれり。この袈裟の伝へやんごとなきことを聞いて、これを譲り得んと思ひて、弟子になりぬ。暹俊がいふやう、「袈裟を伝へんがために、弟子になり給へる志《こころざし》浅からず。しからば、[15]三衣《さんえ》の内、まづ五条《ごでう》を当時譲り奉らん。残りをば死後に伝へ取り給へ」といふ。相真説《よろこ》びて、これを得て帰りぬ。

その後、思ひのほかに、相真先立つて病をうけて死する時、この袈裟をかけて、弟子どもにいふやう、「我死なんには、この袈裟を必ずあひ具して埋《うづ》めよ」といひおきて、終りにければ、弟子どもいふ如くにして、日ごろ過ぎにけり。

その後、暹俊、かの相真が弟子中にいひ送る、「袈裟はみ

地に隠遁して、集団で修行した場所。この寺については未詳。
6 未詳。神宮本「還俊」。
7 比叡山。
8 完全な智恵を備えて説法を行い、諸菩薩を主導する菩薩。
9 例えば当麻曼荼羅は、横佩大臣の姫が蓮の糸で仕上げたと伝えられる（同縁起）。
10 →補注37
11 →補注38
12 →補注39
13 →補注40

【暹俊、相真に五条袈裟を譲る】

14 神宮本「やないづ」。摂津国中央部川辺郡の郷。「楊津」（和名類聚抄）。
15 大衣（九条とも）・七条・五条の三種の袈裟。

【暹俊、袈裟の返還を求める】

な[16]亡者《まうじや》に譲り申し候ふべき由《よし》、契り聞こえしかど、本意《ほい》ならず先立たれぬれば、[17]ともに離れてあるべきにあらず。返し給はらん」といふ。亡者のいひおきしやうなんど、ありのままにいひけれど、なほ信ぜず。重ねて尋ねたりければ、このこ[18]とよしなしとて、相真が弟子ども、[19]誓文《せいもん》をなん書きてぞ送りたりける。

その上には、とかくいふべきならねば、嘆《なげ》きながら年月を送るほどに、中《なか》一年を経て、[20]長寛《ちやうくわん》二年の秋、暹俊夢に見るやう、亡者相真来《きた》りていはく、「我、この袈裟をかけたりし[21]功徳によりて、[22]都率《とそつ》の[23]内院《ないゐん》に生《むま》れたり。ただし、袈裟をば我が申したりしままに、具して埋《うづ》みたりしかど、[24]不具になることを深く嘆き給へば、返し奉る。早く本《もと》の箱をあけて見給ふべし」といふ。夢覚めて、この三衣の箱をあけて見れば、もとの如くたたみて、箱の中にあり。まことに不思議のことなれば、涙を流しつつ、これを[25]恭敬《くぎやう》す。

16　死者。ここでは相真。
17　残りの二種の袈裟と。
18　（言い合っても）つまらない。
19　誓詞。

【暹俊、相真の夢を見る】

20　一一六四年。
21　善行によって積む徳。
22　都卒（兜率）天。欲界の第四天で、須弥仙の頂上にある弥勒菩薩の浄土。
23　都卒天のうち、弥勒菩薩が法を説く内側の宮殿。
24　そろわない。
25　慎み敬う。

その後、かの暹俊終る時、またこの袈裟をかけて、往生す。その弟子に[26]弁永といふ僧、これを伝へて、また往生すること先の如し。かの弁永が往生せしことは、[27]十年のうちのことなれば、みな人聞き伝へけることなり。

昔物語なんどには、[28]いみじきこと多かれど、その名残、年にそへて滅び失《う》す。まれまれ残りたるも、[29]世下《くだ》り人衰へて、[30]不思議をあらはすことありがたし。これは[31]濁れる世の末に、類《たぐひ》少なきほどのことなり。されば[32]結縁《けちえん》のため、わざと詣《まう》でつつ、拝む人多く侍るべし。

八　[1]真浄房《しんじやうばう》しばらく[2]天狗《てんぐ》になる事

近ごろ、[3]鳥羽の僧正とて、やんごとなき人おはしけり。その弟子にて、年ごろ[4]同宿したりける僧あり。名をば真浄房とぞいひける。往生を願ふ心深くして、師の僧正に聞こえける

26　私聚百因縁集「弁承」。未詳。
27　発心集執筆時から。

【末世の不思議】

28　大変すばらしい。
29　釈迦入滅後、時間がたって。
30　末世には、奇瑞も起きにくくなると考えられていた。「末法にはあらたなる証のみえぬなり」（百座法談聞書抄・三月二七日）。「季の葉に及ぶといへども怪異古のごとし。偉しきかな」（狐媚記）。
31　末法の世のこと。
32　仏法と縁を結び、善根を積むこと。

【真浄房、法勝寺三昧僧になる】

1　未詳。
2　↓補注41
3　覚猷（一〇五三～一一四〇）。天台宗の僧。宇治大納言源隆国の子。三井寺長吏・天台座主・法勝寺別当などを歴任。

やう、「月日にそへて[5]後世[6]のおそろしく侍れば、修学《しゆがく》の道を捨てて、ひとへに念仏をいとなまんと思ひ侍るに、折りよく法勝寺《ほつしようじ》[7]の三昧《さんまい》[8]あきて侍《はんべ》り。かしこに申しなし給へ。身を非人《ひにん》[9]になして、かの三昧のことに命を続《つ》いで[10]、後世[11]をとり侍らん」と聞こえければ、「かく思ひ取り[12]ける、あはれなり」とて、すなはち、申しなされにけり。

その後、本意《ほい》の如くのどかに三昧僧坊に居て、ひまなく念仏して、日月を送る。隣の坊に叡泉房《えいせんばう》[13]といふ僧、同じく後世を思へるにとりて、その勤《つと》め異《こと》なり。彼は地蔵[14]を本尊として、さまざまに行ひぬ。諸々《もろもろ》の癩《かつたゐ》[15]をあはれみて、朝夕物を取らす。真浄房が方《かた》には、阿弥陀[16]を憑《たの》み奉りて、ひまなく名号[17]を唱《とな》へ、極楽を願ふ。これまた乞食《こつじき》をあはれみければ、さまざまの乞食ども競《きほ》ひ集まる。二人の道心者は間近く垣を一つ隔てたれども、各《おのおの》[18]ならひにければ、癩もこなたへ影ささず[19]、乞食も隣へ望むことなし。

鳥羽離宮に住む。絵画にすぐれ、「鳥羽絵」の祖とされる。
4　師覚猷と。
5　重なるにつれ。
6　死後生まれ変わる世界。
7　↓補注42
8　三昧僧。法華堂・常行堂に常住して、専ら念仏・誦経などをする僧のこと。
9　世捨人。
10　生きながらえる。
11　極楽往生する。
12　決心する。

【叡泉房と隣り合わせる】

13　↓補注43
14　釈迦没後、弥勒出世までの無仏世界の救済を仏に委ねられた菩薩。六道を廻って衆生を助け、現世利益をかなえる。
15　「かたい」の変化形。乞食、あるいはハンセン病患者。
16　西方極楽浄土で説法する如来。阿弥陀仏浄土への往生を願う信仰が浄土門。

かかる程に、かの[20]僧正病を受けて、かぎりになり給へる由を聞きて、真浄房訪《とぶら》ひに詣でたりけり。ことのほかに弱くなりて、臥し給へる所に呼び入れて、「年ごろむつまじう思ひならはせるを、この二、三年[21]うとうとしくなれるだに恋しく覚えつるに、今長く別れなんとす。今日や[22]限りならん」といひもやらず、泣かれければ、真浄房いとあはれに覚えて、涙をおさへて、「さなおぼしめしそ。今日《こんにち》こそ別れ奉るとも、後世《ごせ》には必ず会ひて、仕《つかうまつ》るべきなり」と聞こゆ。「かく同《どう》心《しん》に思ひけるこそいとどうれしけれ」とて、臥し給ひぬれば、泣く泣く帰りぬ。その後ほどなく、僧正隠れ給ひにけり。

かくて年ごろ経るほどに、隣の叡泉房、[23]心地なやましくて、[24]廿四日の暁に、地蔵の御名《みな》を唱《とな》へて、いとめでたく終りぬれば、見聞《けんもん》の人貴《たつと》みあへり。

この真浄房、おとらぬ後世者なりければ、必ず[25]往生人なりと定むるほどに、二年《ふたとせ》ばかりあつて、いと心得ず物狂はしき

17 「南無阿弥陀仏」の六字。
18 立ち寄り先が習慣的に定まっていたので。
19 人影を現す。

【鳥羽僧正の命終】

20 覚猷。
21 疎遠に。
22 最後。

【叡泉房と真浄房の命終】

23 病気になって。
24 二十四日は地蔵の縁日。

【真浄房、天狗となって老母に憑く】

25 正気でないような。

やうなる病をして、隠れにけり。辺《あた》りの人、あやしく本意《ほい》なきことに思ひつつ、年月をおくるほどに、老いたる母の[26]おくれゐて嘆きけるが、また[27]物めかしきことどももありけるを、親しき人ども集まりて、もてさわぐほどに、この母がいふやう、「我はことなる物の怪にあらず。失せにし真浄房が詣で来たるなり。我がありさまを誰も心得がたく思はれたれば、[28]かつはそのことをも聞こえんとなり。我ひとへに[29]名利を捨てて後世の勤《つと》めよりほかに営《いとな》みなかりしかば、[30]生死にとどまるべき身にてはなきを、我が師の僧正の別れを惜しみ給ひし時、『後世には必ず参り会うて、随ひ奉らん』と[31]聞こえたりしことを、今、[32]券契《けんけい》の如くして、『さこそいひしか』とて、いかにも[33]いとまを給はせぬによりて、[34]思はぬ道に引き入れられ侍るなり。ひとへに仏の如く憑《たの》み奉りしままに、[35]由《ゆゑ》なきことを申して、[36]かく思ひのほかなることこそ侍《はんべ》りつれ。ただ、[37]天狗と申すことはあることとなり。来年六年に満ちな

26　先立たれる。
27　物の怪の仕業と思われるような。
28　一方では。
29　名誉や利益。
30　生死に左右される迷いの世界。
31　申し上げた。
32　証文。
33　（師覚猷が）解放して下さらない。
34　魔道。
35　理由のない。「よしなき」であれば「つまらない」の意。
36　魔道に堕ちてしまったこと。
37　神宮本「天狗の住かと申す事は誠に有る事也けり」。

んとす。かの[38]月めに、[39]かまへて[40]この道を出でて、極楽へ詣《まゐ》らばやと思ひ給へるに、必ず障《さは》りなく[41]苦患《くげん》まぬかるべきやうに[42]訪《とぶら》ひ給へ。さても世に侍《はんべ》りし時、『本意の如く[43]おくれ奉るならば、母の御ため[44]善知識となりて、後世を訪ひ奉らん。もしまた、思ひのほかに[45]先立ち参らせば、[46]引摂《いんぜう》し奉らん』とこそ願ひ侍《はんべ》りしか。思はざるに今かかる身となりて、近づき詣で来《く》るにつけても、なやまし奉るべし」とはいひもやらず、さめざめと泣く。聞く人、[47]さながら涙を流してあはれみあへり。

とばかりのどかに物語りしつつ、[48]あくびたびたびして、例さまになりにければ、仏経《ぶつきやう》なんど心の及ぶほど書き供養しけり。

かかる程に、年もかへりぬ。その冬になつて、またその母わづらふ。とかくいふあひだに、母がいふやう、「[49]誰々も、さばかりありし真浄房がまた詣で来たるぞ。その故《ゆゑ》は、真心《まごころ》に後世訪《とぶら》ひ給へるうれしさも聞こえんと思ひ給ふる上に、暁

38 「月め」は「継ぎ目」か。神宮本「その刻に」。
39 何とかして。
40 ↓補注44
41 真浄房が天狗道で受けている苦しみ。↓補注45
42 後世を。
43 母上が先に亡くなったら。
44 真の道への導き手。
45 わたし真浄房が母上に。
46 仏が衆生を浄土へ導くこと。ここは、先に往生して縁ある人を極楽に導くこと。
47 全員。
48 神宮本「上気（あくび）たかたかとして」。あくびは物怪が退散する時の徴候。

【真浄房、得脱する】

49 不特定の複数の人。皆さん。

すでに[50]得脱《とくだつ》し侍《はんべ》り。いかんとなれば、そのしるし見せ奉らんためなり。日ごろ我が身の臭く[51]穢《けが》らはしき香かぎ給へ」とて、息《いき》をためて、吹き出だしたるに、一家の内、臭くて、堪へ忍ぶべくもあらず。

さて、夜もすがら物語りして、暁に及んで、「ただ今ぞ、すでに不浄身を改めて、極楽へ詣《まゐ》り侍《はんべ》る」とて、また息をしたりければ、そのたびは、香ばしく家の内香《かを》り満ちたりけり。それを聞く人、「たとひ[52]行徳高き人なりとも、必ずこれに[53]値遇《ちぐ》せんといふ誓ひをば、起すまじかりけり。彼は[54]取りはづして、悪しき道に入りたれば、[55]あへなく、かかるわざなり」とぞいひける。

九　[1]助重《すけしげ》、一声念仏《いっせいねんぶつ》に依《よ》つて往生の事

[2]永久のころ、前《さきの》[3]滝口《たきぐち》助重といふ者ありけり。[4]近江《あふみ》の国《くに》[5]蒲《がま》

50　迷いの世界を脱して悟りの境地に到ること。神宮本「得脱し侍らんずれば」。
51　天狗は「不浄の物の香」すなわち糞便の匂いがするという（比良山古人霊託）。
52　仏道修行によって備わる徳。
53　前世の宿縁によって再び出会うこと。
54　失敗して。
55　仕方なく。神宮本は「あやなく」で、いわれなく、の意。以下、神宮本は「何にも思惟分別肝要なり」と結ぶ。
＊後拾遺往生伝下八、本朝新修往生伝八は同類話。
【盗賊に射られた助重の最期】
1　伝未詳。
2　一一一三〜一一一八年。底本「承久」を神宮本に拠って改める。

生《ふ》の郡《こほり》の人なり。盗人にあひて、射殺されけるあひだに、その箭《や》の背《せなか》にあたる時、声をあげて、「南無阿弥陀仏」とただ一声申して死しぬ。[6]その声高く、隣の里に聞こえけり。人来たつて、これを見ければ、西に向ひて、[7]居ながら眼《まなこ》を閉ぢてなんありける。

時に、入道[8]寂因《じやくいん》といふ者ありけり。助重があひ知れるものなれど、家近からねば、このことを知らず。その夜の夢に見るやう、広き野を行くに、傍らに死人あり。僧多く集まつていふ、「ここに往生人《わうじやうにん》あり。汝これを見るべし」といふ。行きて見れば、助重なりけりと見て、夢覚《さ》めぬ。あやしと思ふほどに、朝《あした》に、助重が使ふ童来たつて、この[9]由《よし》を告げけり。

また、[10]ある僧、近江国を修行しけり。夢のうちに、人告ぐるやう、「今、往生人あり。行きて縁を結ぶべし」といふ。その所、助重が家なりけり。月日また違《たが》はずありけり。

[11]かの僧正の年ごろの行徳、助重が一声《ひとこゑ》の念仏、[12]ことのほか

3 蔵人所に属して禁中の警備にあたった武士。
4 滋賀県。
5 湖東の近江八幡市・東近江市・竜王町・日野町にあたる。
6 →補注46
7 座ったまま。

【助重往生の夢】
8 →補注47

9 助重が亡くなったこと。
10 →補注48

【行徳の測りがたさ】
11 前話の鳥羽僧正覚猷。
12 底本「こと」ナシ。神宮本に拠る。存外の。「そのよはひ、ことのほかなれど」（方丈記）。

〈2－9話〉滝口武士だった助重は盗賊（右下）に襲われ、射殺された（左上）。矢が背中にあたった瞬間、声高く「南無阿弥陀仏」と唱えたことで、極楽往生をとげたという。

のことなれど、彼は悪道に留《とど》まり、これは浄土に生る。ここに知んぬ。[13]凡夫の愚かなる心にて、人の徳、ほど計り難きことなり。

一〇　[1]橘大夫《きちだいふ》発願《ほつぐわん》往生の事

中ごろ、[2]常磐《ときは》橘大夫守助《もりすけ》といふ者ありけり。年八十にあまりて、仏法を知らず。[3]斎日《ときび》といへども、[4]精進せず。法師を見れども、貴む心なし。もし、教へ勧むる人あれば、かへつてこれを[5]あざむく。すべて愚癡《ぐち》極《きは》まれる人とぞ見えける。

しかるを[6]伊予《いよ》の国《くに》に[7]知る所ありて下りけり。ころは[8]永長の秋、異る病もなくて、[9]臨終正念にして往生せり。[10]須磨の方より紫の雲あらはれて、馨《かうば》しき香《か》充《み》ち満ちて、めでたき[11]瑞相《ずいさう》あらたなりけり。

これを見る人あやしんで、その妻に「いかなる勤《つと》めをかせ

13　仏教を理解していない俗人。拾遺往生伝下二七は「無智文盲」で乱暴者だった善法の往生について「ああ、智は如来のごとくに人を評量すべし。牛羊の眼をもて衆生を量ることなかれ」と評している。

＊拾遺往生伝中三四、元亨釈書一七は同類話。→補注49

【橘守助の往生】

1　伝未詳。拾遺往生伝「散位従五位下橘朝臣守輔」。
2　常磐（京都市右京区）に住んでいたための称か。拾遺往生伝「京花の人なり」。
3　在家信者が八斎戒を守る、月に六日の精進の日。六斎日。
4　魚肉類を食べないこと。
5　悪く言う。
6　愛媛県。
7　治めている土地があって。拾遺往生伝「予州に下向して国務を執行したり」。

し」と問ふ。妻がいはく、「心もとより[12]邪見にて、功徳《くどく》つくることなし。ただ、をととしの六月より、夕《ゆふ》べごとに、[13]不浄をかへりみず、衣服をととのへず、西に向うて、一枚ばかりなる文《ふみ》を読みて、掌《たなごころ》を合せて拝むことこそありしか」といふ。

その文を尋ね出だして見るに、[14]発願の文《もん》あり。

その詞《ことば》にいはく、

弟子《でし》敬《うやま》つて西方極楽[15]化主《けしゅ》、阿弥陀如来、[16]観音勢至、諸々《もろもろ》の聖衆《しやうじゆ》を驚かして申す。我[17]受けがたき人身《にんじん》を受けて、たまたま仏法に遇《あ》へりといへども、心もとより愚癡にして、さらに勤め行ふことなし。いたづらに明かし暮らして、空しく[18]三途《さんづ》に帰りなんとす。しかるを、阿弥陀如来、我と縁深くおはしますによつて、濁れる末の世の衆生《しゆじやう》を救はんがため、[19]大願を発《おこ》し給へることありき。その趣きを尋ぬれば、たとひ[20]四重五逆を作れる人なりとも、命終ら

8　一〇九六～九七年。始めて発願したのは永長元年（拾遺往生伝）。
9　臨終に心が乱れない。
10　神戸市須磨区。神宮本「面（まの）あたりに」。
11　吉兆。→補注50

【守助の願文】

12　仏法の道理を無視していること。
13　穢れていても気にせず。
14　願文。法会の主催者が自身の願意を表す文章。名文家が作ることが多かった。
15　仏。
16　両菩薩共、阿弥陀如来の脇侍。
17　「人身は得ること難し。譬へば盲の亀の浮木の孔に値へるが如し」（百喩経三）。
18　地獄・餓鬼・畜生の三悪道。
19　阿弥陀仏が法蔵菩薩として修行していた時に立てた四十八の願。

ん時、[21]我が国に生れんと願ひ、「南無阿弥陀仏」と十度《とたび》申さば、必ず[22]迎へんと誓ひ給へり。今この本願を憑《たの》むが故《ゆゑ》に、今日《こんにち》より後《のち》、命を限りにて夕《ゆふ》べごとに西に向ひて[23]宝号を唱《とな》ふ。願はくは、今夜まどろめるうちにも命尽きなんことあらば、これを[24]終りの十念として、本願あやまたず、極楽へ迎へ給へ。たとひ残りの命あつて、こよひ過ぎたりとも、終り願ひの如くならずして、弥陀を唱へずは、日ごろの念仏を以て終りの十念とせん。我罪重しといへども、いまだ五逆を作らず。功徳少しといへども、深く極楽を願ふ。すなはち本願にそむくことなし。必ず[25]引摂《いんぜう》し給へ。

と書けり。これを見る人、涙を落して貴びけり。その後、あまねくこの文を書き取りて、信じ行ひて、[26]証を見たる人多かりけり。

また、[27]ある聖人、かやうに発願の文を読むことはなけれど

20 四重罪（淫・盗・殺人・妄語）と五逆罪（殺母・殺父・殺阿羅漢・出仏身血・破和合僧）。
21 阿弥陀仏の西方極楽浄土。
22 極楽に。
23 阿弥陀仏の名号。
24 臨終に唱える最後の十遍の念仏。
25 仏が衆生を浄土へ導くこと。
26 実際のあかし。ここでは極楽往生。

【最期の十念で往生】

27 未詳。
28 読経・法要などのために昼夜をそれぞれ三分したもの。晨朝・日中・日没、初夜・中夜・

も、夜まどろめるほかには、時[28]のかはるごとに最後の思ひをなして、十念を唱へつつ、これぱかりを行《ぎやう》として、往生をとげたりとなん。勤むるところは少なけれども、つねに無常[29]を思ひて、往生を心にかけんこと、要《えう》が中の要なり。[30]「もし人、心に忘れず極楽を思へば、命《いのち》終る時、必ず生ず。たとへば、樹《うゑき》のまがれる方へ倒るるが如し」なんどいへり。

一一　ある上人、客人《きやくじん》に値《あ》はざる事

年ごろ道心深くして、念仏おこたらぬ聖《ひじり》ありけり。あひ知りたりける人の対面せんとて、[1]わざと尋ねて来たりければ、「大切に暇《いとま》ふたがりたることありて、え会ひ奉るまじき」といふ。弟子あやしと思ひて、その人帰りて後「など本意なくては帰し給へるぞ。[2]差《さ》し合ふことも見え侍《はんべ》らぬを」といへば、[3]「あひ難くして人身《にんじん》を得たり。このたび[4]生死《しやうじ》を離れて、極楽

後夜。
29　万物が変化して止まないこと。その典型である「死」を指すこともある。
30　「薫修日有、往生疑ひ無し。樹の西に傾倒するは、必ず随ひ曲がるが如し。眠る毎に臨終を思ひ、必ず十念を唱へよ。病至り無常を怖れ、十念を退らず」（往生拾因）。

＊往生拾因、宝物集七は同話。私聚百因縁集八―五、徒然草四九にも見える。

【上人、客人と会わず】
1　わざわざ。
2　さしつかえる。
3　→二―一〇話注17
4　六道輪廻。迷いの世界。

に生れんと思ふ。これ身にとりて、極りたる営みなり。何ごとかこれに過ぎたる大事あらん」とぞいひける。このことあまりきびしく覚ゆるは、我が心のおよばぬなるべし。

5坐禅三昧経《ざぜんざんまいきやう》にいはく、

今日《こんにち》このことを営み、6明日《みやうにち》かのことを造る。
7楽著《らくちやく》して苦を観ぜず、8死賊の至れるを覚えず、云々。

世の中にある人、さすがに後世を思はざるなし。9今日《けふ》はこのことをせん、明日《あす》はかのことを営まんと思ふほどに、無常の敵《かたき》のやうやく近づきて、命を失ふことをば知らざるなり。

一二　1舎衛国《しやゑこく》の老翁、2宿善《しゆくぜん》を顕《あらは》さざる事

昔、3釈迦如来、舎衛国におはしましし時、4阿難尊者《あなんそんじや》と申す御弟子《おんでし》を具し給ひて、5城《じやう》の辺《ほとり》を出で給ふに、あやしげなりける翁、女と二人具して、道にて、逢ひ奉る。ともに頭《かうべ》の髪白

【無常の敵】
5 鳩摩羅什訳。坐禅観法を説く。
6 坐禅三昧経上および神宮本では「業」。「事」とするのは百喩経。
7 「ぎょうじゃく」とも。欲望に執着すること。「諸子等、火宅の内に於て嬉戯に楽著す」(法華経・譬喩品)。
8 死という敵。「死賊時を待たず」(坐禅三昧経上)。
9 そうはいっても。

*三国伝記四―二八は類話。

【釈迦と阿難、老翁に会う】
1 古代インドのコーサラ国。首都舎衛城に祇園精舎があった。
2 過去世に積んだ善根。
3 仏教の開祖釈迦牟尼。ゴータマ・シッダールタ。悉達多。

く、面《おもて》の皺《しわ》たたみて、骨と皮と黒み衰へたり。身には、きたなげなるものを僅《わづ》かに結び集めつつ着たれど、膚《はだへ》もかくれず。いささか歩みては、大きにあへぎ、ひまなく息《やす》む。

仏これを御覧じて、「阿難、これは見るや。この翁、大きなる宿善あり。年はじめて盛《さかん》なりし時、勤め行ひて、この世を祈らましかば、舎衛国の第一の長者[6]とはなりなまし。出離のために勤めましかば、[7]三明六通《さんみやうろくつう》の[8]羅漢《らかん》とはなりなまし。次に盛《さか》りなりし時、勤めましかば、第二の長者となり、[9]得脱《とくだつ》を思はば、[10]阿那含《あなごん》の聖《ひじり》とはなりなまし。次に盛《さか》りなりし時、勤めましかば、第三の長者となり、[11]証果《しようくわ》を志《こころざ》さば、[12]斯陀含《しだごん》の聖《ひじり》とはなりなまし。愚《おろ》かにものうくして、その盛《さか》りをすぐして、宿善を持ちながら、願はざりし故《ゆゑ》に、今つたなき身として、受けがたき人界《にんがい》の生《しやう》を空《むな》しく過《すご》しつるなり」と仰せられき。

我[13]たまたま法華経に値《あ》ひ奉り、弥陀仏の悲願を聞きながら、

紀元前四六三？〜前三八三頃？。
4　釈迦十大弟子の一人で多聞第一。釈迦のいとこ。
5　首都舎衛城。神宮本「都」。

【翁の過去世】
6　福徳にすぐれた人。
7　→補注51
8　阿羅漢の略。本来は釈迦のこと。また小乗仏教の修行の段階「四向四果」の最終第四段階。
9　悟りの境地に到ること。
10　四向四果の第三段階。不還・不来。
11　修行で得られる悟り。
12　四向四果の第二段階。一来。その前の段階が須陀洹・預流。
13　「人身再び受けがたし　法華経に今一度　いかでか参り会はむ」（梁塵秘抄二九四）。

勤め行はずして、いたづらにあたら月日を過ごす、つゆもたがはず乞者《こつしや》の翁《おきな》なり。

一三　善導和尚《ぜんだうくわしやう》[1]　仏を見る事

唐《もろこし》の善導和尚は、道綽《だうしやく》[2]の御弟子《おんでし》なり。しかあれど、その師にも越えて、定《ぢやう》[3]の中《うち》に阿弥陀を見奉り、おぼつかなき[4]ことを問ひ奉り、証[5]を得給へり。師の道綽、善導にあつらへて[6]いはく、「我、朝夕往生極楽を願ふことは、かなひなんや。これ極めておぼつかなし。仏に問ひ奉りて、聞かせ給へ」と、のたまひければ、たちまちに定に入つて、このことを問ひ奉る。仏ののたまはく、「木を切るには、斧《をの》[7]をくだす。家に帰るには、苦[8]を辞することなし」とのたまふ。この二つのことを聞きて、道綽に語り給ひけりとなん。

かくいへる意《こころ》は、木を切るには、いかに大なる木といへど

＊宝物集七は同話。

【善導、仏に会う】

1　六一三～六八一。中国唐代の僧で中国浄土教の大成者。観経疏、般舟讃などの著作がある。

2　五六二～六四五。初め涅槃経を研究し、戒律と禅定の修行に励むが、後に浄土教に転ずる。

3　心を平静に集中させた境地。

4　知りたい。

5　証果。→二―一一二話注11

6　依頼する。

7　神宮本「斧を多くす」。「木をきる時は、しきりに斧をくだせ。家にかへらんには、疲れをわすれて歩め」（宝物集七）。「樹を伐るには速りに斧を下せ。縁無く共に語ることなかれ。家に帰らむに苦を辞することなかれ」（貞慶・発心講式）。

8　苦しみを避けようとしない。

も、たゆみなくこれを切れば、[9]つひにとして切り倒さずといふことなし。怠りて、切り休むべからず。家に帰るには、また、苦しとて、[10]中《ちう》にとどまることなかれ。はふはふも、必ず行き着くべし。志深くして怠らずは、疑ひあらざる由《よし》を教へ給へるなり。

　このこと、道綽に限るべからず。諸々《もろもろ》の行者、同じかるべし。

発心集　第二

【仏の言葉の意味】

9　神宮本「終(つい)として」。

10　中間。

発心集　第三

鴨長明　撰

一　江州《がうしう》[1]ましての叟《おきな》[2]の事

中ごろ、近江《あふみ》の国《くに》に乞食《こつじき》[3]し歩《あり》く翁ありけり。立ちても居ても、見ること聞くことにつけて、「まして」とのみいひければ、国の者「ましての翁」とぞ名付けける。させる徳[4]もなけれども、年ごろへつらひ歩《あり》きければ、人もみな知りて、見ゆるにしたがひて、あはれみけり。

その時、大和《やまと》[5]の国《くに》にある聖《ひじり》の夢に、この翁必ず往生すべき由見たりければ、結縁《けちえん》[6]のために尋ね来たりて、すなはち翁が

＊三国伝記一―二四と同話。

【ましての翁】

1　近江国。滋賀県。
2　なおさら。
3　僧が食を求めながら修行すること。托鉢。頭陀（ずだ）。
4　行徳。長所。

【翁が往生する夢】

5　奈良県。
6　仏法と縁を結び、善根を積むこと。

草の庵に宿《やど》りにけり。かくて夜《よる》なんどいかなる[7]行《ぎやう》をかすらんとて、聞けども、[8]さらに勤むることなし。聖「いかなる行をかなす」と問へば、翁さらに行《ぎやう》なき由《よし》を答ふ。聖重ねていふやう、「我、まことは、汝が往生すべき由を夢に見侍《はんべ》り[9]てげれば、[10]わざと尋ね来たるなり。隠すことなかれ」といふ。

その時、翁いはく、「我、まことは一の行あり。すなはち、ましてと[11]いふことくさこれなり。飢《う》ゑたる時は、[12]餓鬼の苦しみを思ひやりて、ましてといふ。寒く暑きについても、[13]寒熱地獄を思ふこと、またかくの如し。諸々《もろもろ》の苦しみにあふごとに、いよいよ[14]悪道をおそる。むまき味《あぢは》ひにあへる時は、天の[15]甘露《かんろ》を観《くわん》じて、[16]執をとどめず。もし、たへなる色を見、勝《すぐ》れたる声を聞き、かうばしき香をきく時も、『これ何の数にかはあらん。かの極楽浄土のよそほひ、ものにふれて、ましていかに目出たからん』と思ひて、この世の楽しみにふけらず」とぞいひける。

7　修行。
8　全く。
9　完了の助動詞「つ」の連用形「て」に過去の助動詞「けり」が付いた「てけり」の変化した形。てんげり。完了の強調形で中世に用いられた。
10　わざわざ。

【翁の修行法】

11　口ぐせ。
12　六道の一つ、餓鬼道にいる者のことで、飲食物を得られない飢餓状態に置かれる。
13　八寒地獄や八熱地獄を総称したもの。
14　地獄・餓鬼・畜生の三悪道（三悪趣・三途とも）あるいはこれに阿修羅を含めた四悪道をいう。
15　天から与えられる不死の霊薬。仏教では、苦悩を癒し長命を得る霊液。転じて、美味のたとえに使われる。
16　執着心を残さない。

聖このことを聞きて、涙を流し、掌《たなごころ》を合せてなん去りにける。

必ずしも浄土の[17]荘厳《しやうごん》を観[18]ぜねども、ものにふれて[19]理《ことわり》を思ひけるも、また往生の[20]業《ごふ》となんなりにける。

二　[1]伊予《いよ》の[2]僧都《そうづ》の[3]大童子《だいどうじ》、頭《かしら》の光現るる事

奈良の都に、伊予僧都といふ人ありけり。[4]白河院の末にやあひ奉りけん、近き世の人なるべし。

その僧都の許《もと》に、年ごろ使ふ大童子ありけり。朝夕に念仏を申すこと、時の間も怠《おこた》らず。ある時、僧都の夜ふけてものへ行きけるに、この童《わらは》、火をともして、車の先に行くを見れば、[5]火の光に映じて、[6]頭《かしら》の光現はれたり。[7]あさましくめづらかに覚えて、人を呼びて、この火を[8]車の尻にともす。

かくてまた向かひてこれを見るに、なほ先の如くに明らか

17　美しい飾りつけ。
18　正しい智恵を起こして対象を観じとること。
19　道理。
20　行為。身業・口業・意業を三業（さんごう）という。

【頭光を発する大童子】
1　伝未詳。伊予は愛媛県。
2　僧正に準ずる僧綱。
3　僧に仕える童子のうち、上童子の下、中童子の上に位置する者。
4　↓一―六話注35
5　「火の光に映じて、あまねく紅なる中に」（方丈記）。
6　仏菩薩や仏像、高僧の頭部から発する光。神宮本「仏光」。
7　思いがけない。驚いて。
8　車の後方に。火の光の加減で大童子の後方に光が見えただけなのかどうか試すため、火を遠ざけてみたのである。

〈**3－2話**〉奈良の伊予僧都に仕える大童子はいつも念仏を唱えていた。その功が積もって頭から不思議な光を発していた。左上に奈良名物の鹿が二頭描きこまれている。

なり。とかくいふばかりなし。[9]

その後、この童を呼びていふやう、「年もやうやう高くなりたり。[10]かく念仏を申す、いと貴《たつと》し。今は宮仕へ障《さは》りあり。[11]まぎるる方なく念仏して居たれかし。[12]しからば、食物《くひもの》のために、いささか田を分けて取らせん」といふ。童「何ごとに思《おぼ》しめしあきて侍るにか。[13]宮仕へ仕《つかまつ》るとて、念仏の障りになることも侍らず。身の堪へて侍らんほどは、[14]仕らんとこそ思ひつれ。いと本意《ほい》なく」[15]などいふ。「そのていのことにあらず」[16]とて、ことのいはれをよくよくいひ聞かせければ、「しからば、畏《かしこま》り侍り」とて、この田を、二人持ちたりける子に分け取らせてなん、食物《くひもの》をば沙汰せさせける。

かくて、猿沢《さるさは》の池[17]のかたはらに、一間《ひとま》なる庵《いほり》結びて、いとど他念なく念仏して居たりければ、本意の如く臨終正念にて、[18]西に向ひて掌《たなごころ》を合せて、終りにけり。

往生は無智なるにもよらず、山林《さんりん》に跡を暗《くら》うする[19]にもあら

9 何とも言いようがない出来事だった。

【伊予僧都の勧め】

10 だんだん。

11 童子として僧に仕えるのが念仏の障害となる。

12 強調の助詞。

13 「思ひ厭く」で、いやだと思う。

14 することができる。

15 残念だ。

16 そのようなこと。

【大童子の臨終】

17 奈良興福寺南の放生池。采女入水伝説でも知られる。歌枕。

18 臨終に心が乱れない。

19 山林に身を隠す。俗界から離れる。

ず、ただ[20]いふかひなく功積《こうつ》める者、かくの如し。

三　[1]伊予入道《いよのにふだう》往生の事

[2]伊予守　源頼義《みなもとのよりよし》は、若くより罪をのみ作りて、いささかも[3]懺愧《ざんき》の心なかりけり。いはんや[4]御門《みかど》の仰《おほ》せといひながら、[5]陸奥国《みちのくに》にむかひて、[6]十二年の間、[7]謀叛《むほん》の輩《ともがら》を滅《ほろ》ぼし、諸々《もろもろ》の眷属《けんぞく》・[8]境界を失へること数を知らず。[9]因果の理《ことわり》空しからずは、地獄の報《むく》い疑ひなからんと見えけるに、[10]みのわの入道とて、先立ちて世を背ける者ありけり。折節に、この世の無常、[11]身罪《しんざい》の報《むく》いの恐るべきやうなんどをいひけるを聞きて、たちまちに発心して、頭《かしら》おろして、一筋《ひとすぢ》に往生極楽を願ひけり。

かのみのわの入道が造りける堂は、伊予入道の家むかひ、[12]左女牛西洞院《さめうじにしのとうゐん》なり。[13]みのわ堂といひて、[14]近くまでありき。かの堂にて、行《おこな》ふあひだに、昔の罪を悔《く》い悲しみける涙、

20　とるに足りない。賤しい。

＊続本朝往生伝三六、古事談四―一六・五―五三・四―二一、平家物語一〇維盛入水などに同類話。

【源頼義の発心・懺悔】

1　源頼義（九八八〜一〇七五）。頼信の嫡男。陸奥守・鎮守府将軍。前九年の役で安倍氏を追討し、伊予守に任ぜられる。

2　一〇六三年二月任。

3　反省して恥じ入ること。

4　前九年の役当時は後冷泉天皇。

5　→補注52

6　一〇五一〜六二の一二年間に亘る、いわゆる前九年の役。

7　俘囚長安倍頼時とその子貞任・宗任らを指す。

8　配下の者。「国中の縁者境界、集まり訪ひて」（古事談三―一〇）。

9　原因と結果。

板敷[15]に落ち積もりて、大床[16]《おほゆか》に伝はり、大床より流れて、土に落つるまでなん泣きける。

その後、語りていはく、「今は、往生の願ひ疑ひなく遂げなんとす。勇猛[17]《ゆうみやう》強盛[18]《がうじやう》なる心の起れること、昔、衣川[19]の館《たち》を落さんとせし時に異らず」となんいひける。まことに終り目出たくて、往生したる由《よし》、伝[20]に記せり。

多く罪を作れりとて、卑下《ひげ》すべからず。深く心を発《おこ》して、勤め行へば、往生すること、またかくの如し。

その息[21]《そく》は、つひに善知識[22]もなく、懺悔の心も起さざりければ、罪滅ぶべき方なし。重き病を受けたりけるころ、むかひに住みける女房の夢に見るやう、さまざま[23]の姿したる恐ろしきもの、数も知らずその辺《あたり》を打ち囲《かこ》めり。「いかなることぞ」と尋ぬれば、「人を搦《から》めんとするなり」といふ。とばかりありて、男を一人《ひとり》追ひ立て、行く先に札をさし上げたるを見れば、無間[24]《むげん》地獄の罪人と書けり。夢覚《さ》めて、いとあやしく覚え

10 →補注53
11 神宮本「亦罪の」。寛文本「罪」。
12 →補注54
13 →補注55
14 →補注56
15 板の間。
16 母屋の外側の弘廂。古事談四―一六は「縁」。

【頼義の極楽往生】

17 熱心で強い意志の力。「上は菩提を求め、下は衆生を化す。共に勇猛にして休息無しの義なり」（普通唱導集中末一）。
18 堅固。
19 →補注57
20 続本朝往生伝を指すか。

【頼義息の堕地獄】

21 古事談四―二一によれば源義家（一〇三九～一一〇六）。
22 真の道への導き手。
23 「地獄絵に書たるやうなる鬼形の輩」（古事談四―二二）。
24 阿鼻地獄。八大地獄の中、

て、尋ねければ、「この暁、はやく失《う》せ給ひぬ」となんいひける。

四　[1]讃州《さんしう》[2]源大夫《げんだいふ》にはかに発心往生の事

讃岐《さぬき》の国《くに》に[3]いづれの郡《こほり》とか、源大夫といふ者ありけり。さやうの者のならひといひながら、仏法の名をだに知らず。生《い》き物を殺し、人を滅ぼすよりほかのことなければ、近きも遠きも、怖《お》ぢ恐れたること限りなし。

ある時、狩して帰りける路に、人の仏供養《ほとけくやう》する家の前を過ぐとて、聴聞《ちやうもん》の者の集まれるを見て、「何わざをすれば、人は多かるぞ」と問ふ。郎等《らうどう》のいはく、「仏供養といふことし侍るなり」といふ。「いでや、けうかり[4]。いまだ見ぬことぞ」とて、馬より下りて、狩装束《かりしやうぞく》のままながら中を分け入る。庭も狭《せ》に[5]ここら居たる人、これ情《なさ》けなしと見るに、胸つぶれて、

極限の苦しみを味わう。

＊今昔物語集一九―一四、宝物集七、私聚百因縁集九―二〇等は類話。

【源大夫、仏供養を目撃】

1　香川県。
2　源氏で五位（大夫）の意だが、ここは通称か。伝未詳。
3　他書の類話では多度郡。多度は空海誕生地として知られる。
4　「興がり」ならば、おもしろい。「希有がり」なら、珍しいの意。
5　たくさんの。

ひらがり居り。ここらの人の肩《かた》を越えて、導師《だうし》の法説《と》く傍《かたは》らに近く居て、ことの心を問ふ。僧恐ろしながら説法をとどめて、阿弥陀[6]の御誓《ちか》ひ頼もしきこと、極楽の楽しき、この世の苦しみ、無常のありさまなんどを、こまかに説き聞かす。さらば、我《われ》の男いふやう、「いといといみじきことにこそ。さらば、我《われ》法師になりて、その仏のおはしまさん方《かた》へ参らんと思ふに、道を知らず。心を致《いた》して呼び奉らんと思ふに、いらへ給ひなんや」といふ。「誠に深く心を起し給はば、必ずいらへ給ふべし」と答ふ。

「さらば、我をただ今、法師になせ」といふ。あれうのま[7]まにて、ともかくもいひやらず。その時、郎等寄り来て、「今日はものさわがしく侍り。帰り給ひて、その用意して、出家し給はば、よろしからん」といふに、腹立《はらだ》ちて、「おのれがはからひにては、我が思ひ立ちたることをば、いかで妨《さまた》げんとするぞ」とて、眼《まなこ》をいからかして、太刀を引き回せば、

6　阿弥陀仏が法蔵菩薩として修行していた時に立てた四十八の願。中でも特に「心から極楽を願う者が、阿弥陀仏の名号を十回唱えて往生できないなら、自分は悟りを得まい」という、第十八願。↓六―一三話

【源大夫の突然の出家】
7　語義不明。「あれう」は驚いたさまをいうか。神宮本「僧案ずる様にて」。私聚百因縁集「此僧あきれたる様にて」。

恐れをののきて立ちのきぬ。おほかた今日の願主[8]より始めて、ありとある人、色を失《うしな》へり。近く居より、「ただ今、頭剃《かしらそ》れ。剃らでは悪しかりなん」と、しきりに責《せ》むれば、遁《のが》るべき方なくて、[9]わななくわななく法師になしつ。衣《ころも》袈裟乞ひて、うち着て、これより西ざまに向きて、声のある限り、「南無[10]阿弥陀仏」と申して行く。これを聞く人、涙を流してあはれむ。

かくしつつ、日を経て遥かに行き行きて、末に山寺[11]ありけり。そこなる僧あやしみて、ことの心を問ふ。しかしかとありのままにいへば、貴《たつと》みあはれんこと限りなし。「さても、物欲しくおはすらん」とて、[12]干飯《ほしいひ》をいささか引き包みて、取らせければ、「つゆ物食はん心なし。ただ仏のいらへ給はんまでは、山林海川《やまはやしうみかは》なりとも、命の絶えんを限りにて、行かんと思ふ心のみ深くて、そのほかには、何ごとも覚えず」とて、なほ西を指《さ》して、呼ばひ行く。

かの寺に、一人《ひとり》の僧あり。跡を尋ねつつ行きて見れば、遥[13]

8　仏を供養して、祈願しようとした人。
9　ぶるぶる震えながら。
10　今昔物語集は「阿弥陀仏よや、をい、をい」と、より直接的な呼びかけ。

【源大夫、西を目指す】
11　一説、荘内半島（香川県三豊郡）にある紫雲出寺（しうでじ）かとも。
12　干した飯。旅行、軍旅などの際の携帯用食品。

【阿弥陀仏の声】
13　今昔物語集「高くさがしき

かの西の海際《うみきは》にさし出でたる山の端《は》なる岩の上に居たり。語りていはく、「ここにて阿弥陀仏のいらへ給へば、待ち奉るなり」といひて、声を挙げて呼び奉る。まことに、海の西に、かすかに御声聞こえけり。「聞き給ふにや。今は、はや帰り給ひね。さて、七日ばかり過ぎて、またおはして、我がなりたらん姿さまを見給へ」といひければ、泣く泣く帰りにけり。

その後、いひしが如く日ごろ経《へ》て、その寺の僧あまたいざなひて、行きて問へるに、もとのところにつゆもかはらず、掌《たなごころ》を合せつつ、西に向かひて、ねぶりたるが如くにて居たり。[14]舌の先より青き蓮《はちす》の花なん一房《ふさ》生《お》ひ出でたりける。おのおの仏の如く拝みて、この花を取りて、国の守に取らせたりけるを、もて上《のぼ》りて、[15]宇治殿にぞ奉りける。

功積《こうつ》めることなけれども、一筋《ひとすぢ》に憑《たの》み奉る心深ければ、往生すること、またかくの如し。

峰あり。その峰に登りて見れば、西に海あらはに見ゆる所あり。その所に二胯なる木あり。その胯に入道登り居て、金を叩きて『阿弥陀仏よや、おい、おい』と叩かひ居たり」と、情景描写がより精細。

【源大夫の往生】

14　蓮は極楽往生がかなった時、咲くとされる花。「念仏の口まねせし鸚鵡も、舌の端より蓮花生じたりき」（妻鏡）。↓八―五話

15　藤原頼通（九九二～一〇七四）。道長の子。関白太政大臣。今昔物語集は、頼通に青蓮華を献上したことは記載せず。

五　ある禅師[1]、補陀落山《ふだらくせん》[2]に詣《まう》づる事　賀東上人[3]の事

近く、讃岐《さぬき》[4]の三位《さんみ》といふ人いまそかりけり[5]。かの乳母《めのと》[6]の男にて、年ごろ往生を願ふ入道ありけり。心に思ひけるやう、「この身のありさま、万《よろづ》のこと心にかなはず、もし悪しき病なんど受けて、終り思ふやうならずは、本意とげんこと極めてかたし。病なくて死なんばかりこそ、臨終正念[7]ならめ」と思ひて、身燈《しんとう》[8]せんと思ふ。さても堪へぬべきかとて、鍬《くは》といふものを二つ、赤くなるまで焼きて、左右の脇にさしはさみて、しばしばかりあるに、焼け焦《こが》るる様《さま》目も当てられず。とばかりありて、「ことにもあらざりけり」といひて、その構《かま》[9]へどもしけるほどに、また思ふやう、「身燈はやすくしつべし。されど、この生《しやう》を改めて極楽へ詣《まう》でん、詮《せん》[10]もなく、また凡夫なれば、もし終りに至りて、いかがなほ疑ふ心もあらん。

【禅師、身燈を試みる】

1　法師。

2　観世音菩薩が住む山。「たとひ行業未だ熟さず、往生滞り有らば、先づ補陀落山に住すべし。彼の山はこれより西南の方、大海の中に在り」（貞慶・観音講式）。

3　→補注58

4　藤原俊盛・藤原季行・藤原兼子説がある。→補注59

5　いらっしゃった。

6　乳母の夫。未詳。

7　臨終に心が乱れない。

8　身体に火をともし、仏に奉ること。臨終正念を確実にするため、自ら死期を選び、焼身・入水自殺する人がいた。「身を焼き三宝を供養するにしかずとおもへり」（法華験記上一五）。「身燈見物、甚だ其の用無し。真実の法にあらず。是れ外道の教へなり」（貴嶺問答）。

9　準備。

補陀落山《ふだらくせん》こそ、この世間《よのなか》の内にて、この身ながらも詣《まう》でぬべき所なれ。しからば、かれへ詣《まう》でん」と思ふなり。またすなはち[11]つくろひやめて、[12]土佐《とさ》の国に知る所ありければ、行きて、新しき小船一つ設《まう》けて、朝夕これに乗りて、梶取るわざを習ふ。

その後、[13]梶取《かぢ》りを語らひ、「北風のたゆみなく吹き強《つよ》りぬらん時は、告げよ」と契りて、その風を待ち得て、かの小船に帆かけて、ただ一人乗りて、南を指して乗りにけり。妻子《めこ》ありけれど、かほどに思ひ立ちたることなれば、留《とど》むるにかひなし。空しく行きかくれぬる方を見やりてなん、泣き悲しみける。これを時の人、志の至り浅からず、必ず参りぬらんとぞ推《お》し測《はか》りける。

[14]一条院の御時とか、賀東聖《かとうひじり》といひける人、この定《ぢやう》にして、弟子独《ひと》りあひ具して参る由、語り伝へたる、[15]跡を思ひけるにや。

10 甲斐がない。

11 脇を治療し、治して。神宮本「脇をつくろいやめて」。

12 高知県。

【補陀落山に向かう】

13 「かんどり」とも。神宮本「船人」。

【賀東聖の先例】

14 在位九八六〜一〇一一。

15 先例。神宮本「其の跡を追ひけるにや」。

六　ある女房、天王寺[1]に参り海[2]に入る事

[3]鳥羽院の御時、ある[4]宮腹《みやばら》に、母とむすめと同じ宮仕へする女房ありけり。年ごろ経《へ》て後《のち》、この女《むすめ》、母に先立ちて[5]はかなくなりにけり。嘆き悲しむこと限りなし。しばしは、[6]かたへの女房も、「さこそ思ふらめ。ことわりぞ」なんどいふほどに、一年二年ばかり過ぎぬ。その嘆き[7]さらに[8]おこたらず。[9]やや日にそえて、いや増《まさ》りゆけば、折り悪しき時も多かり。[10]こと忌みすべきころをも分《わか》たず、涙を押へつつ明《あ》かし暮すを、人目も[11]おびたたしく、はてには、「このことこそ心得ね。おくれ先立つならひ、今始めけることかは」なんど、[12]口安から[13]ずざざめきあへり。

かくしつつ三年といふ年、ある暁に、人にも告げず、[14]あからさまなるやうにて紛《まぎ》れ出で、衣《きぬ》一つ、手箱一つばかりをな

【娘に先立たれた女房の嘆き】
1　→一一〇話注1
2　→補注60
3　在位一一〇七～二三。院政一一二九～五六。
4　皇女の子。
5　亡くなった。
6　同僚。
7　全く。
8　収まらない。
9　ややもすると。
10　不吉なことを避ける。
11　ひどい。神宮本「目たたしく」。
12　口さがなく。
13　「さざめく」に同じ。がやがやする。
【天王寺に参詣】
14　ついちょっとという様子で。

ん、袋に入れて、女《め》の童《わらは》に持たせたりける。京をば過ぎて、鳥羽[15]の方へ行けば、この女の童、心得ず思ふほどに、なほなほ行き行きて、日暮れぬれば、橋本[16]といふ所に留《とど》まりぬ。明けぬれば、また出でぬ。からうして、その夕《ゆふべ》、天王寺へ詣で着きたりけり。さて、人の家借りて、「ここに七日ばかり念仏申さばやと思ふに、京よりはその用意もせず、ただ我が身と、女の童とぞ侍《はんべ》る」とて、この持ちたりける衣を一つ脱ぎて取らせたりければ、「いとやすきこと」とて、家主なん、そのほどのことは用意しける。

かくて、日ごとに堂に参りて、拝み巡るほどに、またこと思ひせず、一心に念仏を申したりけり。手箱、衣《きぬ》二つとは御舎利[17]に奉りぬ。七日に満ちては京へ帰るべきかと思ふほどに、「かねて思ひしよりいみじく心も澄みて、頼もしく侍《はんべ》り。この次《ついで》に、今七日[18]」とて、また衣一つ取らせて、二七日[19]になりぬ。

15 白河院によって鳥羽離宮（鳥羽殿）が造営された一帯。京都市南区・伏見区の一部で、鴨川と桂川の合流点に近く、鳥羽作道が通る水陸交通の要衝。
16 木津川・宇治川・桂川が合流して淀川となる地点の要津。京都府八幡市にあった。

【七日ごとの修養】
17 仏舎利。→補注61
18 あと七日。
19 十四日。仏事は七日毎を単位とすることが多い。

その後聞けば、「三七日になし侍らん」[20]とて、なほ衣を取らせければ、「なにかは、かく度《たび》ごとに御用意なくとも、先に給はせたりしにても、しばしは侍りぬべし」といへど、「さりとて、この料に具したりしものを持ちて帰るべきにあらず」とて、しひてなほ取らせつ。

三七日が間《あひだ》、念仏すること、二心《ふたごころ》[21]なし。日数満ちて後、いふやう、「今は京へ上るべきにとりて、音にきく[22]難波《なには》[23]の海のゆかしき[24]に、見せ給ひてんや」といへば、「いとやすきこと」とて、家の主《あるじ》、しるべ[25]して浜に出でつつ、すなはち舟にあひ乗りて、漕ぎ歩《あり》く。「いと面白し」とて、「今少し、今少し」といふほどに、おのづから沖《おき》に遠く出でにけり。

かくて、とばかり西に向ひて、念仏することしばしありて、海にづぶと落ち入りぬ。「あないみじ」とて、まどひして、取り上げんとすれど、石などを投げ入るるが如くにして、沈みぬれば、あさましとあきれ騒ぐほどに、空に雲一むら[26]出で

20　二十一日。

21　他念。
22　有名な。
23　歌枕であると共に、その彼方に西方浄土があると考えられた。↓一―一〇話注1
24　見たい。
25　道案内。

【難波の海に飛び込む】

26　以下、往生者が出た時の瑞祥。

来て、舟にうちおほひて、香ばしき匂ひあり。家主いと貴くあはれにて、泣く泣く漕ぎ帰りにけり。

その時、浜に人の多く集まりて、ものを見合ひたるを、知らぬ様にて問ひければ、「沖の方に紫の雲立ちたりつる」なんどいひけり。

さて、家に帰りて、あとを見るに、この女房の手[27]にて、夢[28]の有様を書き付けたり。

初の七日は、地蔵、龍樹[29]来たりて迎へ給ふと見る。

二七日には、普賢[30]、文殊[31]迎へ給ふと見る。

三七日には、阿弥陀[32]如来諸々《もろもろ》の菩薩と共に来たりて、迎へ給ふと見る。

とぞ書き置きたりける。

【女房の残した書き置き】

27 筆蹟。

28 四天王寺に参拝し続けていた間に見た夢。

29 ナーガールジュナ（一五〇〜二五〇頃）。初期大乗仏教を確立し、中論・大智度論などを著す。「観音・勢至・地蔵・龍樹等の諸大菩薩」（永観・往生講式）。

30 文殊菩薩と共に釈迦如来の脇士。白象に乗った姿で造型されることが多い。

31 完全な智恵を備えた菩薩。獅子に乗った姿で造型されることが多い。

32 西方浄土で説法する如来。

七　[1]書写山《しよしやさん》の[2]客僧、[3]断食《だんじき》往生の事

かくの如き行を謗るべからざる事

[4]播磨《はりま》書写山に、外より[5]うかれ来たる[6]持経者《ぢきやうしや》ありけり。所の人のなさけにてなん、年ごろ過ぎける。

とりわき[7]長者なる僧をあひ憑《たの》みたりけるに、この持者《ぢしや》いひけるやう、「我ふかく[8]臨終正念にて極楽に生れんことを願ひ侍れど、その[9]終り知りがたければ、ことなる妄念《まうねん》も起らず、身に病もなき時、この身を捨てんと思ひ侍るなり。それに取りて、[10]身燈《しんとう》、入海《にふかい》なんどは、ことざまもあまり[11]きはやかなり。苦しみも深かるべければ、食物を断ちて、安らかに終りなんと思ひ立ちて侍《はんべ》る。[12]心一つにては[13]さすがなれば、かく申し合はするなり。[14]あなかしこ、口より外《ほか》へ出《いだ》し給ふな。居所は南の谷に[15]しめ置きて侍り。今はまかりこもるばかり、後は[16]無言《むごん》に

【断食往生を願う持経者】

1　兵庫県姫路市にある山。性空開基の天台宗の寺、円教寺がある。
2　旅の僧。
3　食物や穀類等を断つ、あるいは制限すること。
4　兵庫県南西部。
5　ある所からさすらい来た。
6　持者とも。経、中でも法華経を専ら読誦・保持する遁世者。
7　高徳の、高位の。神宮本「長者なりける」。
8　臨終に心が乱れない。
9　どのような状態で命を終えるか。
10　→三―五話注8
11　目立つ。
12　神宮本「心一つには」。自分一人の心の中で決心しただけでは。
13　いつでも翻意できるので。
14　決して。
15　確保して。

て侍るべければ、申し承《うけたまは》ることは今日ばかりなるべし」といひければ、涙を落しつつ、「いといと哀れなり。さほどに思ひ立たれたることとなれば、とかく申すに及ばず。ただし、[17]おぼつかなく覚えん時、おのづから忍びつつ行きて見申さんことは、許し給ふや」といふ。「それはさらなり。[18]隔て奉らねばこそ、かくは聞こゆれ」などよくよくいひ契りて、行きかくれぬ。あはれにありがたく覚えて、日々にも行き訪《とぶら》はまほしけれど、うるさくぞ思はんとはばかるほどに、おのづから日ごろになりぬ。[19]

七日ばかり過ぎて、教へし所を尋ね行きて見れば、身一つ入るほどなる小《ちひ》さき庵を結びて、その内に、経うち読みて居たり。さし寄りて、「いかに身弱く、苦しくなんどやおはする」など問へば、[20]ものに書き付けて返事をいふ。「日ごろいみじく苦しく覚えて、心弱く、終りも如何《いかが》と覚え侍りしを、この二三日が先に、まどろみたりし夢に、幼き《をさな》[21]童子《どうじ》の来たり

16 無言の行（無言戒）。

17 気がかりだ。

18 言うまでもない。

19 何日か経った。

【僧、持経者の庵を訪ねる】

20 無言行の最中なので、筆談するのである。

21 法華経の持者のところに現れる童子。「この経を読まん者は、常に憂悩なく…天の諸の童子は、以て給使をなさん」（法華経・安楽行品）。

て、口に水を注《そそ》くと見て、身すずしく力も付きて、今は憂ふること侍らず。[22]当時《そのかみ》のやうならば、終りも願ひの如くならん」などいふ。[24]いよいよ貴《たつと》くうらやましくて、[23]帰りけり。その後、あまりめづらかなることなれば、思ふに[25]さりがたき弟子などにこそはおのづからも語りけめ、このこと[26]やうやう聞こえて、この山の僧ども、[27]結縁せんとて尋ね行く。「あ[28]ないみじ。さばかり口堅めしものを」といへど、かなはず。はてには、郡《こほり》の内にあまねく聞こえて、近きも遠きも集まり[29]ののしる。

　この老僧至りて、心の及ぶ限り制すれど、さらに耳に聞き入るる人だになし。かの僧はものをいはねど、いみじく[30]侘《わび》しげに思へる気色《けしき》を見るにも、ひとへに我があやまちなれば、[31]くやしく[32]かたはらいたきこと限りなし。

　かくて夜昼を分かず、様々のもの投げかけ、[33]米を撒《ま》き、拝みののしれば、[34]たよりあるべしとも見えぬほどに、いかがし

22 今。神宮本「今の如くならば」。「そのかみ」は、過去を指すことが多いが、ここは現在の意。
23 底本「て又」。神宮本に拠る。

【断食のうわさ広まる】

24 珍しい。
25 避けられない。
26 だんだんと。
27 仏法と縁を結び善根を積む。
28 ひどい。大変だ。
29 大声でさわぐ。
30 やりきれないと思う。
31 後悔される。
32 そばで見ていてもつらい。

【持経者、姿をくらます】

33 結縁のために撒く米。「祓へすとも打撒に米いるべし」（宇津保・藤原の君）。
34 （この庵にいることが往生にとって）都合がよさそうに見えない。

たりけん、この僧、夜、いづちともなく[35]はひかくれぬ。[36]ここら集れる者ども、手を分けて、山を踏みあさり求むれども、さらになし。「さても不思議なりや」なんどいひ[37]てげる。後十余日経《へ》てなん、思ひかけず[38]かの跡を見つけたりけん。もとの所わづかに五、[39]六段ばかりのきて、いささか[40]真柴《ましば》深く生ひたるかくれに、[41]仏経《ぶつきやう》と[42]紙衣《かみぎぬ》とばかりぞありける。

この三、四年がほどのことなれば、かの山に見ぬ人なしとぞ。末の世には、いとありがたきことなりかし。

すべては、諸々《もろもろ》の罪をつくる、みなこの身ゆゑなれば、かやうに思ひ取りて、[43]終りをも往生をも望まんには、何の疑ひかあらん。然れど、[44]濁世《じよくせ》の習《なら》ひ、我が[45]分ならぬことを願ひ、[46]ややもすれば、これを誹《そし》りていはく、「先の世に人に食物《くひもの》を与へずして、分を失へる報いに、自《みづか》らかかる目を見るぞ」ともいひ、あるいは、「[47]天魔の心をたぶらかして、人を驚かして、後世を妨《さまた》げんと[48]構《かま》ふるぞ」などもいふべし。

35 そっと逃げる。
36 たくさんの。
37 ↓三一話注9
38 持経者がいた痕跡。
39 一段は一町の十分の一。約一一メートル。六間。
40 柴の美称。山野に生える小さな雑木。
41 法華経。
42 ↓一一〇話注4

【世間の中傷】
43 心静かな臨終。
44 穢れに満ちた時代。濁悪世。
45 身の程。
46 どうかすると。参考「後世をたすからんと思はんものは、かまへて人目にたつべからざるものなり。人をば人が損ずるなり」(一言芳談上)。
47 仏道を妨げる悪魔。煩悩魔、陰魔、死魔とともに四魔の一つ。
48 段取る。

まことに[49]宿業《しゆくごふ》は知りがたきことなれど、さのみいはば、いづれの行かは[50]楽しく豊かなる。みな欲しき味《あぢはひ》をしのび、身を苦しめ、心をくだくをもととす。これ、ことごとく人を[51]わびしめたる報いとや定めんとする。いはんや、仏菩薩の[52]因位《いんゐ》の行《ぎやう》、みな法を重んじ、分を軽《かろ》くす。その跡を追はぬ我が心の、拙《つたな》きにてこそあらめ。たまたま、学ぶべきを[53]謗《そし》るには及ばざることなり。

かの[54]善導和尚《ぜんだうくわしやう》は、念仏の祖師にて、[55]この身ながら証を得給へる人なり。往生疑ふべくもあらざりしかど、[56]木の末に登りて身を投げ給へり。人のためは、悪しきことをしそめ給はんやは。また、法華経にいはく、「[57]もし人、心を起して、菩提《ぼだい》を求めんと思はば、手の指足の指をとぼして、[58]仏陀に供養せよ。国《くに》、城《しろ》、妻子《つまこ》及び[59]大千国土、諸々《もろもろ》の宝をもて、供養するに勝《すぐ》れたり」とのたまへり。

このことうち思ふには、人の身を焼く香は臭く、穢《けが》らはし。

【人を謗るな】

49 前世に作った業。

50 神宮本「憑も敷く侍ん」。「たのもし」は期待できるの意。

51 困らせる。

52 仏になるための修行過程。「正覚を成るといへども、有情を饒益せむとして故に因位に居るなり」（日本霊異記下三八）。

53 謗る必要がない。同様の発言、六―一三話・七―四話にも。

【善導和尚、身投げする】

54 →二―一三話注1

55 生身の人のまま。

56 →補注62

57 →補注63

58 神宮本「仏堂」法華経「仏塔」。

59 底本「太子国土」を神宮本に拠って改める。大千（世界）は三千大千世界の一つで、須弥山を中心とする一世界を十億集めたもの。

【身命をささげる】

仏の御ために、何の御用やはあらん。いはば、一房《ふさ》の花にも劣り、一ひねりの香にも及び難けれど、志深くして、苦しみを忍ぶ故《ゆゑ》に、大きなる供養となるにこそはあらめ。さるにては、もし人いさぎよき心を発して、思はく、「大千国土、[60]勝れたる供養とのたまはばこそ、我らがためには難《かた》からめ。この身は我が有《いう》なり。しかも夢の如くして、空しく朽ちなんとす。なにかは一指に限らん。さながら身命《しんみやう》を仏道になげて、一時の苦しみ、[61]無始生死の罪をつぐのひ、仏の[62]加被《かひ》によく臨終正念なることを得ん」と深く思ひ取りて、食《くひ》物をも断《た》ち、身燈《しんとう》、入海《にふかい》をもせんには、[63]たれ故発《をこ》し給へる悲願なればか、[64]引摂《いんぜふ》し給はざらん。

　さらば、今の世にも、かやうの行にて終りを取る人、まのあたり異香《いきやう》にほひ、紫雲たなびきて、その瑞相《ずいさう》あらたなる例《ためし》多かり。すなはちかの童子の水を注ぎけんも、証にはあらずや。仰ぎて信ずべし。疑ひて、何の益《えき》かはある。しかるを、

60　方丈記「人をたのめば、身、他の有なり」。神宮本「此身は仮の身也」。
61　遠い過去（無始）からくり返して来た生死。
62　かび。神仏が慈悲によって衆生を守ること。加護。
63　他ならぬ我々衆生のために。
64　仏が衆生を浄土へ導くこと。

我が心の及ばぬままに、みづから信ぜぬのみならず、他の信心をさへ乱るは、[65]愚痴《ぐち》の極まれるなり。

八　[1]蓮花城入水《れんげじやうじゆすい》の事

近きころ、蓮花城といひて、人に知られたる聖ありき。[2]登蓮法師あひ知りて、ことにふれ、情《なさけ》をかけつつ過ぎけるほどに、年ごろありて、この聖のいひけるやうは、「今は、年にそへつつ弱くなりまかれば、死期《しご》の近付くこと疑ふべからず。終り正念にてまかりかくれんこと、極まれる望みにて侍るを、心の澄む時、[3]入水《じゆすい》をして、終り取らんと侍る」といふ。

登蓮聞き、驚きて、「[4]あるべきことにもあらず。今一日なりとも、念仏の功を積まんとこそ願はるべけれ。さやうの行《ぎやう》は、[5]愚癡《ぐち》なる人のする業《わざ》なり」といひて、諫《いさ》めけれど、[6]さらにゆるぎなく思ひ堅めたることと見えければ、「かく、これ

65　煩悩の一つ。愚かでものの道理を理解できないこと。

【蓮花城、入水を決意】

1　伝未詳。百練抄（一一七六・八・一五）に「上人十一人入水。其の中に蓮華浄上人と称する者、発起たり」とあり、同一人か。

2　底本・寛文本「卜蓮」。登蓮は生没年未詳。歌林苑の歌人で西行たちと交友。無名抄では数奇人として描かれる。↓補注64

3　水中に身を投げること。

4　あってはならないことだ。

5　↓三―七話注65

6　全くゆらぐことなく。

ほど思ひ取られたらんに至りては、留むるに及ばず。[7]さるべきにこそあらめ」とて、そのほどの用意なんど、力《ちから》を分けて、もろともに[8]沙汰しけり。

終《つひ》に、[9]桂川の深き所に至りて、念仏高く申し、時経《へ》て、水の底に沈みぬ。その時、聞き及ぶ人、市《いち》の如く集まりて、しばらくは、貴《たつと》み悲しぶこと限りなし。登蓮は[10]年ごろ見なれたりつるものをと、あはれに覚えて、涙を押へつつ帰りにけり。

かくて日ごろ経《ふ》るままに、登蓮[11]物の怪《け》めかしき病をす。あたりの人あやしく思ひて、[12]こととしけるほどに、霊あらはれて、「ありし蓮花城」と名のりければ、「このこと、[13]げにと覚えず。年ごろあひ知りて、終りまでさらに[14]恨みらるべきことなし。いはんや[15]発心のさまなほざりならず、貴《たつと》くて終り給ひしにあらずや。[16]かたがた何の故《ゆゑ》にや、[17]思はぬさまにて来たるらん」といふ。

物の怪のいふやう、「そのことなり。[18]よく制し給ひしもの

7 前世からの約束事。
8 手配した。

【桂川に入水する】

9 京都市右京区の嵯峨野近辺を流れる川。水深の深いところもあり、入水の他、水刑も多く行われた。
10 長年、親しい顔見知りであったのに。

【蓮花城、霊となる】

11 人に取り憑いて悩ます、生霊、死霊など。
12 異常なことだ。
13 本当のこととは思えない。
14 恨まれるようなことはないはずだ。
15 極楽往生を願う心はたいそう堅くて。
16 いずれにしても。
17 思いもかけない姿で。

【霊、悔しさを語る】

18 入水を度々お止めになったのに。

〈3－8話〉蓮花城という聖は極楽往生を願って、京都、桂川に身を投げた。しかし入水直前に「命」への未練をおこしたため、往生は失敗、物の怪となってあらわれた。

を、我が心のほどを知らで、[19]いひがひなき死にをして侍り。[20]さばかり人のためのことにもあらねば、[21]その際《きは》にて思ひ返すべしとも覚えざりしかど、いかなる[22]天魔のしわざにてありけん、まさしく水に入らんとせし時、たちまちに[23]くやしくなんなりて侍《はんべ》りし。されども、[24]さばかりの人中《ひとなか》に、いかにして[25]我が心と思ひ返さん。あはれ、ただ[26]今制し給へかしと思ひて、目を見合せたりしかど、知らぬ顔《がほ》にて、[27]『今はとくとく』ともよほして、[28]沈みてん恨めしさに、何の往生のことも覚えず。[29]すずろなる道に入りて侍るなり。このこと、[30]我が愚かなる過《とが》なれば、人を恨み申すべきならねど、最期《さいご》に[31]口惜《くちを》しと思ひし[32]一念によりて、かく詣で来たるなり」といひけり。

これこそげに[33]宿業《しゆくごふ》と覚えて侍れ。かつはまた、[34]末の世の人の誡《いまし》めとなりぬべし。

[35]人の心、はかりがたきものなれば、必ずしも[36]清浄《しやうじやう》[37]質直《しつちよく》の心よりも起らず。あるいは、[38]勝他名聞《しようたみやうもん》にも[39]住《ぢゆう》し、あるいは、

19 とるに足りない。むだな。
20 あの通り、人のためにやったことでもないので。自分の意志からの行動であることをいう。
21 入水の直前。
22 仏道を妨げる悪魔。
23 後悔してしまいました。死にたくなかったことをいう。
24 あれほど多くの。
25 自分の判断で。
26 引き止めて下され。
27 さあ、早く早くと促して。
28 寛文本「沈めけん」。神宮本「沈め給ひし」。
29 思いがけない世界。地獄・餓鬼・畜生の三悪道など。
30 自分の愚かな過失。
31 くやしい。無念だ。
32 一瞬の思い。
33 前世に作った業。
34 末世。日本では一〇五二年から始まるとされた。

【はかりがたい人の心】

35 人の心というものは予測が

[40]憍慢嫉妬《けうまんしつと》をもととして、愚かに、身燈[41]、入海するは浄土に生るるぞとばかり知りて、心のはやるままに、かやうの行《ぎやう》を思ひ立つことし侍りなん。すなはち[42]外道《げだう》の苦行に同じ。大きなる邪見といふべし。その故《ゆゑ》に、火水に入る苦しみな[43]のめならず。その志深からずは、いかが堪へ忍ばん。苦患《くげん》あれば、また心安からず。仏の助けよりほかには、[44]正念ならんこと極めてかたし。中にも、愚かなる人の[45]ことくさまで、「[46]身燈はえせじ。水には安《やす》くしてん」と申し侍るめり。すなはち、余所《よそ》目《め》なだらかにて、その心知らぬ故なるべし。

ある聖《ひじり》の語りしは、「かの水に溺《おほ》れて、[47]すでに死なんと仕りしを、人に助けられて、からうして生きたること侍りき。その時、鼻口より水入りて、[48]責《せ》めしほどの苦しみは、たとひ[49]地獄の苦しみなりとも、[50]さばかりこそはと覚え侍りしか。しかるを、人の水をやすきことと思へるは、いまだ水の人殺す様を知らぬなり」と申し侍りき。

できないものであるので。
36 清らかでけがれないこと。
37 誠実で、正直なこと。神宮本「真実」。
38 他より勝っているという、良い評判。
39 とどまり。
40 おごり高ぶり、恨み妬み。
41 焼身。→三―五話注8
42 仏教以外の教えを卑しめていう語。異教・異端。
43 並み大抵でない。
44 乱れのない正しい信心。
45 言いぐさ。言葉。
46 焼身は熱いからできそうにない。

【入水の苦しさ】

47 もう死にそうになりましたのを。
48 責め苦しめられた。
49 方丈記「かの地獄の業の風なりとも、かばかりにこそはとぞおぼゆる」。
50 「さばかりにこそはあらじ」

ある人のいはく、「諸々《もろもろ》の行ひは、みな我が心にあり。[51]みづから勤めて、みづから知るべし。余所《よそ》にははからひ難きことなり。すべて[52]過去の業因も、[53]未来の果報も、[54]仏天の加護も、[55]うち傾きて、我が心のほどを[56]やすくせば、自《おのづか》ら推し測られぬべし。[57]かつがつ、[58]一ことを顕《あらは》す。もし人、仏道を行はんために[59]山林にもまじはり、ひとり曠野《くわうや》の中にも居らん時、なほ身を恐れ、命《いのち》を惜しむ心あらば、必ずしも仏擁護《わうご》し給ふらんとは憑《たの》むべからず。垣壁《かきかべ》をも囲《かこ》ひ、遁《のが》るべき[60]構へをして、みづから身を守り、病をたすけて、[61]やうやう進まんことを願ひつべし。もしひたすら仏に奉りつる身ぞと思ひて、虎狼《とらおほかみ》来たりて[62]犯すとも、[63]あながちに恐るる心なく、食物《くひもの》絶えて飢ゑ死ぬとも、憂《うれ》はしからず覚ゆるほどになりなば、仏も必ず擁護し給ひ、菩薩も聖衆《しやうじゆ》も来たりて、守り給ふべし。[64]法の悪鬼も毒獣も、[65]便りを得《う》べからず。盗人は[66]念を起して去り、病は仏《ぶつ》力《りき》によりて癒《い》えなん。これを思ひ分かず、[67]心は心として浅く、

の略。あれ以上の苦しみはない。

【すべては心次第】

51 方丈記「みづから休み、みづからおこたる」。
52 前世で作った善因、悪因。
53 来世で受ける善悪の応報。
54 仏の尊称。あるいは仏と諸神。
55 思案する。
56 安らかにすれば。神宮本「案ぜば」。
57 とりあえず。
58 一つの例をあげるの意か。
59 方丈記「世をのがれて、山林にまじはるは、心を修めて、道を行はむとなり」。
60 準備。
61 少しずつ仏道の修行をおし進めること。
62 危害を加える。
63 何も。取り立てて。
64 仏法でいうの意か。神宮本「諸」。
65 仏道修行を妨げるような機

仏天の護持を頼むは、危《あやふ》きことなり」とぞ語り侍りし。このこと、さもと聞こゆ。

九　樵夫《せうふ》[1]独覚《どくかく》[2]の事

近きころ、近江《あふみ》[3]の国に池田[4]といふ所に、いやしき男ありけり。おのが身は年たけて、若き子をなん持ちたりける。二人あひ具して、なすべきことありき。奥山へ入りたりけるに、[5]やや久しく休み居たり。ころは十月の末にやありけん、木枯《こがらし》すさまじく吹きて、木々の木の葉、雨の如く乱れけり。

父これを見て、いふやう、「汝、この木の葉の散るを見るや。これを静かに思ひつづくれば、我が身のありさまにいささかも変らぬなり。その故《ゆゑ》は、春はみるみると若葉さしそめたりと見しほどに、やうやう茂りて、夏はみな盛りになりにき。八月ばかりより青き色、黄に改めて、後には紅《くれなゐ》深くこ

会はありえない。
66　信仰心。
67　心は心として浅薄な考えのままで。

【近江の山の中】
1　きこり。
2　師はなくて、一人で独自に悟ること。「縁覚」とも。
3　滋賀県。
4　滋賀県甲賀市水口町。甲賀から鈴鹿に抜ける要路に近い。一説、近江八幡市池田とも。
5　神宮本、以下に「谷深く道嶮しくて、いと苦しかりければ、木の陰に」。

【父親、出家を決心】

がれつつ、今は少し風吹かば、もろく散る。落ちては、終《つひ》に朽ちなんとす。我が身もまた、これに同じ。十歳ばかりの時、たとへば春の若葉なり。二、三十にて盛りなりし時は、夏の梢かげ茂りて、心地よげなりしころに似たり。今六十[6]にあまり、黒髪やや白く、皺《しわ》たたみ、膚《はだへ》変り行く。すなはち、秋の色づくに異《こと》ならず。いまだ嵐に散らずといふばかりなり。それまた、今日、明日のことなるべし。かくあだなる身を知らず、世を過ごさんとて、朝夕いふばかり苦しき目を見て、走《はし》り営《いとな》むことこそ、思へばよしなけれ。我は今は家へも帰るまじ。法師になりて、ここに居て、この木の葉のありさまなんど思ひつづけつつ、のどかに念仏して居《を》らんと思ふ。わ主《ぬし》[7]は、年もいまだ若し。末《すゑ》遥かなれば、とく帰りね」といふ。

この男のいふやう、「まことに違《たが》はず、のたまふ所はいはれたれど、庵一つもなし。田畠作るべき便りもなし。すべて雨風の苦しみ、獣《けだもの》の恐れ、一つとして堪へ忍ぶべき所もあら

6　方丈記「ここに、六十の露消えがたに及びて」。中世では六十歳以上を老人とする考えが強かった。

7　お前は。

【子供の決意】

ず。いかにしてか独りは住み給はん。さらば、我も具し奉りて、木《こ》の実をも拾ひ、水をも汲みて、いかにもなり給はんやうにこそはならめ。今、齢《よはひ》盛りなりといふとも、たとへば、夏の木《こ》の葉にこそ侍るなれ。つひに紅葉して、散らんこと疑ひなし。いかにいはんや、木の葉は色づきてこそ散るものなれ。人は若くて死ぬる例《ためし》多かり。やや、木の葉よりもあだなり[8]といふべし。さらに古郷《ふるさと》へ帰るべからず」といひければ、あはれに思ひたり。

「さらば、いとうれしきこと」とて、人も通はぬ深山《みやま》の中に、少しき庵二つ結びて、それに一人《ひとり》づつ、朝夕念仏して過ごしけり。

むげに近き世のことなれば、皆人知りて侍りとなん。ある[9]人いはく、「父、已《すで》に往生しをはんぬ。息、今に現存す」と云々。

8　はかない。

【父親の喜びとその死】

9　神宮本、以下なく「まなぶべし。願ふべし」。

一〇　[1]証空《しょうくう》[2]律師《りつし》、希望《けもう》深き事

[3]薬師寺に、証空律師といふ僧ありけり。[4]齢《よはひ》たけて後、[5]辞して、久しくなりにけるを、「かの寺の[6]別当の[7]闕《けつ》に、望み申さんと思ふは、いかがあるべき」と[8]いふ。弟子たるに、同じさまに「あるまじきことなり。御年たけ給ひたり。[9]つかさを辞し給へるにつけても、必ずおぼす所あらんかしと、人も心にくく思ひ申したるを、今さらさやうに望み申し給はば、思はずなることにて、人も心劣り仕るべし」と、理《ことわり》を尽して、いみじう諫《いさ》めけれど、さらにげにと思へる気色《けしき》なし。いかにもその志深きことと見えければ、すべて力及ばず。弟子寄り合ひて、このことを嘆《なげ》きつついふやう、「この上には、いかに聞こゆとも、聞き入らるまじ。いさ、[10]空夢《そらゆめ》を見て、[11]身もだえ給ふばかり語り申さん」とぞ定めける。

＊説草「証玄律師之事」と同話。

【証空律師、隠退後、別当を望む】

1 伝未詳。神宮本「証玄律師」。→補注65
2 僧正・僧都に次ぐ僧官。
3 奈良市西ノ京町にある法相宗大本山。天武天皇が藤原京に建立し、平城遷都に伴い奈良に移築した。
4 高齢になって。
5 神宮本「司なんど辞して」。
6 大寺に置かれる僧官で、事務の総裁。
7 欠員。
8 以下七字、神宮本「云ふ。弟子各々」、寛文本「弟子ともにかたるに」。
9 僧官。
10 見てもいない夢の作り話をして。「そら」は嘘の意。
11 (恐ろしさで)体をよじりなさるほど。

日ごろ経て後、静かなる時、一人《ひとり》の弟子いふやう、「過ぎぬる夜、いと心得ぬ夢なん見え侍りつる。この庭に、[12]色々なる鬼の恐ろしげなる、あまた出で来て、大きなる[13]釜を塗り侍りつるを、あやしく覚えて、問ひつれば、鬼のいはく、『この坊主の律師の[14]料なり』と答ふるとなん見えつる。何ごとにかは深き罪おはしまさん。このこと心得ず侍るなり」と語る。すなはち、驚き恐れんと思ふほどに、耳もとまで[15]笑《ゑ》みまげて、「[16]この所望のかなふべきにこそ。[17]披露なせられそ」とて、拝みければ、すべていふばかりなくて、やみにけり。

[18]智者なれば[19]こそ、律師までものぼりけめ。年七十にて、この夢を悦《よろこ》びけん、いと心憂き貪欲の深さなりかし。[20]かの無智の翁が独覚のさとりを得たりけんには、[21]たとへもなくこそ。

【律師の説得に失敗】
12　様々な色の。
13　かまどを作る。地獄で鬼が罪人を煮る釜を暗示する。
14　ためのもの。
15　眉や口を曲げ、大口をあけて笑う。
16　薬師寺別当になろうという私の願い。地獄の釜が用意されたというのは、欲望がかなえられるからだ、と考えた。
17　他言して下さいますな。

【きこりの父と対照的】
18　高才の学僧。
19　二字、神宮本に拠る。底本「此」、寛文本「こそ此」。
20　前話の樵夫の父のこと。
21　類似点をとらえることもできない。似ても似つかない。

一一　[1]親輔《ちかすけ》の養児、往生の事

中ごろ、[2]壱岐《いきの》[3]前司《ぜんじ》親輔といふ人、[4]取《と》り子《ご》をして、幼くより育《はぐく》み養ひけり。この児《ちご》三つといひける年、数珠《ずず》を持ちて[5]遊びとして、さらに[6]ことものにふけらず。父母これを愛して、[7]紫檀《したん》の数珠を取らせたりければ、阿弥陀仏を[8]言《こと》くさに申しゐたり。母聞きて、諌めけれど、なほこのことを留《とど》めず。六つといふ年、重き病を受けて、日ごろ経て後、床に臥しながら、手遊びにせし念珠の傍《かたは》らにありけるを見て、「我が数珠の上に塵の[9]ゐにける」といひて、深く嘆きたる気色《けしき》なり。これを聞く人、涙を落してあはれみあへり。

すなはち、父母に会ふて、「身の穢はしく覚ゆるに、[10]湯を浴《あ》みばや」といふ。病重きほどなれば、さらに許さず。その後、人に助けられて、西に向ひつつ起き居て、音《こゑ》をあげて、

＊拾遺往生伝下二三と同話。

【養子の信心】

1 ↓補注66
2 長崎県壱岐。
3 前の国司。
4 養子。
5 神宮本「持て遊びにして」。おもちゃにして。
6 他のもの。
7 インド原産のマメ科の常緑高木。調度用に用いられた。
8 口ぐせ。
9 置いている。

【法華経を唱えて死ぬ】

10 入浴したい。

[11]聞妙法華経提婆達多品《もんめうほけきやうだいばだつたほん》、浄心信敬《じやうしんしんぎやう》 不生疑惑者《ふしやうぎわくしや》、
不堕地獄《ふだぢごく》

といふより

[12]若 在仏前蓮花化生《にやくざいぶつぜんれんげけしやう》

といふまで誦《じゆ》す。その声ことに妙《たへ》なり。幼き者なれば、日ごろ人の教ふることなし。みな驚きあはれぶ。声いまだやまぬほどに、[13]眼《まなこ》をうけて、息絶えにければ、父母泣き悲しむこと限りなし。

日ごろ経て後、母、昼うたたねしたる時、夢ともなくうつつともなく、この児を見る。形ことに目出たく、清らかにてありけり。母に向ひて、「我が形をばよく見るや」といふ。母、「よく見る」といふ。児誦して、

[14]即往《そくわう》 [15]南方無垢世界《なんぱうむくせかい》、坐宝蓮花《ざはうれんげ》 [16]成等正覚《じやうとうしやうがく》

この文を読み終りて、すなはち、失せにけりとぞ。

このことは、[17]嘉承二年のころなり。

11　法華経・提婆達多品「…妙法華経の提婆達多品を聞き、浄心に信敬して疑惑を生ぜざれば、地獄・餓鬼・畜生に堕ちずして、十方の仏前に生まれ」。

12　提婆達多品、注11の数句後つづき。「若し仏前に在らば、蓮華のなかに化生せん」。

13　視線が定まらなくなる意か。神宮本「眼を閉て」。

【母の夢に現れる】

14　提婆達多品「竜女の、忽然の間に変じて男子と成り、菩薩の行を具して、即ち南方の無垢世界に往き、宝蓮華に坐して、等正覚を成し」。

15　八歳の竜女が成仏した浄土。

16　完全な智恵。

17　一一〇七年。

一二　[1]松室《まつむろ》の童子《どうじ》、[2]成仏の事

奈良に、[3]松室といふ所に[4]僧ありけり。官《くわん》なんどはわざとならざりけれど、徳ありて、用ゐられたる者になんありける。そこに、幼き児《ちご》の、ことに[5]いとほしくするありけり。この児、朝夕法華経を読み奉りければ、師これを[6]うけず。「幼き時は、[7]学文《がくもん》をこそせめ。[8]いとげにげにしからず」など諌められて、一度は随《したが》ふやうなれど、ややもすれば、忍び忍びになんこれを読む。いかにも志深きことと見て、後には誰も制せずなりにけり。

かかるほどに、十四、五ばかりになりて、この児いづちともなく失せぬ。師大きに驚きて、至らぬくまもなく尋ね求むれど、[9]さらになし。「[10]物の霊《りやう》なんどに取られたるなめり」といひて、泣く泣く[11]後のことなんど訪《とぶら》ひて、やみにけり。

＊本朝神仙伝二四、松室仲算事、松室仙人伝、元亨釈書二九、三国伝記一二―二四、源平盛衰記二八などと同話。

【法華経を読誦する児】

1 興福寺の房。↓補注67
2 神宮本「仙と成事」。
3 神宮本「仲算」と傍記。
4 本朝神仙伝以下、仲算とする。↓補注68
5 かわいがる。本朝神仙伝は、比叡山延暦寺の首楞厳院から仲算が偸（ぬす）んできた小童とする。
6 承知しない。
7 仏典の学習。
8 納得できる。

【児、行方不明】

9 全く。
10 死霊や生霊など祟りをなす霊魂。
11 死後のこと。

その後、月ごろ経て、[12]この房にある法師の、薪採《たきぎ》らんとて、山深く入りたりけるに、木の上に経読む声聞こゆ。あやしくてこれを見れば、失せにし児《ちご》なり。あさましく覚えて、「いかに、かくてはおはしますぞ。[13]さしも嘆き給ふものを」といへば、「そのことなり。さやうのことも聞こえんとて、逢ひ奉らんと思へど、便《たよ》り悪しきことになりて、えなん近づき奉らず。うれしく[14]見え逢ひたり。これへ、[15]かまへておはしませと申せ」といひければ、走り帰りて、この由を語る。

師驚きて、すなはち来たる。児《ちご》語りていはく、「我、[16]読誦《どくじゆ》の仙人にまかりなつて侍るなり。日ごろも[17]御恋しく思ひ奉りつれど、かやうにまかりなつて後は、聞くべき便りもなし。大方、[18]人のあたりは、穢らはしく臭くて、堪ゆべくもあらねば、思ひながら、えなん詣でざりつるあひだ、近うて見奉ることはえあるまじ」といひて、ともに涙を落しつつ、やや久しく語らふ。

【僧、仙人となった児と再会】

12 松室仲算事などでは、春日社で仲算が出会った老翁の招きで吉野に行き、捜していた童と再会する。

13 師の僧が。

14 あなた（松室房の法師）に。

15 是非。

16 ↓補注69

17 神宮本「御」なし。

18 汚れた食物や煮炊きの匂いのため、俗人は仙人にとって臭く感じる。「諸僧の身の香は腥膻（なまぐさく）して耐へがたし」（法華験記中四四）。「人気（ひとのけ）に身重く成て立つ事を得ず」（今昔物語集一三―三）。

かくて、帰りなんとする時、いふやう、「三[19]月十八日に、[20]竹生嶋《ちくぶしま》といふ所にて、仙人集まりて、楽《がく》をすること侍るに、琵琶《びは》を弾くべきことの侍るが、え尋ね出し侍らぬなり。貸し給ひなんや」といふ。「やすきことなり。いづくへか奉るべき」といへば、「ここにて、給はらん」といひて、[21]ともに去りぬ。すなはち、琵琶を送り[22]たりけれど、その時は、人もなし。ただ木[23]の本《もと》に置きてぞ、帰りにける。

さて、この法師は、三月十七日に竹生嶋へ詣でたりけるに、十八日暁《あかつき》の寝覚めに、遥かにえもいはれぬ楽の声聞こゆ。雲にひびき、風に随《したが》ひて、世のつねの楽《がく》にも似ず覚えて、目出たかりければ、涙こぼれつつ聞き居たるほどに、やうやう近くなりて、楽の音《こゑ》とまりぬ。とばかりありて、縁[24]に物を置く音のしければ、夜明けてこれを見るに、ありし琵琶なり。

師、不思議の思ひをなして、「これを我が物にせんことは憚《はばか》りあり」とて、[25]権現《ごんげん》に奉る。香ばしき匂《にほひ》深くしみて、日ご

【竹生嶋での奏楽】

19　十八日が観音の縁日であることと関わるか。

20　琵琶湖北部に浮かぶ島。都久夫須麻（つくぶすま）神社と宝厳寺があり、竹生島観音・弁財天で知られる。

21　僧と児がそれぞれ。神宮本「ともに」なし。

22　松室からここに届けたが。

23　松室仲算事などでは、松室の松の木にかけた琵琶を、瑞雲が天に巻き上げる。

24　松室仲算事などでは、竹生島に渡った仲算の船の船底に琵琶が投げ返される。仲算は「再三投げ挙ぐといへども」二度と天に納受されることはなかった。

【竹生嶋に琵琶を奉納】

25　竹生島明神。

ろ経《ふ》れど、失せざりけるとぞ。

この琵琶、今にかの嶋にあり。浮[26]きたることにあらず。

発心集　第三

26 いいかげんな話ではない。事実である。

発心集　第四

鴨長明　撰

一　[1]三昧座主《さんまいざす》の弟子、法華経《ほけきやう》の験《しるし》を得る事

中《なか》ごろ、[2]義叡《ぎえい》といひて、ここかしこ行ひ歩《あり》く修行者ありけり。[3]熊野より[4]大峰に入りて、[5]御嶽《みだけ》へ出づるあひだに道を踏みたがへて、十日余りがほど、[6]すずろに嶮《けは》しき谷、峰を迷ひ歩きけり。身疲《つか》れ、力尽《つ》きて、いとどあやふく覚えければ、心を至して[7]本尊に祈り乞ふ。

その後、からうして平らかなる所に行き出でたりけり。そこに[8]一つの松原あり。林の中に一つの庵《いほり》あり。近く歩みより

＊本朝法華験記上一一・今昔物語集一三―一・元亨釈書二九と同話。延朗上人の遺徳を讃えた尊師講式にも要約がある。

【修行者義叡、大峰で道に迷う】

1　喜慶（八八九～九六六）。近江国の人。相応の弟子、天台座主。

2　未詳。

3　紀伊半島南部の修験道場の地。平安時代後期に熊野三山（三所とも。本宮・新宮・那智）の制度ができ、貴顕の参詣が相次いで、熊野詣が広まった。

4　大峰山脈の南部。修験道の道場で、熊野側から入るのを「順の峰入り」と称した。

5　金峯山。大峰山脈の北部で山岳信仰の霊地。

6　あてもなく。

7　特に信仰している本尊仏。

【松林の中の美しい庵】

8　三字、寛文本ナシ。

てこれを見るに、えもいはぬ、新しく作れる屋《いへ》あり。[9]物の具、かざり、みな玉の如し。庭の砂《すなご》、雪に異らず。植木には花咲き、木《こ》の実《み》むすび、前栽《せんざい》にはさまざまの咲く花、色ことに妙《たへ》なり。義叡これを見て、喜ぶこと限りなし。

しばしうち休みつつ、この屋の内を見れば、聖《ひじり》ひとりあり。齢《よはひ》わづかに廿《はたち》ばかりにやと見ゆ。衣、袈裟《けさ》[10]うるはしく着《き》て、法華経よみ奉る。この声妙《たへ》なること、たとへていはん方なし。一の巻をよみ終りて、経机《きやうづくゑ》の上に置けば、その経、人も手ふれぬに、[11]みづから巻き返されて元の如くになる。かくしつつ、[12]一の巻より八の巻にいたるまで、巻くこと、前の如し。[13]一部よみ終りて、[14]廻向《ゑかう》、礼拝す。

その後、立ち出でて、[15]この人を見て驚きあやしみていはく、「この所には、昔より人来たることなし。山の中にも深き山なれば、鳥の声だにも聞こえず。いかにして来たれるぞ」といふ。ことのありさま、始めより語る。すなはちあはれみて、

9　調度品。

【法華経を読む聖】

10　きちんと。

11　参考「次の巻を取りて読む時、読み畢へたる経は、一尺も踊り昇りて、軸の本より巻き還し」（法華験記上三五）。

12　法華経全体、八巻。

13　全巻。

14　修行によって積んだ善根を他に振り向けること。そのための文章（回向文）を読むこと。

15　義叡。

坊の内へ呼び入れつ。

とばかりありて、かたちえもいはず美しき童子、めでたき食ひ物を捧げて来たる。聖、この僧にすすむれば、これを食ひをはりぬ。味はひの妙《たへ》なること、人間の食[16]にあらず。[17]おほかた、事にふれ、ものごとに不思議ならずといふことなし。僧、聖に問ひていはく、「この所に住みて、幾年《いくとせ》ばかりにかなり給へる。また、いかなることか侍る。何事もおぼす様なりや」といふ。聖のいはく、「ここに栖《す》み初《そ》めて後、八十余年になりぬ。我、もとは叡山東塔[18]《とうだふ》の三昧座主《さんまいざす》の弟子にてなんありしが、しかあるを、いささかのことによりて、はしたな[19]くさいなまれしかば、愚かなる心にて、ここかしこ[20]に迷ひ歩《あり》きて、定めたりし所もなかりき。よはひ衰へて後、この山に跡[21]をとどめて、今はここにて終[22]らんことを待つなり」といふ。

僧[23]、いよいよあやしく覚えて重ねて問ふ。「人来たらぬ由《よし》のたまへど、めでたき童子あまた見ゆ。これ御偽《いつは》りに似た

【美しい天童たち】
16 人間界。じんかん。寛文本フリガナ「よのなか」。「本尊を祈念し三宝を頂礼して、人間に到らむことを願へり」（本朝法華験記）。
17 底本三字ナシ。寛文本に拠る。
18 比叡山三塔の一つ。
19 ひどく咎める。
20 底本「かしこ」。寛文本に拠る。法華験記「処々に」。
21 居を定める。
22 死ぬのを。
23 義叡。

り」。聖のいはく、『[24]天諸童子、以為給仕』。何かはあやしからん」といふ。僧、また同じく「[25]よはひたけたる由をのたまへど、御形《かたち》を見れば、若く盛《さか》りなり。これまた、おぼつかなし」。聖のいはく、『[26]得聞是経《とくもんぜきやう》、病即消滅《びやうそくせうめつ》、不老不死《ふらうふし》』。更にかざれることにあらず」。

【聖の坊に泊まる】

かくてややほど経《ふ》るあひだに、聖、この僧をすすめていはく、「とく帰り給へ」といふ。僧、嘆いていふやう、「[27]日ごろ迷ひ歩《あり》きつるほどに、身疲れ、力尽きて、たちまちに帰るべき心地もせず。いはんや、日既《すで》に傾《かたぶ》きて夜に入りなんとす。何の故《ゆゑ》にか、聖、我をいとひ給へる」といふ。聖のいふやう、「いとふにはあらず。遥かに人間の気《け》を離れて、多くの年を経《へ》たる故に、すすめ聞こゆるばかりなり。もし、今夜《こよひ》とまらんとならば、身を動かさず、音を立てずしてゐたれ」と教ふ。僧、聖の教への如く、隠れつつ居たり。

【鬼神や獣があらわれる】

やうやう夜ふくるほどに、風にはかに吹きて、常の気色《けしき》に

24　法華経・安楽行品に「この経を読まん者は、常に憂悩なく、又病痛もなく…天の諸の童子、以て給使をなさん」。
25　老齢であると。
26　「若し人、病有りて、この経を聞くことを得ば、病は即に消滅して不老不死ならん」（法華経・薬王菩薩本事品）。
27　何日も。

あらず。すなはち、さまざまの形したる鬼神[28]、諸々《もろもろ》の猛《たけ》き獣《けだもの》、数も知らず集まる。馬面《ばめん》なるもあり、牛に似たるもあり。また、鳥の頭《かしら》なるもあり、鹿の形なるもあり。各々《おのおの》、香花[29]《かうけ》の如く、果物の類《たぐひ》、諸々の飯食[30]《はんじき》を捧げて、松の庭[31]に高き机《つくゑ》を立てて、その上に置きつつ、掌《たなごころ》を合はせて敬ひ拝みて、ひらび[32]ゐぬ。この中に、ある輩《ともがら》のいはく、「あやしきかな、常に似ず、人間の気[33]《け》あり」。また、あるがいはく、「何人か、ここに来たるらん」といふ。その後、聖、発願[34]《ほつぐわん》して法華経をよむ。暁に及びて廻向《ゑかう》する時、この諸々の輩《ともがら》、敬ひ拝して去りぬ。

僧、問ひていはく、「このさまざまの形したるもの、数も知らず。何の類《たぐひ》、いづれの所より来たれるぞ」。聖のいはく、『[35]若人在空閑《にやくにんざいくうかん》、我遣天龍王《がけんてんりうわう》、夜叉鬼神等《やしやきじんとう》、為作聴法衆《いさちやうぼふしゆ》』これなり」といふ。さまざまの不思議を見、聖の詞《ことば》を聞くに、貴《たつと》くたのもしきこと限りなし。

明けぬれば、今は帰りなんと思ひて、なほ道にまどはんこ

28 変化のもの。
29 こうげとも。仏前に供える香・花。
30 法華験記「飲食、百味の餚膳」、今昔物語集「飲食」。
31 法華験記・今昔物語集「前の庭」。
32 平ぶ・平むは平伏すること。
33 人間の気配。人間臭。
34 鬼神や獣たちのために。
35 法華経・法師品「若し人、空閑に在らば、我れは天・竜王・夜叉・鬼神等を遣して、ために聴法の衆と作さん」。

【夜が明けて里に帰る】

とを嘆く。聖の「[36]しるべを付けて送り申すべし」といひて、水瓶《みづがめ》を取りて前に置く。その水瓶、をどり下《お》りて、やうやう先に行く。その瓶の後《しり》につきて行くままに、[37]二時《ふたとき》ばかりを経て、山の頂《いただき》にのぼりぬ。ここにて見下《おろ》せば、麓に人里あり。その時、水瓶空《そら》にのぼりて、もとの所に飛び帰りにけり。

この人里に行き出でて、このことをば語り伝へたりけるなり。[38]記とて、かれこれに記《しる》し置ける文あれど、[39]ことしげければ、覚ゆるばかりを書きたるなり。

二　[1]浄蔵《じやうざう》[2]貴所《きそ》、[3]鉢を飛ばす事

浄蔵貴所と聞こゆるは、[4]善宰相清行《ぜんさいしやうきよつら》の子、並びなき[5]行人《ぎやうにん》なり。[6]山にて鉢の法を行ひて、鉢を飛ばしつつ過ぎけるころ、ある日、空《むな》しき鉢ばかり帰り来て、入る物なし。あやしく思ふほどに、このこと続けて三日になりぬ。驚きて、「道の間

36　道案内。
37　四時間。
38　法華験記などを指すか。
39　煩瑣なので。

＊古事談三―一九と同話。
【鉢の中身、移しとられる】
1　八九一～九六四。宇多法皇の弟子となり比叡山で受戒。平将門調伏のため大威徳法を修した。東山雲居寺で没。
2　貴人・僧への尊称。
3　仏道修行の托鉢用の鉢を験力で飛ばし、食を得ること。
4　三善清行（八四七～九一八）。文章博士、大学頭、参議に到る。革命勘文・意見十二箇条・善家秘記を著した。
5　行者。
6　比叡山。

にいかなることのあるぞ、見ん」と思ひて、四日といふ日、鉢の行く方《かた》の山の峰に出《い》でてうかがひけるほどに、我が鉢とおぼしくて、京の方より飛び来《く》るを、北の方よりまたあらぬ鉢の来合ひて、その入物《いりもの》[7]をうつし取りて、もとの方へ帰り行くありけり。

これを見るに、「いとやすからず。[8]さりとも」[9]とこそ思ふに、「誰ばかりかは、我が鉢の物うつし取るわざをせん。このこと、目ざましき者[10]のしわざかな。見ん」と思ひて、我が空《むな》しき鉢を加持[11]して、それをしるべにてなん、はるばると北をさして、雲霧《くもきり》をしのぎつつ分け入りける。

今は二三百町[12]も来ぬらんと思ふほどに、ある谷《ひとま》[13]はざまの、松風響《ひび》きわたりていさぎよく[14]好もしき所に、一間ばかりなる草の庵《いほり》あり。砌《みぎり》[15]に苔青く、軒近く清水流れたり。内を見れば、年高き僧の痩せ衰へたる、ただひとり居て、脇息《けふそく》[16]によりかかりつつ経を読む。「いかにも、ただ人にあらず。この人のし

7 中に入っている物。
8 許せない。
9 それにしても（誰のしわざなのだろう）。
10 不愉快な。
11 ここでは、真言密教のまじないの作法。

【谷間の草庵】
12 一町は約一〇九メートル。
13 谷間。古事談諸本「谷介」「谷合」。
14 清らかで、すがすがしい。
15 庭。
16 肘掛け。

〈４－２話〉比叡山の浄蔵は鉢を飛ばして生活の糧を得ていた。しかし、ある日から空っぽの鉢が戻ってくるようになった。どうやら途中で別人の鉢に中身を横取りされていたらしかった。

わざなめり」と思ふほどに、浄蔵を見ていふやう、「いづくより、いかにして来たり給へる人ぞ。おぼろけにても[17]、人の詣で来ることも侍らぬを」といふ。「そのことに侍り。我は比叡《ひえ》の山に住み侍りける行者なり。しかるに、月日を送るはかりごとなくて[18]、このほど、鉢を飛ばしつつ行ひをし侍るに、昨日、今日、ことことしく[19]あやしきことの侍りつれば、うれへ申さんとて[20]、参り来たるなり」といふ。僧のいふやう、「えこそ知り侍らね。いと不便《ふびん》[21]に侍ることかな。尋ね侍らん」とて、しのびに[22]人を呼ぶ。

すなはち、庵のうしろの方より、いらへて[23]来る人を見れば、十四、五ばかりなる美しき童子の、うるはしく[24]唐装束《からしやうぞく》[25]したるなり。僧、これを諫めていふやう、「この仰せらるることは、汝《なんぢ》がしわざか。いとあたらぬ[26]ことなり。今よりは、さるわざなせそ[27]」といへば、顔うち赤めて、物もいはで帰りぬ。「かく申しつれば、今はよもさやうのわざは仕《つかまつ》らじ」といふ。

17 普通では。

18 生計を立てる方法。

19 ことごとし。ものものしい。

20 苦情を申し上げよう。

21 気の毒。

22 目立たぬように。小声で。

【老僧、童子を叱る】

23 返事をする。

24 きちんと。

25 唐綾を用いた華やかな装束。

26 不適当な。古事談「不便の」。

27 してくれるな。

浄蔵、不思議の思ひをなして、帰り去らんとする時、僧のいふやう、「はるばると分け来たり給ひて、定めて苦しくおぼすらん。しばし待ち給へ。[28]饗応《きやうおう》し奉らん」とて、また人を呼ぶ。同じさまなる童子いらへて、さし出でたり。「かく遠きほどより[29]わたり給へるに、しかるべからん物まゐらせよ」といひければ、童子帰り入りて、[30]瑠璃《るり》の皿に[31]唐梨《からなし》のむきたるを四ついれて、[32]檜扇《ひあふぎ》の上に並べてぞ持ち来たる。「[33]それそれ」とすすむれば、これを取りて食ふ。味はひのむまきこと、天の[34]甘露の如し。わづかに一顆《いつくわ》を食ふに、身も冷やかに、力付きてなん覚えける。

すなはち、雲を分けつつ帰るほどに、道も[35]近々《ちかぢか》しく見えざりければ、いづくとも覚えず。

「そのさま、ただ人とは見えざりき。読誦《どくじゆ》仙人なんどの類《たぐひ》にや」とぞ語りける。

【浄蔵に唐梨をふるまう】

28　ご馳走。
29　やって来られた。
30　古代インドの七宝の一つ。青色が代表的。
31　赤りんごの古名。
32　板扇。檜などで作られた扇板を糸で綴って作った扇。
33　さあさあ。
34　不死の霊薬。→三―一話注
35　「チカヂカシイ　手近な所にある（もの）…」（日葡辞書）。

三　[1]永心法橋《えいしんほつきやう》、[2]乞児《こつじ》を憐《あは》れむ事

永心法橋といふ人、近きころのことにや、[3]清水《きよみづ》へ百日参りける時、日暮れて[4]橋を渡りけるに、[5]河原《かはら》にいみじう人の泣く声聞こえけり。「何者のいかなることを愁《うれ》ふるにか」と、[6]おぼつかなきうちにも、「[7]観音は、憐《あは》れみを先とし給へり。その徳を仰《あふ》ぎ奉りて、詣でながら、情なく[8]訪《とぶら》はで過ぎんことこそいとあやしけれ」と思ひて、声を尋ねつつ近く至りて、

「何者のかくは泣くぞ」と問ふ。

「かたは人に侍り」と答ふ。

「いかなることをか愁《うれ》ふる」と問へば、「我、かたはにまかりなりにし後、知れる人にもことごとく別れて、立ち寄る所も侍らぬにより、先立ちてかたはなる人の家を借りて、そこに宿り居て侍れば、昼は[9]日暮《ひくら》しと云ふばかり[10]せためつかひ侍

＊古事談三―八一、宇治拾遺物語六五は類話。

【清水橋のあたりで泣く乞者】

1 伝未詳。古事談・宇治拾遺では「智海法印」。法橋は法印・法眼に次ぐ僧位。

2 乞者。ほかひひと。

3 清水寺。京都市東山区にある北法相宗の本山。

4 清水橋。旧五条橋（今の松原橋）。「何れか清水へ参る道　京極くだりに五条まで　石橋よ」（梁塵秘抄三一四）。

5 鴨川の河原。

6 気がかりだ。

7 清水寺の本尊は十一面観音。

8 様子を尋ねずに。

【乞者の返事】

9 日ぐらしの古形。一日中。

10 責める。さいなむ。

り。[11]憂《う》しとても、なれぬ身なれば、また、物を乞ひて命《いのち》をつがんと仕《つかまつ》る。とにかくに身の苦しさ、申しつくすべき方なし。[12]余の方にうち休むべきを、またこの病の苦痛に責められて、寝られ侍らず。切り焼くが如く、疼《うづ》き、[13]ひびらき、身も[14]ほとほりて、堪へ忍ぶべくもあらねば、もしや助かると、川の辺《ほと》りに詣で来て、足を冷し侍るなり。『いにしへ、世々にいかなる[15]逆罪を作りて、かかる報いを受けつらん』と、かなしく心憂く侍るに、[16]そのかみ[17]住山《ぢゅうさん》して、[18]形の如く学問なんどし侍りしは、[19]大師の[20]釈に、『[21]唯円教意《ゆいゑんげうい》、逆即是順《ぎやくそくぜじゅん》、自余三教《じよさんけう》、逆《ぎやく》順是故《じゅんぜこ》』といふ文を、ただ今思ひ出でて、その心を静かに思ひつづけ侍り。貴くたのもしく覚えて、とにかくに、[22]さくりもしあへず、泣かれ侍るなり」と語る。

永心、これを聞くに、あはれにいとほしきこと限りなし。すなはち、「我が[23]一山の同法にこそありけれ」とて、涙を流しつつ、みづから着たりける[24]帷子《かたびら》[25]ぬきて取らせて、逆即是順

11 辛くても。
12 別の場所で。
13 ずきずき、ひりひり痛む。
14 発熱する。
15 人倫や仏道に背く極悪の罪。
16 その昔。
17 比叡山に住んで。
18 形ばかり。
19 妙楽大師湛然（七一一～七八二）。中国唐代の天台僧。
20 法華文句記。法華文句の注釈書。
21 →補注70
22 しゃくりあげることもできぬほど。

【永心、帷子を与える】

23 同じ比叡山で学んだ同僚。
24 一重の着物。
25 脱ぐの古形。

なるやう、ねんごろにやや久しく説き聞かせて去りにけり。
「年ごろを経ぬれど、忘れず」となん語りける。

四　[1]叡実《えいじつ》、路頭の病者《びやうじや》を憐《あは》れむ事

[2]山に、叡実[3]阿闍梨《あじやり》といひて貴《たつと》き人ありけり。[4]御門《みかど》の御悩み重くおはしましけるころ、召しければ、たびたび辞し申しけれど、重ねたる仰せ[5]いなもかたくて、[6]なまじひにまかりける道に、あやしげなる病人の[7]足手もかなはずして、ある所の[8]築《つい》地《ぢ》の[9]つらに[10]ひらがり伏せるありけり。

阿闍梨、これを見て、悲しみの涙を流しつつ車より下りて、憐れみ訪《とぶら》ふ。[11]畳、求めて敷かせ、上に[12]仮屋さしおほひ、食ひ物求め[13]あつかふほどに、やや[14]久しくなりにけり。勅使、「日暮れぬべし。いといと便《びん》なきことなり」といひければ、「参るまじき。かく、その由《よし》を申せ」といふ。御使驚きて、故《ゆゑ》を

＊続本朝往生伝一四、今昔物語集一二―三五、元亨釈書一一などに同話。

【叡実、病人を見かける】

1 →補注71
2 比叡山。
3 天台宗・真言宗の密教僧の僧職の一つ。発心集と同じく叡実を阿闍梨とするのは続本朝往生伝。
4 続本朝往生伝などによれば円融天皇（九五九～九九一）。
5 寛文本「いなび」。神宮本「いない」。
6 いやいやながら。
7 動かなくて。
8 土塀。
9 側面。
10 這いつくばって。

【病人の介抱をして参内せず】

11 敷物。筵。
12 小屋。簡単な覆い。

問ふ。

阿闍梨云ふやう、「世を厭《いと》ひて、心を仏道に任せしより、御《み》門《かど》の御こととても、あながちに[15]貴《たっと》からず。かかる非人[16]とてもまたおろか[17]ならず。ただ同じやうに覚ゆるなり。それにとりて、君の御祈りのため、験《しるし》あらん僧を召さんには、山々寺々に多かる人、誰かは参らざらん。さらに事《こと》欠くまじ。この病者に至りては、厭《いと》ひきたなむ人のみありて、近づきあつかふ人はあるべからず。もし、我捨てて去りなば、ほとほと[18]命《いのち》も尽きぬべし」とて、彼をのみ憐れみ助くるあひだに、つひに参らずなりにければ、時の人ありがたきことになんいひける。

この阿闍梨、終りに往生をとげたり。詳しく伝[19]にあり。

13　世話をする。
14　時間が経った。
【帝も病人も同じ】
15　取り立てて。
16　見捨てられた人。
17　疎略に思う。
18　ほとんど。
19　続本朝往生伝を指す。

五　肥州[1]の僧、妻、魔となる事　悪縁を恐るべき事

中《なか》ごろ、肥後の国に僧ありけり。もとは清か[2]りけるを、年[3]半ばたけて後、妻《め》をなんまうけたりける。かかれど、なほ後《ご》世《せ》のことを思ひ放《はな》たず。理観[4]を心にかけつつ、その勤めのために別に屋《いへ》を作りて、かしこを観念の所と定めて、年《とし》ごろ勤め行ひけり。

この妻、男のため志深く、ことにふれてねんごろなりけれど、いかが思ひけん、病を受けたりける時、この妻にうちと[5]けず、あひ知れる僧を呼びて、忍び語らふやう、「もし限り[6]ならん時は、あ[7]なかしこ、あなかしこ、妻《め》の方に告げ給ふな。ことさら少し思ふ故《ゆゑ》あり」といひければ、その[8]心得てのみあつかふほどに、いともわづらはず、終り思ふさまにめでたくして、西に向ひて息絶えにけり。

＊拾遺往生伝下二〇、私聚百因縁集九―二一、古活字本沙石集四―四、三国伝記二―二七と同類話。

【肥後の国の僧、妻帯する】

1　肥後国。熊本県。
2　肉食・妻帯などの破戒をしない。
3　中年。拾遺往生伝「半百以後に」は五十歳を過ぎてから。
4　普遍の真理を観ずること。

【僧の遺言】

5　僧が妻に心隔てして。
6　最後。
7　決して。
8　その志を知った上で。

[9]さてしもあるべきならねば、[10]とばかりありて、妻にこのことを告ぐ。すなはち、驚きまどひ、[11]おびたたしく手をたたきて、眼をいからかし、もだえ迷ひて絶え入りぬ。

人おぢて、近づきも寄らざりけるあひだに、[12]一時《いつとき》ばかりありて、世に恐ろしう、声のある限りを[13]めき叫びていふやう、「我、[14]狗留孫仏《くるそんぶつ》の時より、[15]こやつが[16]菩提《ぼだい》を妨《さまた》げんために、[17]世々生々《せぜしやうしやう》に妻となり、男となり、さまざま親しみたばかりて、今まで本意《ほい》の如く[18]随《したが》ひつきもたりつるを、今日すでに逃《に》がしつる、[19]ねたきわざかな」といひて、歯をくひしばり[20]かき壁《かべ》をたたく。人、いとど恐れをのきて、みなはひ隠れたるあひだに、いづちともなく失《う》せにけり。その後、つひに行方《ゆくかた》知らずとなん。[21]往生伝には、[22]康平《かうへい》のころと注《ちゆう》せり。

これ、一人が上にあらず。[23]悪魔の、[24]さりがたき人となりて、[25]二世《にせ》を妨ぐることは、誰も必ずあるべきことなり。[26]かれば、このことを心にかけつつ、親しき疎《うと》き分かず、善をすすむる

【僧の臨終に、妻、狂乱】
9　そのままにしておくわけにもいかないので。
10　しばらくして。
11　激しく。以下、何かにとりつかれた者に見られる所作。
12　二時間。
13　わめく。
14　→補注72
15　こいつ。拾遺往生伝「この人」。
16　悟り。
17　何度生まれ変わっても。
18　まつわり続けてきた。
19　くやしい。
20　土で造った壁または塀。
21　拾遺往生伝を指す。
22　一〇五八～六五年。
【悪縁を怖れるべきこと】
23　仏道を妨げる悪神。
24　避けられない。
25　現世と来世。
26　かかればの意か。神宮本「然らば」。

人あらば、「仏菩薩こそさまざま形を変じて人を[27]化度《けど》し給へ。もし[28]化身か、もしまたその便《たよ》りか」とむつましく思ひ、罪を作らせ、[29]功徳《くどく》を妨げて、[30]執《しふ》をとどめん人をば、「生々世々の悪縁」と恐れて、遠ざからんことを願ふべし。

おほかた人の心は、[31]野の草の風に随《したが》ふが如し。縁によりてなびきやすし。誰かは、道心なき人といへど、仏に向ひ奉りて掌《たなごころ》を合はせざる。いかなる智者かは、媚《こ》びたる形を見て、目を悦ばしめざる。かの[32]浄蔵貴所《きそ》は、[33]日本第三の行人《ぎやうにん》なれど、[34]近江守《あふみのかみ》ながよが女《むすめ》に契りを結べり。[35]久米の仙人は、通を得て空を飛び歩《あり》きけれど、[36]げす女の物洗ひける脛《はぎ》の白かりけるに欲を発して、仙を[37]退《たい》してただ人《びと》となりにけり。

今の世にも、[38]手足の皮をはぎて[39]指をとぼし、爪をくだき、[40]さまざまかたはをさへつけて仏道を行ふ人は、その発心のほど隠れなけれど、悪縁にあひて妻子を設《まう》くるためし多かり。我も人も凡夫なれば、ただ[41]近づかぬにはしかぬなり。

27 衆生を教え導くこと。
28 衆生を救済するために変身して現れる仏。
29 善行によって積む徳。
30 執着心を抱く。

【人の心の弱さ】

31 「風の前の草のなびきやすきが如し」（序）。
32 →四―二話注1
33 「本朝の験者十人、その中に第三の験者浄蔵」（拾遺往生伝中一）。
34 →補注73
35 久米寺（橿原市久米町）を創建したとされる伝説的仙人。以下の説話、今昔物語集一一―二四、七大寺巡礼私記、徒然草八などに見える。
36 身分が低い。
37 身を引いて。
38 「尼、多年手の皮を剝ぎて、極楽浄土を図し奉らむの意ありき」（日本往生極楽記三二）。
39 「手の中指を燈にして尊像

六　玄賓《げんびん》[1]、念[2]を亜相《あしやう》[3]の室に係《か》くる事　不浄観[4]の事

昔、玄賓僧都、いみじうたふとき人なれば、高きも賤《いや》しきも仏の如く思へりける中に、大納言なる人なん、年《とし》ごろことに[5]あひ憑《たの》み給ひたりける。

かかるあひだに、僧都[6]そこはかとなく悩みて[7]、日《ひ》[8]ごろになりぬ。大納言[9]おぼつかなさのあまりに、みづから渡り給ひて、「さても、いかなる御心地にか」なんど、こまやかにとぶらひ給ふを、「近く寄り給へ。申し侍らん」とあれば、あやしくてさし寄り給へるに、忍びて聞こゆ。「まことには、ことなる病にも侍らず。一日、殿の御もとへ詣でたりしに、北の方のかたち、いとめでたくて見え給へりしを、ほのかに見奉りて後、[10]物覚えず、心惑《まど》ひ、胸ふたがりて、いかにも[11]物のいはれ侍らぬなり。このこと、申すにつけて憚《はばか》りあれど、深く

を供養せり」（拾遺往生伝上九）。
↓三―五話注8

40　方丈記「身をそこなひ、かたはづける人、数も知らず」。

41　女性に。

【玄賓、大納言の妻を恋慕】

1　↓一―一話注1

2　思い。

3　大納言の異名。誰であるかは未詳。

4　↓補注74

5　互いに信頼し頼みにする。

6　どこが悪いというのでなく。

7　病気になって。

8　何日にも。

9　気がかりだ。

10　何が何だか分らなくなって。

11　神宮本「物も食れず」。

【大納言、玄賓を家に招く】

12　治しましょう。

13　（拙宅に）いらっしゃいませ。

憑《たの》み奉りて久しくなりぬ。いかでかは隔て奉らんと思ひてなん」と聞こゆ。

大納言驚きて、「さらば、などかはとくのたまはざりし。いとやすきことなり。速かに御悩みを[12]やめてん。[13]わたり給へ。いかにものたまはんままに、便りよくはからひ侍らん」とて、帰り給ひぬ。

[14]上《うへ》に、かくと聞こえ給ふに、「[15]さらなり。[16]なのめに仰せられんやは。いと[17]あさましく心憂けれど、かく懇《ねんご》ろにおぼしはからふことなれば、[18]いかにかは否《いな》び給へん」とあれば、その用意して、[19]僧都のかなひせさせ給へるに、いとこと[20]うるはしく法服《ほふぶく》ただしくして来たり給へり。

[21]あやしく、[22]げにげにしからずは覚ゆれど、[23]間《ま》なんど立てて、さるやうなる方に入れ奉らせ給ふ。上のうつくしうとりつくろひて居給へるを、[24]一時ばかりつくづくと[25]まぼりて、[26]弾指《だんし》をぞ度々《たびたび》しける。

14 大納言の北の方。
15 言うまでもない。
16 いいかげんな気持ちで。
17 意外で興ざめだ。
18 以下十五字、神宮本に拠る。底本「いなび給ん」。どうしてお断り申しましょう。「給へ」は謙譲の補助動詞。
19 神宮本「僧都の計え案内云せ給へるに」。寛文本「僧都にあないせさせ給へるに」。
20 きちんと。

【玄賓、弾指して帰る】

21 不審に思って。
22 納得できない。
23 間仕切りの意か。神宮本「几丁など立て」。
24 二時間。
25 みつめる。
26 親指の腹に指をあてて弾き音を出すこと。爪弾き。嫌悪・非難の意をこめることが多い。
27 寝殿造の南庭を囲う廻廊で、母屋や対屋への昇降口。

かくて、近く寄ることなくて、[27]中門の廊に出《い》でて、物をな[28]んかづきて帰りにければ、主《あるじ》いよいよ貴《たふと》み給ふこと限りなかりけり。不浄を観じて、その執をひるが[29]へすなるべし。

[30]かくいふは、人の身のけがらはしきことを思ひ解《と》くなり。諸々《もろもろ》の法[31]、みな仏の御教へなれど、[32]聞き遠きことは、愚かなる心には[33]おこらず。この[34]観に至りては、目に見え、心に知れり。悟りやすく、思ひやすし。「もし、[35]人のためにも愛著《あいぢやく》し、みづからも心あらん時は、必ずこの[36]相を思ふべし」といへり。

大方、人の身は、骨、肉《しし》の[37]あやつり、朽ちたる[38]家の如し。[39]六腑、[40]五臓のありさま、[41]毒蛇のわだかまるにことならず。[42]血は体をうるほし、筋《すぢ》、[43]継目《つぎ》を[44]ひかへたり。わづかに薄き[45]皮ひとへおほへる故《ゆゑ》に、この諸々の[46]不浄を隠せり。粉《おしろい》を施し、薫《た》き物をうつせど、誰かは、いつはれる飾《かざ》りと知らざる。海に求め、山に得たる味ひも、一夜経《へ》ぬれば、ことごとく不浄となりぬ。いはば、[47]描ける瓶《かめ》に糞穢《ふんゑ》を入れ、[48]腐りたるかばねに

28　かぶって。
29　転じる。
【醜悪な人体】
30　神宮本「かく云観は」。
31　仏法。
32　聞いてなじみにくい。
33　作用しない。
34　不浄観。
35　相手の資質に惹かれる時も、自分が原因で執着する時も。
36　人体の不浄の姿。
37　仕掛け。以下、往生要集に基づく表現が多い。
38　→補注75
39　→補注76
40　→補注77
41　→補注78
42　→補注79
43　関節。
44　おさえて引き止める。
45　→補注80
46　→補注81
47　→補注82
48　→補注83

錦をまとへるが如し。もしたとひ、大海[49]を傾けて洗ふとも、清《きよ》まるべからず。もし栴檀《せんだん》[50]をたきて匂はすとも、久しくからばしからじ。

いはんや、魂《たましひ》[52]去り、命《いのち》尽きぬる後は、空しく塚[51]のほとりに捨つべし。身ふくれ腐り乱れて、つひに白きかばねとなり、真《まこと》[53]の相を知る故に、念々にこれを厭ふ[54]。「愚かなる者は仮の色にふけりて、心を惑《まど》はすこと、たとへば、廁《かうや》[56]の中の虫の糞穢を愛するが如し」[55]といへり。

七　ある女房、臨終に魔[1]の変ずるを見る事

ある宮腹《みやばら》[2]の女房、世を背《そむ》けるありけり。病をうけて限り[3]なりける時、善知識[4]に、ある聖を呼びたりければ、念仏すすむるほどに、この人、色真青《まさを》になりて、恐れたる気色《けしき》なり。あやしみて、「いかなることの、目に見え給ふぞ」と問へば、

49 →補注84
50 薫り高い香料。白檀。
51 墓。
52 以下のような死体の変化を観ずるのが九想観。
53 神宮本はこの前に「悟り有人は」とあり、後文「愚かなる者は」と対を成す。
54 人体を。
55 →補注85
56 →補注86

＊宝物集七、三国伝記九—一五などと同類話。→補注87

【臨終に火の車】
1 人の善行を妨げる悪神。
2 皇女の子。
3 最後。
4 真の道への導き手。

「恐しげなる者どもの、[5]火の車を率《ゐ》て来るなり」といふ。聖のいふやう、「[6]阿弥陀仏の[7]本願を強く念じて、名号《みやうがう》をおこたらず唱へ給へ。[8]五逆の人だに、善知識にあひて、念仏十度《とたび》申しつれば、極楽に生る。いはんや、さほどの罪は、よも作り給はじ」といふ。すなはち、この教へによりて、声を挙げて唱ふ。

しばしありて、その気色なほりて、悦《よろこ》べる様なり。聖、またこれを問ふ。語っていはく、「火の車は失《う》せぬ。玉の飾りしたるめでたき車に、天女の多く乗りて、[9]楽《がく》をして迎ひに来たれり」といふ。聖のいはく、「それに乗らんとおぼしめすべからず。なほなほ、ただ阿弥陀仏を念じ奉りて、仏の迎ひに預《あづ》からんとおぼせ」と教ふ。これによりて、なほ念仏す。

また、しばしありていはく、「玉の車は失《う》せて、墨染めの衣着たる僧の貴げなる、ただ一人《ひとり》来たりて、『今は、いざ[10]給へ。行くべき末は道も知らぬ方なり。我[11]そひて[12]しるべせん』

5　火車。火の燃えている車で、地獄に罪人を運ぶ。
6　西方極楽浄土で説法する如来。
7　→二一〇話注19
8　→二一〇話注20。以下、観無量寿経・下品下生往生に拠る。

【玉飾りの車】

9　音楽。

【道しるべを申し出る尊げな僧】

10　さあいらっしゃい。
11　一緒に連れ立って。
12　道案内。

といふ」と語る。「[13]ゆめゆめ、その僧に具せんとおぼすな。極楽へ参るには、しるべいらず。仏の悲願に乗りて、おのづから至る国なれば、念仏を申して一人《ひとり》参らんとおぼせ」とすすむ。

とばかりありて、「ありつる僧も見えず、人もなし」といふ。聖のいはく、「その隙《ひま》に、とく参らんと心を至して、強くおぼして念仏し給へ」と教ふ。その後、念仏五六十返ばかり申して、[14]声のうちに息絶えにけり。

これも、魔のさまざまに形を変へて、たばかりけるにこそ。

八　ある人、臨終にものいはざる遺恨の事

[1]臨終を隠す事

年《とし》ごろ、[2]相ひ知る人ありき。過ぎぬる[3]建久のころ、重き病を受けたりける時、憑《たの》みたりける聖《ひじり》を呼びければ、行きて、

13　決して。

【聖の励ましの中、臨終】

14　声が途切れぬうちに。

【長明の知人、重病に臥せる】

1　この内容に相当する部分、本文に見られない。

2　筆者と。

3　一一九〇～九九。

ねんごろに見あつかひけり。

　かくて、[4]のどかにこの人のさまを見るに、病のありさま、いと心得ず。日にそへて弱り行くを、[5]みづからは、死ぬべしとも思ひもよらず。あたりの女房なんど、まして、[6]かけても思ひよらざりけり。この人、いとけなき子あまたある中に、殊《こと》に[7]かなしうなんする女《むすめ》独りありける。子供の母は先立ちてかくれにしかば、それを深く嘆きて、また、[8]こと人をも見ず。この女の、[9]かたがた、みなし子になれることを哀《あは》れみつつ、このほど、聟《むこ》取らんとて、さまざまいとなみ、沙汰しければ、さやうのこと、病む病もなほおこたらず。この聖、「いと[10]あさましく愚かにもあるかな」と見れど、[11]なのめなるほどは、人を憚《はばか》りていひ出でず。

　十日ばかりありて、[12]まめやかに重くなりぬる後、主《ぬし》もやうやう心細げに思ひ、人も[13]おのづからのことをもやなんど思へる気色《けしき》を見て、聖、「憚りながら、[14]有待《うだい》の身は思はずなるもの

4　落ち着いて。
5　参考「我病をして数日に憂ふるの時も、なほ定めて死すべしと覚らず」（貞慶・愚迷発心集）。
6　全く。
7　いとおしんでいる。
8　別の人と再婚もしない。
9　どのみち。
10　意外で。
11　容態が落ち着いている間は。

【病人、重態になる】

12　本格的に。
13　万一の事。
14　無常のはかない身。

ぞ。跡《あと》のことなど、かねて定め置き給へかし」などいひ出でたるに、「まことにさるべきこと」といふを聞きて、幼き子供、あたりの人まで、さとうち泣く気色いとはかなげなり。「今夜《こよひ》は[15]暗《くら》し。明日こそは」と[16]のどむるほどに、その夜より殊《こと》に重くして、いたく苦しげなり。

人々驚きて、「[17]処分のやうを申し合はせて、定め給へ。御[18]跡ゆくへなくなりぬべし」と[19]聖勧《すす》む。「まことに」とて、「いかやうにか侍るべき」といへば、「あるべきやうは」とて、苦しげなるを[20]念じて、こまごまと[21]一時ばかり云ひつづくれど、舌[22]もたりにけるにこそ、「何とも聞き分け侍らず」といへば、「さらば、紙と筆とを[23]給へ。[24]あらあら書き付けん」と云ふ。すなはち取らせたれど、手もわななきて、え書かず。わづかに書き付けたるは、[25]たがはぬ[26]みみずがきなり。

すべき方なくて、姫君の[27]めのと、「日ごろおぼしめしたりける趣《おもむ》きは、しかしか」といふままに、はからひ書きて見ゆ

15 暗くなった。夜も更けた。
16 後回しにする。

【遺言もままならず】

17 譲与・配分。相続のこと。
18 将来の方針が立たない。
19 神宮本「聖りして」。
20 こらえて。
21 二時間。
22 垂れ下がってくる。神宮本「たたざりければ」。
23 下さい。神宮本「たべ」。
24 大まかに。
25 まぎれもない。
26 みみずがはいまわったような拙い字。
27 乳母。

れど、[26]頭《かしら》を振りて、「とく引き[27]破《や》り給へ」といへば、引き破りつ。すべて力及ばず。さすがに心[28]はたがはぬにや、さまざま思ふことをえいひあらはさずなりぬるを、心憂く思へる気色、あはれに悲しきこと限りなし。夜の中ばかり、これほどの心あるやうに見えけり。

明けぬれば、物も覚えず。[29]ことよろしきほどは、処分のこと紛《まぎ》れにけり。「[30]今は」とて念仏勧《すす》むれど、[31]いひかひなきさまなり。

かくて、[33]明《あく》る日の[32]巳《み》の時ばかりに、大きに驚ける気色にて、二度《ふたたび》ばかりあめきて、[34]やがて息絶えぬるは、もし、恐しきもののなんどの目に見えけるにや。

このこと、遠きほどなれば、後に伝へ聞きて、今一度《ひとたび》あひ見ずなりぬることを口惜《くちを》しく思ひけるほどに、廿日ばかり過ぎて、かの人を夢に見る。[35]なべらかなる[36]布《ほ》衣《い》、常のさまに変らず、対面したることを悦《よろこ》べる気色ながら、物をばいはず。

26 瀕死の病人は。
27 破いて下さい。
28 正気を失ってはいないのか。

【念仏もできずに死亡する】
29 容態が落ち着いている間は。
30 もはやこれまで。
31 どうすることもできない。
32 午前九時ごろから一一時ごろ。
33 わめく。
34 そのまま。

【長明、故人の夢を見る】
35 なめらか。
36 狩衣。公家の用いる略服。

かくして、ただ向ひ居たりと思ひて覚《さ》めぬ。すなはち、うつつにその形あざやかなり。やうやうほど経《ふ》るままに、[37]薄墨《うすずみ》になり行く。はてには、人の形ともなく煙《けぶり》のやうに見えて、消え失《う》せにき。その面影、今に忘れがたくなん侍る。

おほかた、人の死ぬるありさま、あはれに悲しきこと多かり。ものの心知らん人は、つねに終りを心にかけつつ、苦しみ少なくして、善知識に会はんことを仏菩薩に祈り奉るべし。もし、悪しき病をうけつれば、その苦痛に責められて、臨終思ふやうならず。[38]終り正念《しやうねん》ならねば、また[39]一期《いちご》の行ひもよしなく、善知識のすすめもかなはず。たとひもし、臨終正念なれども、善知識の教ふるなければ、またかひなし。生涯ただ今を限りと思ふに、[40]恩愛《おんあい》の別れといひ、[41]名利の[42]余執《よしふ》といひ、見るもの、聞くものにふれつつ、[43]心肝《しんかん》をくだかずといふことなし。いつの心のひまにか、浄土を願はんとする。

しかるを、念仏功つもり、[44]運心《うんしん》年深き人は、[45]加被《かび》の故に終

37 薄い墨色。神宮本「うすらみ行」。

【臨終正念と導き手の大切さ】

38 亡くなる時、心が乱れない。
39 一生。

40 愛する人、特に親子の別れ。
41 名誉や利益。
42 心に残って離れない執着。
43 あれこれと思い煩う。

【念仏の功を積んだ人の臨終】

44 →補注88

り正念にして、必ず善知識に会ふ。耳には誓願のほかのことを聞かず。口には称名のほかのことをいはず。最初[46]引摂《いんぜふ》を期《ご》すれば、妻子の別れもなぐさみぬ。[47]五妙境界を思へば、[48]穢土《ゑど》の執《しふ》もあらず。[49]すずろに進んで、つひに往生をとぐるなり。

あるいは、「かねて死期を知り、[50]心もとなく待つこと、[51]国を出づべき人のその日を望むが如し」なんどいへり。いかにいはんや、[52]聖衆《しやうじゆ》の来迎《らいかう》にあづかりて、楽《がく》の声を聞き、妙《たへ》なる香をかぎ、まさしく[53]尊容を見奉る時、心の内の楽しみ、説きつくすべからず。かかれば、たとひ道心少なくとも、終りを恐れんためにも、いかが往生を願はざらん。

九　[1]武州《ぶしう》　[2]入間河《いるま》　[3]沈水《ちんすゐ》の事

武蔵《むさし》の国《くに》入間河のほとりに、大きなる堤《つつみ》を築《つ》き、水を[4]防《ふせ》きて、その内に田畠《たはたけ》を作りつつ、在家《ざいけ》多く群《むら》がり居たる所ありけ

45　神仏の加護。
46　仏が衆生を浄土へ導くこと。
47　→補注89
48　汚れた迷いの世界。
49　一途に。
50　待ち遠しく。
51　神宮本「獄」。→補注90
52　菩薩などの群衆。
53　阿弥陀如来のお姿。

＊三国伝記七―三〇と同話。
【武蔵の国、入間川のほとり】
1　埼玉県・東京都・神奈川県の一部。
2　埼玉県南部を流れる川。秩父山地に発し、川越市東部で荒川に合流する。
3　水中に沈むこと。洪水。
4　南北朝時代ごろまで清音。

り。官首《くわんじゆ》[5]といふ男なん、そこに宗《むね》[6]とあるものにて、年ごろ住みける。

ある時、五月雨《さみだれ》日ごろになりて、水いかめしう[7]出でたりけり。されど、いまだ年ごろこの堤の切れたることなければ、「さりとも」と驚かず。かかるほどに、雨、沃《い》[8]こぼす如く降りて、おびたたしかりける夜中ばかり、にはかに雷《いかづち》の如く、世に恐ろしく鳴り響《どよ》[9]む声あり。この官首と家に寝たる者ども、みな驚きあやしみて、「こは何ものの声ぞ」と恐れあへり。

官首、郎等をよびて、「堤の切れぬると覚ゆるぞ。出でて見よ」といふ。すなはち、ひき開けて見るに、二、三町[10]ばかり白みわたりて、海の面《おもて》と異《こと》ならず。「こは、いかがせん」といふほどこそあれ、水ただ増りに増りて、天井までつきぬ。官首が妻子をはじめて、あるかぎり天井に登りて、桁梁《けたうつばり》[11]に取り付きて叫ぶ。この中に、官首と郎等とは葺板《ふきいた》[12]をかき上げて棟《むね》に登り居て、いかさまにせんと思ひ廻《めぐ》らすほどに、この

5　かしらだつ者。神宮本「秩父の冠者」。「秩父の冠者」は未詳だが、秩父平氏の一族、河越能隆は川越市上戸（うわど）に居館を構えた。居館は入間川に面した広大なもので、本話の舞台である可能性もある。下巻解説参照。

6　中心。

【大雨で堤防決壊】

7　激しく。ものすごく。

8　注ぎこぼすがごとく。

9　響きわたる。

10　一町は約一ヘクタール、三〇〇〇坪。

11　柱の上に渡す横材。

12　屋根を葺く板。「檜皮、葺板のたぐい、冬の木の葉の風に乱るが如し」（方丈記）。

〈4－9話〉武蔵の国を流れる入間川が、ある時大氾濫をおこした。官首の家も水にのみ込まれ、妻子は屋根の上から必死に助けを求める。官首はひょっとして助かるかと思い、濁流の中に飛び込んだ。

家ゆるゆると揺《ゆる》ぎて、つひに柱の根抜けぬ。つつみながら[13]浮きて、湊《みなと》の方へ流れ行く。

その時、郎等男《らうどうをとこ》のいふやう、「今はかうにこそ侍るめれ。海は近くなりぬ。湊に出でなば、この家《や》はみな浪にうちくだかれぬべし。もしやと飛び入りて、泳ぎて試み給へ。かく広く流れ散りたる水なれば、[14]おのづから浅き所も侍らん」といふを聞きて、幼き子、女房なんど、「我捨てて、いづちへいますするぞ」と[15]をめく声、最《もつと》も悲しけれど、とてもかくても助くべき力なし。我ら一人《ひとり》だに、もしやと思ひて、郎等男とともに水へ飛び入るほどの心のうち、生けるにもあらず。しばしは二人いひ合せつつ泳ぎ行けど、水は早くて、はては行末《ゆくすゑ》知らずなりぬ。

官首ただ一人、いづちともなく行《ゆ》かるるにまかせて泳ぎ行く。力はすでに尽きなんとす。水はいづくを[16]際《きは》とも見えず。今ぞ溺れ死ぬると心細く悲しきままに、[17]かこつべき方《かた》とては

13 堤と一緒に、の意か。あるいは家全体そっくりそのまま、の意か。神宮本「そのまま」。

【妻子を置いて濁流に飛び込む】

14 もしかして。

15 わめく。

【大蛇、男の体に巻きつく】

16 限り。

17 底本「かこつかきには」。

仏神をぞ念じ奉りける。いかなる罪の報いにかかる目を見るらんと、思はぬことなく思ひ行くほどに、白浪《しらなみ》の中にいささか黒みたる所の見ゆるを、もし地《ぢ》かとて、[18]からうして泳ぎつきて見れば、流れ残りたる蘆《あし》の末葉なりけり。かばかりの[19]浅りもなかりつ。ここにてしばし力休めんと思ふ間《ま》に、[20]次第に悉く纏《まと》ひつくを、驚きてさぐれば、みな大蛇《おほぐちなは》なり。水に流れ行く蛇《くちなは》どものこの蘆《あし》にわづかに流れかかりて、次第に[21]鏈《くさ》り連《つら》なりつつ、いくらともなく蟠《わだかま》り居たりけるが、ものの触《さは》るを悦《よろこ》びて、巻きつくなりけり。[22]むくつけなく[23]気《け》疎《うと》きこと、たとへん方なし。空は墨を塗りたらんやうにて、星一つも見えず。地はさながら白浪にて、いささかの浅りだになし。身には隙《ひま》なく蛇巻きつきて、身も重く、動《はたら》くべき力もなし。[24]地獄の苦しみもかばかりにこそはと、夢を見る心地して、心憂く悲しきこと限りなし。

かかるあひだに、さるべき仏神の助けにや、思ひのほかに

神宮本によって訂。「かこつ」は嘆き訴えるの意。
18 やっとのことで。古くは清音。
19 浅い所。
20 神宮本「五体に」。寛文本「四体〈したいに〉」。
21 鎖のようにつらなって。
22 気味が悪い。「むくつけし」に同じ。
23 恐ろしい。
24 「かの地獄の業の風なりとも、かばかりにこそはとぞおぼゆる」（方丈記）。

浅き所にかき着きて、そこにて蛇をばかたはしより取り放ちてけり。とばかり力休むるほどに、東しらみぬれば、山をしるべにて、からうして地に着きにけり。

船求めて、まづ浜の方へ行きて見るに、すべて目を当てられず。浪にうち破《やぶ》られたる家ども、[25]算《さん》をうち散らせるが如し。汀《みぎは》にうち寄せられたる男女[26]馬牛の類《たぐひ》、数も知らず。その中に、官首が妻子《めこ》どもをはじめとして、我が家の者ども[27]十七人、[28]一人《ひとり》失せでありけり。泣く泣く家の方へ行きて見れば、三十余町[29]白河原《しらがはら》になりて、跡だになし。多かりし在家《ざいけ》、貯《たくは》へ置きたるもの、[30]朝夕呼び仕《つか》へし奴、一夜のうちに亡び失せぬ。この郎等男一人《ひとり》、[31]水心《みづこころ》ある者にて、わづかに命生《いのちい》きて、明くる日尋ね来たりけり。

かやうのことを聞きても、[32]厭離《えんり》の心を発《おこ》すべし。これを人の上とて、我かかることにあふまじとは、なにの故《ゆゑ》にかもて離るべき。身は[33]あだに破《やぶ》れやすき身なり。世は苦しみを集め

【家族の遺体を発見】
25 算木。計算用の棒。
26 「男女死ぬる者、数十人、馬牛の類、辺際を知らず」（方丈記）。
27 神宮本「七十人計は」。
28 一人も欠けず、みんな死んでいた。
29 水が引いて、一面何もなくなった川原。
30 「朝夕、すぼき姿を恥ぢて、へつらひつつ出で入る」（方丈記）。
31 水泳の心得。

【発心のすすめ】
32 穢れている現世を厭い離れる心。
33 はかなく。

たる世なり。身は危《あやふ》けれども、いかでか海山を通はざらん。海賊恐るべしとて、[34]すずろに宝を捨つべきにあらず。いはんや、仕《つか》へて罪をつくり、妻子の故に身を滅ぼすにつけても、難にあふこと、数も知らず。害にあへる[35]故《ゆゑ》まちまちなり。ただ[36]不退《ふたい》の国に[37]生れぬるばかりなん、諸々《もろもろ》の苦しみになんあはざりける。

一〇　[1]日吉《ひえ》の社《やしろ》に詣《まう》づる僧、死人を取り[2]棄つる事

中《なか》ごろのことにや、[3]こともなき法師の、[4]世にあり侘《わ》びて、下京より日吉の社へ百日詣《まゐ》るありけり。八十余日になりて、下向するさまに、[5]大津といふ所を過ぎけるに、ある家の前に、若き女の、人目も知らず[6]さくりもあへず、よよと泣き立てるあり。

この僧、ことのけしきを見るに、「何事とは知らねど、世

34　むやみに。
35　理由。
36　極楽浄土。「不退」は修行で得た功徳、さとりを決して失わない境地を言う。
37　神宮本「生るる」。
＊私聚百因縁集九―二二、日吉山王利生記六などと同話。

【日吉社参詣の僧、若い女の泣くを見る】

1　大津市坂本に鎮座。延暦寺の地主神。上社・中社・下社に各七社、計二一社からなる。
2　底本「奇（あや）しむ」を神宮本に拠って改める。
3　平凡な。
4　世の中を生き難く思って。
5　琵琶湖南西岸。比叡山・園城寺・石山寺に近い、東海道の拠点。
6　しゃくりあげることもできぬほど。

【女、母の葬送に困る】

の常《つね》の愁《うれ》へにはあらず。極まれることにこそ」と、いとほしく覚えて、さしよりて、「何ごとをか悲しむ」と問ふ。女のいふやう、「御姿《すがた》を見奉るに、物詣《ものまう》でし給ふ人にこそ。ことさらえなん[7]聞こゆまじき」といふ。「憚《はばか》るべきことなめり」とは推しはかられながら、憐《あは》れみのあまり、やや懇《ねんご》ろに尋ぬれば、「そのことに侍り。我が母にて侍る者の、日《ひ》ごろ[8]悩ましかりつるを、今朝つひに[9]空しくみなして侍るなり。[10]さらぬ別れのならひ、あはれに悲しきことは[11]さるものにて、いかにしてこれを[12]引き隠《かく》すわざをせんとさまざま[13]めぐらせど、[14]やもめなれば、申し合はすべき人もなし。我が身は女にて、力及び侍らず。隣り里の人はまた、[15]なほざりにこそ『あはれ』と訪《とふら》ひ侍れ、[16]神の事《わざ》しげきわたりなれば、まことにはいかがはし侍らん。とにかくに思ひうる方なくて」[17]なんどいひもやらず、さめざめと泣く。

僧これを聞くに、「げに、さこそは思ふらめ」と、[18]わりな

7　申し上げられません。
8　寛文本「なやましうつかまつりつる」、神宮本「悩しかりつる」。病気をしておりましたが。
9　亡くなったと判断された。
10　避けられない別れ。死別。
11　もちろんだが。
12　葬る。当時、葬送は遺族にとって相応の負担だった。「宅には資貯なくまた親族なし。死後の屍骸は誰人か収斂せむや」（拾遺往生伝中二六）。
13　神宮本・寛文本「思ひめぐらせど」。
14　独身。
15　通り一遍に。
16　神事の多い地域なので（死の穢れを特に嫌うため）。
17　言い終えることもできないうちに。

【僧、助けを申し出る】

18　耐え難いほど。

く[19]いとほしくて、やや久しくともに泣き立てり。心に思ふやう、「神は人を憐《あは》れみ給ふ故に、[20]濁る世に[21]跡を垂《た》れ給へり。これを聞きながら、いかでか情なく過ぎん。我かくほど深き憐《あは》れみを起せること覚えず。仏も[22]かがみ給へ。神も許し給へ」と思ひて、「[23]な侘び給ひそ。我、ともかくも引き隠《かく》さん。外に立てれば、人目もあやし」とて、はひ入りぬ。女泣く泣く悦ぶこと限りなし。

　かくて、日暮れぬれば、夜に[24]かくして、便りよき所にうつし[25]送りつ。その後、[26]いも寝られざりけるままに、つくづくと思ふやう、「さても、八十余日参りたりつるを、[27]いたづらになして[28]止《や》みなんこそ口惜しけれ。我、このこと、[29]名利のためにもせず。ただ[30]参りて[31]神の御誓ひの様をも知らん。[32]生れ死ぬるけがらひは、いはば仮の[33]いましめにてこそあらめ」と強く思ひて、暁、[34]水浴《あ》みて、これよりまた、日吉へうち向きて参る。道すがら、さすがに胸打ち騒《さわ》ぎ、そら恐しきこと限りな

19 気の毒だ。
20 穢れに満ちた時代。
21 垂迹。仏が衆生を救うため、神や人となって出現すること。
22 神仏などが明らかに見る。
23 気落ちして下さいますな。

【葬送の後、再び日吉社へ参詣】

24 神宮本「入て」。夜陰に乗じ。
25 野辺送りした。
26 「寝を寝」（いをぬ）で眠る。
27 むだにしてしまって。
28 それっきりになる。
29 名誉や利益。
30 日吉の社にお参りして。
31 衆生を救うとの。
32 出産や死の不浄。
33 禁制。
34 沐浴潔斎して。

し。

参りつきて見れば、[35]二の宮の御前に、人、[36]所もなく集まれり。ただ今、[37]十禅師の、[38]巫《かんなぎ》[39]に憑《つ》き給ひて、様々のことをのたまふ折節なり。この僧、[40]身のあやまりを思ひ知りて、近くはえ寄らず、物がくれに遠く居て、かたの如く念誦《ねんじゅ》して、[41]日をかかぬことを喜びて、帰らんとするほどに、巫《かんなぎ》はるかに見つけ、「あそこなる僧は」[42]といはれて、[43]心おろかなるやは。されど、のがるべき方なくて、[44]わななくわななくさし出でたれば、[45]ここら集まれる人、いとあやしげに思へり。近々《ちかぢか》と呼び寄せて、のたまふやうは、「僧の[46]夜《よ》んべせしことを明らかに見しぞ」とのたまへるに、身の毛よだちて胸ふたがりて、生ける心地もせず。

重ねてのたまふやう、「汝《なんぢ》恐るることなかれ。[47]いしくするものかなと見しぞ。我もとより神にあらず。憐《あは》れみの余りに、跡を垂れたり。人に信をおこさせんがためなれば、ものを忌

【十禅師から名指しされる】

35 上七社のうち大山咋神を祀る東本宮の旧称。小比叡とも。
36 ぎっしりと。
37 上七社の一つ。鴨玉依姫神を祀る。巫女や子女に憑いて山王の託宣をもたらす説話が多い。
38 巫女。
39 十禅師の神が。
40 過失。死穢に触れて参拝していること。
41 百日詣の日数が途切れなかったことを。
42 五字、寛文本に拠り補入。
43 何も思わずにいられようか。
44 ぶるぶる震えながら。
45 たくさんの。
46 昨夜。神宮本「夜部の」。

【僧、神からほめられる】

47 立派だ。神宮本「いみじく」。

むこともまた、仮の方便なり。[48]さとりあらん人は、おのづから知りぬべし。ただ、このこと人に語るな。愚かなる者は、汝が憐れみのすぐれたるにより、[49]制することをば知らず。みだりにこれを例として、わづかにおこせる信もまた乱れなんとす。[50]諸々《もろもろ》のこと、人によるべき故なり」と、こまやかに打ちささやきてのたまふ。[51]僧の心、ななめならず、あはれにかたじけなく覚えて、涙を流しつつ出でにけり。

その後、ことにふれて、[52]利生とおぼゆること多かりなんとぞ。

発心集　第四

48　衆生を導くための手段。
49　神宮本「を感ずる事を知らず」であれば、お前が慈悲に勝れていたことに私が感じ入ったことを考えずに、の意。
50　「私が止められなかった」の意で、文末に脱あるか。
51　並み大抵でない。
52　御利益。

発心集　第五

鴨長明　撰

一　[1]唐房法橋《たうのばうほつきやう》、発心の事

中《なか》ごろ、[2]但馬守《たぢまのかみ》[3]国挙《くにたか》が子に、所の[4]雑色国輔《ざふしきくにすけ》といふ人ありけり。ある[5]宮腹《みやばら》の[6]半者《はしたもの》を思ひて、志深かりけるころ、父の但馬守にて[7]下りければ、えさらぬことにて遥かに行きけり。一日の絶え間だにわりなく覚ゆるを、立ち別れては堪へぬべくもあらねど、いかがはせん。さまざまに語らひおきつつ、泣く泣く別れにけり。

国に下りても、これよりほかに心にかくることなし。京の

＊宝物集二、元亨釈書一一と同類話。

【国輔、恋人と離れて暮らす】

1 三井寺の行円阿闍梨（九七八〜一〇四七）。源国挙の子。雑色入道とも称される。観修・慶祚・心誉の弟子。↓補注91
2 兵庫県北部。
3 源国挙（?〜一〇二三）。↓補注92
4 蔵人所の下役。
5 皇女の子。
6 召使い。
7 任地に下向したので。

便りごとに文をやれど届かず、さはりがちにて[8]返り事も見ず。[9]いぶせくてのみ歳月を送るあひだに、ことのたよりに人の語るを聞けば、「京には[10]人多く病みて、世の中さわがしくなんある」といふにも、まづ[11]おぼつかなきこと限りなし。

かくしつつ、[12]からうして京へ上り給ひつ。しかありし宮《みや》の中を尋ぬれば、「はや、例ならぬことありて、出で給ひにき」といふ。使むなしく帰りて、この由《よし》を語るに、ふと胸ふたがりて、[13]何のあやめも覚えず。たちかへり、[14]行《ゆ》く方《へ》尋ねにやりたれど、知る人もなし。すべき方なくて、心のあられぬままに、[15]すずろに馬にうち乗りて打ち出でにけり。

[16]西の京の方にこそ知る人あるやうに聞きしかとばかり、ほのかに思ひ出でて、いづくともなく尋ね歩く《あり》ほどに、[17]あやしげなる家の前に、この女の使ひし女《め》の童《わらは》立てり。いとうれしくて、ものいはんと思ふほどに、隠《かく》るるやうにて、[18]家の内へ逃げ入るを、馬より下りて、入りて見れば、この女うちそば

8　返事も来なかった。
9　気持ちが晴れない。
10　国挙が但馬守を辞した頃でいえば「近日京中死人極めて多し。路頭に出し置く。疫癘方に発す。京畿外国、病死者多しと云々」（小右記・一〇一五・四・一九）と見え、五・二六には大赦が行われている（日本紀略）。
11　気がかりだ。

【国輔、京に戻る】

12　やっとのことで。古くは清音。
13　（心が乱れて）物の区別が分からない。
14　とてもこのままではいられない気持ちで。
15　あてもなく。

【恋人と再会】

16　右京。左京の賑わいに比べ寂れがちだった（池亭記）。
17　みすぼらしい。
18　脇を向いて。

みて、髪をけづりてなん居《ゐ》たりける。「あな、[19]いみじくおはしけるは」とて、うしろを抱《いだ》きて、日《ひ》ごろのいぶせかりつることなん、懇《ねんご》ろに語らへど、[20]いらへもせず、さめざめと泣くよりほかのことなし。「我をうらむるなりけり」と、あはれに心苦しう覚えて、涙をおさへつつさまざまになぐさめ居たり。

「さても、などかは後ろをのみ向け給へる。[21]いつしか見奉らんと思ふに、今さへいぶせく」とて、[22]ひき向けんとするに、いとど泣きまさりて、[23]さらに面《おもて》を[24]迎へず。「あないみじ、心深くもおぼし入りたるかな」とて、しひて引き向くれば、二つの眼《まなこ》なし。木の節《ふし》の抜けたる如くにて、[25]すべて目も当てられず。心まどひ、とばかりものもいはれぬを、[26]念じて、「さても、いかなりしことぞ」と問ふ。

[27]主《ぬし》は、[28]ねをのみ泣きて、ともかくもいはねば、[29]ありつる女の童なん、泣く泣くことのありしやうを語りける。「[30]御下り

19 ひどい状態でいらっしゃる。

20 返事。

【節穴になった眼】

21 すぐさま。

22 こちらを向かせようと。

23 全く。

24 「むかふ」は「向き合ふ」の変化した語。相対する。

25 全く。

26 こらえて。

【女童、事情を語る】

27 女主人。

28 ひたすら泣く。

29 先ほどの。

30 （あなた様の）御下向の後。

〈5－1話〉源国輔は父にともない但馬の国に下向した。都には愛しい恋人がいる。漸くにして帰京するが女は行方不明。西の京を捜し回っていると、かつて女に仕えていた女童を偶然見つけた。

の後、しばしは、[31]御文もなどかあるかと、人知れず待ち給ひしかど、さらに[32]御おとづれもなくて、一年《ひととせ》、二年《ふたとせ》過ぎにしかば、ものをのみおぼして明し暮し給ひしあひだに、御病づき給ひて、[33]宮を出で給ひき。親しき御あたりにも便りあしきこともありて、[34]さるべき所も侍らざりしかば、これにて[35]あつかひ奉りしほどに、はかなくて[36]息絶えにき。今は置き奉りてもかひなしとて、この前の[37]野に置き奉りしほどに、[38]日中《ひなか》ばかりありてなん、思ひのほかに生き返り給ひにし。その間に、烏などのしわざに、[39]はやく[40]云《ゆ》ひかひなきことになりて侍れば、とかく[41]申すはかりなし。[42]わざともたづね奉るべきにてこそ侍りしかど、この御ありさまの心憂さに、「今は[43]いかで世にあるものと人に知られじ」と、深くおぼしたるも[44]ことわりなれば、隠れ奉らんと仕《つかまつ》るなり」と涙をおさへつつ語るを聞くに、心憂く悲しきこと限りなし。

「何の報いにて、かかるめを見るらん」と、「今は[45]この世の

31 神宮本「御文などや有るとて」。
32 様子をお尋ね下さることも。
33 仕えていた宮のもとを。
34 適当な滞在先。
35 世話をする。
36 呼吸が止まった。
37 当時遺体は、野や河原、道路に放置することもあった。嵯峨野は葬送地として有名。
38 日葡辞書「ヒナカ　一日の半分」。
39 すでに。
40 どうしようもない。烏に眼玉をくりぬかれたことを指す。
41 申し尽くせない。
42 しっかりと。
43 何としても。
44 道理。
45 現世にいる最後。
46 そのまま。
47 元亨釈書には「即ち園城寺に入り剃り落とす」とある。
48 →補注93

かぎりにこそありけれ」とて、[46]やがてこれより[47]比叡の山へのぼり、[48]甘露寺の[49]教静僧都《けうじやうそうづ》の房に、[50]慶祚《けいそ》の弟子にて、[51]真言の秘法を伝ふ。唐房の法橋《ほつきやう》[52]行円といふはこの人なり。[53]山王にあひ奉りて、[54]灌頂《くわんぢやう》し奉りける人なり。

この人、初めて山[55]へのぼりける時、我もはかばかしう道も知らず、[56]しるべする人もなかりければ、人に問ひつつ、たどるたどる行きけるを、[57]水飲《みづのみ》といふ所にて、[58]檀那《だんな》僧都覚運といふ人に行き合ひて、「いとあやしく。ことのさまを見るに、出家しにのぼる人にこそ。いみじう智恵かしこき眼《まなこ》持ちたる人かな。いづくへ行くぞ。見よ」とて、人をつけやりて[59]げり。使帰り来て、「しかしか、甘露寺僧都のもとへ入りぬ」といひければ、「さればこそ。あはれ、いみじかりつる智者を、[60]慈覚の門人になさで、[61]智証の流れへやりつる、口惜しきことなり」とのたまひけり。

この人、真言《しんごん》習ひそめけるころ、[62]師の大阿闍梨《だいあじやり》の、心みん

【国輔、比叡山に登る】

49 九四四～一〇一八。行誉・観修の弟子。延暦寺阿闍梨、権少僧都、園城寺長吏。

50 九五五～一〇二九。観修らと共に余慶の高弟。学識で知られ、寺門隆盛をもたらした。

51 密教の呪文。

52 底本「行因」を神宮本で改める。

53 延暦寺の地主神である日吉神社の神。→補注94

54 →補注95

【覚運、逸材ぶりを見抜く】

55 比叡山延暦寺。

56 道案内。

57 根本中堂への雲母坂の上にあった、登山者のために湯水が供された場所。

58 九五三～一〇〇七。東塔の檀那院に住し、その法統を檀那院流という。

59 完了の助動詞「つ」の連用形に過去の助動詞「けり」が付

とや思はれけん、「[63]男《をのこ》にては、もののまねをよくし給ひて、をかしき方に人に興ぜられけりと聞きつるなり。[64]千秋万歳《せんしうばんぜい》し給へ。見ん」といはれければ、またこともなく「承《うけたまは》りぬ」とて、経の[65]帙紙《つつみがみ》のありけるをかしらにうちかづきて、めでたく舞うたりければ、阿闍梨涙を落して、「さだめて[66]いなびずらんとこそ思ひつるに、まことの道心者《だうしんじゃ》なりけり。いとたふとし」とぞほめ給ひける。

二　[1]伊家《これいへ》[2]並びに妾《せふ》、頓死《とんし》往生の事

中《なか》ごろ、朝夕帝に仕うまつる男ありけり。優なる女をかたらひて、年《とし》ごろ住みわたりけるほどに、心移る方やありけん、宮仕へにことよせて、[3]やうやう[4]かれがれになりゆくを、「[5]心のほかの絶え間か」と思ふほどに、つひに通はずなりにければ、女、ことにふれつつ心細く思ひ嘆きつつ年月を送るあひ

いた「てけり」の変化した形。てんげり。

60 慈覚大師円仁（七九四〜八六四）。

61 智証大師円珍（八一四〜八九一）。九九三年、円珍派が園城寺を拠点とし、円仁派と長期の対立が続いた。

【慶祚、道心を試みる】

62 慶祚。

63 在俗当時は。

64 正月の祝言芸能。→補注96

65 神宮本「料紙」。

66 神宮本「いなみ給はんと」。発音は「いなびんずらん」か。

＊今昔物語集三一—七、今鏡一〇敷島の打聞、雑談集四—八・説草「有信卿女事」と同類話。

【男、女と離別する】

1 藤原伊家（一〇四八〜八四）。→補注97

2 本話や今鏡・雑談集で亡くなるのは女だけ。今昔物語集で

だに、男、ことの[6]便りありて、女の門《かど》の前を過ぎけり。

そこなる人見合ひて、「ただ今、殿の御前をこそ、これより過ぎ給ひつれ。[7]さすがに、さる所ありとは思《おぼ》し出づるめり。[8]物見よりなん見入れ給ひつる」と語る。これを聞きて、「聞こゆべきこと侍り。入り給ひなんやと申せ」といふ。「過ぎ給ひぬるものをやは、[9]帰り給はんずる」といひながら、走りつきて、この由《よし》を聞こゆ。「あやしく。何事にか」と覚えながら、これをさへ聞き過ぐべきならねば、とまりぬ。

門よりさし入りて見れば、草深く茂りて、ありしにもあらず荒れたる庭の景色《けしき》を見るより、何となくあはれ深くなんまさりける。我が身のとが思ひ知られて、いかにぞや、[10]すずろはしき様におぼゆるを、女は今さら心浮《う》きたるけしきなし。もとよりかくてゐたりける様にて、[11]脇足《けふそく》におしかかりて法華経をよみ給ひつる、物《もの》思ひけるさまながら、少しおもやせたる[12]ものから、いと清げにらうたげなる形姿《かたちすがた》、髪のこぼれかか

は男が女の霊にとり殺され、「有信卿女事」では男女共に極楽往生する。

3 だんだんと。

4 途絶えがち。

5 思いもしなかった。

6 ついで。

【男、女に呼び入れられる】

7 そうはいっても。

8 牛車の左右にある窓。

9 係助詞「や」「は」が重なった語。反語を表す。

【男、思いをかき立てられる】

10 何となく落ち着かない。

11 肘掛け。

12 ものの。

る様など、もと見し人とも覚えず、類《たぐひ》なく見ゆるに、「なにのものの狂はしにて、この人にものを思はせけん」と、日《ひ》ごろの心苦しさを思ふにも、いとどあはれ浅からず。心ならぬことのありさまなど懇《ねんご》ろに語りけり。

女、ものいはんと思へるけしきながら、いらへもせねば、経読みはててと思ふなるべし。[13]いぶせく[14]心えなく待つほどに、[15]「於《お》此命終《しみやうじゆう》、即往安楽世界《そくわうあんらくせかい》、阿弥陀仏《あみだぶつ》」といふ所を、繰り返し二度、三度読みて、[16]やがて寝入るが如くにて、居ながら息絶えにけり。

この男の心、いかばかりなりけん。男とは、なにがしの弁[17]とかや聞きしかど、名は忘れにけり。

人を恋ひては、あるいは[18]望夫石《ばうふせき》と名をとどめ、もしは、つらさの余りに[19]悪霊《あくりやう》なんどになれる[20]ためしも聞こゆ。いかにも罪深き習ひのみこそ侍るに、それを往生の縁として、思ふやうに終りにけん、いとめでたかりける心なるべし。

【女、読経中に息絶える】

13 気持ちが晴れない。
14 事情を理解できない。
15 法華経・薬王菩薩本事品。法華経およびその薬王菩薩本事品を聞き、受持すれば、女人であることを終え、極楽往生できる、という文脈の一節。
16 そのまま。
17 太政官内の庶務を扱う弁官局の職員。
18 夫との別れを悲しんだ妻が石と化したという中国の伝説。日本の松浦佐用姫伝説も同類。
19 →補注98
20 例。

あはれ、これをためしにて、この世にも、物思《もの》ふ人の往生を願ふことにて侍らば、いかに心かしこからん。たとひ、同じ心なる仲とても、幾世かはある。楊貴妃[21]はむなしく比翼《ひよく》[22]の契《ちぎ》りを残し、李夫人[23]はわづかに反魂《はんごん》[24]の煙《けぶり》にのみあらはれたり。いはんや、思はぬ人のためには、ことにふれつつあはれも知らんことわりもなし。思ひあまりぬる時、富士[25]の嶺《ね》をひきかけ、海士《あま》[26]の袖とかこちて、懇《ねんご》[27]ろに心の底をあらはせど、何[28]のかひかはある。独り胸をこがし、袖をしぼるほどは、いみじくあぢきなくなん侍り。いかにいはんや、この世[29]一つにてやむべきことにてもあらず。その報いむなしからねば、来世にはまた、人の心を尽くさすべし。

かくの如く、世々生々《せぜしやうじやう》[30]互ひにきはまりなくして生死《しやうじ》のき[31]づなとならんことの、いと罪深く侍るなり。このたび、思ひ切りて、極楽に生れなば、憂《う》きもつらきも寝《ね》ぬる夜の夢にことならじ。立ち返り善知識[32]とさとりて、かれを導かんことこ

【愛情のむなしさ】

21　七一九〜七五六。唐の玄宗皇帝の寵姫。
22　長恨歌「天に在りては願はくは比翼の鳥と作り、地に在りては願はくは連理の枝と為らん」。↓補注99
23　漢の武帝の后妃。
24　反魂香。焚くとその煙の中に故人の姿を見ることができるとされる。↓補注100
25　↓補注101
26　↓補注102
27　懇痴を言う。
28　意味がない。
29　現世だけで。

【生死の絆を断ち切る】

30　生々世々。何度生まれ変わっても。
31　断つことのできない結びつき。ほだし。
32　真の道に導いてくれる人。

そあらまほしく侍れ。

もし、浄土にてなほ尽きがたきほどのうらみならば、その時いひむか[33]へをもせよかし。

三　母、女《むすめ》を妬《ねた》み、手の指 蛇《くちなは》になる事

いづれの国とか、たしかに聞き侍りしかど、忘れにけり。ある所に、身は盛[1]りにておとなしき妻《つま》にあひ具[2]したる男ありけり。この妻、先[3]の男の子をなん一人持ちたりける。いかが思ひけん、男にいふやう、「我に暇《いとま》たべ。この内に一間あらん座敷[4]に居、のどかに念仏なんどしてゐたらん。さてほかの人を語らはんよりは、これにある若き人[5]をあひ具して、世の中のこと沙汰せさせよ。さらにうとからん人よりは、我がためにもよからん。今は年高くなりて、かやう[6]のありさま、ことにふれて本意ならず」といひければ、男も驚き思へり。

33　相手に逆らう。

＊沙石集九—二に引用。

【年上の妻】

1　年配の。
2　結婚している。
3　先夫との間の娘。
4　居場所。神宮本「曹司」は部屋の意。
5　自分の娘のこと。
6　夫婦でいること。

女《むすめ》もあるまじきやうにいひけれど、このこと[7]なほざりならず。ともすれば、[8]まめやかに打ち[9]くどきつついふこと、たびたびになりぬ。「さほど思はるることならば、承《うけたまは》りぬ」とて、いふが如くして、奥の方《かた》に据ゑて、男は[10]ままむすめなんあひ具して住みける。

【娘、母を案ずる】

かくて、時々はさしのぞきつつ、「何事か」などいふ。ことにふれて、妻も男もおろかならぬやうにて年月を送るほどに、ある時、男、ものへ至る間《ま》に、この妻、母の方《かた》に行きて、のどかに物語などするほどに、母いみじうもの思へるけしきなるを、心得ず覚えて、「我には何事をかは隔て給ふべき。おぼされんことはのたまひあはせよ」といふ。「さらに思ふことなし。ただ、この程[11]乱り心地の悪しくて」などいひまぎらかす様《さま》、ただならずあやしければ、なほなほ強《し》ひて問ふ。

【母の親指、蛇に変ずる】

その時に、母いふやう、「まことには、何事をか隠し申さん。世に心憂きことのありけり。この家の内のありさまは、

7　通り一遍。いいかげん。
8　真剣に。
9　しきりに訴える。
10　継娘。
11　病気。

心よりおこりて申しすすめしことぞかし。されば、誰もさらさら恨み申すべきこともなし。しかあるを、夜の[12]寝覚《ねざめ》などに傍《かたは》らのさびしきにも、ちと心のはたらく時もあり。また、昼さしのぞかるる折りもあり。人のふるまひになりたるこそ、[13]思はざりしことかなれど、胸の中騒ぐを、『これ人の科《とが》かは。あな愚かの身かな』と思ひかへしつつ過ぐれど、なほ[14]このことの深き罪となるにや。[15]あさましきことなんある」とて、左右の手をさし出でたるを見るに、[16]大指二つながら蛇《くちなは》になりて、目もめづらかに舌さし出でて、[17]ひろひろとす。

女《むすめ》、これを見るに、[18]目もくれ心もまどひぬ。また事もいはず、髪下《おろ》して尼になりにけり。男帰り来て、これを見て、また法師になりぬ。元《もと》の妻も様《さま》を変へ、尼になりて、三人ながら同じ様に行ひてなん過ぎける。朝夕いひ悲しみければ、蛇もやうやうもとの指になりにけり。後には母は京に[19]乞食《こつじき》し歩《あり》きけるとかや。「まさしく見し」とて古き人の語りしは、近

12 物思いで眠れない状態。
13 事前に考えなかったことか、いや十分分かっていたはずだ。
14 娘夫婦を恨めしく思うこと。
15 驚きあきれる。
16 親指。下半身は人で上半身は牛の遺体や、一部が小蛇になっていた遺骨（日本霊異記下二六・沙石集九―二）などと同様、全身が蛇になっていく途中であることを暗示するか。
17 びろびろ。日葡辞書「ビロビロ …舌とかこれに似た物とかが揺れ動くさま」。

【三人の出家】

18 目がくらみ。
19 頭陀。

〈5－3話〉ある高年の妻は夫に離縁を求め、後妻として自分の連れ子の娘をすすめた。夫は継娘と再婚するが、元妻はいつしか嫉妬に苦しみ、手の指が蛇となってしまった。右中央が妻、親指が蛇の頭に変形している。

き世のことにこそ。

[20]女の習ひ、人をそねみ、ものをねたむ心により、多くは罪深き報いを得るなり。[21]なかなかかやうにあらはれぬることは、悔い返して罪滅ぶる方《かた》もありぬべし。[22]つれなく心にのみ思ひ[23]くづほれて一生を暮せる人の、強く地獄の業《ごふ》を作りかためつるこそ、いと心憂く侍れ。いかにもいかにも、[24]心の師となりて、かつは前の世の報いと思ひなし、かつは夢の中のすさみとも思ひけして、一念なりとも悔ゆる心を発《おこ》すべきなり。[25]ある論には、「人もし重き罪を作れども、いささかも悔ゆる心のあれば、[26]定業《ぢやうごふ》とならず」とこそ侍るなれ。

四　亡妻の[1]現身《げんしん》、夫の家に帰り来たる事

中《なか》ごろ、片田舎《かたゐなか》に男ありけり。年《とし》ごろ志深くてあひ具した[2]りける妻、子を生みて後、重く煩《わづら》ひければ、夫そひゐてあつ

【女の罪深さ】
20 仏教では女性は男性より罪深く、悟りを得難いと考えられていた。「さらぬだに女は罪深く業障の雲あつく」（小町草紙）。
21 かえって。
22 そしらぬふりをして。
23 がっかりして気弱になる。
24 自らの心を律する師匠となって。→序注2
25 往生要集を指すか。→補注103
26 善悪の報いを受ける時期が定まっている業。前世から定まっている運命。「定業は転じ難し。軽業は縁によりて転ずる事もあり」（沙石集九—一二）。

【愛妻の死ぬ前に髪を束ねてやる】
1 現世に生きている身。神宮本「現身に」。
2 世話をする。

かひけり。限りなりける時、髪の暑げに乱れたりけるを、結《ゆ》ひ付けんとて、かたはらに[3]文《ふみ》のありけるを、片端を引き破《や》りてなん結びたりける。

かくて、ほどなく息絶えにければ、泣く泣くとかくの沙汰などして、はかなく[4]雲烟《くもけぶり》となしつ。その後、[5]跡のわざ懇《ねんご》ろにいとなむにつけて、なぐさむ方もなく恋しく、わりなく覚ゆること尽きせず。「いかで今一度、ありしながらの姿を見ん」と涙にむせびつつ明し暮すあひだに、ある時、夜いたう更《ふ》けて、この女、寝所《ねどころ》へ来たりぬ。夢かと思へど、さすがに現《うつつ》なり。うれしさに、まづ涙こぼれて、「さても、命尽《つ》きて[6]生《しやう》を隔てつるにはあらずや。いかにして来たり給へるぞ」と問ふ。「しかなり。うつつにてかやうに帰り来ることは、[7]ことわりもなく、例《ためし》も聞かず。されど、今一度見まほしく覚えたるこころざしの深きによりて、ありがたきことを[8]わりなくして来たれるなり」。そのほかの心の中、書きつくすべからず。[9]枕

3　手紙。

【亡妻、夫を訪ねてくる】

4　荼毘に付した。
5　没後の供養。
6　幽明境を異にする。
7　道理。
8　やっとのことで。
9　交情する。性交渉する。

を交はすこと、ありし世につゆかはらず。

暁起きて、出でさまに物《もの》を落したるけしきにて、寝所をここかしこさぐり求むれど、何とも思ひ分かず。明けはてて後、跡を見るに、[10]元結《もとゆひ》一つ落ちたり。取りてこまかに見れば、限りなりし時、髪結《ゆ》ひたりし[11]反故《ほんぐ》の破《や》れにつゆもかはらず。この元結は、さながら[12]焼きはふりて、きとあるべきゆゑもなし。いとあやしく覚えて、ありし破《や》り残しの文のありけるに継《つ》ぎて見るに、いささかもたがはず。その破《や》れにてぞありける。

「これは、近き世の不思議なり。[13]さらにうきたることにあらず」とて、[14]澄憲《ちようけん》法師の人に語られ侍りしなり。

昔、[15]小《を》野篁《ののたかむら》の妹の失《う》せて後、[16]夜な夜なうつつに来たりけるは、ものいふ声ばかりして、さだかには手にさはるものなかりけるとぞ。

おほかた、こころざし深くなるによりて不思議をあらはすこと、これらにて知りぬべし。[17]凡夫の愚かなるだにしかり。

【元結を落としていく】

10 髪のもとどりを結ぶ紙や糸。

11 ほぐ。書き損じ。神宮本「返故〈ほんご〉」。

12 荼毘に付す。

13 いいかげんな話ではない。事実である。

14 一一二六～一二〇三。藤原通憲（信西入道）の息。子の聖覚と共に唱導に秀で、安居院流の祖。

【小野篁の妹の霊】

15 八〇二～八五二。岑守の子。和漢兼作の学者。

16 →補注104

【仏菩薩のお誓い】

17 仏教を理解しない俗人。

いはんや、仏菩薩の類《たぐひ》は、「心をいたして見んと願はば、その人の前にあらはれん」と誓ひ給へり。これを聞きながら、行《おこな》ひ顕《あら》はして見奉らぬは、[18]我が心のとがなり。妻子を恋ふるが如く恋ひ奉り、[19]名利《みやうり》を思ふが如く行はば、顕はれ給はんことかたからず。心をいたすこともなくて、「世の末なれば[20]ありがたし」、「拙《つたな》き身なれば、かなはじ」など思ひて[21]退心をおこすは、ただ志の浅きよりおこることなり。

ある人いはく、「[22]かげろふといふ虫あり。妻夫《めをと》の契り深きこと、諸々《もろもろ》の[23]有情《うじやう》にすぐれたり。その証をあらはさんとす。時に、この虫妻夫《めをと》これをとりて、銭二文に別々《べちべち》に乾《ほ》し付け、さて[24]市に出だして、二つの銭をあらぬ人に一つづつこれを売る。商人《あきひと》買ひ取りつれば、とかく伝はること数も知らず。しかあれども、その契《ちぎ》り深きによりて、夕べには必ずもとの如く[25]つなぬかれて行き合ふ」といへり。この故に、銭の一つの名をば「[26]蜻蚑《せいぶん》」といふとぞ。

18　「難き事也と云ふとも、心を発して願はば誰もかく見奉るべきに、心を発さざる故に値ひ奉る事無きなり」（今昔物語集一七—一）。
19　名誉や利益。
20　起こりえない。
21　消極的な心。

【蜻蛉の夫婦の契り】

22　神宮本「青蚨」。→補注105
23　生き物。
24　市場に持って行って。
25　つらぬく。
26　神宮本「青蚨」。

虫[27]の夫婦《いもせ》の契り、記して用事なけれど、何につけても思ふべし。我ら深き志をいたして、仏法に値遇《ちぐ》[28]し奉らんと願はば、なじかは、かげろふの契りにことならん。たとひ業《ごふ》に引かれて、思はぬ道に入るとも、折々[29]には必ずあらはれて救ひ給ふべし。

五　不動[1]の持者[2]、牛[3]に生《むま》るる事

近く、山[4]の西塔《さいたふ》[5]の西谷《にしだに》[6]に南尾《みなみを》といふ所に、極楽房[7]の阿闍梨《あじやり》[8]といふ人ありけり。かの住みける坊の、南尾にとりて、北尾といふ方を見やりて、のぼりくだる道隠れなく見ゆる所にてなんありける。

この阿闍梨、念誦《ねんじゆ》[9]うちして、脇息《けふそく》[10]によりかかりて、ちとまどろみたる夢に、北尾より、ゆゆしげ[11]に痩《や》せがれたる牛に、物負《お》ほせて登《のぼ》る人あり。牛の舌をたれて登りかねたるを、髪[12]

27　底本「昔」。神宮本に拠る。
28　出会う。
29　機会がある毎に。

【牛と小童の夢】

1　不動明王。地蔵は慈悲、不動は憤怒の相で衆生を救うとされる。
2　持経者。常に経を受持し経や呪文などを読誦する遁世者。
3　→補注106
4　比叡山。
5　比叡山三塔の一つ。
6　西谷があるのは東塔だが、南尾谷は西塔にある。神宮本「西塔の南尾」。
7　未詳。東塔南谷には極楽房があった。
8　密教僧の僧職の一つ。伝法灌頂を受け、執行する。

赤く縮《ちぢ》みあがりたる小童《こわらは》の、眼《まなこ》いとかしこげなるがつきて、後《しり》になり前《さき》になり、走りめぐりて、これを押し上げ助けつつ登るあり。あやしく、ただ人とも覚えず。「童、あな、何者ならん」と思ふほどに、そばに人ありていふやう、「あれは、[13]生々《しやうじやう》に加護の誓ひをたがへじとてなり」といふと見て、驚[14]きぬ。

うつつに見やれば、見えつるやうに少しもたがはず。かの牛、物を負ひて登るありつるに、赤頭《あかがしら》の童は見えず。これを思ふに、この牛の先の世に[15]不動の持者にてありけるにこそ。[16]因果の理《ことわり》[17]限《かぎ》りあれば、業《ごふ》によりて[18]畜生となりにけれど、なほ捨てがたくて、かく後前《しりさき》に立ちつつ助け給ふにこそ。いといみじうあはれにたふとく覚えければ「[19]小法師、物に米入れて、ちと持ちて来よ」といひ捨てて走り向ひて、牛をばしばし留《とど》めて、食ひ物をなん与へりける。

仏の御誓ひのむなしからぬこと、かくの如し。世々生々に

9　経文・仏の名号・真言などを唱えること。
10　肘掛け。
11　ひどく。
12　制吒迦（せいたか）童子・矜羯羅（こんがら）童子など不動明王の脇士を象徴する。
13　何度生まれ変わっても。
14　目覚める。

【不動の持者を助ける脇士】

15　不動明王は「一持の後は、生々加護」すると考えられていた（行林抄五一）。
16　あらゆる現象は、原因と結果の法則による、という道理。
17　限界がある。
18　動物。仏教では前世の悪行の報いで畜生道に堕ちると考えられていた。
19　神宮本「物に米を入れて、きとこよと云ひければ、走り向かひて、牛、食物をなん食しけり」。

値遇《ちぐ》し奉らんと願ふべし。

六　[1]少納言公経《きんつね》、先世《せんぜ》の願によつて[2]河内《かはち》の寺を作る事

少納言公経といふ[3]手書《てかき》ありけり。[4]県召《あがためし》のころ、心の内に願を発《おこ》して、「[5]もしことよろしき国賜りなば、寺作らん」と思ひけるを、河内といふ[6]あやしの国の守《かみ》になりたりければ、本《ほ》意《い》なく覚えて「さらば、古き寺などをこそは修理《しゆり》せめ」と思ひて、国に下りにけり。

さて、その国の中にここかしこ見歩《あり》きけるに、ある古き寺の[7]仏の座の下に文《ふみ》の見えけるを、抜《ひら》きて見れば、「[8]沙門《しやもん》公経」と書けり。あやしみて、細かに見れば、「[9]来《こ》ん世にこの国の守となりて、この寺を修理せん」といふ願を立てたる文にてなんありける。これを見て、しかるべかりけることと思ひ知

＊本朝世紀・一〇九九・七・二三、今鏡九・まことの道、宝物集五は同類話。

【仏寺建立の心願】

1 ?〜一〇九九。藤原成尹の子。文章生出身で従四位上、主殿頭、河内守。「性世事に染まず、常に吟詠を事とす。尤も草隷に巧みにして又好んで和歌を詠ず」（本朝世紀）。

2 大阪府東部。

3 達筆な人。能書。

4 地方官の任命を中心とする任官。毎春行われた。

5 相応な。

6 ぱっとしない。→補注107

【沙門の願を記した文】

7 仏像を載せる台座。蓮華座。

8 出家者。

9 来世。来生。未来のこと。

10 筆蹟。

11 橘俊綱（一〇二八〜九四）。

りて、望みの本意ならぬことをもいさめつつ、[10]信《しん》をいたして修理しけり。書きたる文字の様《さま》なども、今の手につゆほども変らず似たりけり。[11]伏見の修理大夫《しゅりのかみ》のやうに、[12]昔、同じ名をつけるなりけり。

我も人も、[13]先の世を知らねばこそはあれ、[14]何事もこの世一《ひと》つのことにては侍らぬを、空《むな》しく心をくだき、[15]走《わし》り求めて、かなはねば、神をそしり、仏をさへうらみ奉るは、いみじう愚かなり。[16]かつは、願の昔にたがはぬにて、[17]願としてなるべきことを知るべし。

七　[1]少納言統理《むねまさ》、遁世の事

少納言統理と聞こえける人、年《とし》ごろ[2]世を背《そむ》かんと思ふ志深かりしが、[3]月くまなかりけるころ、心を澄ましつつ、つくづくと思ひ居たるに、山深く住まんことのなほ切《せち》に覚えければ、

藤原頼通の子で讃岐守橘俊遠の養子。国司を歴任し、修理大夫正四位上。別邸伏見第の見事さでも知られる。
12　→補注108
【前世と願】
13　前世。
14　「こそかくはあれ」の略。下文に逆説的にかかる。
15　あくせくする。方丈記「事を知り、世を知れれば、願はず、わしらず」。
16　一方では。
17　願自体は滅びることなく効果が続く。
＊今鏡九・まことの道と同話。
【統理、出家の準備をする】
1　生没年未詳。伊勢守藤原祐之の子。少納言従五位上。九九九・三・二九出家（日本紀略）。御堂関白記によれば出家の地は多武峯と考えられるが、拾遺集・哀傷では志賀寺。

まづ家に「[4]ゆするまうけせよ。[5]ものへ行《ゆ》かん」といひて、髪洗ひ[6]梳《けづ》り、[7]帽子なんどしける。
[8]けしきや知りたりけん、妻なりける人、心得てさめざめとなん泣きける。されども、[9]かたみにとかくいふこともなくて、明《あく》る日、[10]うるはしきよそほひにて、[11]その時の関白《くわんぱく》の御もとにまうでけり。このこと案内聞こえんとすれど、申し入る人もなし。やや久しうありて、からうじて、山里にまかり籠るべき暇《いとま》申せしあひだに、「しばし」とて対面し給ひて、[12]御念珠給はせて、「後の世には頼《たの》むぞ」とのたまひければ、涙をおさへつつ、数珠《ずず》をば納《をさ》めて、拝し奉りて出でにけり。
[13]僧賀聖《そうがひじり》の[14]室《むろ》に至りて、本意の如く頭《かしら》おろして[15]げれど、つくづくとながめがちにて、勤め行ふこともなし。物思へる様《さま》にて、常は涙ぐみつつ居たりければ、聖のあやしみて、故《ゆゑ》を問ひけり。いひやる方なくて、ありのままに、「子産み侍るべき月に当りたる女の侍るが、[16]さすがに心に

2 出家遁世する。
3 曇りがない。
4 洗髪の準備。
5 神社仏閣に参詣する。
6 櫛で髪を梳かす。
7 かぶりもの。

【藤原道長から数珠をもらう】

8 様子。
9 互いに。
10 きちんとした。
11 藤原道長。→補注109
12 数珠。

【僧賀、統理の臨月の妻を見舞う】

13 九一七～一〇〇三。良源の弟子。多武峯に隠棲し、超俗の僧と崇められた。
14 僧房。庵。
15 →五―一話注59
16 そうはいっても。

かかりて」といふ。聖これを聞きて、[17]やがて都に入りて、その家におはして尋ね給ふに、今、子を産みやらで悩み煩ふ折りなりけり。聖祈りて産ませなんどして、人に尋ねつつ[18]産《うぶ》養《やしな》ひてなん、[19]ともしからぬほどに[20]とぶらひ給ひける。

かくて統理《むねまさ》[21]大徳《だいとく》、[22]ひと方は心安くなりぬれど、[23]三条院《さんでうのゐん》、[24]東宮と申しける時、[25]常に仕へ奉りしことの忘れがたく覚えければ、奉れりける、

　[26]君に人なれな習ひそ奥山に入りての後はわびしかりけり

御返し、

　[27]忘られず思ひ出でつつ[28]山人をしかぞ恋しき我もながむる

とて賜りけるに、涙のこぼれけるをおさへつつ居たりけるほどに、聖《ひじり》聞きて、「東宮より歌給はりたらん、仏にやはなるべき。この心にては、いかでか[29]生死《しやうじ》を離れんぞ」と[30]恥ぢしめけり。

17 そのまま。
18 新生児と産婦の健康を祈る儀式。寛文本「うぶやしなひまでなん」。
19 みすぼらしくない程度に。
20 世話をやいた。

【東宮からの和歌に感涙し戒められる】

21 高徳の僧。転じて僧侶。
22 一方面。
23 九七六〜一〇一七。在位一〇一一〜一六。冷泉天皇皇子。
24 九八六〜一〇一一。
25 →補注110
26 後拾遺集・雑三。
27 後拾遺集・雑三。→補注111
28 出家した統理のこと。
29 迷いの世界。
30 はずかしめる。

八　[1]中納言顕基《あきもと》、出家、[2]籠居《ろうきょ》の事

中納言顕基は、[3]大納言俊賢《としかた》の息、[4]後一条の御門《みかど》に時めかし仕へ給ひて、若うより司、位につけて恨みなかりけれど、心はこの世の栄《さか》えを好まず、深く仏道を願ひ、[5]菩提《ぼだい》を望む思ひのみあり。常の[6]ことくさには、かの[7]楽天の詩に、

[8]古墓何ノ世ノ人ゾ　不レ知ラ姓ト与《と》レ名
化《け》シテ為ツテ二路傍ノ土ト一　年々春草生ヒタリ

といふことを[9]口づけ給へり。いといみじき[10]数奇人《すきびと》にて、朝夕琵琶を引きつつ、「罪なくして罪をかうぶりて、[11]配所の月を見ばや」となん願はれける。

かの後一条[12]かくれましましたりける時、嘆き給ふさま、ことわりにも過ぎたり。御所のありさま、いつしかあらぬことになりて、はてには[13]火をだにもともさざりけるを、尋ね給ひ

＊続本朝往生伝四、古事談一―四七、袋草紙上、今鏡一・望月、古今著聞集一三六・三一四、十訓抄六―一一など類話多数。

【源顕基の口癖】

1 一〇〇〇～四七。源俊賢の子。藤原頼通の養子。後一条天皇の時、蔵人頭を務め従三位権中納言に至るが、天皇崩御後、横川で出家、長く大原に住した。
2 隠遁して閉じ籠もること。
3 源俊賢（九六〇～一〇二七）。高明の子。
4 一〇〇八～三六。在位一〇一六～三六。一条天皇皇子。
5 極楽往生。
6 口ぐせ。
7 白楽天（七七二～八四六）。白居易。中唐の詩人。
8 白氏文集二・続古詩十首。字句に異同がある。
9 口ぐせに言う。
10 風流を愛する人。
11 配流先。

ければ、「諸司みな、[14]今の御事をつとむるあひだに、仕《つかうまつ》る人なし」と聞こえけるに、いとど世の憂さ思ひ知られて、さるべき人みな御門の御方へ参りけれど、[15]「忠臣は二君に仕へず」といひて、つひに参らず。御忌みの中のわざなど仕りて、やがて家を出で給ふ。その年ごろの[16]上《うへ》、公達《きんだち》、袖をひかへて別れを悲しみけれど、さらにためらふ心なかりけり。

[17]横川《よかは》にのぼりて、頭下《かしらおろ》して籠り給へりける時、[18]上東門院《じやうとうもんゐん》より問はせ給ひたりければ、

[19]世を捨てて宿を出でにし身なれどもなほ恋しきは昔なりけり

とぞ聞こえ給ひける。

後には[20]大原に住みて、[21]二心なく行ひ給ひけるを、時の[22]一《いち》の人たふとく聞き給ひて、しのびつつかの室《しつ》に渡り給ひて、対面し給へることありけり。宵《よひ》より御物語など聞こえて、暁にぞ夜更《よふ》けて、[23]この世のこと一言葉《ことば》もいひまぜ給はず。いとめ

【後一条天皇死去後に発心】
12 逝去する。
13 灯火。
14 新天皇、後朱雀天皇。
15 史記・田単伝「忠臣は二君に事（つか）へず、貞女は二夫に更（まみ）へず」。
16 続本朝往生伝「男女衣を引きて」。

【上東門院への和歌】
17 比叡山三塔の一つ。
18 藤原彰子（九八八〜一〇七四）。道長の子。一条天皇中宮、後一条・後朱雀天皇母。
19 後拾遺集・雑三。

【藤原頼通、大原を訪ねる】
20 比叡山山麓。京都市左京区。長明も隠棲した時期がある。
21 一心に。
22 主に摂政関白の異称。ここは藤原頼通（九九二〜一〇七四）。
23 俗世。

でたくたふとくおぼされて、導き給ふべきことども返《かへ》す返す契り聞こえて、今帰りなんとし給ひける時、「さても、渡り給へる、いとかしこまり侍り。俊実[24]は不覚[25]の者にて侍るなり」とてなん[26]、申し給ひける。

その時はなにとも思ひ分《わ》き[27]給はず。帰り給ひてこのことを案じ給ふに、「させるついでもなかりき。よも我が子のため悪しきさまのことといはんとてはのたまはじ。すぐれたることなくとも、見はなたず、方人《かたうど》[28]せよとにこそはあらめ。世を背くといへども、なほ恩愛は捨てがたきものなれば、思ひあまられたるにこそ」とあはれにおぼされて、その後、ことにふれつつ引き立てとり申し給ひければ、

みなしご[29]なれど、はやく大納言までぞのぼりにける。美濃[30]の大納言と聞こゆるは、この君なりけり。

24 ↓補注112
25 愚か。
26 寛文本「て」に「イ（＝一本）ニナシ」の傍記。
【顕基の子を思う心】
27 適確に理解する。
28 味方。
29 「そこなどは重代の家に生まれて早くみなし子になれり」（無名抄・歌仙を立つべからざるの由教訓の事）。
30 源俊実の称（尊卑分脈）。

九　[1]成信《なりのぶ》、[2]重家《しげいへ》、[3]同時に出家する事

[4]兵部卿致平《むねひら》親王の御子成信中将と、[5]堀川右大臣の子にて重家の少将と聞こえける人、時にとり世にとりて、類《たぐひ》なき若人《わかひと》なりければ、照る中将、光る少将とて同じさまにぞいはれ給ひける。この二人、同じ時に心を発《おこ》して、世を背《そむ》かんことをいひ合はせ給ふ。志《こころざし》は一つなれど、発心のおこりは異《こと》なりけり。

少将は、時の[6]一《いち》の人の重くわづらひ給ひけるに、そのかげに隠れたる人の、[7]憂へあるさまをうけとり給ふべき方の、御ゆかりの人のけしきなどを見給ひけるに、[8]「惜しむも嫉《そね》むも心憂き習ひなり」とおぼしけるより、おのづからいとふこととなりにけり。

中将は、[9]斉信《ただのぶ》、[10]公任《きんたふ》、[11]俊賢《としかた》、[12]行成《ゆきなり》など聞こえていみじかり

＊今鏡五・苔の衣、古事談一―三二、続古事談二―五九、愚管抄四に類話。

【照る中将、光る少将】
1 源成信（九七九〜?）。致平親王の子。藤原道長の養子。
2 九七七〜?。藤原顕光の子。
3 一〇〇一年二月。→補注113
4 九五一〜一〇四一。村上天皇皇子。
5 藤原顕光（九四四〜一〇二一）。藤原兼通の子。

【重家、道長病悩を見て発心】
6 主に摂政・関白の異称。ここは左大臣藤原道長のこと。成信・重家出家前年の病悩（権記）か。
7 嘆きを受けとめるべき立場にある関係者たちの様子。今鏡「人もたゆむこと多く、世の頼みなきやうにおぼえ給ふことの心細くおぼえ給ひて」。
8 権力者の存在を。

【成信、四納言の才気で発心】

ける人々、陣[13]の座にて、朝[14]《てう》の定《さだ》めども、折々才覚[15]を吐《は》きていみじかりけるを立ち聞きて、「司、位は高くのぼらんと思はば、身の恥を知らぬにこそありけれ。この人々には、いかにも及ぶべくもあらず。さて世にありては、何にかはせん。後の世を願ふべかりけり」と思[16]ひとり給ひけるなり。

この二人、その日と定めて、三井寺[17]の慶祚[18]《きやうそ》阿闍梨《あじやり》のもとへ行き合《あ》はんと契り給へり。重家の君、遅く見えければ、夜に入るまで待ちかねて、「おのづから思ひわづらふことのあるなめり」と本意《ほい》なくおぼしながら、ひとり阿闍梨の室《しつ》に至りて、「頭下《かしらおろ》さん」と聞こゆ。阿闍梨、「あたらしき[19]御様なるのみにあらず、名高くおはするの身なれば、便[20]《びん》なく侍りなん」とていなび申しければ、あからさまに[21]立ち出づる様にて、みづから髪を切りて、「かくなんまかりなりたる」とありける時ぞ、ゆ[22]ひかひなくて許し聞こえける。

かくて、暁帰らんとし給ひける時、露にそぼぬれつつ重家

9 以下の四人は一条天皇時代の四納言として知られる。藤原斉信（九六七～一〇三五）は為光の子。
10 九六六～一〇四一。藤原頼忠の子。和漢朗詠集・拾遺抄・北山抄などの編著者。
11 ↓五―八話注3
12 九七二～一〇二七。藤原義孝の子。能書。日記に権記。
13 内裏左近衛陣内にある公卿の政務の場。仗座。
14 陣定（じんのさだめ）。国政会議。今鏡「世の定め」。
15 才学。学識。
16 決心する。

【慶祚のもとでの出家を約束】
17 園城寺。滋賀県大津市にある天台寺門宗総本山。
18 ↓五―一話注50
19 もったいない。
20 不都合。
21 ついちょっと。
22 どうしようもなくて。

少将おはしたり。「いかに遅くは。夜更《ふ》くるまで待ち奉りしかど、もしためらひ給ふことなどの侍るかとて、先になん仕りたる」とありければ、「さやうに契り聞こえて、いかでかは日をば違《たが》へ侍らん。[23]おとどに暇《いとま》乞ひ奉らでは、罪得《え》ぬべく思ひ給へて、ついでをはからひ侍りしかば、日を違《たが》へじとて、夜《よ》べ[24]元結《もとゆひ》をば切り侍り」とてなん見せ給ひける。

中将は廿三、少将は廿五とぞ。さしもすぐれ、さるべき人だにもあたらしかるべきを、かく同じ心にて[25]形をやつし給ひつれば、阿闍梨《あじやり》涙を落しつつ、かつは惜しみ、かつはあはれみけり。

この少将、まづ元結を切りて、[26]やはら[27]かぶりをして、暗きまぎれに父の大臣に暇《いとま》を乞ひ給ひければ、おのづからその気《き》色《しよく》やあらはれたりけん、「いかにいふともとまるべき様にも見えざりしかば、えとどめずなりにき」とぞのたまひける。

また、[28]多武峰《たふのみね》の入道[29]高光少将は、兄の[30]一条の摂政の、こと

【重家、遅れる】

23　父顕光のこと。

24　髪のもとどりを結ぶ糸。

25　剃髪する。出家する。

26　静かに。

27　冠。

【藤原高光の場合】

28　奈良県桜井市。→一―五話

29　九三九～九九四。父藤原師輔の死後、良源のもとで出家。後、多武峰に移る。三十六歌仙。

30　藤原伊尹（九二四～九七二）。正二位摂政太政大臣。

にふれつつあやまり多くおはしけるを見給ひて、「世にあるは恥がましきことにこそ」とて、これより心を発《おこ》し給ひけるとなん。

人のかしこきにつけても、愚かなるにつけても、まことの道を願ふたよりとなりにけんこそ、げにあらまほしく侍れ。

一〇　花園左府《1はなぞののさふ》、八幡[2]に詣で往生を祈る事

花園左大臣は御形、心もちひ、身の才《ざえ》、すべて欠けたることなく、調《ととの》ほり給へる人なり。近き王孫[3]にいます。かかりければ、かくただ人[4]になり給へることを、人も惜しみ奉る。我が御心にもおぼし知りて、御喜びなるべきことをも、その気《け》色《しき》人に見せ給ふことなかりけり。

もし、仕《つかうまつ》り人の中に、男も女もおのづから心よげにうち咲《わら》ひなどするをも、「かかる宿世《5しゆくせ》つたなきあたりにありなが

＊今鏡八・月の隠るる山のは、古事談五―九、私聚百因縁集九―五は同話。

【花園左大臣の暮らしぶり】

1　源有仁（一一〇三～一一四七）。後三条天皇の孫、輔仁親王の皇子。白河院の養子だったが、崇徳天皇誕生後、賜姓源氏となる。従一位左大臣。芸術に秀で、有職故実に詳しかった。

2　京都府八幡市にある石清水八幡宮。皇室の尊崇が篤かった。

3　今上天皇に近い。臣籍に下って年数や代数を経ていない。

4　臣下。

5　前世からの運命が不運であ

ら、何事のうれしき」など、聞き過ぐさず[6]はしたなめ給ひければ、初春《はつはる》の祝ひ事などをだに、思ふばかりはえいはぬ習ひにてなんありける。

春は内裏《うち》あたりも[7]なかなか[8]ことうるはしければ、身に才《ざえ》あるほどの若き人は、ただこの殿にのみまうで集まりて、詩歌、管絃につけつつ心を慰さむること隙《ひま》なし。[9]上《うへ》の[10]御兄達《おんせうとたち》、はたいます。朝夕といふばかりさぶらひ給ひければ、大臣殿《おほいどの》など申すばかりこそあれ、さるべき色々の御もてなしに変らず、[11]あかぬことなく見えけれど、すべて身を憂きものに深くおぼしとりて、常には物思へる人ぞとぞ見え給ひける。

いづれの時にかありけん、京より八幡へ[12]徒歩《かち》より、[13]御束帯《そくたい》にて七夜参り給ふことありけり。[14]別当[15]光清《みつきよ》このことを聞きて、大きに[16]御まうけ用意して、[17]御気色し給ひけれど、「この度《たび》は、ことさらにたちやどるかたなくて詣《まう》でなん、と思ふ志あれば、えなん立ち入るまじき」とて、寄り給はざりけり。七夜に満

る。→補注114

6　たしなめる。

7　かえって。

8　窮屈である。

9　有仁の北の方。?～一一五一。藤原公実女で、鳥羽天皇中宮待賢門院璋子の同母姉。

10　公実の子、実行・通季・実能ら。「上の御兄弟たちの君達、若殿上人ども、絶えず参りつつ、遊び合はれたるはさる事にて」(今鏡)。

11　物足りないところなく。

【石清水八幡宮に詣で極楽往生を願う】

12　徒歩で。

13　男性貴族の正装。

14　八幡宮の事務を統轄する長官。

15　一〇八四?～一一三七(石清水祠官系図)。紀頼清の子。師主天台座主仁覚。検校、法印、権大僧都。妻は有仁家女房で歌

じて帰り給ひけるに、[18]美豆《みつ》といふ所において、御望みかなふべきよしの歌[19]奉りたれば、返しはし給はず、「これは御神の仰せなり」とて御袋に納《をさ》めて、[20]かへさに、乗り給ふ御馬をぞ鞍置きながら給はせける。

御供に仕《つかうまつ》る人、「いかばかりなる御望みなれば、かく徒《か》歩《ち》にて夜を重ねつつ詣で給ふらん」とありがたく覚えて、「いかにもただごとにはあらじ。[21]大菩薩は[22]現人神《あらひとがみ》と申す中にも、[23]昔の御門《みかど》におはします。[24]限りある[25]御氏《うぢ》の絶え給ひぬること、仰せらるるにや」とまで、[26]おぼつかなく思ひけるに、[27]御《みて》幣《ぐら》の役すとて、近く候ひけるに聞きければ、忍びつつ「臨終正念、往生極楽」と申させ給ひけるにぞ、[28]かなしくもまためでたくも覚えける。

まことに、御門《みかど》の御位もやんごとなけれど、つひには[29]刹利《せつり》も[30]須陀《しゅだ》もかはらぬ習ひなれば、往生極楽の[31]常のことにはしかずなん。

人の小大進。待宵の小侍従は娘。
16 準備。
17 けしき、あるいはきしょく。あらたまった態度をとる。
18 京都市伏見区淀美豆町。美豆の御牧は歌枕。
19 →補注115
20 かへるさ。帰り道。
21 八幡神の本地、八幡大菩薩。
22 この世に姿を現す霊験著しい神。
23 八幡神の神格は応神天皇だと考えられた。
24 至尊の。
25 跡継ぎがいらっしゃらないことを。→補注116
26 気がかりだ。
27 神に奉る幣帛。
28 身に染みるように切ない。
29 古代インドの四姓のうち、最高位の婆羅門に準ずる王侯・武士階級のこと。→補注117
30 首陀。四姓の最下位。
31 神宮本「御祝〈ねぎ〉言」。

一一　[1]目上人《もく》、[2]法成寺《ほふじやうじ》供養に参り、堅固道心の事

[3]河内《かはち》の国に目聖《もくしやう》とて、たふとき人ありけり。[4]御堂《みだう》入道殿、法成寺造《つく》り給ひて、[5]御供養ありける日、参りて拝みけるに、ことの儀式、仏前の飾《かざ》り、まことに心も及ばず。[6]宇治殿、その時の関白にてこと行ひておはします座に、肩並ぶべき人もなくめでたく見えければ、「[8]人界《にんがい》に生るとならば、[7]一《いち》の人こそいみじかりけれ」とほとほと[9]ののしる。[10]百司《ひやくし》[11]雲霞《うんか》の如く囲繞《ゐねう》し、[12]乱声《らんじやう》ののしりて至り給ふ時、いみじと覚ゆる関白、ものならず覚えて、さきの思ひをあらためて、「いかにも、国王にはしかざりけり」と見るあひだに、金堂に入《い》らせ給ひて、[13]仏を拝み奉り給ひける時なん、「なほし仏ぞ上もなくおはしましける」と覚えて、いとど道心を固《かた》めたりける。

かの[14]妙荘厳王《めうしやうごんわう》の類《たぐひ》にことならず。いと賢き思ひはかりなる

＊大鏡・藤原氏物語、宝物集四、東斎随筆五八に同話。

【法成寺の落慶供養】

1 目聖。伝未詳。
2 京都市上京区にあった、藤原道長創建の寺。
3 大阪府東部。
4 藤原道長（九六六～一〇二七）。
5 →補注118
6 藤原頼通（九九二～一〇七四）。道長の子。
7 摂政・関白等の異称。
8 大方。→補注119
9 大騒ぎする。
10 多くの役人。はくし。
11 群がり集まる。
12 笛を拍節を入れずに吹くこと。行幸の出御などで用いられる。
13 →補注120
14 →補注121

べし。

一二　乞児《こつじ》、物語の事

ある上人の物へまかりける道に、乞児三人ばかり行きつれたりけるが、[1]おのが友、物語するを聞けば、ひとりがいふやう、「[2]あふみは[3]ゆゆしき[4]運者《うんじや》かな。[5]坂のまじらひして、いまだ三年にだに満たぬに、[6]宝鐸《ほうちやく》 許《ゆ》りたるはありがたきことぞかし」といへば、今一人がいはく、「[7]それは別の[8]果報の人ぞ。[9]口きたなくていふべからず」といふ。「これを聞きてこそ、我がさまを、仏菩薩の、ことにふれて[10]はかなく見給ふらんこと思ひ知られて、あはれに恥かしく覚え侍りしか」と語りき。

　また、ある人片田舎に行きて、[11]賤《いや》しき家に宿を借りて泊りけるに、この家の主《あるじ》を見れば、年八十余りにやあらん、頭《かうべ》は雪の如くして膚《はだへ》黒く、皺たたみ、目ただれ、口[12]すげうて、腰

【乞食同士の言い合い】
1 神宮本・寛文本「をのがどち」。
2 神宮本「近江」。→補注122
3 甚だしい。
4 運のよい人。
5 寺社への参詣道の坂など、乞食の住む境界の地。
6 寺院の堂塔の四隅に吊す鐘。
7 相手に近い人を指す他称。そちら。
8 前世での行為の報い。
9 あしざまに。
10 こころもとなく。

【出世を望む老人】
11 身分の低い。
12 寛文本「すげみ」（老人の歯が抜けて口がゆがむ）の音便

は二重《ふたへ》にかがまりて、立ち居るたびに大きに苦しう、いかにも[13]今日、明日のことにこそと、[14]いとほしく覚えて、[15]これをすすめていふやう、「汝《なんぢ》、老いせまりて、残命《ざんめい》今いくばくかはあらん。行歩《ぎやうぶ》もかなはざれば、人にまじるにつけても苦しからん。今は出家うちして、念仏申して、のどかに居《ゐ》たれ[16]かし。さらば、後世《ごせ》の楽しみもしかるべきのみにあらず、身も安《やす》からん」といふ。翁のいふやう、「まことに、今はさやうにこそ仕《つかまつ》るべきを、なるべき[17]司《つかさ》の一つ侍るによりて、たえぬ身に老いの力をはげみて、かくまで仕へ侍るなり。我よりも今三年が[18]このかみなる翁、[19]上臈《じやうらふ》にて侍り。かれ、[20]人まね仕《つかまつ》りなん後は、必ずその司にまかりなるべければ、それまで待ち侍るなり」といひけり。

さやうの者のなる司、思ふに[21]さばかりにこそはあるらめ。そのことに執をとめて、今や今やと[22]まぼりをりけん、罪深くあはれにこそ侍れ。

形か。神宮本「口嚬〈ひそみ〉たり」。「ひそむ」はゆがむの意。
13　寿命が迫っている。
14　気の毒に。
15　老人に。
16　念を押す間投詞。
17　官職。
18　年上。
19　上位者。
20　亡くなること。
21　その程度。
22　目守る（まもる）。見つめる。

ただし、これらをうち聞けば、愚かなるやうなれど、よく[23]思へば、この世の望み、高きも賤《いや》しきも、道同じ。我らがいみじく思ひならはせる司《つかさ》、位《くらゐ》も、これを[24]上《かみ》づかたにならぶれば、翁が望みにことならず。いはんや、[25]天竺《てんぢく》、震旦《しんだん》の国王、大臣の有様などは、喩《たと》へてもいふべからず。

また、ある人いはく、「[26]治承《ぢしよう》のころ、世の中乱れて、人多く亡《う》び失せ侍りし時、敵《かたき》の方の人を捕《とら》へて、頸《くび》を切りに出でまかるとて[27]ののしりあへるを見れば、[28]ことよろしき者にこそ、[29]さすがに[30]由《よし》ありて見ゆるを、情なく[31]ゆゆしげにして、追ひたてて行く。[32]地獄絵に書ける鬼人《おにひと》にことならず。『あな心憂《こころう》、よも[33]現心《うつつごころ》あらじ』とあはれにいとほしく見ゆるほどに、道に[34]蕀《むばら》のあるを、踏まじとて避《よ》きて行かんとするを、見る人、涙落していはく、『かばかりのめを見て、今いく時あるべき身なれば、蕀を踏まじと思ふらん』と、[35]はかなく悲しみあへり」。

【現世の望みの愚かしさ】
23 神宮本「よくよく」。
24 上つかた。上流の人。
25 インド・中国。

【治承の乱の刑人】
26 一一七七〜八一。高倉天皇の治世で、源平の合戦が始まり天変地異が続いた動乱期。↓補注123
27 大騒ぎする。
28 多少身分のある。
29 そうはいっても。
30 たしなみがある。
31 ひどく。
32 地獄で鬼形の獄卒が罪人を責める様を描いたもの。地獄草子や春日権現験記絵六などはその遺例。
33 正気。神宮本「うつし心」。「うつつ心も身に添はず、逃げさまよひけるその有様」(太平記二九)。
34 うばら。茨のこと。
35 あわれに。神宮本「はかな

これまた、人の上かは。我ら世の末に及びて、命短く果報つたなき時、わづかに人界《にんがい》に生れたりといへども、[36]二仏《にぶつ》の中《ちゅう》間闇《げんやみ》深く、[37]闘諍堅固《とうじやうけんご》の恐れはなはだし。[38]ひま行く駒早《はや》くうつり、[39]羊の歩み屠所《としょ》に近づけば、終り今日とも知らず、明日とも知らず。何《なに》の他念かはあるべき。立ちても居ても、[40]煩悩《ぼんなう》の仇《あた》のために繋縛《けばく》せられたることを悲しみ、寝ても覚めても、無常の剣《つるぎ》のたちまちに命を絶たんこと、恐るべきぞかし。しかるを、むなしく塵灰《ちりはひ》となるべき[41]限りの身を思ふとて、露の間《ま》の貴賤を憂《うれ》へ、心を悩まし、名利を[42]走《わし》る。ただかの、棘《むばら》を避《よ》きけん人とこそ覚え侍れ。

　おほかた、[43]ひを虫の朝《あした》に生れて夕《ゆふべ》に死ぬる習ひも、必ず、みなこれ我が身の上にあり。天の中に命短き[44]四天王天を聞けば、[45]この世の五十年を以て一日一夜とせり。我が国の命長しといふ人、わづかに、この天の一日、二日にこそは当るらめ。いはんや、[46]上さまの天にくらぶれば、ただ、[47]時の間《ま》といふべ

く思へり」。

【命は短い】

36　釈迦が没し、弥勒菩薩がまだ現れない無仏の時期。

37　→補注124

38　歳月が早く過ぎ去る様。→補注125

39　寿命が刻々と減っていく様。→補注126

40　煩悩という仇敵。

41　死にゆく身。神宮本「仮の身」。

42　あくせくする。

43　蜻蛉の類。神宮本「蜉蝣の虫」。「朝生まれ暮れに死する虫の名なり」（十巻本和名抄）。

【ひお虫の寿命】

44　四天王（持国天、広目天、増長天、多聞天〈毘沙門天〉）が眷族と共に住する天。四王天。

45　「人間の五十年を以て四天王天の一日一夜となして、その寿五百歳なり」（往生要集・大文第一）。

し。[48]かかればとて、いづこかは、我らがひを虫を思へるにこ
となる。

諸々《もろもろ》のこと、かくの如くいはば、[49]とてもかくてもありぬべきこの世なり。ただ、[50]かの「夢の中の有無《うむ》は、有無ともに無なり。まどひの前の是非は、是非ともに非なり」といへるが、めでたきことわりにて侍るなり。

されば、[51]禅仁《ぜんにん》といふ[52]三井寺の名僧の、[53]法印になりたりける時、人よろこびいひたりける返り事は、「かの[54]六欲四禅の王[55]位に見えたる所なり。この小国辺鄙《へんぴ》の位、何ぞ愛するに足らん」とこそいひたりけれ。智恵はなほかしこきものなり。

大方、凡夫《ぼんぶ》の習ひ、いやしくつたなきことも、身の上をば知らず。この故に、乞食《こつじき》かたゐ、[56]名聞《みやうもん》を具せり。めでたくやんごとなきこととても、また我が分に過ぎぬれば、望む心なし。民の王宮《わうぐう》を願はざるが如し。今、これを思ひとくには、濁れる末の世の人、極楽を願はぬは、極めたることわりなり。

46 ↓補注127
47 一瞬の間。
48 神宮本「しかれば」。
49 どうであってもやっていける。↓補注128
50 以下の句、沙石集三―三などにも見えるが、典拠未詳。

【禅仁の言葉】

51 一〇六二～一一三九。越前守源基行の子。大僧都禎範の弟子。法印権大僧都。以下の逸話、寺門伝記補録一六に見える。
52 ↓五―九話注17
53 一一三〇年。法印は僧位の最高位。
54 欲界にある六欲天と、色界にある四禅天。
55 神宮本「古へ経たる所也」、寺門伝記補録「昔常に備ふる所」。↓補注129

【凡夫の習い】

56 名声を得るため体裁をとりつくろうこと。

[57]かの国の有様、衆生の楽しみ、ことにつけ、ものにふれて、何かは我らが分になずらへたる。皆、心も詞《ことば》も及ばぬことどもぞかし。

しかあれば、もし[58]悲願を聞きて、信《しん》をもおこし、いささか望む心もあらむ人は、この世一つのことにあらず、[59]生々世々《しやうじやうぜぜ》につとめたりける余波《なごり》として、いかにも近づけることと、たのもしく思ふべきなり。

一三　貧男《ひんなん》、[1]差図《さしづ》を好む事

近き世のことにや、年は高くて、貧しく[2]わりなき男ありけり。[3]司《つかさ》などある者なりけれど、出で仕ふる[4]たつきもなし。[5]さすがに古めかしき心にて、[6]奇《あや》しきふるまひなどは思ひよらず。[7]世執《せいしふ》なきにもあらねば、また[8]頭下《かしらおろ》さんと思ふ心もなかりけり。常には居所《ゐどころ》もなくて、古き堂の破れたるにぞ舎《やど》りたりける。

57　極楽。
58　仏菩薩、中でも阿弥陀如来が衆生を救おうと発した誓願。
59　何度生まれ変わっても。

【設計図を書く男】
1　設計図。
2　どうしようもない。
3　官位。
4　たづき。手がかり。
5　そうはいっても。
6　かんばしくない。
7　せしゅう。俗世間への執着。
8　剃髪しよう。

[9]つくづくと年月送るあひだに、朝夕《あさゆふ》するわざとては、人に[10]紙反故《かみほんぐ》など乞ひ集め、いくらも差図をかきて、家作るべき[11]あらましをす。「寝殿はしかしか、門は何かと」など、これを思ひはからひつつ、尽きせぬあらましに心を慰めて過ぎければ、見聞く人は、[12]いみじきことのためしになんいひける。

まことに、あるまじきことを[13]たくみたるははかなければど、よくよく思へば、この世の楽しみには、心を慰むるにしかず。[14]一二町を作り満てたる家とても、これを[15]いしと思ひならはせる人目こそあれ、まことには、我が身の起き伏す所は一二間に過ぎず。そのほかは、[16]みな親しき疎《うと》き人の居所のため、もしは、野山に住むべき牛馬の料をさへ作りおくにはあらずや。

かくよしなきことに身をわづらはし、心を苦しめて、百千《ももち》年《とせ》[17]あらんために材木をえらび、檜皮《ひはだ》、瓦を玉、鏡とみがきたて、何の[18]詮かはある。主《ぬし》の命[19]あだなれば、住むこと久しからず。あるいは他人の栖《すみか》となり、あるいは風に破《やぶ》れ、雨に朽ち

9 つくねんと。とりたてて何をするわけでもなく。
10 使い古しの紙。ほご、ほぐなどとも。
11 予定。
12 ひどく愚かな。神宮本「嗚呼〈をこ〉の者になん笑ひけり」。
13 趣向を凝らす。
14 一町は約一ヘクタール、三〇〇〇坪。
15 立派だ。
16 以下の文、方丈記「すべて、世の人の住みかをつくるならひ、必ずしも事のためにせず。或は妻子、眷族のためにつくり、或は親昵、朋友のためにつくる。或は主君、師匠、および財宝、牛馬のためにさへ、これをつくる」に近い。

【設計図の家の利点】

17 長持ちするように。
18 甲斐。
19 はかない。

ぬ。いはんや、一度火事出で来ぬる時、年月のいとなみ、[20]片《へん》時《し》の間に雲烟《くもけぶり》となりぬるをや。しかあるを、かの男があらましの家は、[21]走《わし》り求め、作りみがく煩《わづら》ひもなし。雨風にも破れず、火災の恐れもなし。なす所はわづかに一紙なれど、心を[22]宿すに不足なし。

[23]龍樹菩薩《りゆうじゆぼさつ》のたまひけることあり。「[24]富めりといへども、願ふ心やまねば、貧しき人とす。貧しけれども、求むることなければ、富めりとす」と侍り。[25]書写の聖書きとめたる辞《ことば》に、「[26]臂《ひぢ》をかがめて枕とす。楽しみ、その中にあり。何によりてさらに浮雲《ふうん》の栄耀《えいえう》を求めん[27]」と侍り。また、あるものには、「唐《もろこし》に一人の琴の師あり。緒なき琴をまぢかく置きて、しばしも傍《かたは》らを放たず。人あやしみて、故《ゆゑ》を問ひければ、『われ琴を見るに、その曲心に浮かべり。その故に、[28]緒なけれども、心を慰むることは弾《たん》ずるに異ならず』となんいひける」。

かかれば、[29]なかなか、目の前に作りいとなむ人は、よそ目

20　少しの間。神宮本「時の間に」。
21　あくせくする。
22　身ではなく心を。方丈記「一身を宿すに不足なし」。

【龍樹菩薩の言葉】
23　ナーガールジュナ（一五〇～二五〇頃）。初期大乗仏教を確立し、中論・大智度論などを著す。八宗の祖と言われる。
24　↓補注130
25　性空上人（?～一〇〇七）。従四位下橘善根の子。良源に師事。播磨の書写山円教寺を建立。
26　↓補注131
27　↓補注132
28　底本「をなじ」。寛文本に拠る。

【極楽への希求】
29　かえって。

こそ、「あなゆゆし」[30]と見ゆれど、心にはなほ足らぬこと多からん。かの面影の栖《すみか》、ことにふれて[31]徳多かるべし。

ただし、このこと、世間のいとなみにならぶる時は、賢《かし》こげなれど、よく思ひとくには、[32]天上の楽しみ、なほ終りあり。[33]壺《つぼ》の内の栖《すみか》、[34]いと心ならず。いはんや、よしなくあらましに、むなしく一期《いちご》を尽くさんよりも、願はば必ず得つべき[35]安養世界の快楽《けらく》、[36]不退なる宮殿《くうでん》・楼閣《ろうかく》を望めかし。[37]はかなかりける希望《けまう》なるべし。

一四　[1]勤操《ごんさう》、[2]栄好《えいかう》を憐れむ事

昔、[3]大安寺に、栄好といふ僧ありけり。身は貧しくて、老いたる母を持ちたりければ、寺の中に据ゑ置きて、形《かた》の如く命継《つ》ぐほどのことをなんしけり。七大寺のならひにて、居《ゐ》たる僧の室《むろ》に、烟《けぶり》立つることなし。外にて[4]飯《はん》をして、車に積み

30　すごい。
31　長所。
32　六道のうち最高の境地である天に住む天人でさえ、命に終わりがあり、「命終に臨む時は五衰（＝五種の衰弱）の相現ず」（往生要集・大文第一）。
33　壺中の天地の故事。→補注133
34　神宮本「終に居所とならず」。
35　極楽。
36　修行に於いて不退転であること。
37　差図の男の空想は。

＊三宝絵詞中一八、宝物集五、私聚百因縁集九―一二、三国伝記九―三、元亨釈書二などは同類話。

【栄好、老母を養う】
1　七五四～八二七。三論宗の学僧。俗姓秦氏。大僧都、西寺別当、贈僧正。空海得度の師と

つつ、朝夕ごとに僧坊の前より渡して配《くば》れば、栄好これをうけて、四つに分けて、一つをば母に奉り、一つをば乞食《こつじき》にとらせ、一つをばみづから食《く》ふ。一つをばただ一人つかふ童《わらは》が料にあてたり。まづ母に与へて、まゐる[5]由を聞きて後、みづからは食《く》ふ習ひにて、年《とし》ごろの次第を違《たが》へず。

この栄好が房の傍《かたは》らに、垣《かき》を一つへだてて勤操《ごんさう》といふ人住みけり。同心にあひ憑《たの》みたる人にて、年《とし》ごろこのことをあり[6]がたく見聞くほどに、ある時、壁をへだてて聞けば、栄好が小童《こわらは》、しのびつつ泣く声あり。勤操あやしく思ひて、童を呼びて、「何事によりて泣くぞ」と問ふ。答へていふやう、「我が師、今朝にはかに命終り[7]給ひぬれば、おのれ一人《ひとり》して葬《はうむ》りをさめ奉らんこと、思ひやる[8]方なくて侍る上に、母の尼上《あまうへ》、またいかにして命継ぎ給はんずらんと悲しく侍るなり」といふ。

勤操これを聞きて、あはれに哀《かな》しきこと限りなし。慰めい

される。
2　伝未詳。
3　奈良市大安寺町にある高野山真言宗の寺。南都七大寺の一つで、はじめ三論宗、空海が別当となって以降は真言宗。
4　炊事をして。
5　召し上がった。

【栄好、急死する】
6　立派なことだと。
7　亡くなる。
8　どうしてよいか分からない。葬送の負担については四―一〇話注12参照。

【勤操、栄好に代わって老母を養う】

ふやう、「汝、いたく嘆くべからず。葬らんことは、我もろともに今宵《こよひ》の中にとかくしてんず。また、母をば、我、[9]亡者《まうじゃ》にかはりて我が分を分けて養はん」といふ。小童これを聞きて、悲《かな》しみの中に限りなく覚えて、涙をのごひつつ、さりげなき様にもてなせり。

勤操、我が分分かちて、栄好が送《おく》るやうにて、童に持たせて、母のもとへ送る。母、このことを思ひよらぬ気色《けしき》を見るにつけても、涙のみこぼるるを、とかくまぎらかしつつ、ものいはずしてさし置きて帰りぬ。暮れぬれば、[10]夜半《やはん》ばかりに、勤操と童と二人して、[11]栄好を持ちて、深き山に送り置《お》きつ。

母の尼公《にこう》、さきざきに変れることもなければ、我が子の失《う》せたるとも知らずして月日を送るほどに、勤操がもとに客人来て、酒など飲むことありけり。何となくまぎれて、さきざき飯《いひ》送る時過ぎにけれど、[12]親子の間ならねば憚《はばか》りにて、童いひ出ださず。やや久しくありて後、送りたるに、母の尼公い

9 故人。栄好のこと。

10 真夜中。

11 栄好の遺体を。

【老母、真相を知る】

12 勤操が、栄好の老母と。

ふやう、「など例よりは遅かりつるぞ。年老いぬる身は、胸[13]しわり、心地違《たが》ひて、例にも似ず覚ゆるなり」といふを聞きて、この童[14]いふかひなく涙落して、忍ぶとすれど、声も惜しまず泣き居たり。

母、心も得ず覚えて、なほなほ強ひ問ふに、つひに隠すべきことならねば、ことの有様初めより語る。「[15]やがても申すべかりしかども、年たけたる御身には、『もし嘆きに堪へず、[16]引き入《い》り給ふこともぞ侍る』とて、今まで申さざりつるなり。[17]この召し物《もの》をば、[18]故《こ》御坊の同法のおはするが、ありしやうを問ひ聞きて、失《う》せ給ひにし日より、我が分を分かち奉らるるなり。今日《こんにち》、客人の来たりて、酒など参りつるほどに、心ならず日たけて侍るなり。されど、御子ならばこそは、『[19]いかにも』ともすすめん。さすがに憚《はばか》り思ひ給ひて」など[20]いひやらず泣く。

母、聞くままに倒《たふ》れふして、泣き悲《かな》しみていはく、「我が

13　「シワリ、ル、ッタ…胸がしわる　腹がすく。この動詞は、この胸という語を伴わずには用いられない」（日葡辞書）。
14　ふがいない。
15　すぐにも。
16　息絶える。
17　召し上がり物。
18　栄好。
19　何としても。
20　言い終えることもできないうちに。

【老母、絶命する】

子ははかなく失せ給ひにしを、知らずして侍るにや。『来たる夕《ゆふ》べにや見ゆる』と待ちけるこそ、いとはかなけれ。今日の食物《くひもの》の遅かりつるを、あやしめざらましかば、我が子のありなしも[21]知らまじ」といひて、たちまちに絶え[22]入りぬ。

また、勤操《ごんさう》これを聞きて、[23]岩淵寺《がんえんじ》といふ山寺にて、葬《はうむ》り進めて、七日、七日には、[24]鉢をまうけて法華経を説き、諸々《もろもろ》の衆《しゅ》にいひ合はせつつ、[25]四十九日法事にて、懈怠《けだい》なくなんつとめける。

その後、年に一度の[26]忌日ごとに、同法八人、力を合はせて同法[27]八講と名づけて、[28]延暦十五年より始めたりけるを、岩淵寺の八講と名づけたり。八講のおこり、これより始めて、所々に行ふこと今に絶えず。

さて、勤操は、[29]公私《おほやけわたくし》、貴き聞こえありければ、失せて後、[30]僧正の司《つかさ》なん贈り給はりける。

21　「まじ」は活用語の終止形につくのが原則だが、中世以後、未然形につく例が多く見られる。
22　息絶えた。
【勤操、老母を葬り、法華八講を始める】
23　寛文本フリガナ「いはぶち」。奈良市白毫寺町、高円山中腹にあったと考えられる寺。今昔物語集一四―四「奈良の京の時…東山に石淵寺と云ふ寺」。
24　修行僧の食器から転じて、食事。
25　神宮本「四十九日の法事まで」。
26　命日。
27　法華経八巻の講経と、教学上の論義を行う法会。この時は講経のみ行ったか。
28　七九六年。桓武天皇の治世。
【勤操、僧正を追贈される】
29　底本「をほやけのわたくし」。寛文本に拠る。
30　八二七・五・一〇（日本紀

一五　正算僧都[1]《しやうざんそうづ》の母、子のために志深き事

山[2]に、正算僧都といふ人ありけり。我が身いみじく貧しくて、西塔[3]《さいたふ》の大林[4]《だいりん》といふ所に住みけるころ、歳の暮れ、雪深く降りて、訪《と》ふ人もなく、ひたすら烟[5]《けぶり》絶えたる時ありけり。京に母なる人あれど、絶[6]《た》え絶えしき様なれば、なかなか[7]心苦しうて、ことさらこの有様をば聞かれじと思へりけるを、雪の中の心細さをやおしはかりけん、もしまた、ことの便りにやもれ聞こえけん、ねんごろなる消息あり。都だに跡たえたる雪の中に、雪深き嶺の住《す》まひの心細さなど、常よりも細《こま》やかにて、いささかなるものを送りつかはされけり。

思ひ寄らざるほどに、いとありがたくあはれに覚ゆ。中にも、この使の男の、いと寒げに、深き雪を分け来たるがいとほしければ、まづ火など焼《た》きて、この持ち来たるものして食

略）。

＊内外因縁集、金沢文庫蔵「院源僧正事」に同類話。

【母からの贈り物】

1 九一九～九九〇。良源の弟子。西塔西明房に住す。内供奉十禅師、延暦寺阿闍梨、法性寺座主。

2 比叡山。

3 比叡山三塔の一つ。

4 未詳。神宮本「北尾」。新潮集成は『竹林』（竹林院。西塔北尾谷の本堂）の誤りか」とする。

5 食糧や燃料がない状態。

6 神宮本「これも絶々しければ」。生活が苦しい。

7 かえって。

【母の工面】

はす。今食はんとするほどに、箸うち立て、はらはらと涙を落して食はずなりぬるを、いとあやしくて故《ゆゑ》を問ふ。答へていふやう、「この奉り給へるものは、なほざりにて出来《でき》たるものにても侍らず。方々《はうばう》尋ねられつれどもかなはで、母御前のみづから御髪《みぐし》[9]の下を切りて、人にたびて、その替りを、わりなくして奉り給へるなり。ただ今これを食《た》べんと仕《つかまつ》るに、かの御志の深きあはれさを思ひ出でて、下﨟[10]にては侍れど、いと悲しう[11]て、胸ふたがりて、いかにも喉《のど》へ入り侍らぬなり」といふ。これを聞きて、おろそかに覚えんやは。やや久しく涙流しける。

すべて、憐《あは》れみの深きこと、母の思ひに過ぎたるはなし。愚かなる鳥獣《とりけだもの》までも、その慈悲をば具したり。田舎の者の語り侍りしは、「雉《きじ》[12]の子を生みて暖むる時、野火《やくわ》にあひぬれば、一たびは驚きて立ちぬれど、なほ捨てがたさの余りにや、烟《けぶり》の中に帰り入りて、つひに焼け死ぬるためし多かり」とぞ。

8 使の男が。

9 髪の毛。カツラ用の需要があった。→補注134

10 身分が低い者。

11 身に染みるように切ない。

12 雉は巣のある野を焼かれると、我が身の危険を顧みず子を助けに巣に戻り、鶴は寒い夜に自分の羽で子を覆う。いわゆる焼け野の雉（きぎす）夜の鶴、の故事。【焼野の雉】

また、鶏《にはとり》の子を暖むる様は、誰も見ることぞかし。毛のへだたりたるを[13]あかず思ふにや、みづから胸の毛を食ひ抜きて、膚《はだ》につけて、終日《ひめもす》これを暖む。もの[14]はまんために、[15]おのづから立ち去りても、[16]かれがさめぬほどにと、急ぎ帰り来《く》るは、[17]おぼろけの志とは見えず。

また、[18]そのかみ、[19]古郷《ふるさと》わたりに、思ひのほかに世を遁《のが》れたる人ありき。[20]「ことのおこりは、鷹を好み飼ひける時、その[21]餌《ゑ》に飼はんとて、犬を殺しけるに、胎《はら》みたる犬の腹の皮を射切りたるより、子の一つ二つこぼれ落ちけるを、走りて逃《に》ぐる犬のたちまちに立ち帰りて、その子をくはへて行かんとして、[22]やがて倒《たふ》れて死にたりけるを見て、発心せり」とぞ語り侍りし。

[23]鳥獣の情《なさけ》なきだに、子のためには、かく身にもかへて憐《あは》れみ深し。いはんや、[24]人の親の、腹の内に宿《やど》るより、人となるまで、念々にあはれぶ志、たとひ命を捨てて孝す[25]とも、報ひ

【鶏の抱卵】
13 もの足りなく。
14 食べる。
15 たまたま。
16 鶏の子が冷えないうちにと。
17 並大抵の。
【射られた母犬を見て出家】
18 その昔。
19 （長明の）故郷。賀茂の里か。
20 以下の説話、母鹿を見て出家した隋の猟師（百座法談聞書抄三月四日。古活字本沙石集八上三・雑談集三―二は漢土の法宗）の逸話と同類話。
21 餌に充てようと。「鷹の夏飼ひに殺せる狗」（沙石集九―一三）。「鷹に飼はむとて生きたる犬の足を切り」（徒然草一二八）。
22 そのまま。
【親の慈しみの深さ】
23 「獣までも、母の子を思ふ事」（雑談集三―二）。

つくさんこと、かたくこそ。

発心集　第五

24 「はじめて胎内に宿りて、十月身を苦しめ、百八十石の乳をすひて、…成人となるまで、よくあはれみを垂れ侍る、いかばかりぞや」(撰集抄四—一)。
25 親孝行する。神宮本「孝謝すとも」。

補注

1 （序）日本霊異記・中・序「心の師と作りて心を師とすることなかれ」。往生要集・大文第五「もし惑、心を覆ひて通・別の対治を修せんと欲せしめずは、すべからくその意を知りて、常に心の師となるべし。心を師とせざれ」。宝物集四「万法は心の所作にして、心の外に別の法なし。…心に心ゆるす事なかれ。心は野馬のごとし、しづめて道心をおこせ。…煩悩は家の犬、うてどもさる事なく、菩提は山の鹿、つなげどもとまりがたし」。往生拾因「然るに人、木石にあらず。好まば専念自発す。心もし馳散せんに、知りて随はず。常に心の師となり心を師とせざれ」。

2 （序）往生要集・大文第五「野鹿は繫ぎ難く、家狗は自ら馴る。いかにいはんや、自ら心を恣にせば、その悪いくばくぞ」。宝物集四は補注1参照。

3 （一―一話）謡曲・三輪は、玄賓庵が三輪山の西北麓「檜原」にあったとする。玄賓の三輪隠棲は史料に未見。

4 （一―一話）続古今・釈教「題不知　僧都玄賓」。第四、五句「わがなをここにまたやけがさん」など、諸書で異同がある。また江談抄一―四六は、八一四年、玄賓が初めて律師に任ぜられ辞退した時の歌とする。

5 （一―三話）天台血脈（東寺観智院金剛蔵）は法脈を「玄昭―尊意―平燈―静真―皇慶」と記し、本朝高僧伝四八「江州叡山沙門平燈伝」は「其の氏族を記さず。智淵尊意二師に従ひ、台密を研尋す」と記す。また今昔物語集一五―一五の類話での主人公は、「比叡の山東塔に長増と云ふ僧」である。

6 （一―三話）今昔物語集・三国伝記の類話には伊予守藤原知章（?～一〇一三）の名が見える。

7 （一―三話）生没年未詳。天台血脈（東寺観智院金剛蔵）は「静真　阿弥陀房　法興院供僧」とする。また、平等の弟子である静真が藤原知章の招きで伊予国に下向したことは、諸法要略抄・六字河臨法等に見える。静真の弟子皇慶が、藤原知章に請われて伊予国で普賢延命法を行ったことは、明匠略伝他に見える。

8 （一―五話）「とりばみ」は、例えば「正月に大饗行はれけるに、当初は大饗畢ぬれば、取食と云者をば追て入れずして、大饗の下（おろし）をば、其殿の侍共なん食ける」（今昔物語集二六―一七）、「猶めでたきこと、臨時の祭…とりばみといふもの、男などのせんだにいとうたてあるを、御前には女ぞいでてとりける」（枕草子一三五）と見える。

9 （一―五話）徒然草一八二に「四条大納言隆親卿、乾鮭といふ物を供御にまゐらせられたりけるを、『かくあやしき物、まいる様あらじ』と人の申けると聞きて、大納言『鮭といふ魚まいらぬことにてあらむにこそあれ、鮭の白乾し、何条ことかあらん。鮎の白乾しはまいらぬかは』と申されけり」と見え、干鮭が庶民も口にする食品で、いわゆる「塩引き鮭」と異なり「白干し」であったことが分かる。伊東玉美「干鮭・塩鮭」(『国文学』48巻9号　二〇〇三年七月)参照。

10　(一―五話)例えば、鎌倉時代末成立の国産牛の解説書、国牛十図の「筑紫牛」の項に「そのかたち、めうしがほにて角さきほそく」などとあることから、牛車を引かせるような力仕事をさせるのは雄牛であったと考えられる。伊東玉美「説話文学における牛」(鈴木健一編『鳥獣虫魚の文学史―日本古典の自然観　1獣の巻』)参照。

11　(一―五話)私聚百因縁集八―三「折廻」のフリガナ「をりまはし」や、「さばかりせばき壺に折りまはし」(大鏡・伊尹)のように、「おりまはし」が本来か。

12　(一―五話)例えば世説新語・巧芸に「坐隠」(居ながらの隠遁)・「手談」(手による談話)の雅称が見えるように、囲碁は哲学的遊びとする見方があり、その点で同じような賭け事である双六と一線を画していたが、一道に志す人がはまりこんではいけない遊戯でもあった。大曾根章介「平安朝文学に見える囲碁」(『大曾根章介日本漢文学論集　第三巻』一九九九年　汲古書院)参照。

13　(一―五話)僧賀ら求道者たちが故意に露悪的なふるまいをした様子とその本質的意味については、益田勝実「偽悪の伝統」(『益田勝実の仕事2』二〇〇六年　筑摩書房)参照。

14　(一―六話)法名慶暹。長治元年(一一〇四)三月、高野山西光院にて八〇歳で没したとある(高野春秋編年輯録)。それに従えば一〇二五年生まれ。閑居友上一三にも逸話を収める。

15　(一―六話)参考「とし月をいかでわが身におくりけむきのふの人も今日はなき世に」(新古今集・雑下)、「朝には紅顔有って世路に誇れども、暮には白骨と為って郊原に朽ちぬ」(和漢朗詠集・無常)。

16　(一―六話)高野山西谷の天野地区を指すか。西行の妻と娘もそこに住まったとされる。→六―五話。「高野の天野は遁世門の比丘尼などすむ所なる故に」(雑談集六―五)。

17　(一―七話)拾遺往生伝上一〇に「山城国久世郡」とあるが、山城名勝志によれば京都府最南端の相楽郡加茂町(木津川市)当尾の地。

18　(一―七話)幼くして興福寺に入るが、山城国小田原、後に高野山に移る。小田原聖の祖となり、小田原迎接房の聖と呼ばれた(高野山往生伝一他)。

19　(一―八話)生没年未詳だが、一〇二一年生まれか。大江通直の子、朝綱曾孫。藤原通俊の師で、後拾遺集撰進に助力。万葉集に次点を加えた。本話および大江佐国伝については、佐藤道生『平安後期日本漢文学の研究』(二〇〇三年　笠間書院)参照。

20　(一―八話)詳伝未詳。万寿年間(一〇二四~二八)

に没（拾遺往生伝）。法華験記「康仙」、今昔物語集・拾遺往生伝「講仙」。神宮本目次は「仏性聖」、本文では「仏性房」。

21（一―八話）円宗寺の法華会と最勝会、法勝寺大乗会をあわせ北京三会と呼び、これらの講師を務めることは天台宗僧の僧綱への登竜門となった。花が咲き乱れ蝶が飛び交っている情景から、本話の「八講」は春の最勝会と考えられる。補注19書参照。

22（一―一〇話）神宮本「海〈俗歟〉士人、法師人、男人、女人、仏性〳〵」。

23（一―一〇話）京都東山長楽寺に住した印西か。印西は生没年未詳。法然門下で、高倉院他、多くの貴人の戒師を務め、平家物語・灌頂巻は、建礼門院の出家の戒師も「長楽寺の阿証房の上人印誓」であったとする。神宮本「阿乗房」は未詳。

24（一―一〇話）「大隠は朝市に住み、小隠は丘樊に入る」（白氏文集五二・中隠）。「小隠は陵藪に隠れ、大隠は朝市に隠る」（文選二二・反招隠詩・王康琚）。

25（一―一二話）神宮本「かやうの事に意得たる」、古事談「物に心得たる」。例えば宇治拾遺物語一八八で下野武正を「ずちなきものの心際なりとなんほめけりとか」と、「ずちなき」＝どうしようもない、という表現で称讃している。本話の「いひがひなき」＝取るに足りない、も、「こういう方面ではちょっとした」とのニュアンスを表現したか。

26（二―一話）本朝世紀・正暦五（九九四）四・二四に、左右看督長等が「京中路頭」の病人を「或は空車に乗せ、或は人をして薬王寺に運送せしむ」、台記・久安元（一一四五）二・一一に「申刻、三条京極辺災上す。焼死人有りと云々。薬王寺焼亡の間、病人少々焼死すと云々」とある、三条京極近くの寺か。平安時代史事典参照。

27（二―三話）以下話末までの内容、大江匡衡作「左相府、寂心上人の為に四十九日に諷誦を修する文」と「同請文」（本朝文粋一四）に見える。

28（二―三話）道長の諷誦文に「三宝衆僧御布施信濃布百端」と見える。「さらし布」は主に麻布を指し、「信濃布」は布目が粗い。「端」は「反」と同じで、布一巻。

29（二―三話）新撰朗詠集・僧「諷誦文　定基入道」。新撰朗詠集と本朝文粋とで字句の異同がある。昔、隋の煬帝（ようだい）が千人の僧に食膳を施したが、天台大師智顗の化身がそれを受けたので一人分足りなくなった。今、左大臣藤原道長公が寂心の菩提を弔うに際しては、布施のさらし布が百端に達して余るほどだ、の意味。煬帝は隋の第二代皇帝。千僧供養の際の逸話は、例えば三宝絵詞下三〇に「比叡の霜月会はもろこしの天台大師の忌日也。…忌日の至ごとに公家のまつりごとをやむ。使をさして千僧を供養ぜしめ給ふ。斎場に僧をかぞふれば、千僧一をあませり。名を呼てこれをしるせば、又かずのごとし。供養を送れば又あまりぬ。事終ぬればみちぬ。即知ぬ、大師の来て僧にまじり給なりけりと。…唐高僧伝并霊応伝等に見えたり」とある。

30（二―四話）京都市左京区如意ヶ岳にあった園城寺の別院。師寂心はこの寺で没（続本朝往生伝三一）。

31（二―四話）今昔物語集一九―二は一連の奇瑞譚について「此の事共は寂照の弟子に念救と云僧の、共に行たりけるが、此の国に返て語り伝へたる也」と記す。

32（二―四話）宝物集七は「荒屋無人扶病起　香炉有火向西眠　笙歌遥聞孤雲上　聖衆来迎落日前」を寂照の命終の時の作とするが、新撰朗詠集下・僧は、上二句（字句に異同あり）を、師の慶滋保胤の作とする。続本朝往生伝や十訓抄一〇―四八は、発心集と同様、下二句のみをあげて寂照の命終の作とするが、平家物語・大原御幸は同じ二句を寂照の清涼山での詠とする。

33（二―五話）一〇一四～九六。丹波国の人。比叡山東塔南谷の無動寺法花房に住し、嘉保三年八月、極楽往生した（拾遺往生伝上九）。

34（二―五話）生没年未詳。比叡山五別所の一つ、東塔東谷の神蔵寺に住した（古事談）。永覚（？～一一三一）の師（三外往生伝三〇）。

35（二―五話）参考「人の命は、うまき物を大口にくひて、むせて死ぬる事もある也。しかれば南無阿弥陀仏とかんで、南無阿弥陀仏とて、ぐとのみ入るべし」（一言芳談上）。

36（二―六話）牛は重労働の動物の代表格で、それを前世の償いととらえた例、諸書に見える。補注10伊東論文参照。

37（二―七話）禅愉。延暦寺僧。黒谷僧都と称される。信濃国の人。九五六年、定心院十禅師に補される。生没年は諸説ある。

38（二―七話）九七七～一〇四九。天台宗僧。橘広相の曾孫、性空の甥と伝える。比叡山東塔阿弥陀房に住した後、諸国を歴遊。台密谷流の祖。池上阿闍梨の称は房名に由来（谷阿闍梨伝）。

39（二―七話）性空上人のもとを放たれ、皇慶のもとに来た童子、乙丸。霊力があり、非常に足が速く力が強かった（谷阿闍梨伝）。

40（二―七話）香酔山の南、大雪山の北、雪山の頂上にある、阿耨達竜王の住む池（倶舎論・長阿含経）。

41（二―八話）修験者（山伏）の姿が投影された山の神、もしくは「驕慢心、執着心の深き者」（比良山古人霊託）が堕ちるとされた天狗道の妖怪。羽があって飛行し、嘴がある「烏天狗」のイメージが広く知られる。

42（二―八話）京都市左京区岡崎にあった六勝寺随一の寺。白河天皇の発願で一〇七七年、金堂・五大堂以下の造立供養。八角九重の塔があったことで有名。なお法勝寺は天狗の徘徊する寺としても知られる（比良山古人霊託等）。

43（二―八話）良忍（一〇七三?～一一三二）の弟子で、藤原師長の声明の師でもある叡泉（伝未詳）か。

44（二―八話）天狗道に堕ちた僧でも得脱し得ると考えられていたことは、例えば「日吉の大宮の後ろにも、山僧多く天狗と成りて、和光の方便によりて出離す、と申し伝へたり」（沙石集一―六）などから分る。

45（二―八話）慶政上人と「比良山の古人」なる天狗の次のような問答から、天狗の苦患が具体的に知られる。「問ふ。鉄の丸を日に三ヶ度食するの由、申し伝ふ。実否、いかに。答ふ。丸にはあらざるなり。鉄の三角なるが、自然に天然の理にて口に食はるるなり。それが骨髄に徹りて術無きなり。…もし僻事をしつる時に食はるるなり。されば構へて僻事をばせじとするなり」（比良山古人霊託）。

46（二―九話）永観の往生拾因には、「高声念仏読経に十種の功徳有り」、すなわち声に出してはっきりと、高声に念仏を唱えることの効用が説かれ、「近代の行者、仏名を念ずる時、舌口を動かすといへども声を発せず。或は念珠を執るに只数遍を計る。故に心餘縁して、専念する能はず。散乱甚だ多く、豈に成就を得んや。声を発し不断に仏号を称念せば、三業相応して、専念自ら発こる」と、声に出さず念仏を唱えると効果が下がると説かれている。また、臨終の念仏が日来の念仏より有効なことは「臨終の心極めて猛利の故、十念能く多劫の罪を滅す」と記されている。このように、助重の臨終の一声念仏は、浄土門の教えにかなっていたことが知られる。

47（二―九話）一〇六八～一一五〇。俗姓大江氏。山崎浄土谷に住し、三十余年山門を出ず念仏し、久安六・一一・一一、八三歳で往生（本朝新修往生伝三八）。後拾遺往生伝・本朝新修往生伝「江栄入道」。

48（二―九話）後拾遺往生伝・本朝新修往生伝の類話では、事件から五、六年後、江栄入道が清水寺に参詣した際、同宿の僧が「かつて近江国を修行中、いつ、これこれの地に往生人があったと夢に見たが、まだその場所に結縁しに行けずにいる」と語ったが、それは助重が亡くなった年月日と場所に合致していた、とする。

49（二―一〇話）成賢『臨終行儀』末尾に橘大夫守助の願文が記されている。『山田昭全著作集　第七巻　日本仏教文学の方法』（二〇一三年　おうふう）参照。

50（二―一〇話）極楽往生者が出現すると、紫雲がたなびく、妙なる音楽が聞こえ、かぐわしい香りが広がってくるなどの奇蹟が起こるとされていた。

51（二―一二話）三明は宿命明（過去世を見通す）・天眼明（未来の生死を見通す）・漏尽明（仏法で煩悩を断つ）。六（神）通は天耳通（全ての音を聞く）・他心通（他人の考えを知る）・神足通（その他。例えば飛行・変身）を加えたもの。

52（三―三話）奥州五国（陸前・陸中・陸奥・磐城・岩代）の古称で、ほぼ宮城・岩手・秋田・青森・福島県に相当する。出羽（山形・秋田県）を加えた奥羽や東北地方全体を指すこともある。

53（三―三話）藤原通弘（後三年の役で源義家に従った藤原資通の子。生没年未詳）か。尊卑分脈に「蓑和入道と号す」、山内首藤系図に「信濃国に住す」と見える。

54（三―三話）古事談五―五三は「六条坊門の北、西洞院の西に堂有り。みのう堂と号す。件の堂は、伊予入道頼義、奥州の俘囚討夷の後、建立する所なり」と、頼義が建立した堂であるとする。左女牛小路は六条大路の南。六条大路の一筋北が楊梅小路、もう一筋北が六条坊門小路である。古事談によれば、同じく頼義が造立したこの堂の等身の阿弥陀仏に「往生極楽必ず引導し給へ」と恭敬礼拝すると、うなずいたという。

55（三―三話）古事談四―一六も「みのわだう」とするが、古事談五―五三話は、「みのわ堂」は「僻事」で、本来は「耳納堂」であり、十二年の合戦の死者の片耳を切り集めたものを土壇の下に埋めたための命名だったとする。尊卑分脈・頼義の項も、斬った首一万五千人分の片耳を納め「耳納寺」と称した旨を記す。なお古事談諸本の表記も「みのわ」「みのう」などと揺れているが、「耳納」であれば「みなふ」が本来。

56（三―三話）古事談諸本の中に「承元〈一二〇七〜一一〉の比、焼亡し畢んぬ」との注記を持つものがある。

57（三―三話）前九年の役の激戦地。安倍氏が奥六郡の南の入り口に設けた城柵で、頼義は、子の義家以下、計七騎にまで追い詰められたことがある。また義家と安倍貞任が「衣のたてはほころびにけり」「年を経し糸の乱れの苦しさに」のやりとりをした地としても有名（古今著聞集三三六）。

58（三―五話）伝未詳。長保二年（一〇〇〇）八月一八日「阿波国賀登上人」が補陀落山に向かって土佐国室戸津から弟子一人を伴って船出した逸話を、貞慶は「昔の人の志願堅固なること此の如し」と記している（観音講式）。地蔵菩薩霊験記六―一七にも同類話。

59（三―五話）藤原俊盛（一一二〇〜？）は後白河院の近臣で、今物語三三に「讃岐三位」として見える（益田勝実「フダラク渡りの人々」『益田勝実の仕事2』二〇〇六年　筑摩書房）。長実の孫・顕盛息で母は刑部卿藤原敦兼女。あるいは十訓抄四―八に見える、九条殿藤原兼実を聟にとった「讃岐三位」藤原季行（一一一四〜六二）か（簗瀬一雄『校註鴨長明全集』）。刑部卿敦兼息、母は藤原顕季女。従三位、大宰大弐。季行女は藤原良通、良経らを生んだ。また中右記・長承二（一一三三）・七・一四に「讃岐三位藤兼子薨ず、年八十四」と

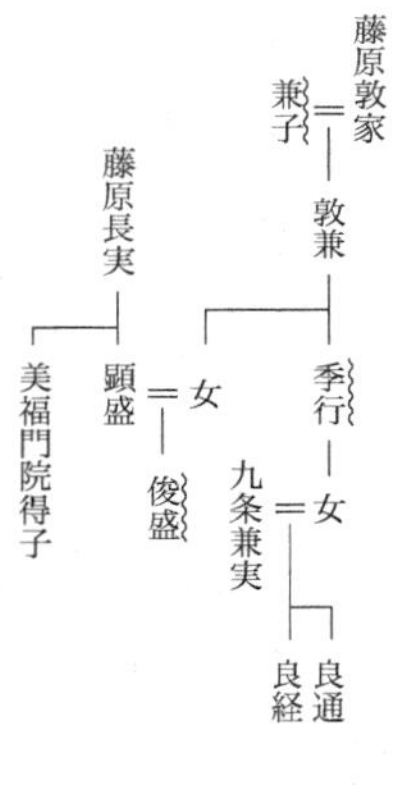

見える、堀河天皇乳母で讃岐典侍日記の作者の姉である藤原兼子（一〇五〇〜一一三三）説もある（同前）。兼子は藤原季行の父方の祖母である。俊盛・季行・兼子は右の系図のように親しい一族である。益田氏のいわれるように、本話冒頭に「近く」とあることに注目すると、兼子よりも、世代的に若い季行や俊盛が有力か。

60（三—六話）例えば拾遺往生伝下四に、沙門永快が彼岸に天王寺に詣で、西に向かって海に入ったと見える。

61（三—六話）「天王寺歌とて人人よみ侍りける時、仏舎利を　相模　はひきえのわかちしたまもつとむればいとどひかりぞかずまさりける」（万代和歌集八・釈教歌）とあるように、四天王寺の仏舎利は早くから信仰されており、白河・鳥羽院らは、金堂に安置されていた舎利を拝んでいる（中右記・一一二七・二・三裏書、台記・一一四六・九・一四など）。

62（三—七話）浄土往生伝他に関連記事が見え、閑居友上一一にも言及される。例えば浄土往生伝（戒珠著。宋の九八四〜九八七年以降の成立）には、善導が「此の身の諸苦逼迫し、情は偽り変異して暫くも休息すること無きを厭」ひ、「寺前の柳樹」から「投身自絶」した、とあるが、続高僧伝（道宣著。唐の六四五年成立、後に増補）では柳の木から身を投じたのは善導の許を訪ねてきた人物としている。

63（三—七話）法華経・薬王菩薩本事品「宿王華よ、若し発心して阿耨多羅三藐三菩提を得んと欲する者有らば、能く手の指、乃至、足の一指を燃して仏塔を供養せよ。国城・妻子及び三千大千国土の山・林・河・池、諸の珍宝物を以て供養せん者に勝らん」。

64（三—八話）登蓮について、延慶本平家物語四は、もと筑紫安楽寺の僧で近江阿弥陀寺に住し、平清盛に取り立てられたとし、扶桑蒙求私注は、もと比叡山僧で青蓮院和尚御房に祗候、平忠盛の値遇を得たと記す。牧野和夫『中世の説話と学問』（一九九一年　和泉書院）参照。

65（三—一〇話）吉記・一一八三・二・六に「院尊勝陀羅尼供養也…請僧…律師証玄」と見える証玄律師は、僧綱補任によれば「寿永二年（一一八三）律師。山。伊予。七十二。五十九」「元暦二年〈一一八五〉（律師。）

密。七十四。六十一。十三」とあるように延暦寺僧で、薬師寺との関係の有無は未詳。

66（三―一一話）拾遺往生伝によれば藤原氏。鳥羽院北面で左馬助遠兼・右馬助資長兄弟の父、従四位上大膳大夫親輔（尊卑分脈）がふさわしいか。

67（三―一二話）南都の学匠、中（仲）算（九三五～九七六）が住したことで知られる。「禅定院大乗院近辺松室等焼失」（一代要記・六条天皇・一一六七・三・二）。

68（三―一二話）仲算は興福寺の僧で空晴の弟子。西大寺別当。応和の宗論（九六三）で良源を論破したことで知られる。著作に法華経釈文。

69（三―一二話）法華経を読誦する仙人。参考「比良山の峰に仙人有て法花経を読誦す」（今昔物語集一三―二）。仙人は、俗世の汚れた食物（穀類など）を食べず、山中で修行を続け、悟りを得て、飛行自在など神変自在の術を身に付けた者のこと。

70（四―三話）法華文句記・釈提婆達多品の句。法華文句記では四句目「逆順定故」。円教（究極の教え）においては逆縁（悪い仏縁）は即ち順縁（順当な事）だが、他の三教（三蔵教・通教・別教）では両者は別のものだ、の意。法華経は円教を説くとされる。

71（四―四話）生没年未詳。平安中期の持経者。愛宕山で修行し験力に秀でた。洛西神明寺に止住、後に鎮西に下り、富をなして肥後守に中傷されたが、その妻の重病を治した（法華験記中六六他）。

72（四―五話）釈迦牟尼仏とそれ以前に現れた六人の仏の三番目で、過去荘厳劫（計り知れない昔）に出現した。「倶楼孫仏の時よりこの麓に垂跡して」（耀天記）。

73（四―五話）浄蔵が通じたのは平中興（なかき。？～九三〇）の娘（大和物語一〇五）。神宮本「長頼」、私聚百因縁集「長世」。中興の任近江守は九一五・一・一二（古今和歌集目録）。

74（四―六話）人体や外界のものがいかに汚れた存在であるかを観じ、煩悩を除く修行法。「止観の中に観を説きて侍には、山河も皆不浄也。食ひ物、着物、又不浄也。飯は白き虫のごとし。衣は臭きものの皮のごとし、など侍めれば」（閑居友上一九）。

75（四―六話）「三百六十の骨の聚りて成ずる所にして、朽ち壊れたる舎の如し」（往生要集・大文第一）。

76（四―六話）漢方でいう六つの内臓。大腸、小腸、胃、胆、膀胱、三焦のこと。

77（四―六話）漢方でいう五つの内臓。心臓、肝臓、肺臓、腎臓、脾臓のこと。

78（四―六話）「大小の二腸は赤白色を交へて十八に周転せること、毒蛇の蟠るが如し」（往生要集・大文第一）。

79（四―六話）「筋骨連なり持ち、血肉集り成せり」（三宝絵上一一）。

80 （四―六話）「七重の皮にて裹み」（往生要集・大文第一）。

81 （四―六話）「人道とは、この身常に不浄にして、雑穢その中に盈てり」（源信・二十五三昧式）。

82 （四―六話）「外には端厳の相を施すといへども、内にはただもろもろの不浄を裹むこと、猶し画ける瓶に糞穢を盛れるが如し」（往生要集・大文第一）。「絵がける瓶の中にもろもろの糞穢を入たるが如し」（宝物集六）。

83 （四―六話）「錦綾美服、血膿汁の盈る池と成りぬ」（東大寺諷誦文稿）。

84 （四―六話）「海水を傾けて洗ふとも浄潔ならしむべからず」（往生要集・大文第一）。

85 （四―六話）「身は臭く不浄なりと知れども、愚者は故に愛惜す。外に好き顔色を視て、内の不浄をば観（み）ず」（往生要集・大文第一）。

86 （四―六話）「身の臭きこと死屍の如し。九の孔より不浄を流す。廁の虫の糞を楽しむが如く、愚にして身を貪るも異なることなし」（往生要集・大文第一）。

87 （四―七話）三国伝記九―一五は発心集を典拠とする。宝物集七は、ある人が臨終に火車がやって来たと言い、南無阿弥陀仏を十度唱えるようにとの善知識の勧めに従うと、火車に代わって蓮花台が来た、という逸話を載せ、「火車自然去、蓮台即来迎、ととくは是也。こまかには発鼓経にぞ申たる」とする。発心集の前半は、この宝物集の主人公を女性にした内容である。一方、臨終に火車と玉の車が来る点で類似の逸話が閑谷集に見え、それは美女につられて車に乗った罪人が、火に焼かれる逸話である。これは、父母を殺すなどの罪を作った者が死ぬ時、銅の狗が十八の見事な車に化け、火焔が玉女となる。罪人は喜んでこの車に乗り、燃える火に自ら炙られる。その時、玉女は鉄の斧を手にして身を切り刻む、と往生要集・大文第五に見える、「（仏説）観仏三昧（海）経」の逸話と同系統である。

88 （四―八話）心をあることに向けること。「念仏の功積り、運心年深き者は、命終の時に臨んで大いなる喜自から生ず」（往生要集・大文第二）。

89 （四―八話）五官の対象である色・声・香・味・触が清らかですぐれていること。「今、十の楽を挙げて浄土を讃へんに…一には聖衆来迎の楽、二には蓮華初開の楽、三には身相神通の楽、四には五妙境界の楽」（往生要集・大文第二）。

90 （四―八話）「此の戒を持つ時、暗きに明に遇ふが如く、貧の宝を得るが如く、病の差を得るが如く、囚繫の獄を出るが如く、遠行する者の帰るを得るが如し」（梵網経・菩薩戒序）。

91 （五―一話）諸嗣宗脈紀・大雲寺縁起・園城寺伝法血脈・園城寺伝記に拠る。大日本史料二―六、一五、一九参照。一〇二一年灌頂、一〇四三年法橋（寺門伝記補録一五・真言伝六・僧綱補任）。

92（五―一話）源国挙は通理の子。東三条院別当、美濃守、但馬守などを歴任、正四位下。一〇一一年六月〜一四年一〇月、但馬守現任（権記・小右記）。ただし、後出の覚運の生存期間（〜一〇〇七）とは食い違う。小右記・一〇一五・四・九に「前但馬守国挙病に臥し出家す」と見え、この時既に但馬守を辞していることが分かる。今昔物語集一七―二一に、国挙が冥府で地蔵に会い、善行を積むことを約束して蘇生し、定朝に頼んで地蔵菩薩を造立、自らは法華経一部を書写し、六波羅蜜寺で供養した、との逸話が見える。

93（五―一話）建永元年（一二〇六）の慈円の「大懺法院条々起請事」（鎌倉遺文一六五九）に「桜下門跡庄薗等　甘露寺〈在松崎〉穴太薗〈在東坂本〉…」とあるように、甘露寺は松崎の寺（地）名と考えられ、教静が「松前僧都」（僧綱補任）、「甘露寺、松崎」（寺門伝記補録）と号したのも、同所に住したためと考えられる。教静は、藤原行成の夜居僧になったり、行成室のために祈禱をするなど、行成家との結びつきが深かった（大日本史料二―一三参照）が、松崎には、行成の母方の祖父源保光の建立した延暦寺派の寺院、円明寺（九九二年創建。松崎寺。京都市左京区松ヶ崎に所在）も存した。甘露寺と円明寺との関係は未詳。

94（五―一話）元亨釈書一一釈行円に「常に山王三明神と清談す。明神曰く『我が名は山王、…三諦即一を表すなり。山字の竪三画は空仮中なり。横一画は是即一なり。王の字、横三画は三諦なり。竪一画また一なり。二字の三画、一貫の象あり。故に我立てて号となすなり…』」とあり、行円が山王三聖（大宮・二宮・聖真子）と常に清談し、山王の号が天台宗の根本義を表すのだと伝えられた逸話を記す。同様の記事は園城寺伝記・神道灌頂事にも見える。

95（五―一話）園城寺伝記「神道灌頂事」では「法橋（＝行円）常に山王と清談す。山王語りて曰く『予山王と号す。空仮中三諦横竪一諦を表すなり…』と仰せられ影を隠し給ふ。故に神道灌頂は、行円を以て元祖となす」とする。寺門伝記補録一五には、行円が常に山王神と清談し、山王から同様の説を教えられ、「昔日吾が大師、神道を伝ふ。〔智証一流今尚神家に秘す〕。円これを相承し、専ら神道灌頂を伝ふ」とあり、もともと最澄も山王から秘説を伝えられたとする。最澄が山王の号について、山王神から啓示を受けたとの説は、日吉山王権現知新記中・称山王事などに見える。灌頂とは、密教で頭に水を注ぐ儀式で、成就・除難などの効果を持つとされるが、神祇灌頂とは「両部神道において諸神祇・仏菩薩と結縁して、儀礼の諸作法、あるいは諸社に関する秘儀等の『大事』の伝授を受ける儀礼である」（松尾恒一「日本紀灌頂次第」阿部泰郎編『名古屋大学比較人文学

研究年報　第二集　仁和寺資料【神道篇】神道灌頂印信』二〇〇〇年三月）。これらの資料からは、行円に、山王が秘事を伝えたというのを、行円が山王に灌頂を行ったと、発心集が誤って記しているように見えるが、和光同塵利益灌頂・山王灌頂受戒の事や山家要略記二には、山王三聖が、最澄から、灌頂と戒を受けたとある。また、渓嵐拾葉集六では、最澄が山王に戒を授け、山王が最澄に灌頂を授けたとする。こうした資料から見て、行円は最澄同様、山王に灌頂を行ったとする伝承が、発心集当時行われていた可能性を考えておくべきだろう。ちなみに平沢卓也氏によれば、山王三聖に授戒したのは最澄あるいは円珍とされることが多く、神の受戒譚は、中世から近世に活躍した高僧の伝記に散見される。垂迹神が戒を受ける事は、一種の法楽のようなもので、授戒という行為は結縁あるいは供養の一種とみなされるという（「山王の受戒—中古天台における神祇観の一斑—」『東洋の思想と宗教』二二　二〇〇五年三月）。

96　（五—一話）参考。「錦のぼうししたるもの、手をむなしくしてあゆみきたれば、人々、千秋万歳のいるはなにごとぞとわらひけり」（続古事談五—四二）。

97　（五—二話）藤原伊家は内蔵頭・周防守公基の子。右中弁、民部大輔、正五位下。後拾遺和歌集以下勅撰集に一一首入集。往代に恥じぬ貴公子ぶりを上東門院彰子に感嘆された逸話が今鏡九・賢き道々に見える。なお本文中では主人公の名は「男」としか記されない。今昔物語集は「右少弁藤原の師家」、今鏡と雑談集はそれぞれ「当時弁なりける人」「なにがしの弁」とし、発心集の本文同様、男の名を記さない。

98　（五—二話）夫に捨てられた妻の遺骨が、いつまでもばらけることなく髪もついたままで、夜な夜な夫を捜した説話（今昔物語集二四—二〇）や、女の遺骨が蛇となって男にとりついたり（沙石集九—二）、女が生きたまま蛇体となって男を取り殺した道成寺説話などが有名である。

99　（五—二話）比翼の鳥・連理の枝は夫婦仲のよいことの喩え。二羽一体で飛ぶ鳥と、枝と枝がつながり、木目が続いた枝。「朝夕の言ぐさに、翼をならべ枝をかはさんと契らせたまひしに」（源氏物語・桐壺）。

100　（五—二話）「反魂香は降す夫人の魂、夫人の魂いづれのところにかある」（白楽天・李夫人）。「楊貴妃帰って唐帝の思ひ、李夫人去って漢皇の情」（和漢朗詠集・八月十五夜）。

101　（五—二話）「今は富士の山も煙立たずなり」（古今集・仮名序）と言われるが、「富士の嶺のならぬ思ひに燃えば燃え神だに消たぬ空し煙を」（古今集・雑体）のように、古代・中世の富士山は、「思ひ」の「ひ」と「火」の掛詞、そして煙との縁語を用いて和歌に詠まれることが多かった。

102 （五—二話）漁夫の衣の袖はいつも濡れており、涙で乾く間のない様子を連想させる。「松島や雄島の磯にあさりせし海人の袖こそかくはぬれしか」（後拾遺集・恋四）。

103 （五—三話）「五逆の不定業を造れるものは往生することを得るも、五逆の定業を造れるものは往生せず。…阿闍世王は罪を懺悔し已りて地獄に入らず」（往生要集・大文第一〇）。「又応に心を至し諸仏の前に於いて懺悔し、勧請し、随喜し、廻向し発願すべし。懺悔に由る故に、即ち能く諸定業を転ず」（窺基・阿弥陀経疏）。

104 （五—四話）恋仲になった異母妹が懐妊し、軟禁されたまま亡くなったが、「しにしいもうとのこゑにて…なくなくさぐれば、てにもさはらず、てにだにあたらず」「このたましひよなよなきてかたらひける、三七日いとあざやかなり、四七日時時みえけり」（篁集）。

105 （五—四話）「青蚨」は母子の絆が強い虫で、「其の子を取らば母即ち飛び来たる」ので、母の血を塗った銭と子の血を塗った銭を使うと、「皆復た飛び来る」ように戻ってくる、との逸話が捜神記一三に見える。また壒嚢鈔六は、青蚨が銭の異名であるのは、この虫が子を多く生むので、この虫を銭に塗ると銭が多く子を生む、とされることに由来すると言う。

106 （五—五話）借りた物を返さなかったために牛に転生し、重労働でその償いをするという逸話が日本霊異記に頻出する。また持経者が牛に転生し、呻き声が阿弥陀経に聞きなされた（古今著聞集七〇一）とか、分不相応の布施をもらっていた僧が、訪ねた先の寺で牛に変身していることに気付き、「尊勝陀羅尼」と発音できた瞬間、やっと人間に戻れた（沙石集九—一八）というように、宗教者が牛に転生する説話も多い。伊東玉美・補注10論文参照。

107 （五—六話）延喜式で河内国は「大・上・中・下」の四等級のうち「大国」。延喜式の等級制の変化あるいは形骸化については、土田直鎮「公卿補任を通じて見た諸国の格付け」（『奈良平安時代史研究』一九九二年　吉川弘文館）・元木泰雄『院政期政治史研究』（一九九六年　思文閣出版）などに詳しい。

108 （五—六話）俊綱（すむがう）という名の聖だった時に受けた恨みから、尾張守に生まれ変わり大宮司を責めたという説話が、今鏡四、宝物集五、宇治拾遺四六に見える。

109 （五—七話）長保元年には摂関は置かれず、左大臣藤原道長が公卿の筆頭。道長の日記、御堂関白記・長保元（九九九）三・二四に「少納言統理来たりて云く、二十七日多武峯に上り出家すべし。是れ本意と云々。前に召し木蓮子の念数を賜ふ」と見える。

110 （五—七話）統理は九九三年に「春宮権大進」（本朝世紀・閏一〇・二〇）、九九六年に「春宮…大進」（小右

記・八・一七）を勤めており、春宮居貞親王（後の三条天皇）に近侍していたことが分かる。小大君集の「宮の大進むねまさ」、今昔物語集一九—一〇「春宮蔵人宗正」も同じく藤原統理を指すか。竹鼻績『今鏡（下）』（一九八四年　講談社）参照。

111　（五—七話）後拾遺集・雑三、第三句「しかぞこひしく」。

112　（五—八話）底本「俊賢」を後文「美濃の大納言」に拠って改める。ただし源俊実（一〇四六〜一一一九）は顕基の弟隆国の孫で、後一条天皇逝去当時、まだ生まれていない。この逸話を載せる古事談・古今著聞集・十訓抄も「俊実」だが、何らかの事実誤認があるか。尊卑分脈に見える顕基の子は資綱、俊長、俊相の三人。あるいは後一条天皇逝去当時一七歳だった資綱（一〇二〇〜八二。正二位中納言に至る）の誤りか。

113　（五—九話）成信・重家の出家については、藤原行成の日記、権記・長保三（一〇〇一）二・四に詳しく、「従四位上行右近衛権中将兼備中守源朝臣成信…才学乏しといへども情操取るべし…時に年二十三」「従四位下行左近衛少将兼美作守藤原朝臣重家…年来本意有りといへども入道する能はず…いわゆる善知識の誘引に遇ふか。時に年二十五」と見える。

114　（五—一〇話）源有仁の父輔仁親王は、後三条天皇の遺言で、兄白河天皇の後継者となるはずだったが、白河天皇は堀河天皇に譲位する。輔仁親王は後に陰謀があったとされて蟄居した。

115　（五—一〇話）「再拝と三所の御前伏し拝み七夜の願ひ十ながら満て」（今鏡八）。

116　（五—一〇話）「御子のおはせぬぞくちをしけれど」（今鏡八）。ただし有仁はむしろそれをよいことと考えており「いとしもなき子などのあらむは、いと本意なかるべし。村上の帝の末、中務宮の孫などいふ人々見るに、させる事なき人どもこそ多く見ゆめれ。我子などありともかひなかるべしなどぞありける」（今鏡八）。このことは徒然草六にも「我身のやむごとなからむにも、まして数ならざらむにも、子といふ物、なくてありなむ。前中書王、九条太政大臣、花園左大臣、みな御族絶えむことを願ひ給へり」と見える。

117　（五—一〇話）参考「高岳親王　いふならく奈落の中に入ぬれば刹利も首陀もかはらざりけり」（宝物集二）。

118　（五—一一話）治安二（一〇二二）七・一四、金堂の落慶供養が行われ、後一条天皇、東宮、中宮威子、皇太后妍子、太皇太后宮彰子も参列した（小右記）。

119　（五—一一話）神宮本「妄執にも成ぬ計に思ひ居たりけり」。「ほどほど」ならそれぞれの身分、の意だが、「ほどほどに（つけて）」とすることが多い。

120　（五—一一話）法成寺金堂の本尊は金色の大日如来（諸寺供養類記・栄花物語一七）。なお、大鏡・藤原氏物語は阿弥陀堂での出来事とする。

121（五―一一話）かつてこの王がバラモンを信じていた時、妻の浄徳夫人と二人の子浄蔵・浄眼が相談し、二子は様々な神変をあらわし、「そのような力をお前達に授けた師に会いたい」という父を、法華経を説く仏に帰依せしめた（法華経・妙荘厳王本事品）。人の心をひきつける驚異の出来事がきっかけとなり、真理に到達する点で、妙荘厳王と目聖が共通する、の意。「妙荘厳王の二子の神変を釈するに」（無名抄15歌の風情、忠胤の説法に相似ること）。

122（五―一二話）「あなた」の意の「御身」（おんみ）の変化した形か。新潮集成は柳田國男「毛坊主考」を参照して「出身地による呼び名」と解する。

123（五―一二話）治承年間には、以仁王の挙兵、石橋山の合戦、木曽義仲の挙兵、富士川の合戦、南都焼き討ち、清盛死亡、墨俣の合戦などの事件があった。方丈記には辻風、福原遷都と平安京遷都、飢饉が記されている。

124（五―一二話）釈迦滅後二五〇〇年間の、最後の五〇〇年の仏道の衰退ぶりを言い、修行者たちが激しく争う時代とされる（大集経）。「但し世は闘諍堅固、尚し濫悪盛んなり」（将門記）。

125（五―一二話）「人の天地の間に生まるる、白駒の郤を過ぐるごとく、忽然たるのみ」（荘子・知北遊）に拠る表現で、壁のすきまから見える馬は忽ちに通り過ぎるように、歳月が早く過ぎ去ること。

126（五―一二話）「朝露の勢の久しく停まらざるがごとく、囚の市に趣き歩歩死に近づくがごとく、牛羊の牽かれて屠所に詣づるがごとし」（涅槃経）に拠る表現。「昨日の命もうせ、今日の命もつかれて、後世に近づきゆくこと、少き水に集まれるいをの、干るにしたがひて命つづまり、屠所にむかふ羊の、歩むごとに死地にちかづくがごとし。なにの楽しみかあるべき」（法門百首・無常）。

127（五―一二話）倶舎論によれば、下位から順に、六欲天（未だ欲望に束縛されている天。四天王天、忉利天、焔摩天、兜率天、楽変化天、他化自在天）、色界の十七天、無色界の四天がある。

128（五―一二話）「世の中はとてもかくてもありぬべし宮も藁屋もはてしなければ」（和漢朗詠集・述懐。新古今集・雑下では蝉丸）。「あひかまへて、今生は一夜のやどり、夢幻の世、とてもかくてもありなむと、真実に思ふべきなり」（一言芳談上）。「生死無常の有様を思ふに、此世の事はとてもかくても候。なう後世をたすけたまへと申なり」（一言芳談下）。

129（五―一二話）ここでの「法印」は「仏の教えのしるし」の意で、「法印たる二空の道理」（栂尾明恵上人遺訓）のように用いられる。底本は、この「法印」が六欲四禅の王位に付随し、出家者は過去世で六欲四禅の王であった、と説いていると思われるが、典拠未詳。例えば、天竺の韓羅羨王子は、たった一晩出家しただけで「四天王天に生れて毘沙門の子」となったのを発端に、諸天の王の子となった。「かくの如く六欲天に生れて楽を受る事七返ならむ。…一日の出家の功徳、二万劫の間悪道に堕ちずして常に天に生て福を受くべし」(今昔物語集一—二二)のような類の逸話が背後にあるか。

130 (五—一三話) 大荘厳論経に「それ足るを知る者、貧しといへども富むと名づく。足るを知らざる者、富むといへどもこれ貧し」、遺教経論に「足るを知らざる者、富むといへども貧し。足るを知る人、貧しといへども富めり」などと見える。

131 (五—一三話) 論語・述而「子曰く、疏食を飯らひ水を飲み肱を曲げてこれを枕とす。楽しみまた其の中に在り。不義にして富み且つ貴きは、我に於いて浮雲の如しと」。

132 (五—一三話) 昭明太子・陶淵明伝「淵明音律を解せず、而るに無絃の琴一張を蓄へ、酔ひて適する毎に輒ち撫弄して、以てその意を寄す」。

133 (五—一三話) 後漢の費長房が薬売りの老人に頼み壺の中に入ると立派な建物と酒肴があった(後漢書・方術列伝下)。別天地の喩え。「壺中の天地は乾坤の外 夢の裏の身名は旦暮の間」(和漢朗詠集・仙家)。

134 (五—一五話) 女性が家族のために髪を売る説話として、藤原惟成の妻の逸話が有名(古事談二—九六)。

現代語訳

発心集　序

心の扱い難さ　仏が教えて下さったことがある。

「心の師とはなるとも、心を師としてはいけない」と。

本当にその通りだ。まさに至言だ。

人は一生を過ごす間に、思いと思うこと、悪業でないものは一つもない。もし姿形をやつし、衣も墨染めの色に変え、俗世の塵埃に汚《けが》されていない人ですら、善の心は戸外に遊ぶ鹿のようで、繋ぎ留めがたい。逆に悪の心は家内にいる犬のようで、常に身にまとわりつき、離れようとしない。いかにいわんや、因果の道理もわきまえず、名聞利養のあやまちにおちいっている人については、いうまでもなかろう。むなしく欲望の縄にとらわれ、引きずられて、最後には地獄の底へと落ちていくのだ。心ある人であれば、誰がこのことを恐れず、平気でいられようか。

それゆえ、常に我が心ははかなく、愚かであるということを忘れないで、かの仏の教えにしたがい、心許すことなくし、迷いの世界を立ち離れ、一刻でも早く極楽の浄土に生まれたいと思うのだが、それはたとえていうなら、牧童が暴れ回る馬を連れて、遠い土地まで行くようなものである。ただ心には強弱もあり、また浅深もある。また一方、自らの心をおしはかるに、善に背くというわけでもない、また悪から遠ざかっているというわけでもない。まるで風に吹かれてなびきやすい草のようだ。あるいはまた、浪の上に映る月影の静まりにくいのと全く同じだ。いったいどのようにして、この愚かな心を教えさとしたらいいのだろうか。

仏の教え導き方　仏は衆生の心が様々であることを深く考えられて、因果応報や譬喩方便といった分かりやすい言葉をもって、あれこれ教えて下さっている。もし我らが仏にお会いすることができたなら、仏はどのような教法をもって、我らを導いて下さっただろうか。我らは他者の心思をおしはかる智恵を持っていないので、ただ自分の身の程を理解するのみで、迷愚のともがらを教え導く方策などは持っていない。教えの言葉は立派であるのだけれども、それを理解して得る利益《りやく》は少ないのである。

それゆえ浅はかな心を考えて、とりわけ深い教理を求めることはしなかった。わずかに見たり、聞いたりしたことを記しあつめて、そっと座のかたわらに置くことにした。すなわちそれは賢い例を見ては、たとえ及び難くとも一心に願う機縁とし、愚かな例を見ては、自らを改めるきっかけにしようと思うからである。

発心集の叙述方針　今、これを述べるにあたって、インド、中国の話は遠い地域なので、これを除いた。仏、菩薩のありがたい因縁譚は我が身には畏れ多いので、これを採らなかった。ただ我が国の身近な分かり易い話を優先して、耳にした話に限って記すことにした。

それゆえきっと誤りも多く、真実も少ないかもしれない。またもう一度たずね問う手だてのなかった話については、場所の名も、人の名も書きとどめることはしなかった。いうなれば雲をつかみ、風を結ぼうとするようなはかないものだ。いったい誰がこのようなものを相手にするだろうか。事情は以上の通りであるが、人にこれを信じろというわけでもないので、必ずしも確かな証拠というものを尋ねとることはしなかった。ただ道端のたわいない話の中に、自らのわずかな一念の発心を楽しむばかりというだけである。

発心集　第一

一　玄敏《げんぴん》僧都が世を遁《のが》れ、姿を隠したこと

玄敏、遁世する　昔、玄敏僧都という人がいた。奈良の興福寺の大変立派な学僧だったが、俗世を忌み嫌う心は非常に深く、寺中の付き合いを心から嫌っていた。そんなわけで三輪川のほとりに、小さな庵を結び、仏道修行のことをいつも心に思いながら日を暮らしていた。

桓武天皇の御時、天皇は玄敏の話をお聞きになり、宮中に参内するよう、いくどとなくお招きになるので、お断りすることもできず、いやいやながら、お訪ねした。しかし、やはり本意ではなかったのだろうか、平城《へいぜい》天皇の御時に、大僧都の職をお与えになろうとされたところ、御辞退申し上げるということで、こんな歌を詠んだ。

三輪川の清き流れにすすぎてし衣の袖をまたはけがさじ

(三輪川の清らかな流れですすぎ洗ったこの袖を、俗世のことで二度とよごしたくはありません)

と詠んで帝に奉ったのだった。

そうこうしているうち、弟子にも、また下仕えの者にも知られないで、どこへともなく姿を消してしまった。しかるべき所を尋ね一生懸命捜したが、その姿は全くない。どうすることもできないで日数ばかりが重なっていった。僧都の周辺はもとより、すべての人々の歎きであった。

越の国の船頭　その後、何年か経って、弟子だった人が、あることのついでで、北陸の方へ出かけていった。そこに大きな河があった。渡舟がやってくるのを待って、それに乗って河を渡った。船頭を見たところ、髪の伸びたいが栗頭の法師で、きたならしい麻の衣を着ていた。「見すぼらしい姿だなあ」と見ていたのだが、何となく見かけた僧のように思われる。「誰かと似ている」とあれこれ考えていると、何年も前に失踪して、姿をくらました、自分の師匠の僧都だということに気がついた。他人の空似かも知れないと思って、もう一度よく見たのだが、やはり我が僧都に間違いない。悲しさは強くこみ上げ、涙がこぼれかかったが、懸命にこらえ、何気なくふるまっていた。船頭の法師の方でも気がついた様子だったが、あえて視線を合わせない。走り寄って、「どうして、ここに」とも言いたかったのだが、周りにもたくさんの人がいたので、「かえって迷惑でまずかろう。帰りの時、夜分にでもお住まいの所へ訪ねていって、ゆっくりとお話し申し上げよう」と思って、その時はそのまま終わらせた。

玄敏、再び行方をくらます　さて、帰り道。同じ渡しの所に戻って見ると、違う船頭だった。目の前がまっ暗になり、息もできないくらいだった。詳しく事情を聞いてみると、「そういう法師は以前にはおりました。長年の間、ここの船頭をやっていましたが、そんなに身分の低い者という感じでもなくて、いつも心を澄まして念仏を一心に唱えていました。たくさん船賃を取るということなどもなくて、その折、その折に食べる物程度で、他はいっさい欲しがらず、物をむさぼる心など全くなく過ごしておりましたから、里の人々もとても大切に扱っておりました。ところが、いったい何があったのでしょうか、これこれのころ、かき消すように姿が失せて、行方もわからなくなってしまいました」というのだった。とても悔やまれ、無念に思った。いなくなったという月日を計算してみると、ちょうど自分が出会ったころであった。身の有様を知られてしまったと思って、またどこかに去っていってしまったのだろう。

「このことは物語にも載っています」とおおよそ人が語ったのを書きつけました。

また、古今集の歌に、

山田守《も》る僧都の身こそあはれなれ秋はてぬれば問ふ人もなし

(山の田を守っている僧都の身こそ哀しいものだ。僧都《そうづ》も僧都、案山子《そほづ》も案山子。案山子《かし》と同じで、秋が終わってしまえば、たずねる人もいない)

これも玄敏の歌と申し伝えています。雲や風の如く、諸国をさすらい歩いていたので、稲田の番人をした時もあったに違いない。

道顕僧都の感激　近いころ、三井寺に道顕《どうけん》僧都と申し上げる方がおりました。この玄敏の話を読んで、涙を流して、「渡し守こそ本当に罪なくして世を過ごしていく方法だ」といって、琵琶湖の方に舟を一艘設けられたとかいうことだった。しかし、これは計画だけで、実行されず、舟は石山の湖岸でむなしく壊れ朽ちてしまったという。しかし、行おうとした志は、やはりすばらしいものだと思われる。

二　玄敏僧都が伊賀の国の郡司に使われなさったこと

郡司のもとで働く法師　伊賀の国の、ある郡司の所に、みすぼらしい姿の法師が「人をお雇いになりませんか」と言って、ふらっとやって来た。主の郡司はそれを見て「御房のような者を置いても、何になろう。全く使い途がない」と言うと、法師は「身どものような者は、法師といっても、普通の男どもと少しも変わることはない。どんな仕事であっても、できることであれば、何だって致します」と言う。「そういうことなら、いいだろう」ということで、家の内に置くことにした。法師はたいそう喜んで、一生懸命に働くので、郡司は特別に大切にしていた馬までを預けて、世話をさせた。

追放される郡司　そうこうして三年ほどの月日が経った。ある時、この郡司が、国司にとっていささか不都合なことがあるということが国司の御耳に入り、郡司は国境《くにざかい》から追放されることになってしまった。郡司は父、祖父の代から、この土地で生活をしていた者であったので、所領も広く、下僕たちも多かった。よその国へさまよい行くことは、誰にとっても悲しい嘆きであった。しかし、処分を逃れるすべはなく、泣く泣く出国しようとした。この法師はある者に会って「郡司様にはいったいどのようなお慎みが起きたのでございましょうか」と聞いたところ、「お前らごときの身分の者が聞いてどうする」と、全く関係ないというふうに言うものだから、「どうして身分にかかわりましょう。私めは御主人様には仕え始めてから、もう何年にもなります。人数《ひとかず》の中にお入れ下さらないのは納得できません」と、懸命に聞いてきたので、事件の中身を隠さず語って教えてくれた。

法師の申し出　法師が言うには「私めが申し上げることをただちにお取り上げになるべき

だなどとは決して思っておりませんが、どうして今すぐ御出立なさる必要があるでしょうか。物事というものは思いがけないこともございます。まず京都に参り、何度もことがらの本当のところを申し入れ、それでもなおかなわないなら、その時にはどこへなりともいらっしゃるのがよかろうと思います。私めがわずかに知っている御人《おひと》が国司のお近くにいらっしゃいます。その方をお訪ねして、申し上げてみましょう」と言うのだった。

思いがけないことで「すごいことを言う法師だ」と人々は信じかねるようであったが、主人の郡司にこのことを伝えた。すると郡司はこの法師を近くに呼んで、郡司自ら問い尋ねた。本気でこれをあてにすることなどはできないと思いながらも、他に方策もないゆえ、この法師を連れて、京都に上った。

その時、この国は大納言の某《なにがし》という人が拝領していた。京に着き、大納言の邸の近くで法師は「人を訪ねようと思うが、このなりでは少しみすぼらしいので、衣と袈裟《けさ》を捜して私にお貸し下さいませんでしょうか」と郡司に言う。郡司はすぐさま借りて来て着せた。法師は郡司を連れて、大納言邸を訪ねた。郡司を門のところに待たせて、法師は中に入り「申し上げたいことがございます」と言うと、たくさん邸内に集まっていた者たちは、この法師の姿を見て、ばらばらと庭上に下り、膝をついて敬うのだった。門の所でそれを見ていた郡司が驚いたことは言うまでもない。「これは大変なことだ、恐れ多いことだ」と、郡司はただただ見ているばかりであった。

法師と大納言との対談　さて大納言は御坊様の来訪と聞いて、急ぎお出ましになってお会いになられ、あれこれもてなされること、一通りではなかった。「いったい御坊様はどうなさっているのだろうかと、ずっと気にかけておりました。しかし何の手立てもなく、ずっと過ごして参りましたが、つつがなく、健やかでいらっしゃったようで」など、日ごろの心持ちを繰り返し繰り返しおっしゃられる。それに対して、法師は言葉少なく「そのようなことはまたの時、静かに申し上げましょう。今日は特別にお願いすることがあって参りました。伊賀の国で長年の間、頼みにしておりました者が、思いがけなくもお咎めを蒙り、国を追われることになり、嘆き悲しんでおります。見ていると気の毒でいたわしいかぎりです。もし重大な犯しでないなら、この法師に免じて、お許し下さいませんでしょうか」と申し上げる。それを聞いて大納言は「とやかく申すことでもない。あなたがそのようにおっしゃるのであれば、しっかり信用してよい男であるのでしょう」と言って、以前よりも条件のよい内容で、男が喜ぶようにと裁許の通達までお下しになったので、法師は喜んで出て来た。

行方をくらます法師　もちろん伊賀の国の郡司の男が驚きあきれたことは当然だ。いろいろなことが頭の中をかけめぐったが、あまりにも思いがけないことだったので、かえって口に出すこともできない。宿に帰ってから、ゆっくりと法師とお話ししたいと思っているうちに、法師は衣と袈裟の上に、先ほどの裁許の通達をそっと置いて、ちょっと出かけるような感じで、そのまま、どこへともなく姿を隠してしまったということだ。

これも、まさに玄敏僧都のしたことであった。もったいないほどありがたいお心でいらっしゃるといってよい。

三　平等供奉《ぐぶ》が比叡山を離れて他州に行ったこと

便所で発心　あまり遠くない昔、比叡山に平等供奉といって、尊い人がいた。この人は、天台密教の高僧であった。

ある時、便所にいて、急に露のように儚い、この世の無常を悟る心が起こった。「いったいなぜ、このように儚《はかな》い世に、名誉や利益にばかり心がとらわれて、厭うべきわが身を惜しみながら、空しく日を送っているのだろう」と思うと、過ぎ去った年月も後悔され、長年の住処もうとましく思ったので、もう帰る気になれず、白衣姿のまま、便所の下駄をつっかけて、僧衣も着ず、どこへともなくさまよい出て、西の坂を京の方へ下りた。

淀から伊予の国へ　どこを目的地にとも考えていなかったので、行くに任せて淀の方へさまよい歩き、下りの船があったのに乗ろうとする。顔なども普通ではなく、船人は怪しんで引き受けなかったが、必死に頼むので乗せた。「それにしても、どういう理由で、どこへいらっしゃる人か」と聞くと「全く、何と決めているわけではない。とりたてて目指している所もない。ただ、どこへなりと、皆さんがいらっしゃる方角へ参ろうと思う」と言うので「全く訳の分からないことだ」と首をかしげあったが、そうはいっても人情がないわけではないので、そのままこの船の行くに任せて伊予の国にたどり着いた。

伊予国の門乞食　こうして、平等供奉はその国であてどなくさまよい歩いて、乞食をして日を送っていたので、国の人々は「門乞食《かどこじき》」と名づけて呼んでいた。比叡山の坊では「ついちょっとという様子で坊をお出になった後、長く時間が経ったのはおかしい」とは言うが、このような事情だとはどうして思いつくだろう。「もしかして、何か理由があるのかも知れない」などと言っているうちに日も暮れ、夜も明けた。驚いて捜し求めたが影も形もない。どうにも仕方が無いので、もう亡くなった人だと見なして、泣く泣く弔いの仏事を行った。

思いもよらぬ再会　そうこうしている間に、この伊予の国の国守である人が、平等供奉の弟子で浄真阿闍梨《あじゃり》という人と長年親しくしていて、祈りなどをさせていたので、伊予の国へ下る時、遠い国に下向して生活するにも頼もしいだろうとのことで、連れて下向した。

この門乞食はそんなこととも知らず、国守の館の中に入って行った。物乞いをする間、子供たちが多数、門乞食の後ろについて来て大声で騒いだ。たくさん集まっていた館の者たちは「異様な風体の奴、出て行け」とひどく咎めたのを、この阿闍梨は気の毒がって、物など与えようとして近くに呼んだ。門乞食が恐る恐る縁のそばに来た。見ると、人とも思えぬほど痩せ衰え、ぼろぼろの着物だけをまとって、ひどく賤しい有様である。そうは言ってもどこかで見たことがあるように思い、よくよく思い出せば、自分の師、平等供奉であった。あまりのことに胸一杯になり、阿闍梨は簾の中から転がり出て、師を縁の上に上らせた。国守以下、ありとあらゆる人々は驚きいぶかしむにつけても、阿闍梨は泣きながらいろいろと話しかけるが、師は言葉少なで、あえて暇乞いをし辞去していった。

再度の失踪と往生　言いようもない思いで、麻の衣のようなものを用意し、師がいた所を訪ねたが、全く姿がなく、しまいには国の役人たちに命じて、山林までくまなく捜させたが会うことができず、師はそのまま跡をくらまして、とうとう行方知れずになった。

その後、長い時間が経って、「人も通らない深山の奥の清水の湧いているところに、死人《びと》がいる」とある山人が言うので、不審に思って訪ねると、この法師が西に向かい、合掌して座っていた。大変あわれに、尊く思い、阿闍梨は泣きながら弔いのことごとを行った。

故郷を離れよ　今も昔も、本当に発心した人は、このように住み慣れた土地を離れ、見ず知らずの地で、潔く名誉や利益を捨てて、死んでいくものなのだ。「いっさいが空という道理を悟っている菩薩でさえ、以前会ったことのある人の前で自在な能力を発揮するのは難しい」と言う。まして、今発心した心は尊いが、まだ不退の悟りの境地に到っていないと、何かにつけて乱れやすい。住み慣れた土地に住み、知っている人の中にいては、どうして一念の迷いの心を起こさずにいられようか。

四　千観内供《せんかんないぐ》が世を遁れ、山に籠もったこと

千観、空也に会う　千観内供という人は、智証大師円珍《えんちん》の流れで比類無い高才の僧である。もともと仏道心が深かったが、どのように身を処して、どのように修行すべきか決めずに、何となく日を送っていたが、ある時、朝廷の法会を勤めて帰る途中、四条河原で空也上人と出会った。牛車から下りて対面し「それにしても、どのようにしたら極楽に往生できるだろうか」とお聞きしたところ、空也上人はこれを聞き「どうして逆のことをおっしゃいます。そうしたことは、あなた様のような方にこそ私がお尋ね申すべきこと。私のような賤しい立場の者は、ただ意味もなくさまよい歩くだけです。全くわかりません」と言って

立ち去ろうとなさるので、袖をとらえて、なおも懇切に尋ねたところ「何にもせよ、わが身を捨ててこそ助かる道があるでしょう」とだけおっしゃって、振り切って、足早に通りすぎていらっしゃった。

箕尾に遁世　その時、千観内供は河原で衣装をぬぎ替えて、着ていたものを牛車に入れ「供の者はすぐに坊へ帰れ。私はこれから他所へ行こうと思う」と言い、皆を帰らせて、自分一人で、箕尾というところに籠もってしまった。

金龍寺で極楽往生する　しかし、やはりそこも気持ちに合わなかったのか、住処をどこにしょうかと思い悩んでいらしたが、東の方角に金色の雲が立ったので、その場所を捜して、そこに形ばかりの庵を設けて、世間から姿を消した。すなわちここが現在の金龍寺である。そこで長年修行して、最後には極楽往生を遂げた。詳しく日本往生極楽記に記されている。

千観は千手観音の化身　この内供はある人の夢に、千手観音の生まれ変わりだと見えたとかいうことだ。千観という名前は、千手観世音菩薩の名を略したものだったのである。

五　多武峰《とうのみね》の僧賀《そうが》上人が世を遁れ、極楽往生したこと

比叡山で道心を祈る　僧賀上人は参議橘恒平の子、慈恵僧正良源の弟子である。この人は

幼い頃から高徳で「将来は貴い人になるだろう」と広く世間からほめられていた。しかし、心中では深く現世を嫌い、名誉や利益にとらわれず、極楽往生だけを人知れず願っていらした。思い通りの仏道心が起こらないことをしきりに嘆き、比叡山延暦寺の根本中堂に千夜参籠し、毎晩千回の拝礼をし、仏道心がつくようお祈り申し上げた。始めは拝礼毎に全く声を出さずにいたが、六、七百夜目になってからは「お付きになって下さい、お付きになって下さい」と秘かに言いながら拝礼したので、これを聞いた人は「この僧は何事を祈って、天狗よ、お付きになって下さいというのか」など、怪しんだり、笑ったりしていた。しまいになって「仏道心よ、お付きになって下さい」とはっきり聞こえた時、「尊いことだ」など人々は言い合った。

とりばみの真似　こうして千夜が達成された後、そうなるべき運命だったのか、世間を嫌う思いがいっそう強まってきたので「何とかわが身を価値のない存在にしたい」と機会を待っていたが、ある時、内論義という儀式があった。いつもの通り、儀式後にご馳走の残りを庭に投げ捨てると、大勢の乞食が四方からやって来て、争い取って食べる習慣があったが、この宰相の禅師僧賀上人は、急に僧侶の中から走り出て、この食べ物を拾って食べた。見た人が「この禅師は正気を失ったのか」と大騒ぎするのを聞き、上人は「私は正気だ。そうおっしゃる皆様方こそ正気を失っておられるのでしょう」と言って、全く驚く様子もない。「あきれたことだ」と人々が言い合っているうちに、これをきっかけとして、上人は隠遁してしまった。

授戒の場で放言　後には大和の国の多武峰というところに籠もって、思う存分仏道修行をして歳月を送った。その後、尊い僧だとの評判が立って、時の后の宮が授戒の僧として召したので、いやいやながら参上し、寝殿の欄干のそばで、いろいろと聞くに堪えない言葉を口にして、結局何もしないで退出した。

また、仏像の供養をしたいという人のところへ行く途中、説法の内容などを道中考えている時、「私は名誉や利益を求めて文案を考えているのだな。悪魔にきっかけを与えてしまった」と気づき、先方に到着するや否や、ちょっとしたことに難癖を付け、檀越と口論して、供養も行わずに帰ってしまった。こうした行動は、人からいやがられて、二度とこのような依頼をされまいと考えてのことと思われる。

干鮭を腰に差し牝牛に乗る　また、師の慈恵僧正が僧位昇進のお礼を申し上げなさった時、行列の先導役に加わって、干鮭というものを太刀のように腰に差し、牝牛の骨ばかりのひどく痩せたのに乗って「車の前駆にお付きしよう」といいながらあちらこちら派手に乗り回したので、見物の人々は皆いぶかしみ、驚いた。

そして「名声を追いかけるのは苦しいことだ。乞食の身こそ楽しい」と歌いながら立ち去った。慈恵僧正も賢いお方であったので、あの「私が車の前駆をやろう」という僧賀の声が、僧正の耳には「悲しいことだ。私の師は悪道に陥ろうとしている」と聞こえたので、車の中で「これも衆生に利益を与える為だ」と人知れず答えなさった。

碁を打ち、舞をまう　この僧賀上人は臨終の時、まず碁盤を持って来させて一人で碁を打ち、次に馬具の障泥《あおり》を持って来させてこれをかぶり、胡蝶《こちょう》という舞の真似をした。弟子達がいぶかしんで、理由を聞くと「幼い頃、この二つをやってはいけないと人に注意されていた。してみたいと思いながらできなかったが、ずっと心にかかっていたので、もし現世への執着になるといけないと思って」とおっしゃった。

そして諸菩薩の迎えが来たのを見て、喜びながら和歌を詠む。

　みつはさす八十あまりの老の浪くらげの骨にあひにけるかな

（ひどく年老いた八十すぎの老いの波が、ありえないはずのくらげの骨に出会うように、奇跡的な来迎に出会うことができた）

と詠んで息絶えた。

境界を離れることの大切さ　この上人の振舞は、末世には単なる物狂いともいうだろうが、専ら、この境界を離れるための思いによるものなので、遁世のためということで、とてもめずらしい例として言い伝えられてきている。人と交際する際、身分の高い人に従い、低い人に情けをかけるに付けて、自分の身は他人の所有物となってしまい、心は恩愛のためにふりまわされる。このことは、現世での苦しみとなるだけでなく、迷いの世界から離れる際の大きな障害となる。この世の境界を離れること以外に、どうやって乱れやすい心を鎮める方法があろうか。

六　高野山の南筑紫上人が出家して、山に籠もったこと

門田を見ての発心　あまり遠くない昔、高野山に、南筑紫という尊い上人がいた。もとは筑紫の人で、所領などたくさん持っていた中に、その国の常として家の前の田を多く持っているのはすばらしいこととしていたのだったが、この男は家の前に五十町（十五万坪）ほどの田を持っていた。

八月の頃だろうか、朝、家から出てみると、稲穂の波がゆらゆらと生え揃い、朝露が一面にきれいに付いていて、はるばると見渡せる。心の中で「この国に豊かだと評判の人は多いが、門田を五十町も持っている人は滅多にあるまい。身分不相応なほどの分際だ」としみじみと思っていた。しかし、そうなるべき前世からの善根が促したのだろうか、また次のように思った。「そもそもこれは一体どういうことだ。この世の有様を見るにつけ、

昨日いた人も今日はいない。朝栄えていた家が夕べに衰えてしまう。いったん死んで目を閉じた後には、惜しみ貯えていたものも何の役に立とうか。つまらぬ執着心にとらわれて、死後に長く三悪道に沈むことがとても悲しいことだ」と思い、即座にこの世の無常を悟る気持ちが強く起こった。「わが家にこのまま帰ると、妻子もあり、親族も多い。きっと決意を妨げられることになるだろう。ただちにこの場所を離れ、知らぬ世界で仏道に励もう」と思い、ついちょっとという様子をしながら、京を目指して出発する。

その時やはり、何か気配が異常だったのか、すれ違う人々が奇妙に思い、家の者に告げたので、大騒ぎになったのは当然である。

愛娘を振り捨てて出家　中でもかわいがっていた娘の十二、三歳になる者が、泣きながら父に追いついて来て「私を捨てて、どこにいらっしゃるのです」と言って袖を引っ張るので、「さあもう、お前に妨げられるまいぞ」と言って、刀を抜き、自分の髪を切ってしまった。娘は恐れおののいて父の袖を離し、帰って行った。

高野山に登る　こうして、ここからそのまま高野山に登り、剃髪して望み通り仏道修行に励んだ。あの娘は、恐くなって引き返したが、それでもまた父の跡を訪ね、自らも尼になり、高野山の麓に住み、父が亡くなるまで洗濯や裁縫などして父に孝行した。

維摩居士の夢告　この南筑紫上人は、後には徳を積み、身分の高下に拘わらず帰依しない人はいなかった。堂を作り、供養しようという時に、法会の首座となる導師を誰にしようかと悩んでいると、夢の中で「この堂は、某日某時、維摩《ゆいま》居士がいらして供養なさることになっている」とある人が教えてくれたので、目覚めると、すぐ枕元の衝立にその旨を書き記した。不思議には思ったが、何かわけがあるだろうと考えながら、そのまま日を送っていた。

蓑笠を着た賤しげな法師　まさに当日になり、堂を飾り付け、待ち遠しく待っていた。朝から雨も降ってきて、全くよそから人が来る気配もない。ようやくその時刻になると、大変みすぼらしい法師の蓑笠を着たのがやって来て、拝み歩いていた。早速これをつかまえて「お待ち申し上げていました。早くこの堂を供養なさって下さい」と言った。法師は大変驚いて「私は全く、そのような者ではありません。賤しい僧で、たまたま用事で通りかかっただけです」と言って、思いもよらないというふうだったが、夢のお告げがあったことなどを語り、書き付けておいた日時が、まさに今であることを見せたところ、逃れようもなくて「それでは、かたちばかりですが供養申し上げましょう」と言って蓑笠を脱ぎ捨て、即座に本尊の前の礼盤《らいばん》に上り、とてもすばらしく説法をした。

この導師は天台宗の明賢阿闍梨であった。高野山を拝もうと思い、人目を忍び姿をやつして参詣したのだった。この一件以来この阿闍梨を、高野山では浄名居士の化身と呼ぶようになったらしい。

白河院の帰依と極楽往生　さて、この南筑紫上人は特に高徳の評判があり、白河院も帰依なさった。高野山はこの上人の時以来、特に繁栄した。上人は臨終にも心乱れず、極楽往生を果たしたということが、詳しく三外往生記に書かれている。大切に思う財産をきっかけに現世を厭う心を起こしたというのは、全くすばらしい心である。

財物を貪る心　ある賢人は言う。「現世と来世で苦を受けるのは、財物を貪《むさぼ》る心が源である。人々はこれにふけり、自身も深く執着する。それゆえ争ったり妬《ねた》んだりし、貪欲もいよいよ強くなり、憎しみも増長する。人の命をさえ絶ち、他人の財産もかすめとる。家が滅び、国が傾くのも、みなこの心から起こる。だから経には『欲深いと不幸が重くなる』とも『欲の因縁で三悪道に堕ちる』とも説いている。そして『弥勒の世となれば、財物を見たら深く恐れ嫌うようになる。釈迦の教えを継いでいる弟子でさえ、財物のためには戒律を破り、罪を作って地獄に堕ちるのだ』といって『毒蛇を捨てるが如く、財物を道のほとりに捨てるべきだ』と言っている」。

七　小田原の教懐《きょうかい》上人が水瓶《すいびん》を打ち砕いたこと

付けたり　陽範阿闍梨が梅の木を切ったこと

水瓶を砕いた教懐　小田原という寺に教懐上人という人がいた。後には高野山に住んだが、新しい水瓶で姿形も思い通りなのを手に入れて、とりわけ愛用していたが、縁に置いたまま奥の院に参拝した。そこで念仏誦経などして一心に祈っていた時、この水瓶のことを思い出し、不用意に置いて来たので、人が取っていくのではないかと心配になり、勤行にも気持ちが入らないので、これではだめだと思い、帰るや否や、雨受けの石畳の上に水瓶を並べ、うち砕いて捨ててしまった。(一説には金の瓶だったという)。

紅梅を切り捨てた陽範　また、横川の尊勝阿闍梨陽範という人は、見事な紅梅を植え、この上なく愛玩し、花の盛りには専らこの梅を楽しんで、たまたま人が折るのもひどく惜しいと思い、言い咎めていたが、何を思ったのか、弟子たちなども他出して房に人がいない隙に、何も分からない小坊師が一人だけいたのを呼び、「斧はあるか。持って来い」と言って、この梅の木を根元より切り、上に砂を撒いて跡形もなくしてしまった。弟子たちは帰ってきて驚きあやしみ、理由を聞いたが、ただ「つまらないものだから」とだけ答えた。

執着の恐ろしさ　これらは皆、執着を持つことを恐れたのである。教懐も陽範も、ともに極楽往生を遂げた人だ。

実際、はかない現世にこだわり、抜け出しがたい輪廻の闇に迷うのを、愚かだと思わない人がいようか。しかし何度生まれ変わっても煩悩の奴となる我々の習性の悲しさを知りながら、自分も人も、なかなか思い切ることができないものなのだ。

八　佐国《すけくに》が花を愛して蝶となったこと

付けたり　六波羅蜜寺《ろくはらみつじ》の幸仙《こうせん》が橘《たちばな》の木を愛したこと

美しい庭の前栽　ある人が円宗寺の法華八講というのに参ったが、始まるまで少し時間があったので、近くの人の家でしばらく休んでいた。そう広くもない庭ではあるが、植え込みには、えもいわれず色々の木が植えられ、仮屋もあって、水も少し撒いてあった。色とりどりの花が無数に、錦を覆ったように見えた。とりわけ色んな蝶がたくさん遊びあっていた。

大江佐国、蝶となる　珍しい光景に思われたので、わざわざ主人を呼び出してそのわけを聞いてみた。主人は「これはなおざりにやっていることではありません。思うことがあって植えてあるのでございます。私は大江佐国という世間に知られた学者の子でございます。父在世中、大変深く花を愛好して、折りに付け愛玩していました。また、その思いを詩にも作っています。

六十余国見れどもいまだあかず　他生にも定めて花を愛する人たらん

（六十余年見続けたがまだ見飽きることがない。

生まれ変わっても、必ず花を愛する人になろう）

などと作っておりましたので、あの世に行っても花が心に残って離れない執着になるのではないかと心配していたのですが、ある者が夢で、父が蝶になっていると見た由を語りましたので、罪深いことに思い、もしかしてこの庭の前栽にも迷い飛んでいるのではないかと思い、考えられる限りの草木を植えておりますのです。それにつけても、ただ花だけ植えるのではまだ足りないと思われますので、甘い蜜なども毎朝かけております」と語った。

幸仙、蛇となる　また、六波羅寺の住僧幸仙という者は、長年仏道心が深かったが、橘の木を愛玩し、少しの執着心のために蛇となり、橘の木の下に住んだ。詳しいことは拾遺往生伝に記されている。

このように人に知られるほどの例はまれである。すべて一瞬一瞬の妄執のために苦難に満ちた身に転生することは間違いない。本当に恐れても恐れ足りないことだ。

九　神楽岡の清水谷の仏種房のこと

神楽岡の仏種房　神楽岡の清水谷という所に仏種房という尊い上人がいた。私は会ったことはないが、最近の人なので、最後は極楽往生を遂げた人ということで人々が尊み合った様子を自分は伝え聞いている。

盗人逃げられず　この上人が、かつて、水飲《みずのみ》という所に住んでいました時、木を拾いに谷へ下りている間に盗人が入った。盗人は僅かな品をみな取って、遠くまで逃げ延びた、と思って振り返ると、まだもとの場所である。「これはおかしい」と思い「もっと行こう」と思うのだが、四時間ほどその水飲の湯屋を廻るばかりで一向に他へ逃げ出せない。

仏種房、盗品を渡す　その時、上人が帰って来て不思議がって尋ねると、答えるには「私は盗人だ。だが遠くまで逃げたと思っても、全く進めていない。これはただごとではない。今は取ったものはお返しする。どうかお許し下さい。帰りたいのです」と言う。上人は「どうして罪深くもこんな程度のものを取ろうとするのだ。ただし、欲しいと思ったからこそ取ったのだろう。何も返してもらう必要はない。これらがなくても私は困らない」と言って、盗人にそのまま持たせてやった。このように上人は憐れみ深い心の人だった。

仏種房、魚を所望　何年か経って、あの清水谷に住んでいた時、互いに頼りにしていた信徒がいた。上人に深く帰依して、季節毎に送り物をし、何かにつけて布施を届けて年月を過ごしていた。ある時、わざわざこの上人がこの者の家に来て「思いがけないことに思われるだろうが、長年頼りにし申し上げているのでお願いに上がりました。この度、形ばかりの庵室を作るために大工を使いましたが、彼らが魚をおいしそうに食べておりましたのが羨ましくて、魚が食べたくなってしまいました。こちら様にはたくさんあるかと思い、あえて参上しました」と言った。

魚の残りを持ち帰る　主人は愚かな女心で「お坊さんの身で驚いたことだ」と、意外なことだと思ったものの、いい塩梅にこしらえて魚を出してやったところ、よく食べ、残りを素焼きの陶器に入れてふたをし、紙に包んで「これは庵で食べましょう」と懐に入れ、帰って行った。

二度目は辞退　その後、この女主人は残念なことだと思いながらも、やはり気遣われて「先日のお土産の魚はあまりにもわずかばかりに思われましたので、もう一度さしあげます」と、いろいろに調理して送ったが、上人は今度は受け取らなかった。「お志は嬉しうございますが、先日の残りで食べ飽きて、今は欲しくもございませんので、お返し申し上げます」と言ってよこした。これも、この世に執着をとどめまいと思ったための行動だろうか。

中秋の名月の晩に念仏　この仏種房がある時風邪をひいた。形ばかりの住まいは荒れ朽ちて修繕などしていない。病人の看病をする人もいないので、たった一人で病みふせっていたが、八月十五夜の月が明るい晩、宵の口から声をあげて念仏した。近所の家々にもその声が尊く聞こえた。人々が集まって見てみると、隙間だらけの荒れた家に、月光がさえぎるものなく差し込んでいる以外には何もない。夜中を過ぎたころ「ああ嬉しい。これこそ長年思っていたことだ」という声が壁の外に聞こえ、その後は念仏の声もしなくなった。

見事な往生　夜が明けて人々が見てみると、上人は西に向かって正座し、合掌して、眠るように亡くなっていた。この家は町中にあって、身分の低い者たちの家々と少しも離れず、軒続きになっている所だったのだ。

一〇　天王寺の聖が徳を隠したこと　付けたり　乞食聖《こつじきひじり》のこと

天王寺の乞食聖瑠璃　近ごろ、天王寺に聖がいた。言葉のおわりにいつも「瑠璃《るり》」という二文字を加えるので、そのまま字を名前にし、「瑠璃」と呼ばれていた。その姿はぼろ布の継ぎ合わせや紙衣などの、ひどく破れ、ぼろぼろなのを、何枚ともなく重ね着をして、布袋の汚らしいのを持って、物乞いした物を皆入れて、歩きながらこれを食べる。たくさんの子供たちが笑ってばかにするが、全く咎めたり怒ったりしない。ひどくさいなむ時は、袋から物を取りだして与えるが、子供らは汚がって受け取らず、捨ててしまうと、また拾って袋に入れる。いつもいろいろなとりとめもないことを口にし、全く気がふれている様子だった。ここに留まると決めた場所もなく、垣根、木の下、築地塀のあたりで夜を明かしていた。

智者と談義　その頃、大塚というところに尊い高才の学僧がいた。ある時、瑠璃聖が「雨が降って、立ち寄らせてもらう所もないので、この縁の隅におりましょう」といって来たので、いつもと違って妙なことだと思いながら、学僧は聖をそこにとどまらせた。夜が更けて聖が「このように、たまたま寄せていただきました。長年不審に思っておりますことを晴らしたいと思います」と言う。思いもよらぬ言葉だと思ったが、普通の人に対するように応対していると、だんだんと、天台宗の法門について、大変に深い教理について質問した。また学僧は驚き、すごいことだと思って、一晩中一睡もせず、いろいろと問答した。夜が明けると「今はおいとま申しましょう」と言って「心中不審に思っておりましたことを、今晩幸いここに参って、晴らすことができました」と帰って行った。

聖、評判を受け流す　それにしても、これはありがたく尊いことだと思って、学僧は、近隣の人々にその旨語ったので、人々は聖を謗り軽んじていた心を改め、一方では仏の化身ではないかと訝しんだりして尊んだ。しかし、聖の様子はそれまでと全く変わらない。「そういうことがあったのか」と人々が聞いても、笑ってとりとめのない話に言い紛らわしてしまった。

和泉の国で往生　こうして世間に知られるようになったことを煩わしく思ったのだろうか、最後には行方をくらましてしまった。何年か経って、人々が言うことには、和泉の国で乞食して回っていたが、最後には人もやって来ない所の大きな木の下で、下枝に仏をお掛けして、西に向かい合掌して、正座しながら閉眼していた。その時は誰も気付く人がなく、後になって見付けたという。

仏みょうという乞食　また、近ごろ、仏みょうと呼ばれている乞食がいた。それもあの瑠璃聖同様、気がふれているような様で、食べ物といっては魚鳥も避けず、着物は筵のようなものさえ重ね着しながら、人間らしい姿もせず、人に会う毎に「尼、法師、男、女、皆清浄」と言って拝むので、それを名前にし、会うと会う人は皆、愚かで不気味な者とのみ思っていたが、本当は立派な人だったのか、阿証房という聖を知友にして、思いもよらないような経や論の書籍を借り、人に知られず、懐に入れて持ち帰り、何日か経って返すことをいつもくり返していた。最後には高野川の切れ堤で、西に向かい正座合掌して亡くなっていた。

大隠と小隠　これらは極楽往生を願うすぐれた人々の第一のあり方である。「本当に俗世を超越した世捨て人は町中にいる」と言うのが、まさにこれである。それは、賢い人が世間を欺く際には、自身町中にあっても、徳をよくよく隠して、人にけどられない、ということだ。山林に入って世間から身を隠してしまうのは、人中にあっては徳を隠しきれない人のすることなのだ。

一一　高野のほとりの上人が妻を迎えたふりをしたこと

高野山のほとりの上人　高野山のあたりに長年修行している僧がいた。もとは伊勢の国の人だったが、たまたま高野の地に住みついたのだった。修行による高い徳があるだけでなく、人々の帰依によって、そんなにも貧しくなくて、弟子などもたくさんいた。

夜伽の女性　だんだんと高齢になって後、とりわけ互いに信頼している弟子を呼んで「申し上げたいと思うことが長年ありましたが、あなたの心中を思ってためらっていました。決して決して、私の思いに背いて下さるな」と言う。弟子は「どんなことであっても、おっしゃることにどうして背きましょう。また心隔てなどもして下さいますな。今すぐにうかがいましょう」というと「このように、人を頼りにして過ごしている身で、そうした振舞は思いつくべきことでありませんが、高齢になるにつれ、身辺も寂しく、何かにつけてよるべなく思われるので、しかるべき人を招いて、夜伽などさせたいと思います。それにつけて、あまり年若い人はまずいでしょう。しかるべき人を秘かに捜して、私の夜伽にして下さい。そして、寺坊の管理はあなたに譲り申し上げよう。ただ私がいた時のように、この寺坊の主人として人々の祈りの采配などもしてほしい。私のことは奥の部屋に置いて、二人分の食べ物だけを、形ばかり届けて下さい。そのようになった後は、あなたが心中思われることも恥ずかしいから、お会いすることもしますまい。ましてや、あなた以外の人には、全く、生きているのだとも知らせず、死んでしまった人間のようにして、最低限、生きていられる分のことだけを世話して下さい。この通りにしていただくことだけが、長年の願いでした」と熱心に語った。

女性を住まわせる　弟子はびっくりして、意外に思ったが、「このように、隔てなくおっしゃっていただけたのはありがたいです。早速捜して参りましょう」と言って、あちらこちらに尋ねたところ、夫に先立たれた四十歳くらいの女性がいるのを聞きつけて、丁寧に事情を説明し、生活しやすいように準備して住まわせた。僧の部屋に人を出入りさせず、自分も出入りせず、時が過ぎていった。

僧の命終と日ごろの様子　弟子は心配でもあり、またいろいろと打ち合わせたくもあったが、あれほど約束したことなので、気がかりながら過ごしていたが、六年経って後、この女性が泣きながら「上人は今朝、すでにお亡くなりになりました」とやって来た。驚いて行ってみると、持仏堂の中で、仏像の御手に五色の糸をかけ、それを手に取って、脇息に寄りかかり、念仏していた手もそのまま、数珠をかけた様子も、まさに生きている人が眠っているようで、全くいつも通りの姿だった。壇上には修行の仏具をきちんと置き、鈴の中には紙を押し込んで、音が聞こえないようにしてあった。

とても悲しく、事情を細かに聞くと、女は「長年こうして過ごしておりましたが、通常の男女のようなことはいっさいありませんでした。夜は敷物を並べ、私も上人も目覚めた時は、迷いの世界の嫌うべき様、浄土を願うべきことなどばかりを細々と教え、つまらないことは全く言わず、昼間は阿弥陀の修行法を三度、欠かすことなく行い、合間には念仏を、自分も行い、また私にも勧めなさっていました。初めの二、三ヶ月は、私に気兼ねして『このように世間と違う状態でいるのをやりきれないと思うか。そうであれば自分の好きにしてかまわない。もし疎遠になったとしても、またこうして縁を結ぶのも、前世からの約束事だ。この様子を決して人に語ってくれるな。もしまた、お互いに真の道に導いてくれる人だと思って、来世に向けての修行を心静かにしようと思ってくれるなら、私が願ってやまないことだ』とおっしゃったので、『全く私に気兼ねをなさらないで下さい。長年連れ添った人を送った後、どうしてその菩提《ぼだい》を弔わずにいられましょう。私もまた、このような憂き世に生まれ戻って来るまいと願い、迷いの世界を煩わしく思う心はありました。しかし、一日もこの世を生きていくすべもない身の上ゆえ、夜伽の相手として参りましたので、世間一般の女のようにお思いなのでしょうか。全くそうではありません。すばらしい師に出会ったと、人知れず喜んで過ごしております』と申したところ、『本当に嬉しいことだ』とおっしゃり、今朝お亡くなりになることも、事前におわかりで、『臨終の時、人に知らせてはいけない』とのことでしたので、何とも申し上げなかったのです」と言った。

一二　美作守顕能《みまさかのかみあきよし》の家にやって来た僧のこと

上品な僧の来訪　美作守藤原顕能のもとに、若くて品のよい僧がやって来て、経をこの上なく尊く読んだ。主人が聞いて「何をなさっている御房か」と聞くと、僧は近くに来て「乞食《こつじき》をいたしております。ただし、一軒ごとに物乞いをするようなことはしておりません。西山にある寺に住んでおりますが、少々お願い申し上げたいことがございまして」と言う。

女を妊娠させたと告白　物腰が無下に見下すような様子でないので、詳しく尋ねると、「申し上げるのもいかにも尋常でないのでございますが、ある所の若い女と恋仲になり、洗濯などさせておりますうちに、思いもかけぬことに女は身重になり、今月が出産の予定となっておりますが、これはひたすら私の過ちなので、女がどうしても動けないうちは、女に命をつなぐ程度の物は与えたいと思っております。しかし、どうしてもなかなか力及びません。もしも御憐れみを賜ればと思いましてお訪ねしました」と言う。ことの次第は到底納得できなかったが、そういう事情ならそうも思うだろうと気の毒に思われて、「お安い御用だ」と言って、必要そうなものを見繕い、人一人に持たせて、僧について行かせて与えようとした。この僧は「あれこれとかたく人目を慎まなくてはならないことでございます。とくに住まいをそことお知らせするわけにはいかないと思います。自分で持って参ります」と言って、持てるだけの分を一人で背負って帰って行った。

僧、北山の奥に帰る　主人はなおもいぶかしく思い、こういう方面に心得た者に跡をつけさせた。姿をやつし、見えたり隠れたりしながら行くと、僧は北山の奥を遥々と分け入って、人も通らないような深い谷に入っていく。一間ばかりの粗末な柴の庵の中に入り、もらった物を並べて「ああ苦しい。三宝のお助けで、夏安居《げあんご》の食糧も手に入れられた」と独り言を言って足を洗い、静かになった。この使いは「とても珍しいこともあるものだ」と思いながら聞いていた。日が暮れて、今夜中に邸には帰ることもできないので、木陰にそっと隠れていた。

夜が更けると、一晩中法華経を読み申し上げる声がとても尊く聞こえてきて、涙が止まらないほどだった。夜が明けるや否や邸に帰り、主人に昨晩の様子を申し上げると、主人は驚きながら「やはり、ただ者ではないと思った」と言い、重ねて僧に消息を遣わした。

無人の庵　「思いがけないことに、本当は夏安居の御料と承りました。それでしたら、先日の品物は少ないでしょう。追加でこれも差し上げます。もっと必要でしたら、必ずおっしゃって下さい」と言わせたところ、僧は経を読んだままで、何も返答しなかった。しばらく返事を待っていたが、使いは待ちかねて、品物を庵の前に並べて帰った。

何日か後に「それにしても例の僧はどうしているだろうか」と思い、様子を尋ねたが、その庵に人は無く、前に得た物はよそへ持って出たようだが、後の贈り物はそのまま置いてあり、鳥、獣が食い散らした様子で、あちらこちらに散乱していた。

出家の後の名聞　本当に仏道心がある人は、このように、我が身の徳を隠そうとして、露悪的なことをわざわざして、人から尊まれることを恐れるのだ。もし人が世を遁れても、立派に世を捨てていると言われよう、尊く修行していると言われたいと思ったなら、それは世俗で名誉を求めるのよりもはなはだ罪深い。

それ故、ある経には「出家者が名誉を求めるのは、たとえて言えば、血で血を洗うようなものだ」と説いている。元の血は洗われて落ちもするかも知れないが、新たな血が大いに汚すということを知らないのだ。愚かなことではないか。

発心集　第二

一　安居院《あぐい》の聖が京へ行く途中、隠居の僧に会ったこと

聖、呼び止められる　近ごろ、安居院に住む聖がいた。ちょっと用があって京の町中へ出たところ、大路に面した側の井戸の傍らで、みすぼらしい姿の尼が洗濯をしていた。この聖の姿を見て「ここに、あなたにお会い申したいと言っている人がいます」と言う。「何と申し上げる方か」と聞くと「今、直接お目に掛かっておっしゃるでしょう」と言って「ただ、ちょっとお立ち寄り下さい」としきりと言うので、不審に思いながらも、尼を先立ててついて行った。中に入って見ると、遥か奥深い場所に家を小さく造ってあり、そこに年老いた僧が一人いた。

老僧の願い　老僧の言うことには「まだあなたと知り合いではありませんのに申すのは御

無礼ですが、私はこんなふうに形の如く来世へのお勤めだけをしております。しかし、知っている人もいないので良い導き手もいません。また私が死にました後に、弔いや何やをしてくれる人も思いつきませんので『誰でも極楽往生を願っていると思われる方が通り過ぎなさったら、必ずお呼び申し上げよ』と何となく申しておりました。さて、もしお願いを引き受けて下さるなら、みすぼらしい住まいだが、私の後に残る人もいないので、あなたに譲り申し上げようと思います。それにつけても、ここでこうして過ごすのも悪くはありません。とても心静かなのですが、ただ、隣に検非違使《けびいし》がおりますので、罪人を拷問する音などが聞こえてうるさくございますので、立ち退きたいと思いますが、それでも余命どれほどもない身であるので、どうしようかと思い悩んでおります」などと、こまごま語る。聖は「このように事情をうかがうのも前世からの約束事でしょう。おっしゃったことはとてもたやすいことでございます」と言って、浅からず約束して、心配な気持ちがおこらない程度の間隔で訪ね行き、様子をみながら日を送った。

老僧の往生　それからまもなく僧が亡くなる時、かねての願い通りに臨終に立ち会い、世話をした。老僧は弥勒の信者だったので、弥勒菩薩の名を唱え、真言なども十分唱えて、思い通りの臨終を迎えた。亡くなった僧が言っていた通り、死後のことなどに口出しする人も出てこなかったが、この家は例の尼に取らせた。

尼、老僧の名も知らず　さて、この尼に聖が「あの僧はどういう人でいらしたのだ。また、何をたよりに生活なさっていらしたのだ」などと尋ねると、尼は「私も詳しいことは存じません。思いがけぬ縁でお付き申し上げて、長年お仕えしましたが、名前も知りません。また、知人が訪ねてみえることもありませんでした。ただじっと一人で過ごしていらっしゃっていました。誰とも知らぬ人が、二人分ほどの生活の資糧を、なくなる時分を見計らって届けに来るというふうで過ごしてきました」と語るのだった。

これもいわれある人であったろう。

二　禅林寺の永観律師《えいかんりっし》のこと

永観、人に物を貸して暮らす　永観律師という人がいた。長年念仏を深く志し、名誉や利益を願わず、世捨て人のようだったが、そうはいっても懇ろにお仕えし、また関わりをもった知人を忘れなかったので、わざわざ深山を求めて入るということもなかった。東山の禅林寺というところに籠もり、人に物を貸して生活費にしていた。借りる時も返す時も、ただ来た人の気持ちに任せて扱ったので、仏の物だからということで、かえって少しも不法なことをする者がいなかった。とても貧しい者で返済できない者は前に呼び寄せ、借りた物の程度に応じて念仏を唱えさせて償わせた。

東大寺別当に就任　東大寺別当の職が空いて、白河院はこの人を指名なさった。人々はびっくりして「まさか受けまい」とうわさをしていたが、意外にもお断り申し上げなかった。

その時、長年の弟子や以前使われていた人などが、我も我もと争って東大寺の荘園を欲しがったが、一所も人に管理させず、全て寺の修理の費用に充てられた。自ら東大寺に向かう時には、ひどくみすぼらしい馬に乗り、滞在する間の生活費を、小法師に持たせて寺入りした。

修理が終わると退任　こうして三年のうちに東大寺の修理を終え、すぐに辞任を申し上げた。白河院もまた何の仰せもなく、他の人を後任にした。よくよく二人が心を合わせて行ったことのようなので、当時の人々は「寺の壊れていることの修理を、この永観以外に安心して差配を頼める人もないとお考えになって命じられたのを、律師もよく分かっていらしたのだろう」と言った。深く罪を恐れる人だったので、何年か寺の管理を行ったが、寺のものをわずかばかりも自分で使うことなく終えた。

悲田梅　この禅林寺には梅の木があった。実がなる頃になると、これを無駄にせず、毎年採って薬王寺というところに多くいる病人に、日々お恵みになったので、周囲の人はこの木を「悲《ひ》田梅《でんばい》」と呼んでいた。今はもう大変な古木になり、花もわずかに咲き、幹も傾きながら、昔の面影を残しているといわれます。

算木で数える　ある時、禅林寺の堂に客人が参上した時、算木をたくさん広げて、客には目もかけないので、「律師は稲や財物を人に貸し付けて、その利子だけで生活していらっしゃると聞いたが、合算して利子がいくらになるのかを数えておられるのだろう」と見ていると、計算を終え、算木をしまい終わってから、客に対面なさった。その時「先ほど算木を置いていらしたのは、何のおためですか」と聞くと、「長年唱え続けた念仏の数がはっきりしなくて数えていたのです」と答えられた。

それほど驚くべきことでもないが、人柄が人柄だけに尊く感じた。これは後にある人が語ったことである。

三　内記入道寂心《じゃくしん》のこと

寂心、女に石帯を与える　村上天皇の時代に、内記入道寂心という人がいた。その昔、宮仕えをしていた時から、心の中では仏道を望み願い、何かにつけて慈悲深かった。

大内記を勤め、記録すべきことがあって内裏へ出仕する時、左衛門府の詰め所のあたりで、一人の女が涙を流して泣きながら立っていた。「どうして泣いているのか」と尋ねると、「主人の使いで、石帯を人から借り、持って帰る途中、落としてしまいましたので、主人にも厳しく咎められるでしょう。あんなに大切なものをなくしてしまった悲しさに、帰ろうとする気持ちも起こらず、どうしようもなくて」と言う。心中おしはかれば「確かにそう思うだろう」と、とても気の毒に思われたので、自分がしている帯をほどいて女に与えた。「元の帯とは違うけれど、なくしてしまって、言葉もありません。これを持って行けば、ひょっとするとお咎めも軽くなるでしょう」と言い、女は手を合わせて喜びながら帯をもらって帰って行った。

さて寂心は帯がないので片隅で隠れていたが、儀式が始まり「遅い、遅い」と促され、他人の帯を借りて、その日の朝儀を勤めた。

寂心の信心深さ　中務宮具平《ともひら》親王が学問を習われた時も、少しお教え申し上げては合間合間に目をふさぎ、いつも仏を念じていた。

ある時、ある宮から馬をさし向けて下さったので、乗って参上する道中、堂塔の類はもちろん、ちょっとした卒都婆《そとば》一本立っている所でも、必ず馬から下りて慎み敬い、また草が見える所ごとに馬が食べようと立ち止まるのを、したいままにさせ、あちらに行き、こちらに行きするうちに日が高くなってしまった。朝に家を出たのに夕方ごろまでかかった。お供の舎人がひどく不満に思い、馬を荒くたたいたので、涙を流し、声をあげて泣き悲しんで「多くの動物の中で、こうして我々と身近にいるのは前世からの深い因縁ではないか。この馬は過去世の父や母であったかも知れない。どうしてこんな大きな罪を犯すのだ。とても悲しいことだ」と驚きさわぐので、舎人はもう何も言わず、帰って行ってしまった。

こういう心情の持ち主だったので、池亭記《ちていき》という書き残した文章にも「身は朝廷にありながら、心は隠逸にある」とあるようだ。

僧賀上人の叱責と落涙　年とって後、剃髪して比叡山の横川《よかわ》に上り、法文を習ったが、僧賀上人がまだ横川にお住みになっている当時で、寂心に教えるため「止観の教えは智恵と禅定の教えで、これまでにはなかったものである」と読まれたところ、寂心はひたすら泣いた。上人は「まだ悟りに到らない心根で、どうしてこう、すぐに泣くのだ。ああ、かわいげのない僧の偽《にせ》道心よ」とこぶしを握って寂心を叩いたので、お互いに気まずくなって、席を立った。

しばらくして寂心は「あのままで終わってよいでしょうか。この経文を教えていただきたい」と上人にいった。それでは、と思って上人がお読みになると、寂心は前のようにまた泣く。またひどく打たれて、後の言葉も聞けずじまいに終ってしまった。

何日か経ち、なおも懲りることなく、僧賀上人のご機嫌をみはからい、恐る恐る指導を仰いだ時にも、全く同じように、ひどく泣いたが、その時は僧賀上人も涙をこぼし「本当に深い教理を尊く感じてのことなのだろう」と感動なさり、静かに教えを授けられた。

こうして尊い徳が積まれ、御堂の入道藤原道長も、寂心に御受戒などあそばされた。

藤原道長の諷誦文　さて、寂心が往生した時には、道長が諷誦文などを寄せなさり、さらし布を百千反も布施に引かれた。受納状は、三河入道寂照《じやくしよう》が秀句を書き留めたと言われる。

昔は隋《ずい》の煬帝《ようだい》の智者に報ぜし、千僧ひとりをあまし
今は左丞相《さじようしよう》の寂公を訪ふ、さらし布百千《ももち》にみてり
（昔、隋の煬帝が千人の僧に食膳を施したが、天台大師智顗の化身がそれを受けたので一人分足りなくなった。
今、左大臣藤原道長公が寂心の菩提を弔うに際しては、布施のさらし布が百端に達して余るほどだ）

と書かれたということである。

四　三河聖人寂照が入唐《につとう》して極楽往生したこと

愛する女の遺体を見て発心　三河の聖というのは、大江定基《おおえのさだもと》という博士のことである。三

河守になった時、もとの妻を捨てて、この上なく愛した女を連れて下向したが、三河の国でこの女が病気になり、とうとう亡くなってしまった。嘆き悲しむことかぎりなかった。恋い慕うあまり、葬ることもしなかったのだが、何日も経つうち、遺体が変化していく様子を見て、ひどくこの世のうとましさが思い知られて、仏道心を起こしたのだった。

旧妻を訪ねる　剃髪した後、乞食修行をして回っていたが、自分の仏道心は本物か試みようと思い、もとの妻のところへ行き、物乞いをしたところ、旧妻がこれを見て「私につらい思いをさせた報いで、貧道に落ちろと思っていたが、本当にそうなった」と恨み言を口にし、顔を合わせたが、寂照は何とも感じず「あなたのおかげで仏になろうとしている」と言い、手を合わせて、喜んで出て行った。

寂照の修行と往生　さて、あの内記の聖、寂心の弟子となり、東山の如意輪寺に住んだ。その後、比叡山横川に上り、源信僧都にお会いし、深い仏法を習った。そしてしまいには唐へ渡り、とてもすばらしい霊験を現したので、大師の称号を得、円通大師といった。往生に際しては仏の来迎の音楽を聴いて漢詩を作り、和歌を詠んだ由、唐から知らせてまいりました。

笙歌《しょうか》遥かに聞こゆ孤雲の上　聖衆来迎す落日の前

（笙歌が遥かに聞こえる、雲の上　二十五菩薩が来迎する、日が沈む時）

雲の上にはるかに楽《がく》の音すなり人や聞くらんひが耳かもし

(雲の上遥かに音楽の音がする。他の人も聞いているだろうか。それとも私の空耳なのか)

五　仙命《せんみよう》上人のこと　ならびに　覚尊上人のこと

仙命の修行　近ごろ、比叡山に仙命上人という尊い人がいた。その修行は真理の観相を中心として、いつも念仏を唱えていた。ある時、持仏堂で仏や浄土を思い描いて念じていると、空に声がして「ああ、なんと尊いことを念じていらっしゃるのだろうか」と言う。不思議に思って「どなたがそうおっしゃるのですか」と尋ねると、「私は比叡山の三聖だ。あなたが発心なさった時から、一日三回ほど空を飛んで守り申し上げているのです」とお答えになった。

后宮からの布施を谷に捨てる　この仙命上人は、全く自分の朝夕の食事のことに携わらなかった。一人使っている小坊師が、比叡山の僧房ごとに一回りして、一日の食糧を乞うて食べさせる以外には、いっさい人の施しを受けなかった。

その時の后の宮が発願して、特に勝れて尊い僧を供養しようと思い立ち、広く捜された。この上人が尊いことをお聞きになり、すぐに御手ずから袈裟をお縫いになり、「私からだと言うときっと受け取るまい」とお思いになり、何かと段取りを工夫し、この小法師と打ち合わせて「思いがけぬ人が下さいました」といって差し上げたところ、上人はこれを取って、よくよく見て「過去・現在・未来の無数の仏たちよ、お受け取り下さい」と言って、谷に投げ捨ててしまったの。どうしようもなく、そのままになった。

仙命、覚尊を叱責　この上人は、大体、人が求める物を何一つ惜しむことがなかった。縁側の板を欲しがる人がいれば、自分の房の板を二、三枚外して与えた。比叡山東塔の鎌倉に住む覚尊上人と親しくて、夜暗い時分にやって来た。覚尊は、縁側の板のないのを知らず落っこってしまい「ああ痛い」と言ったのを聞き、「あなたは愚かな人だ。もしかして、そのまま死ぬことだってあるだろう。ああ痛い、という臨終の言葉があってよいものだろうか。南無阿弥陀仏とこそ申し上げよ」などと言った。

覚尊、家財に封印する　この仙命上人が例の覚尊の住む鎌倉へ行った時、急なことができて、覚尊は、客人である仙命を残したまま、すぐ行こうと急いで出て行ったが、もう一度戻ってきて、少しの間、何かをやっている。不審に思い、覚尊が出かけた後、仙命が見てみると、いろいろな家財に一つ一つ封印をしていた。仙命が思うに「とても情けないやり方だ。まさか外出のたびにこのように封印するのではあるまい。私を疑う心があるからだ。早く帰って来い。このことで問い詰めてやろう」と言って待っていた。

そうこうしている間に、覚尊が帰ってきた。考えて準備していたことだったので、覚尊の姿を見るなり、このことを言った。覚尊は「いつもこのように封をするわけではない。また、人が何か物を取るのを惜しむのでもない。しかし、今日はあなたが室内にいらしたので、このようにきちんとしておいたのです。なぜなら、私はまだ煩悩からのがれられていない身なので、何かのはずみであなたを疑い申し上げる心が起きることが、とても罪深く、自分の心が信じられないからです。どれほどの物を惜しむことなどありましょう」と言った。

没後、夢に現れる　こうして、覚尊が先に亡くなった。「きっと極楽往生しただろう。品物に封印するほどの工夫ある人だったから」と仙命上人は言っていた。

その後、仙命は覚尊の夢を見た。覚尊に最初に「どの品《ほん》に生まれたか」と聞くと、「下品下生だ。それさえ極めて危うい状態だったが、あなたのおかげで往生を遂げられた。普段、橋を渡したり、道を作ったりした善行だけでは往生できなかっただろう。あなたのお勧めで時々念仏をしたのでできたのだ」と言った。次に「私の往生はかなうだろうか」と聞くと、覚尊が「それは疑いない。すでに上品上生と決まっていらっしゃる」と夢で答えたということだ。

六　摂津《せっつ》の国の妙法寺の楽西《らくさい》聖人のこと

楽西、酷使される牛を見て発心　摂津の国和田の奥に妙法寺という山寺があった。そこに楽西という上人が住んでいた。もともとは出雲の国の人だった。自身がまだ俗人だった時、人が田を作るといって、牛が苦しそうな様子なのに打ちさいなみ、田の土を鋤《す》かせているのを見て「このように生き物を苦しめながら、やっと作り上げた作物を、何もせずに受け取り用いることこそ、ひどく罪深いことだ」と思った。その時から仏道心が発り、そのまま出家してしまった。

ある僧の庵に上がり込む　その後、居所を捜すということで、摂津の国中を広く見て歩いたが、縁があったのか、妙法寺周辺が気に入ったように感じたので、「ここに住もう」と思い、ある僧の庵に尋ねて行ったが、主人はちょっと外出しているところで、いなかった。燃料用の木の枝をまとめて置いてあるのを見付け、楽西は許可も得ずに黙って庵に入り、枝を多く火にくべて、背中をあぶっていた。

主人の僧が帰って来て「何者が、人の庵に来て、挨拶《あいさつ》もせず、得意げに火など焚いているのか。とんでもないことだ」と怒ると、楽西は「私は少々仏道心を起こして迷い歩く修行者だ。あなたもともに仏の御弟子ではないか。よく知っているとか知らないとか言っていいことなのか。私は風邪で具合が悪かったので、この火にあたり、ここから立ち去れずに座っていたのだ。どれほどの木を焚いたというのだ。惜しいというなら採ってきて、お返し申し上げよう。また、何が何でもこの火に当たらせまいというなら立ち去ろう。物惜しみする者の火には当たらない方がよい。簡単なことだ。出て行こう」と言う。

主人の僧も多少なりとも仏道心のある者で「事情が分からなかったので申しただけだ。おっしゃることも道理だ。では、ゆっくりとお過ごし下さい」と言って、事情を問い聞いた。自分の仏道心など話しているうちに、そのままこの僧と知り合いになり、楽西は山中の人里離れた所を切り開き、形ばかりの庵を造り、住み始めたのだった。

平清盛の帰依を辞退　こうして立派に修行し、何年にもなった。近い距離だったので福原入道大臣平清盛が、この楽西のことをお聞きになり「本当に尊い方だ。様子を見て来い」と平盛俊を使いに立て、聖に便りを送った。「近いところにこうしておりますので、あなたに帰依申し上げたい。また、どんなことでも所望がございましたら、必ずおっしゃって下さい」などと丁寧に言わせなさって、贈り物をなさった。上人は「仰せの内容は恐縮でございます。ただし私は行も徳も積んでいないので、このような仰せを頂戴すべき身では全くございません。どのようにお聞きになって、たいそうなお使いなど賜ったのでございましょう。大変驚いております。この戴き物もお返し申し上げるべきなのでしょうが、畏れ多いので、今回だけはお受けします。今後はいただくわけにはいきません。全くお願いすべき用事もありません。また知っていただいてもお役に立つことなどはいささかもございません」と、とても意外だというふうに申し上げた。

清盛からの進物を分配　使いが帰参して、以上のことを申し上げると、清盛は「本当に尊い人なのだ。しかし、このように遠ざかりたいとするのをどうしたらよいだろう。この上、何やかにやと言うのはお気持ちにそぐわないだろう」と、再び様子を尋ねることはなさらなかった。

さて例の贈り物は、寺の僧たち各に分け与え、自分は全く取らない。ある僧が変だと思って「どうしてこれをお受けにならないのですか。貧しい者がやっとのことで、わずかの物などを捧げる方が志は重く思われる、そういうものは受け取っていらっしゃるようだ。このくらいの贈り物は、あの清盛公にとっては物の数に入らないでしょう」と言うと、「おっしゃることはごもっともだ。たしかに貧しい人の志は重い布施だが、私が受けなければ、他の誰が、わずかな布施で、奉った者が願うほど十分に、それに報いてやろうとするだろうか。そういう布施を返してしまうなら、自分の罪だけを恐れて人を救う心が欠けているといえよう。したがって、きっと仏の御心にも背くだろうと思いますので、本意ではありませんが受けております。一方この清盛入道殿は、善行を積もうとなさるに何の心に適わぬことがあるでしょう。師を捜されるにもまた、他に徳高い人はたくさんいる。呼ばれて参らぬ人がいるだろうか。この私と知り合いになられなくても、全く不自由されないはずだ。勢い盛んでいらっしゃる方のようなので、きっと罪もおありだろう。このような不徳の身で導き手を引き受けても意味がないと思って、辞退申し上げたのだ」と言った。

烏、数珠をくわえて来る　あちらこちらから布施を受けるうち、それがたまって多くなると、寺の僧を呼び集め、みなに分けた。将来に備えようなどと全く思わない。この山寺の近くに、ひどく貧しい独り身の老女がいた。これを憐れに思い、いつも物などを与えていた。十二月の末、二人の人から餅をたくさんもらった時、その老女を思い出して、たいそう夜が更けてから上人自ら持って行く途中で、長年持っていた数珠を落としてしまった。帰宅後気付いたが、深い山を分け行った道なので、捜しにも行けない。「長年修行を積んだ数珠なのに」と嘆きながらも、数珠作りに言って、新しいのを作らせようとしていると、烏が何かをくわえて、堂の上でからから鳴らす。見ると、自分が落とした数珠だった。「すばらしい烏だ」と思い、この数珠を再び手にすることができた。

その後、烏と仲良くなって、人が何かを届ける時には、烏が必ず来て鳴くようになった。

鳥の止まっている遠さで、あと何日くらいで人が来る、と予測ができて、全くはずれない。ほとんど護法童子とでも言うべきような鳥だった。

自らの往生を予見　また、この庵の前に小さな池があった。蓮が多く、花盛りには池の水も見えないほどで、一面、紅梅色の絹で覆ったようになる。ある夏のことだが、一輪も蓮が咲かないのを、人々がいぶかしんでいると、「今年は私がこの世を去るべき年なので、蓮は私が転生する先で咲こうと思って、この池では咲かないのだ」と答えた。実際、その年、上人は心静かに臨終を迎え、立派に終わりをとった。このような不思議は他にも多く評判になっているが、煩瑣なので記さない。

七　相真《そうしん》が没して後、袈裟《けさ》を返したこと

文殊の袈裟　摂津の国の渡辺という所に、長柄《ながら》の別所という寺がある。そこに近ごろ、暹《せん》俊《しゅん》という僧がいた。若い頃には比叡山で学問などしていたが、自然とここに居ついたのだった。

この僧はどうやって受け伝えたのだろうか、昔、文殊菩薩が仏法を説かれた時の御袈裟という、蓮の糸で織った袈裟を持っていた。もともとは比叡山の禅瑜《ぜんゆ》僧都が伝えていたの

裟である。

を、池上の皇慶《こうけい》阿闍梨の時、童子の乙護法《おつごほう》に無熱池で洗わせなさったと言い伝えられた袈裟である。

遅俊、相真に五条袈裟を譲る　この遅俊には八十歳ほどになるまで、特別な弟子がいなかった。付近の柳津の別所という所に相真という僧がいた。六十歳を超えていたが、この袈裟の伝来が尊いことを聞き、これを譲ってほしいと思い、遅俊の弟子になった。遅俊は「袈裟を伝えようと私の弟子におなりになったお志は浅いものではない。お志にしたがい、大衣、七条、五条の三衣のうち、まず初めに五条袈裟を、今日はお譲り申し上げよう。残りは私の死後、伝領なされませ」と言う。相真は喜んで、この袈裟を受け取って帰っていった。

その後、思いも寄らぬことに、相真が師に先立って病となり死が近づいた時、この袈裟を掛けて、弟子たちに「私が死んだら、この袈裟を必ず私とともに埋めよ」と言い遺して亡くなったので、弟子たちは言われた通りにして、数日が過ぎた。

遅俊、袈裟の返還を求める　その後、遅俊は、その相真の弟子たちあてに「袈裟は全て、故人に譲り申し上げましょうと約束し申し上げたが、不本意にも先立たれてしまったので、残りの二枚と離れ離れにしておくわけにはいかない。返していただきたい」と言い送った。故人の遺言など、ありのまま言ったが、遅俊はそれでも信じない。重ねて問い合わせてきたので、言い合っても仕方ないということで、相真の弟子たちは、誓詞を書いて送った。

暹俊、相真の夢を見る　こうなってはどうすることもできないので、嘆きながら歳月を送っていると、一年後、長寛二年の秋、暹俊が夢見るには、亡き相真がやって来て「私はこの袈裟を身に掛けた善行で、都卒天の内院に転生した。ただし、袈裟を私の遺言に従って、私と一緒に埋めたが、揃わなくなるのをあなた様が深くお嘆きなのでお返し申し上げます。すぐに元の箱を開けて御覧下さい」と言うのだった。夢から覚めて、この三衣の箱を開けて見ると、もとのように畳んで、袈裟は箱の中にあった。本当に不思議なことなので、涙を流しながら袈裟を慎み敬った。

末世の不思議　その後、この暹俊が命終の時、またこの袈裟を掛けて往生した。暹俊の弟子の弁英という僧がこれを伝え、また往生することは先例通りだった。この弁英が往生したのはここ十年以内のことなので、皆聞き伝えていることである。

昔物語などには、大変すばらしいことが多く書かれているが、そうした奇瑞は年ごとになくなっている。まれに残ったものも、釈迦入滅後、時間が経って、人の功徳も弱まり、奇蹟をあらわすことも滅多にない。この話は、濁悪末世に類例のないできごとである。だから結縁のため、わざわざ参詣して拝みに来る人もきっと多いに違いありません。

八　真浄房《しんじょうぼう》がしばらく天狗になったこと

真浄房、法勝寺三昧僧になる　最近、鳥羽の僧正といって尊い方がいらした。その弟子で、長年同じ僧房に住む僧がいた。名を真浄房と言った。極楽往生を願う心が深く、師の僧正に申し上げるには「月日が経つにつれ、来世のことが怖ろしゅうございますので、学問の道を捨て、ひたすら念仏を行おうと思います。ちょうど法勝寺の三昧僧に欠員がございます。それになれるようお口添え下さい。捨て聖となって、その三昧の行を一生行い続け、極楽往生をしたいと思います」と申し上げるので、「ここまで決心するのはすばらしい」と、すぐに申し入れ、任命された。

叡泉房と隣り合わせる　その後、望み通りに心静かに三昧僧坊に住み、絶えることなく念仏をして歳月を送った。隣の坊に叡泉坊という僧が、同じく来世を願っていたが、修行法は違っていた。彼は地蔵を本尊としていろいろな修行をした。多くの乞食を憐れんで、朝夕物を与える。真浄房の方は、阿弥陀仏をお頼り申し上げて、いつも弥陀の名号を唱え、極楽を願う。こちらもまた乞食を憐れんだので、いろいろな乞食たちが競うように集まる。二人の道心者は間近に、垣根一つ隔てて住んでいたが、それぞれ習慣になっていたので、乞食も相手方には姿を見せず、隣に物乞いにも来なかった。

鳥羽僧正の命終　こうしているうちに、かの鳥羽僧正が病になり、もうこれまでとなられたと聞き、真浄房は見舞いに参上した。ひどく弱られ、寝ているところに呼び入れられ、「長年親しく思って来たのに、この二、三年疎遠になったのだけでも恋しく思っていたのに、今こうして永久に別れようとする。今日が最後だろう」と言い終えることもできないで、お泣きになるので、真浄房はとても哀れに思い、涙を抑えながら「そのようにお思いにならないで。今日はお別れ申し上げても、来世には必ずまたお目に掛かり、お仕えしましょう」と申し上げる。「そのようにあなたが私と同じことを考えていたとはとても嬉しい」と言ってお休みになったので、泣く泣く帰って行った。それからほどなく、僧正はお亡くなりになった。

叡泉房と真浄房の命終　さてその後、何年かが過ぎ、隣の叡泉房が病気になり、二十四日の暁に、地蔵の御名を唱えながら、大変立派に亡くなったので、見聞した人々はみなが尊み拝んだ。

一方の真浄房も叡泉房にひけをとらない道心者なので、きっと極楽往生する人だとみんな思っていたが、二年ほどして、不思議にも、物狂わしい病気になって亡くなった。周囲の人は理解ができず、不本意なことだと思いながら日を送っていた。

真浄房、天狗となって老母に憑く　息子に先立たれて嘆いていた真浄房の老母に、また物狂わしいことがあり、親しい人々が集まって騒いでいると、母が「私は特別な物の怪ではない。死んだ真浄房がやって来たのだ。私の臨終の様子を皆が納得できぬように思っておられるので、ともかくその説明も申そうと思っている。私はひたすら名誉や利益を捨て、来世に向けての修行をしていたので、迷いの世界に留まる身ではなかったのを、師の僧正が今生の別れを惜しみなさった時、『来世で必ずまためぐり合って、お仕え申し上げましょう』と申し上げたことが、今、誓文のようになり、僧正が『あのように言ったではないか』と、どうしても解放して下さらないので、思わぬ魔道に引き入れられているのです。僧正をひたすら仏の如くに師を頼りにし申し上げていたばかりに、つまらないことを申して、このように思いがけぬところにおります。

ただし、天狗にはきまりがあります。来年で六年になろうとしている、ちょうどその節目に、何とかしてこの天狗道を抜け出して、極楽に参りたいと思っておるのですが、とどこおりなく、必ずこの苦しみを抜け出せるよう、後世を弔っていただきたい。思えば、まだ生きておりました時、『願い通り、母上より後に残りましたなら、母上の御ため導き手となって、後世を弔い申し上げましょう。もしまた、思いがけず私が先立ち申し上げたら、母上を極楽にお導き申し上げよう』と願っておりました。思いもよらぬことに今このような身となって、母上のそばに参上するにつけ、悩まし申し上げてしまうのだ」と言い終えることもできず、さめざめと泣く。これを聞く人々も、皆、涙を流して気の毒がった。しばらく穏やかに話をして、あくびを何度かして、もとのように戻ったので、経などできる限り書写し、供養した。

真浄房、得脱する　こうして年も改まった。その冬になり、また老母も病気になった。あれこれ話しているうちに、老母が「皆さん、以前参りました真浄房がまた参上しました。一心に私の後世を弔って下さったことのお礼も申し上げようと思います。さらにこの暁、すでに悟りの境地に到りました。その証拠を見せ申し上げたいと思って参ったのです。今まで私の身の臭く汚らわしかった匂いをかいで下さい」と言って、息を吸って吐き出すと、家中臭くて堪えられなかった。

こうして一晩中話をして、明け方に「今から不浄の身を清めて極楽に参ります」と言って、また息を吐くと、今度はいい香りが家中に満ちた。

これを聞いた人は「もし修行の徳を積んだ人でも、きっと誰かと出会おう、というような誓いを立てるべきではない。あの真浄房は失敗して魔道に入ってしまったので、どうしようもなく、あんなことになったのだ」と言っていた。

九　助重《すけしげ》が一声の念仏によって極楽往生したこと

盗賊に射られた助重の最期　永久の頃、以前滝口の武士だった助重という人がいた。近江の国の蒲生郡の人である。盗人に会い、射殺される時、その矢が背中に当った瞬間、声をあげて「南無阿弥陀仏」とたった一声唱え申し上げて死んだ。その声は高く、隣の里まで聞こえた。人が来て遺体を見ると、西に向かい座りながら閉眼していた。

助重往生の夢　また、入道寂因という人がいた。助重と互いに知り合いだったが、家は近くなかったので、助重が亡くなったことを知らなかった。その夜の夢で、広い野を行くと、道端に死人がいる。僧がたくさん集まって「ここに極楽往生者がいる。おまえはこれを見るがよい」と言う。行ってみると助重だった、と思って夢から覚めた。おかしいと思っていると、朝、助重が使っている童が来て、助重が亡くなったことを告げた。

また、ある僧が近江の国を修行していた。夢の中で人が「今、極楽往生した人がいる。行って結縁すべきだ」と告げた。その場所は助重の家だった。月日もまた合致していた。

行徳の測りがたさ　あの鳥羽僧正が長年積んだ行徳と、この助重の一声の念仏、比較にならないほどの違いだが、僧正は魔道に落ち、助重は浄土に生まれる。このことから分かるのは、俗人の愚かな心では、人の徳は測り難いということだ。

一〇　橘大夫《きちだゆう》が発願して極楽往生したこと

橘守助の往生　中ごろ、常磐の橘大夫守助《もりすけ》という人がいた。八十歳を過ぎても仏法を知らず、精進の日でも精進せず、法師を見て尊む心もない。もし仏教を教え勧める人がいると、従うどころかかえって悪口を言うほどで、全く愚かきわまりない人であった。

伊予の国に治めている土地があって下向した。永長の秋の頃に、大した病気もせず、心静かに臨終を迎え、極楽往生した。須磨の方向から紫色の雲が現れ、香しい匂いが満ちてきて、すばらしい吉兆が現れた。

守助の願文　これを見た人々は不思議がり、橘大夫の妻に「どのような勤行をしていたのか」と聞くと、妻は「心がけはもともと仏道を外れ、善行を積むことなど一切なかった。ただし、一昨年の六月から、毎夕、身が穢れていても気にせず、衣服も着替えず、西に向かって一枚ほどの文章を読んで、手を合わせて拝んではいたようだった」と答えた。

その文章を捜し出して見てみると、願文の文章だった。

その言葉には、

仏弟子である私は仏を敬い、西方極楽浄土の仏、阿弥陀如来、観音・勢至菩薩、諸々の聖衆に向けて申し上げます。私は生まれ難い人間に生まれ、偶然仏法に触れましたが、心根がもともと愚かで、全く仏道修行もしていません。無駄に明け暮れを過ごし、なす術もなく三悪道に戻ろうとしています。しかし、阿弥陀如来は我々と縁が深くていらっしゃるので、濁った末世の衆生を救うため、大願を起こして下さいました。その主旨を尋ねると、たとえ四重五逆の大罪を犯した人でも、命終の時、極楽に生まれたいと願い『南無阿弥陀仏』と十回申したなら、必ず迎え取ろう、とお誓いになりました。今、この本願におすがりして、本日以後、生きている限り毎夕、西に向かって阿弥陀仏の名号を唱えます。お願いですから、今夜うとうとしている間にも命が終わることがあったら、これを最期の十念と見なして、本願を違えず、極楽へお迎え下さい。もしまだ残りの命があり、今夜を過ぎて生きていても、臨終が願いの通りでなく、弥陀の名号を唱えられなかった時は、普段の念仏を終わりの十念としたいと思います。私は罪深い人間ではありますが、まだ五逆を作っておらず、功徳が少ないといっても、深く極楽を願っています。すなわち本願には背いておりません。必ず極楽にお導き下さい。

と書いてあった。これを見た人々は、涙を流して尊び拝んだ。その後、ありとある所でこの文章を書き取って、信じ行い、願いを果たした人が多くいた。

最期の十念で往生　また、ある上人が、このように願文を読むことはないが、夜まどろむ以外、晨朝・日中・日没・初夜・中夜・後夜の時が移る度に臨終の思いをなして、十回弥陀の名号を唱えていた。こればかりを勤めとして、極楽往生を遂げたという。勤行の量は少ないが、いつも無常を観じ、往生を心がけることが、枢要の中の枢要だ。「もし人が、いつも忘れず極楽を思えば、命終の時、必ず極楽に生まれ変わる。たとえば樹木がいつも曲がっている方へ、最後には倒れるのと同じだ」と言われている。

一一　ある上人が客人に会わなかったこと

上人、客人と会わず　長年信心深く、念仏を怠らない聖がいた。互いによく知っている人が面会しようと思い、わざわざやって来たが、「どうしても時間を作れない用事があって、お会いすることができません」と言う。弟子が不思議に思い、その人が帰って後に「どうして会いたいという客人の願いを聞かないで帰してしまわれましたのですか。さしつかえることもなかったようですのに」と言うと、「滅多に生まれられない人間に生まれることができた身だ。今回、生死の流転を離れて極楽に生まれ変わろうと思っている。これは我が身にとってこれ以上のことはない大切な勤めだ。これ以上の大事がどこにあろう」と言った。このことがあまりにも厳格に思われるのは、自分心が至らないからであろう。

無常の敵　坐禅三昧経に次のように言う、

今日このことを営み、明日あのことを為す。欲望が執着して本当の苦を感得することができず、死という敵が迫っていることに気付かない、云々

世の中の人は、やはり、後世のことを思わない者はいない。しかし、今日はこのことをしよう、明日はあのことをしよう、と思っているうちに、無常という名の敵がだんだん近づいてきて、命を奪っていくことに気づいていないのだ。

一二　舎衛国《しやえこく》の老翁が宿善をあらわさなかったこと

釈迦と阿難、老翁に会う　昔、釈迦如来が舎衛国にいらっしゃった時、阿難《あなん》尊者と申し上げる御弟子をお連れになさって、首都舎衛城のあたりにお出になった。すると、むさくるしい翁と、女と二人連れだって、釈迦と道でお会いした。二人共髪が白く、顔に皺がよって、骨と皮とが黒ずんで痩せ衰えていた。体には汚らしいものをわずかに引き結び集めて着ていたが、肌もあらわで、少し歩いてはひどく喘《あえ》ぎ、しきりと立ち止まった。

翁の過去世　釈迦はこれを御覧になり「阿難よ、これを見たか。この翁には前世で大きな善行を積んだ善根がある。まだ若い壮年のはじめに修行して、この世のことを祈ったならば、舎衛国第一の長者になっただろう。迷いの世界を離れるために勤行したならば、三明六通の阿羅漢となっただろう。次に壮年の盛りに修行したなら、第二の長者となり、悟りを求めたなら、阿那含の聖となり、斯陀含《しだごん》の聖となっただろう。だが、愚かで怠惰だったので、その盛りの時期を過ごし、せっかく前世からの善行の貯えを持ちながら、後世を願わなかったために、今、つまらない身となり、生まれ難い人間としての生命を無駄に過ごしているのだ」とおっしゃった。

私も偶然法華経と巡り会い、阿弥陀仏の悲願を聞きながら、勤行せずに無駄に月日を過ごしている、乞食の翁と全く変わるところがない。

一三　善導和尚が仏を見たこと

善導、仏に会う　唐の善導和尚は道綽の御弟子である。しかし、その師を越えた境地に達して、心を平静にさせる定の中で阿弥陀仏を拝み申し上げ、わからないことをお尋ね申し上げ、悟りを得ていらっしゃった。師の道綽が、善導に頼むことには「私が朝夕極楽往生を願っていることは叶うだろうか。このことがとても気になる。仏にお尋ね申し上げ、そのお返事をお聞かせ下さい」といわれるので、すぐさま定に入ってこのことを尋ね申し上げる。仏は「木を切るには斧を振り下ろす。家に帰るには苦しみをいとわない」とおっしゃった。この二つのことを聞いて、師の道綽にお伝えなさった。

仏の言葉の意味　この意味するところは、木を伐るには、いかに大きな木であっても、休むことなく切り続ければ、最後には切り倒せないということはない。切るのを怠って休んではいけない。家に帰るにはまた、苦しいからといって、途中で止まってはいけない。這うようにしてでも歩き続ければ、必ずたどりつく。志が強く、怠らなければ、往生は疑いないのだとお教えになったのだ。

このことは道綽だけにあてはまるのではない。いろいろな行者にとって、全く同じである。

発心集　第三

一　近江の国のましての叟のこと

ましての翁　中ごろ、近江の国に物乞いをして歩く翁がいた。立っても座っても、見ても聞いても毎に「まして」とばかり言っていたので、国の人々は「ましての翁」と呼んでいた。大した行徳もないが、長年愛想よくふるまって歩き回っていたので、人は皆この翁を知っていて、姿を見ると施しを与えていた。

翁が往生する夢　その頃、大和の国にいる聖が、この翁が必ず往生するという夢を見たので、結縁のために訪ねて来て、そのまま翁の草庵に泊まった。そして夜などにはどのような修行をするのだろうかと聞き耳を立てていたが、全く勤行をしない。聖が「どのような修行をしているのか」と聞くと、翁は全く修行などしていないと答える。聖が重ねて「実は私は、あなたが往生する夢を見ましたので、わざわざ訪ねて来たのです。隠さないで教えてほしい」と言った。

翁の修行法　その時、翁は「実をいうと、私は一つの修行をしている。『まして』という口癖がそれだ。飢えている時には、餓鬼の苦しみを想像して、『まして』と言う。寒いにつけ暑いにつけても、寒熱地獄を思っては『まして』ということ、同様だ。いろいろな苦しみに会うたびに、ますます悪道に堕ちることを恐れる。おいしい物を前にした時は、天の甘露はもっとすばらしいと想像して、眼前の物に執着を持たない。もし美しい色を見、すばらしい声を聞き、香しい香りをかいだ時も『こんなものは物の数ではない。あの極楽浄土の荘厳は、何につけても、まして、どんなにすばらしいだろうか』と思って、現世の楽しみにとらわれないようにしているのだ」と言った。

聖はこれを聞いて涙を流し、手を合わせて立ち去った。

必ずしも浄土の荘厳を観想する修行をしなくても、何かにつけて仏法の道理を思うのもまた、往生に向けての修行となるのだ。

二　伊予の僧都に仕える大童子に、頭光が現れたこと

頭光を発する大童子　奈良の都に、伊予の僧都という人がいた。白河院の治世の末の頃に生まれ合わせた人だろうか。

その僧都のもとに、長年使う大童子がいた。朝夕念仏を唱えること、少しの間も怠らない。ある時のことだが、僧都が夜更けに外出した時、この童は火を灯し、車の先に行く。その姿を見ると、火の光に照り映えて、頭から光が発せられていた。思いがけない珍しいことだと思い、人を呼んで、この火を車の後方に回して灯してみた。

そしてまた進んで見てみると、やはり以前のように光る。何とも説明のしようのない出来事である。

伊予僧都の勧め　その後、僧都はこの大童子を呼んでこう話した。「お前は年齢もだんだん高くなってきた。いつも念仏を唱えているのはとても立派だ。今は童子として私に仕えるのは念仏の障害となろう。他のことに時間をとられず念仏だけに専念しなさい。生活の糧に多少の田を分け与えよう」と言った。童は「私のどこがお嫌になったのでしょうか。お仕えするからといって、念仏の障害になることはございません。体が続きます限りはお

仕えしたいと思っていましたのに、とても意外な仰せです」などと言う。

大童子の臨終　「そういう意味ではない」と、僧都がことの次第をよくよく聞かせると、大童子は「それでは、仰せの通りに致します」と言って、もらった田を、二人いる子供に分け与え、自分の食い扶持の世話をさせた。

こうして、猿沢の池のほとりに一間の庵を作り、ひたすら余念なく念仏をしていたので、念願通り臨終に心が乱れず、西に向かい手を合わせて命終した。

往生は智恵の有無によるのではなく、また俗界から離れるからといって実現するわけでもなく、ただ低い身分であっても功徳を積んだ者が、このように往生を実現するのである。

三　伊予の入道が極楽往生のこと

源頼義の発心・懺悔　伊予守源頼義は、若くから罪悪ばかりを作り、少しも反省の心がなかった。まして、天皇の命令とはいいながら、陸奥の国に向かい、十二年間、謀叛人たちを滅ぼし、その一族の人々の命と生活を奪ったこと、限りなかった。因果の道理があるのであれば、地獄へ堕ちる報いを受けること疑いないと思われていた。みのわの入道という、頼義より先に遁世した者がいた。折りにつけ、この世の無常、罪の報いの怖ろしいことなどについて語るのを聞き、頼義はたちまち発心して剃髪し、ひたすら極楽往生を願った。そのみのわの入道が作った堂は、伊予の入道頼義の家の向かい、左女牛《さめうじ》と西洞院《にしのとういん》の交差した場所にあった。みのわ堂と言って、先頃まであった。

その堂で勤行する間、昔の罪を悔い悲しんで流した涙は、板の間に落ちたまり、広廂に伝い、床から流れて地面に落ちるほどに泣いたという。

頼義の極楽往生　その後、語るには「今は、極楽往生の願いを必ずなし遂げようと思っている。強く堅固な心が起こる様子は、昔、衣川の館を攻め落とそうとした時と変わらない」と言ったという。本当に臨終の様子は立派で、極楽往生したと、往生伝には記されている。

多く罪を作ったからといって卑下すべきではない。深く仏道心を起こして勤行すれば、極楽往生を遂げられるのは、今見た通りである。

頼義息の堕地獄　頼義の息子は、最後まで導き手もなく、懺悔の心も起こさなかったので、罪が消えることはなかった。重病になった頃、向かいに住んでいる女房が夢を見た。いろいろな姿をした怖ろしいものたちが、無数、邸周辺を取り囲んでいたので、「どうしたのか」と尋ねると、「人をつかまえるのだ」と言う。しばらくして、男を一人引っ立てて、先頭に札を掲げているのを見ると「無間地獄に堕ちる罪人」と書いてある。夢から覚め、とても不審に思って尋ねてみると、「今朝その方は、はやお亡くなりになった」と言われた。

四　讃岐の国の源大夫がにわかに発心し、往生した事

源大夫、仏供養を目撃　讃岐の国の何とかいう郡《こおり》に、源大夫という者がいた。そういう者たちの常ではあるが、源大夫は仏教という名前すら全く知らなかった。生き物を殺し、人の命を奪うことばかりして、他のことはいっさいない。それゆえ、近い所の者も遠い所の者も、恐れおじけづくことこの上なかった。

ある時のことだが、狩りを終えて帰る途中、仏の供養をしているある家の前を通り過ぎた。聴聞にやって来た人々がたくさん集まっているのを見て「いったい何をしているのだ、人が大勢集まっているのは」と源大夫がたずねるので、郎等の家来は「仏の供養ということをやっているのでございます」と答えた。「そうか、それはおもしろい。まだ見たことがないぞ」と言って、馬から下り、狩場の装束のまま、中にずんずん入っていった。庭の中にたくさん集まっていた人々は、源大夫の姿を見て「これは大変だ」と肝をつぶして、地面にはいつくばった。源大夫は大勢の人の肩を乗り越えて、導師が説法をしているすぐ

そばに座り込んで、話の中身は何なのだと聞いた。僧は恐ろしくて恐ろしくてたまらなかったけれど、説法を途中でやめて、阿弥陀仏の御誓いが頼もしいこと、極楽の楽しいこと、この世の苦しいこと、世の中のはかないことなどを、一つ一つ細やかに説明した。源大夫が言うには「それはとても、とてもすばらしい。それなら、俺は法師になる。そしてその仏のいらっしゃる所へ参ろう。道は知らないが、心をこめて、その仏をお呼びしよう。仏は答えて下さるのか」と聞くのだった。「深く道心を起こしてお呼びするならば、必ずお答えになるはずです」と僧は答える。

源大夫の突然の出家　「じゃあ、俺を今すぐここで法師にしろ」と言う。もう僧は驚いたままで、何も言えなかった。その時、郎等たちがやって来て「今日はいくら何でもせわしすぎます。一度、お帰りになって、その支度をなさり、出家なさるのがよろしいかと思います」と言うと、源大夫はものすごく腹を立てて「お前たちのつまらない考えで、俺がやろうと決めたことを、どうして邪魔しようとするんだ」と目をむき、太刀を引き抜いて振り回す。郎等たちは恐れおののいて、その場から立ち離れた。およそ今日の供養を発願した人を始め、ありとある人、みんな色を失った。源大夫は近くに寄って来て「今すぐ頭を剃れ。剃らなければ、許さないぞ」としきりに責め立てるので、導師はもうどうすることもできず、ぶるぶる震えながら源大夫の頭を剃り、法師の姿にしたのだった。源大夫は衣や袈裟をもらい受け、それを着て、そこから西へ向かい、声の限り「南無阿弥陀仏」と唱えながら進んでいった。これを聞いた人は涙を流し、尊みあわれんだ。

源大夫、西を目指す　こうして、何日かが経ち、はるかに西へと進んで行くと、その先に山寺があった。その寺の僧が、源大夫の様子がおかしいので、ことのわけを尋ねた。源大夫がこれこれと、あった通りに話すと、僧はそれを聞き、尊みあわれむことしきりであった。「それなら、何か食べ物が欲しくていらっしゃるだろう」と言って、干飯を少し包んで渡そうとしたが、「物を食べたいという気持ちは全くない。ただただ仏がお答えになるまで、山だろうが、林だろうが、海だろうが、川だろうが、私は命が続く限り、進み続けようと深く心に思っている。その他のことは何の考えもない。」と言って、なおも西を目指して、仏の名を呼びながら進んで行ってしまった。

阿弥陀仏の声　その山寺には一人の僧がいた。源大夫の後を訪ねながら追いかけて行くと、遥か西の海際に突き出た山の突端があって、その岩の上に源大夫は座っていた。僧に向かって「ここでもって阿弥陀仏が答えて下さったので、じっとお待ちしているのだ」と言って、声をあげて、阿弥陀仏をお呼びする。すると本当に海の西の方から、かすかにお声が聞こえるではないか。「お聞きになられたか。今はもうお帰り下され。そして、七日過ぎてからまたお出であれ。私の姿がどのようになっているかを御覧になるがよい」と言うので、僧は泣く泣く別れを告げて帰って行った。

源大夫の往生　その後、言われた通り何日か経ってから、今度はその寺の僧侶を大勢引き連れて行って見てみると、前の所といささかも変わらず、手を合わせ、西に向かい、眠っているかのようにして息絶えていた。舌の先からは青い蓮花の花が一房延びていた。僧たちは源大夫を仏のごとくふし拝み、蓮花の花を折り取って、国守に差し上げた。国守はそれを持って藤原頼通公に献上した。

仏道の修行をきちんと積んだというわけではないが、一筋に仏に向かってお願いする心が深ければ、往生することができるということは、まさにこの通りなのである。

五　ある禅師が補陀落山に詣でたこと　賀東上人のこと

禅師、身燈を試みる　近いころ、讃岐の三位という人がいらっしゃった。その乳母の夫で、長年極楽往生を願っている入道がいた。心中思うには「この身の有様を見ると、何につけても思い通りにならず、もし悪い病気などになり、臨終も願い通りでないなら、念願を果たすことは非常に難しくなる。病気にならずに死ぬのだけが、臨終に心乱れない方法だ」と思い、焼身しようと思った。それにしても堪えられるものだろうかと、鍬というものを二つ、真っ赤になるまで焼いて、左右の脇にはさんでしばらくいたが、その焼け焦げていくさまは目もあてられない無惨なものだった。そしてその入道は、しばらくして「大したことではない」と言って、焼身の準備をしたが、「焼身はたやすく実行できる。しかし、生まれ変わってから極楽に参っても甲斐がなく、また凡夫なので、もしかすると臨終の時になって、まだ疑う心が生じるかも知れない。補陀落山は現世で、この身のまま詣でることのできる所だ。だから、そこへ詣でよう」と心に決め、すぐに脇を治療して、土佐の国にゆかりの所があるので、そこに行き、新しい小船一つを用意して、朝晩これに乗って楫のとり方を練習した。

補陀落山に向かう　その後、船人に頼んで「北風が絶え間なく吹き強まる時、教えてくれ」と約束した。さて、その風を待って、かの小船に帆をかけ、ただ一人乗り込んで、南を目指した。妻子はいたが、これほどまでに決心したことなので、留めてもかいがない。仕方なく、船が見えなくなった方角を見送って嘆き悲しんだ。これを見た当時の人々は「思いの強さが並々でない。きっと到り着いただろう」と推測し合った。

賀東聖の先例　一条院の時代とか、賀東聖という人が、同じようにして、弟子一人を連れて補陀落山に参ったと語り伝えているが、賀東聖の先例を思ってのことだったのだろうか。

六　ある女房が天王寺に参り、入海したこと

娘に先立たれた女房の嘆き　鳥羽院の時代、ある皇女腹の子に、母と娘の二人で一緒に宮仕えをしている女房がいた。何年か経ったころ、娘が母に先立って亡くなった。嘆き悲しむことこの上なかった。しばらくの間は、同僚の女房たちも「それは悲しいに違いない。もっともなことだ」などと言っていたが、一年、二年経っても、その嘆きは全く収まらない。どうかすると日が経つにつれ、いっそうひどくなっていくので、見苦しい時も多かった。不吉なことを避けねばならない時もはばからず、涙を押さえながら日を送っていたので、人目について障りにさえなるようになった。しまいには「これは納得のいかないことだ。先立たれたり先立ったりというのは今に始まったことではないのに」などと、口さがなく、聞こえよがしに言うようになっていった。

天王寺に参詣　こうしているうちに三年経った日、ある早朝、誰にも知らせず、ついちょっとという様子で邸を出て、衣一つ、手箱一つだけを袋に入れ、女の童に持たせた。京を抜け、鳥羽の方角へ行くので、この女の童は不審に思ったが、さらに歩んでいく。日も暮れたので、橋本という所に泊まった。夜が明けると、また出発した。やっとのことで、そ

の夕刻、天王寺に参り着いた。そして、人の家を貸してもらい「ここで七日間ほど念仏をしたいと思いますが、京からその準備もせずにやって参りました。身一つと女の童だけでございます」と言って、この持って来た衣一つを脱いで与えたので、「お安い御用です」と、家主はそれに向けた準備をする。

七日ごとの修養　こうして、毎日天王寺の御堂にお参りして仏を拝んで回り、他念なく、ひたすら念仏を唱えた。手箱と衣二枚を仏舎利に供えた。七日過ぎたので、京に帰るのかと思うと、「前に考えていたより大変心が澄み、力もついてまいりました。この機会に、あと七日ほど」と言って、また衣一つを与えて、十四日になった。

その後、また予定を聞くと「二十一日に延ばしたいと思います」と言って、また衣を与えるので、「そのたびごとにお志し下さらなくても、以前いただいた分で、しばらくは足りましょう」と言ったが、「だからと言って、このために用意したものを持って帰るわけにもいきません」と言って、あえて受け取らせた。

二十一日間、念仏を唱えること、他念ない。

難波の海に飛び込む　二十一日が過ぎ、「もはや京に帰らねばならないので、有名な難波の海が見たい。見せて下さいませんか」と言うので、「たやすいことです」と言って、この家の主は、道案内して浜に出て、そのまま一緒に船に乗り、漕いで回る。とてもすばらしいからと、「もう少し」「もう少し」と、いつの間にか沖に遠くまで出て来ていた。

そうして、しばらく西に向かって念仏して、女房は海にざぶんと飛び込んでしまった。「ああ、大変」とあわてて引き上げようとするが、石でも投げ入れたように沈んでしまったので、「とんでもないことになった」と驚き騒ぐうちに、空に雲が一つ浮かんで来て、船を覆い、かぐわしい香りがする。家主は大変尊く心に思い、泣く泣く船を漕いで帰って行った。

その時、浜辺に多くの人が集まり、みんな何かを見ていたが、素知らぬふりでわけを尋ねたところ、「沖の方に紫の雲が立ったのだ」などと答えた。

女房の残した書き置き　その後、家に帰り、女房の残したものを見ると、この女房の筆蹟で、見た夢の様子が書き付けられていた。

「初めの七日目には地蔵菩薩と龍樹菩薩が来てお迎えになる夢を見た。

十四日目には、普賢菩薩、文殊菩薩がお迎えになる夢を見た。

二十一日目には、阿弥陀如来が、さまざまの菩薩とともにいらしてお迎えになる夢を見た」と書き置いてあったという。

七　書写山の客僧が断食往生したこと　このような行法を謗るべきではないこと

断食往生を願う持経者　播磨の国の書写山に、他所からさすらって来た持経者がいた。かの地の人々のもてなしで、その地で何年もの間、過ごしていた。

とりわけ、ある高徳の僧を頼りにしていたのだが、この持経者が「私は心静かに臨終を迎え、極楽往生することを深く願っております。臨終の有様は予期しがたいので、特別な妄心も起こらず、体も元気なうちに、この身を捨て果てようと思っています。それについて、焼身や入水などは、やり方もあまりに激しく、苦しみも深いでしょうから、食物を断ち、静かに命終をなしとげたいと思い立ちました。そうはいっても、自分一人の心の中で決心しただけでは、いつ心変わりしかねませんゆえ、このように申し上げることにしました。どうか、どうか、このことは口外なさらないで下さい。住まいは南の谷に確保しております。もはやそこに籠もるだけで、あとは無言の行に入りますので、お言葉をかわすのも今日が最後です」と言うので、僧は涙を流しながら「とてもとても尊いことです。それほどまで決心を固められたことなので、どうこう申し上げるに及びません。ただ、気がかりに思った時、まれにそっと様子を見に行くことは許していただけますか」と言う。「それは言うまでもありません。心隔てをいたしておりませんからこそ、このようにお話し申し上げるのですから」などと、よくよく約束し合い、持経者は姿を消していった。本当にすばらしい決心だと思われて、毎日でも行って様子を見たかったが、煩わしく思うだろうと遠慮するうちに、自然と日数が重なっていった。

僧、持経者の庵を訪ねる　七日ほど過ぎて、教えられた所を訪ねてみると、体一つだけ入る程度の小さな庵を作り、その中で読経していた。近づいて「どれほど体が弱り、苦しくていらっしゃるか」と聞くと、ものに書いて筆談で返事をする。「毎日とても苦しく感じ、心も弱り、臨終もどうなってしまうだろうと思いましたが、この二、三日前に、ふとまどろんだ時に見た夢で、幼い童子がやって来て、私の口に水を注いでくれた、と見た後、身が涼しく、力も出て来て、今はつらいことはありません。今の調子なら、臨終も願い通りでしょう」などと言う。ますます尊く、慕わしいことだと思わいながら、僧は帰って行った。

断食のうわさ広まる　その後、あまりに珍しくも尊いことなので、ごく親しい弟子たちにだけは、この持経者のことを自然と語ってしまったのであろう。それがだんだんと広まって、書写山の僧たちが縁を結ぼうと訪ねて行った。「ああ、大変だ。あれほど口止めしたのに」と言っても、どうすることもできない。しまいには、郡中に広く知れ渡り、遠くからも近くからも人がやって来ては騒ぐこと限りなかった。

この老僧もやって来て、できる限りとどめようとするが、人々は全く耳を貸さない。持経者は口をきかないが、とてもつらく思っている様子を見るにつけ、ひたすら自分の罪なので悔やまれ、つらいことこの上なかった。

持経者、姿をくらます　こうして夜昼問わず、縁を結ぼうとして様々のものを投げ入れたり、魔除《まよ》けの米を撒いたり、拝み騒いだりするので、こんなふうでは往生にさし障りがあると思っているうちに、どうしたのか、この持経者は、ある晩、そっと這い出るようにしてどこへともなく姿を消してしまった。集まった沢山の人々は、手分けして山中探し回ったが、見つからない。「それにしても不思議なことだ。どこに行ってしまったのだろう」などと言い合っていた。その後、十日余りかして、思いがけず、持経者がいた跡なのだろうか、元の場所からわずか五、六十メートルほどはずれた、少し柴が密生している傍らに、経と紙衣だけが置いてあった。

この三、四年うちの出来事なので、山中で目撃しなかった人はなかったほどだ。末世のこの世には滅多にないことだ。

世間の中傷　いったい、色々な罪を作るのは全て我が身が原因である。このように悟って、臨終に際しても往生を願うなら、疑いなく実現できるだろう。しかし、穢れに満ちたこの世の習慣として、自分の身の程にないことを願ったりする。ややもすれば人々はそれを誘って「前世で人に食べ物を与えず、その報いで我が身のほどを失い、このような目に合うことになったのだ」と言ったり、あるいは「悪魔が心をたぶらかして、人々を驚かし、後世往生の願いを妨げようとねらっているのだ」などとも言ったりする。

人を謗るな　たしかに前世で作った業は知りがたいものだが、そのように言い始めたら、いったいどの行法が相応しく、実り多いと言えるだろうか。口にしたい味わいをがまんし、身を苦しめ、心を鍛えるのが修行の源だ。これら全ての苦しい修行を、人を苦しめた報いだなどと決めることができるだろうか。まして、仏菩薩が仏になるための過程の修行は、いずれも仏法を重んじ、我が身のほどは軽くした。そうした立派な例に従おうとしないのは、自分の心が拙いのだ。たまたま学んで身を修めようとしている人を謗ることなどできないのだ。

善導和尚、身投げする　あの善導和尚は念仏宗の開祖で、生身のまま悟りを得られた人である。往生することは疑うまでもなかったが、梢に登って身投げをされた。善導和尚が人々のために悪いことを始められるはずがあろうか。また法華経には「もし人が仏道心を起こして悟りを得ようとするなら、手の指、足の指に火を灯して釈迦に奉れ。国、城、妻子、大千国土、さまざまな宝を奉って供養するより勝っている」と述べられている。

身命をささげる　これらについて考えてみるに、人体を焼く匂いは臭く、穢らわしい。仏の御ために何のお役に立とう。たとえていえば、一房の花にも、一つかみの香にも匹敵せぬつまらないものだが、志が深く、痛みに耐えるために、大きな供物となるという意味であろう。そうであれば、もし人が潔く心を起こし「大千国土中、仏が最高の供養だとおっしゃったなら、凡夫の我々には実現しがたいだろう。だが、我が身は自分のものである。そしてその身は夢のようにはかなく、やがて朽ち果ててしまう。どうして指一本に限ろうか。すべて身も命も仏道になげうって、一時の苦しみは遠い過去からくり返してきた生死の罪を償い、仏の御加護できっと臨終に心静かであることを得られるだろう」と深く悟って、食べ物も断ち、焼身・入海したなら、他ならぬ我ら衆生のために、仏が発願して下さったことなのだから、きっと浄土に導いて下さるに違いない。

そうであれば、今の世でも、このような修行法で死のうとする人に、目の前にすばらしい香りが立ちこめ、紫色の雲がたなびいて、極楽往生のしるしが顕著な例は多い。まさにあの童子が水を注いだ、というのもその現れではないか。仰ぎ見て信ずべきことである。疑って何のよいことがあろう。そうであるのに、自分の心が力不足なばかりに、自分も信じないだけでなく、他者の信心をさえ乱そうというのは、愚かの極致である。

八　蓮花城《れんげじょう》が入水《じゅすい》したこと

蓮花城、入水を決意　近ごろ蓮華城といって、人によく知られている聖がいた。登蓮法師は知り合いで、何かにつけて、いろいろ面倒も見てきていた。何年か経ったある時、蓮華城がこう言った。「今は年を経るにつれ、体も弱ってまいりました。死がもうじきであることは疑いがありません。穏やかで静かな終わりでありたいというのが、私の最高の願いです。心が惑わず、落ち着いている時に入水して、最後を納めたいと思っています」。登蓮はこれを聞いて、大変驚いた。「とんでもない。一日でも多く、念仏の行を勧めようと考えるべきです。入水の行などといったものは、愚かな人がやる行です」と言って諌めた。しかし、蓮華城の心は全く揺るぐことなく、強く思い決めている様子であったので、登蓮は「入水をあそこまで決心されていらっしゃるのであれば、もうお留めすることはできない。これも定まった運命なのかもしれない」と思って、入水の支度や準備などを、協力して、一緒にあれこれ整えたのだった。

桂川に入水する　そしてとうとう、桂川の水の深い所に行って、念仏を高らかに唱え、やがて水の底に沈んでいったのだった。その時、噂を聞きつけた人々は大勢、市のごとく集まり、しばしの間、入水を尊み崇め、その死を悲しみ悼むこと限りなかった。登蓮は長年親しく付き合っていた間柄であったのにと思うと、深い哀しみにおそわれ、涙をこらえながら、帰っていったのだった。

蓮花城、霊となる　さて、その後、何日か経ってのころ、登蓮は物の怪めかしいものに取り憑かれた。周りの人も不思議なことだ、奇妙なことだと思っていると、霊が現れて「先の蓮華城」と名乗るのだった。登蓮は「とても本当のこととは思えない。長い年月お付き合いを重ね、最後の時まで恨まれるようなことは、一切ないはずだ。ましてや御決心のほども立派で、尊い御往生を遂げられたのではなかったのか。どちらにしても、どうして、そんな姿で現れてきたのか」と言うと、物の怪が答えた。

霊、悔しさを語る　「そのことです。私の入水を幾度もお留め下さったにもかかわらず、私は自分の心も弁えず、全く意味のない死を選んでしまいました。あの通り、人からいわれてやったことでもなく、自分から進んでやったことなので、まさか飛び込む時に迷いなど起こるはずがないと思っておりました。ところが一体どんな悪魔のしわざなのでしょうか、まさに水に入ろうとしたその時、突然、死ぬのがこわくなってしまったのです。でも、あれほどの大勢の群衆を前にして、どうして入水を取りやめることができましょうか。『ああ、今止めて下され、止めて下され』と思って、あなた様の目としきりに視線を合わせたのですが、あなた様はお気づきにならず、『さあ、早く、早く』と促されるばかりでした。私は追い詰められて、沈んでしまったのです。本当に悔しく、未練が多く残ってしまいました。もう、往生などということはどこかに飛んでいってしまい、とんでもない魔道の世界へと入ってしまったのでした。これも私一人の愚かな心から出た過《あやま》ちでありますので、他の方をお恨みするようなことではありませんが、最後の一瞬に、悔しいと思ったことから、こうやって、あなた様のところに現れてきたのです」と言うのだった。

はかりがたい人の心　これこそまさしく前世からの因縁だと思われます。そしてこれは末法の世に生きる人々への誡めともなるに違いない。

人の心というものはどうにも予測できないものである。常に清らかで、誠実な思いが源とは限らない。ある時には他者に勝るという評判を得たいという欲念にとらわれ、またある時には驕り、高ぶり、怨み、妬みの気持ちから、愚かにも身を焼き、海に入り、そうすれば浄土に生まれ変わることが出来るし、他人にも勝てると考え、心のはやるままに、そうした行を思いつき、実行してしまうのです。これは全くもって、邪道の世界の者が行う、愚かな苦行と変わることがない。とんでもない間違った考え方である。

入水の苦しさ　なぜならば、火の中や水の中に入った時の苦しみは、信じられないくらい劇烈なものだ。身を捨てて、極楽に行こうという信念が弱かったら、どうしてその苦しみを耐え切ることができようか。苦痛があれば、心は乱れる。仏のお助けがなければ、平安な臨終を遂げることは、きわめて難しい。なかには愚かな人の言い草として、「焼身はできない。入水ならわけなくできる」などと言っているようであるが、それは見た目に入水は何でもないように見えるが、水の本当の怖さを知らないからなのだ。

ある聖はこう言っていた。「水に溺れて、もう少しで死にそうになりました時、人に助け上げられて、かろうじて生き延びることがございました。あの時、鼻や口から水が入って来て、味わわされた苦しみは、たとえ地獄の苦しみであっても、これほどではあるまいと思いました。それなのに人が入水はたやすいことだなどと思っているのは、水が人を殺すのだということを、まだ知らないのです」と言っていました。

すべては心次第　また、ある人はこう言っている。「もろもろの行はすべて我が心の中にある。自ら行い、自らその良し悪しを知るべきである。他人には知ることができないことである。すべて前世の因果も、来世の応報も、御仏の加護も、じっと考えて、心を静めれば、おのずからどのようなものであるかが、わかるに違いない。一つの例を挙げよう。もし仏道を修行しようと思い、山林の中に入り、また一人で広い野の中にいる時に、我が身の安全を恐れ、命を惜しむ心があったならば、必ずしも仏の御加護があると期待することはできない。垣根や壁をめぐらし、いつでも逃げられる準備をして、自分で身の安全をはかり、自分で病を治し、少しずつ修行を進めていこうと思うがよかろう。もし、ひたすらに仏に我が身のすべてを奉る身なのだと思い、虎や狼が襲い来て、自分を食い殺そうとも、全く恐れる心もなく、また食べ物がなくなり、飢え死んでもかまわないと思えるようになったならば、仏は必ずお力を下さり、菩薩・聖衆も来られて、お守り下さるのだ。そうなった時は一切の悪鬼も害獣も襲い来る機会を失う。盗人も信心を起こして自ら去っていく。病は仏力によって治っていくのだ。このことを理解せず、自分の心は浅薄なままで、御仏の御加護をあてにするようなことは、とても危なっかしいことだ」と語っておりました。

この話は本当にその通りだと思われる。

九　きこりが一人で悟ったこと

近江の山の中　近ごろのできごとであるが、近江の国の池田という所に身分の低い男がいた。男の年齢は高かったが、年若い子供を持っていた。親子は二人で一緒にしなくてはならない仕事があったので、そろって奥山へと入っていた。山奥で少しく長い休みをとることにして、腰を下ろした。季節は冬の十月末ごろであったのだろう、木枯らしが激しく吹きすさび、木々の木の葉は雨の如く乱れ散っていく。

父親、出家を決心　父は散り乱れる木の葉を見て、息子にこう言った。「お前、この木の葉が散るのを見ているか。よくよく静かにこれを見ていると、木の葉が散っていく姿と、自分の生きている姿は変わるところがないと思われてくる。なぜなら、春は若葉が芽を出したかと見ていると、どんどん繁ってきて、夏は深い緑の盛りとなる。秋の八月くらいになると、葉っぱの青々とした色は黄色に変わり始め、さらに深い紅《くれない》色へと色が変わっていく。冬の季節となれば、ほんの少しでも風が吹こうものならば、もろくも散っていってしまう。最後には朽ち果てていくのみだ。我が身もこれといささかも変わるところがない。十歳くらいの時は、いうなれば春の若葉だ。二、三十歳ほどの盛りの時は、夏の梢が深い木陰をつくり、とても心地良い季節と似ている。今、私は六十歳を過ぎて、黒髪もいささか白髪へと変わり、皺《しわ》も波立ち、膚《はだえ》の色も変わり衰え、もうもとに戻ることはない。この老い様《ざま》は木の葉が秋になって色を変えていき、かろうじて嵐の風に吹き飛ばされていないというだけなのだ。嵐に吹かれて散っていくのも、今日かも知れない、明日かも知れない。こんなはかない人生に気付かないで、この世に生きていこうと考え、朝といい、夕といい、苦しくつらい目に会いながら、あくせく走り回っている。考えて見ればつまらない、くだらないことだ。自分はもう家には帰らない。出家して、法師の身となり、ここにとどまり、木の葉のうつろいゆく姿をじっと思い続けて、静安の気持ちになって念仏を唱えて、生きていこうと思う。お前はまだ年も若い。人生もこれからだ。先も長いから、早く家に帰るがいい」と父は言った。

子供の決意　子供はこう答えた。「本当におっしゃる通りです。言われたことはもっとも至極ではあります。しかしお住まいになる庵一つだってあるわけではありません。田畠を耕す手立てだってありません。雨風の苦しみ、猛《たけ》き獣の怖ろしさ、どれをとっても堪えしのぶ仕度も全くできていません。一体どうやってお一人でお住まいになられようとされているのですか。そういうことであるならば、私もご一緒に木の実も拾い、水も汲みましょう。父上がいかようにもなさりたいように、私もして差し上げたいと思います。今、私は盛りの年齢であるといっても、いってみれば夏の木の葉でございます。最後には色を変え、散っていくのです。しかし、木の葉には色づいてから散っていくという定めがあります。ところが人間は若くても先立って死んでいく例だって沢山あります。ひょっとすると木の葉よりはかない存在なのかも知れません。父上が家にお戻りにならないのならば、私も家には帰りません」。子供の言葉を聞いて、父は大変喜んだ。

父親の喜びとその死　「それはありがたいことだ」と言って、人も立ち入らないような深い深い山の中に、小さな庵を二つ建てて、そこに一人ずつ住んで、朝夕念仏を唱えながら過ごしていたということだ。

ごく最近のことであるので、みんなが知っていることだ。ある人の話では、「父親はすでに身まかり、往生した。息子の方は今も生存」という。

一〇　証空律師の願望が深かったこと

証空律師、隠退後、別当を望む　薬師寺に、証空律師という僧がいた。年をとり、職を辞して長い時間が経ってから、「薬師寺の別当の欠員に志願しようと思うが、どうだろうか」と言った。弟子たちは、皆同様に「あってはならないことです。もうお年を召しておられます。僧官を辞された時に、今更そんな志願をなさったら、きっとお考えがあるのだろうと、人々も奥ゆかしくお思い申し上げていましたのに、人々も失望申し上げるでしょう」と情理を尽くして、あれこれ諫めたが、全く納得する様子がない。何としても願いが強く見えたので、全く打つ手がない。弟子たちは集まって、このことを嘆きながら「この上は、どう申し上げてもお聞き入れにはなるまい。それなら、見てもいない夢を見たとして、律師が怖ろしさで身もだえなさるほどの作り話をし申し上げよう」と決めたのだった。

律師の説得に失敗　さて何日か経って、静かな時に一人の弟子が「先日の夜、大変不思議な夢を見ました。この庭に、様々な色の恐ろしげな鬼がたくさん出て来て、大きなかまどをつくっておりましたので、不審に思ってわけを訊《たず》ねると、鬼が『ここの坊主の律師のため』と答える、という夢でした。いったいどのような深い罪がおありなのでしょう。このことが納得できませんのです」と語る。すぐに驚き恐れるだろうと思っていると、律師は耳元まで大口をあけて笑いながら「私の願いが叶うに違いない。他言して下さいますな」と言って拝むので、もはや言葉もなく、それきりになった。

きこりの父と対照的　学識ある僧だからこそ、この律師の地位まで昇ったのであろう。齢七十で、この夢に喜ぶとは、まことに情けない欲の深さである。あの無智の翁が一人で悟りを得たのとは、似ても似つかない話だ。

一一　親輔《ちかすけ》の養子が往生したこと

養子の信心　中ごろ、壱岐前司親輔という人が、幼い子をもらい子にして、慈《いつく》しみ育てていた。この子は三歳の時から、数珠を持って遊び、全く他の物に目もくれなかった。父母はかわいがって、紫檀《したん》の数珠を持たせたところ、阿弥陀仏を口癖に唱えるようになった。父母はこれを聞いて注意したが、この子はなおやめなかった。六歳の時、重病になり、数日後、寝床にふせっていた時、いつも手にもって遊んでいた数珠がそばにあるのを見て「私の数珠の上にほこりがついている」とたいそう嘆く様子であった。これを聞いた人々は、涙を流して感動し合った。

法華経を唱えて死ぬ　その時、父母に向かって「体が汚れているので、入浴したい」と言うが、重病なので固く禁じられる。その後、人に助けられながら、西に向かって起き上がり、声を上げて、

聞妙法華経提婆達多品、浄心信敬、不生疑惑者、不堕地獄

という箇所から

若在仏前蓮華化生

という部分まで唱える。その声はとても美しかった。幼い子供だったので、日ごろ人が教えたわけではない。みんな驚き尊ぶ。声が止まぬ中、視線が揺らぎ、息絶えたので、父母の嘆き悲しみはこの上なかった。

母の夢に現れる　何日か経った後、母が昼間にうたた寝をしていると、夢とも現実とも分からぬ状態で、この子供を見た。容貌はとりわけ美しく、清らかだった。母に向かい「私の姿がよく見えますか」と言う。母が「よく見える」と言うと、子供は、

即往南方無垢世界、坐宝蓮花成等正覚

という部分を読み終えて、そのまま姿が消えていったとのことだ。
これは嘉承二年頃の出来事である。

一二　松室の童子が成仏したこと

法華経を読誦する児　奈良の松室という所に一人の僧がいた。官職にはわけあって就かなかったが、徳があり、世に用いられた者だった。その僧のもとに、特にかわいがっている幼い児《ちご》がいた。この児は朝夕法華経を読み申し上げるので、師僧はこれを承知しなかった。「幼い時は仏典の学習を第一にすべきだ。とても感心できないことだ」などと注意され、一旦は言われた通りにする様子だが、とかく隠れながら法華経を読んでいた。大変深く志しているのだと思って、後にはもう誰も止めなくなった。

児、行方不明　そうこうしているうちに十四、五歳くらいになり、この児はどこへともなく出奔した。師僧は大変驚いて、あらゆる所を探し求めたが、全く姿が見えない。「物の霊などがさらっていったのだろう」ということで、泣く泣く死後の弔いなどして、終ってしまった。

僧、仙人となった児と再会　その後、数ヶ月を経て、この坊の法師が、薪を採ろうと山深く入った時、木の上から読経の声がした。不審に思い見上げてみると、失踪した児だった。驚いて「どうしてそんな所においでになるのです。師があれほどお嘆きになっているのに」と言うと、「そのことです。それについても申し上げようと、お会いしたいと思っていたのですが、不都合があって、お近づき申し上げることができないのです。今日はお目にかかれ大変うれしく存じます。ここに、何とか出て来て下さるよう、師に申し上げて下さい」と言うので、走って房に帰り、師僧にこの由を語った。

師僧は驚いて、ただちにやって来た。児は「私は法華経を読誦する仙人になりました。日々あなた様を恋しく思い申し上げておりましたが、仙人になって後は御様子をうかがう手立てもなくなりました。およそ人間の周りは汚らわしく臭くて近づくことも出来ないので、ご挨拶せねばと思いながら、参上出来ずにおりました。これからも間近でお目に掛かることはないでしょう」と言って、ともに涙を流しながら、しばらく語り合った。

竹生嶋での奏楽　そうして帰ろうとする時に「三月十八日に、竹生嶋という所に仙人が集まり、音楽を演奏することがございます。私は琵琶を弾かねばならないのですが、楽器を捜せずにおります。貸して下さいませんか」と言う。僧は「たやすいことだ。どこに持って行って差し上げればよいだろうか」と言うと、「ここでいただきましょう」と言って、それぞれは別れていった。すぐにその場所に琵琶を届けたが、その時は誰もいなかった。

木の根方にただ置いて帰った。
さてこの師僧は、三月十七日に竹生嶋に参詣した。十八日の暁に目覚めると、遠くから何ともいえないすばらしい音楽が聞こえてくる。雲に響き、風に乗って、普通とは全く違って、すばらしく感じられて、涙をこぼしながら聞いていると、楽の音がだんだんと近づいて来て、音が止んだ。少ししてから、縁に何か物を置く音がしたので、明るくなってから見てみると、この間渡した琵琶だった。

竹生嶋に琵琶を奉納　師僧は不思議な経験に「これを自分の物にしておくのは畏れ多い」と言って、琵琶を竹生嶋明神に奉納した。かぐわしい匂いが深くしみついて、何日経っても消えなかったということだ。
この琵琶は今もその竹生嶋にある。本当の話である。

発心集　第四

一　三昧座主《さんまいざす》の弟子が法華経の験を得たこと

修行者義叡、大峰で道に迷う　中ごろ、義叡《ぎえい》と言って、あちらこちら修行して歩く者がいた。熊野から大峰に入り、金峯山に向かっているうちに道をまちがえ、十余日くらい、あてもなく険しい谷や峰を迷い歩いた。体は疲れ、力がなくなり、とても危険な状態に思えたので、一心に本尊仏に祈った。

松林の中の美しい庵　その後、何とか平地に出ることができた。そこには松原があり、林の中に一つの庵があった。近くに歩いて行ってこれを見ると、何とも美しく、新しい庵であった。調度品の類はみな玉のようである。庭の砂は雪のようで、木々には花が咲き、木の実が生《な》り、植え込みにも色々な花が咲き、見事である。義叡はこれを見てとても嬉しくなった。

法華経を読む聖　しばらく休憩し、この家の中を見ると、一人の聖がいる。年齢はまだ二十歳くらいに見えた。衣や袈裟をきちんと着て、法華経を読み上げている。声の見事なこと、またたとえようもない。第一巻を読み終わり、経机の上に置くと、その経は、手も触れないのにひとりでに巻き戻され、元通りになる。こうして第一巻から第八巻まで同じく巻き戻される。全巻読み終ると廻向文を読み、礼拝した。

その後、坊から出て、義叡を見つけて驚きいぶかしみ、「ここには昔から人が来たことがない。山の中でも特に深い山なので、鳥の声さえ聞こえない。どうやって来たのか」と言う。ことの次第を始めから語る。すると気の毒がって、坊の中に入るよう言ってくれた。

美しい天童たち　しばらくすると、何とも言えず容貌の美しい童子が、見事な食べ物を捧げ持って来る。聖が勧めるので食べてみると、味の玄妙なること、とても人間界の食物とは思えない。このように、何につけても不思議なことばかりである。義叡は聖に向かい「ここに住んで何年ほどにおなりですか。また、どんな事情がございましたか。何事もお考え通りなのでしょうか」と聞くと、聖は「ここに住み始めて八十余年になる。私はもとは比叡山東塔の三昧座主喜慶の弟子だった。しかし、ちょっとした事でひどく叱られたことで、愚かな心根からここかしこをさまよい、決まった住まいもなかった。高齢になってから、この山に居を定め、今はここで死ぬのを待っている」と答える。

義叡はいよいよ不思議に思い重ねて尋ねる。「人も来ないとおっしゃったが、すばらしい童子がたくさんいる。お話が違うのではないでしょうか」。すると聖は『「天諸童子、以為給仕（天の諸童子が給仕をする）』と法華経・安楽行品にあるのだから、どうして不思議なことがあろう」と言う。義叡はまた同じように「老齢だとおっしゃったが、御容貌は若く壮年のようだ。これもまたよく分かりません」というと、聖は『得聞是経、病即消滅、不老不死（この経を聞いたなら、病は生滅し、不老不死となる）』と法華経・薬王菩薩本事品にあることで、全く偽りごとではない」といった。

聖の坊に泊まる　こうしてしばらく時間が経つうちに、聖は義叡に「早くお帰りなさい」と勧める。義叡が「何日も迷い歩いているうち、体が疲れ、力もなくなり、すぐに帰れる気がしない。その上、太陽はすでに西に傾いて夜に入ろうとしている。どうして聖は私を毛嫌いされるのか」と嘆くと聖は「嫌っているのではない。遥か遠くに人間界の俗気から離れて長年経ったので、お帰りを勧め申し上げるだけだ。もし今夜ここに泊まるなら、体を動かさず、音を立てずにいなさい」と教えた。義叡は聖の教えの通り、隠れるようにして、じっとしていた。

鬼神や獣があらわれる　だんだんと夜が更けていくと、風が急に吹いて、普通の気配ではなくなった。そして、さまざまな姿の変化のもの、いろいろな猛獣などが、数知らず集まってきた。馬の顔のもの、牛に似たもの、また鳥の頭のようなもの、鹿の形をしたものもある。それぞれ香華のようなものや、果実の類、いろいろな飲み物・食べ物を捧げ持ち、松の庭に高い机を据え、その上に置いて、手を合わせて敬い拝んでひれふしている。この中のあるものが「おかしいぞ。いつもと違い、人間の気配がする」「誰かここに来たのだろうか」と言う。その後、聖が鬼神や獣たちのために願を立て、法華経を読む。夜明けになり、回向文を読むと、この様々な連中は聖を敬い拝んで去って行った。

義叡が「この無数にいた、様々な姿のものは、どういうものたちで、どこから来たのですか」と聞くと、聖は「『若人在空閑、我遣天龍王、夜叉鬼神等、為作聴法衆（もし閑かな所で誰もいないなら、私は諸天、龍王、夜叉鬼神らを遣わし、聴聞の衆としよう）』という法華経の言葉に由来するのだ」と答える。いろいろと不思議な光景をまのあたりにし、聖の言葉を耳にして、尊くありがたいこと、この上なかった。

夜が明けて里に帰る　夜が明けたので、今は帰ろうと思い、また道に迷うだろうことを嘆くと、聖は「道案内をつけてお送りしよう」と言って、水瓶を取り出して前に置いた。その水瓶は飛び上がり飛び上がりして、少しずつ先だっていく。その瓶の後について行くと、四時間ほどで山頂に登りついた。そこから見下ろすと、麓に人里が見えた。

その時、水瓶は空に登り、もとの処に向けて飛び帰った。この義叡は、人里に出て、このことを語り伝えたのだ。記録の形で、あれこれと書き記した文があるが、煩瑣になるので、覚えている範囲内でここには書いておくことにした。

二　浄蔵貴所《じようぞうきそ》が鉢を飛ばすこと

鉢の中身、移しとられる　浄蔵貴所と申し上げるのは、参議三善清行《きよつら》の子で、並ぶ者のない行者である。比叡山で飛鉢の法を修行して、鉢を飛ばしながら暮らしていた。ある日、空《から》の鉢だけが戻って来て、中に何も入っていない。不審に思っていると、これが三日間続いた。驚いて「途中で何が起きているのか。見てこよう」と思い、四日目に、鉢の行く方角の山の峰に出て様子を見ていると、自分の鉢と思われるものが、京の方向から飛んで帰って来る。すると北方からまた別の鉢が来合わせて、その中身を移しとって、元の方角に帰っていくのが見えた。

これを見た浄蔵は「何とも許しがたいことだ。それにしても誰のしわざなのか」と思い「いったい誰が、私の鉢の中身を移しとるようなことができるだろうか。これは並々ならぬ人物のしわざだ。確かめよう」と思い、自分の空の鉢にまじないをして、それを道しるべにしながら、はるばる北の方角を目指し、雲霧の中を分け入った。

谷間の草庵　今は二、三十キロメートルもやって来たかと思うくらいに、ある谷間で松風が吹き渡って、清々しく好ましい風情のところに、一間ほどの草庵が建っていた。庭に苔は青々とし、軒近くには清水が流れている。中を見ると、老齢の痩せ衰えた僧がただ一人いて、肘掛けによりかかりながら読経している。「見るからにただ者でない。きっとこの人のしわざだろう」と思っていると、老僧は浄蔵を見て「どこから、どのように来られた方か。普通では人がお見えになることなどございませんが」と言う。「そのことでございます。私は比叡山に住んでおります修行者です。しかし生計を立てる方法がないので、この度、鉢を飛ばして、人から喜捨を受けて修行を続けておりましたが、昨日・今日と、大変不都合なことがございましたので、一言申し上げようと、参上致しました」と言う。老僧は「私は何も知りません。でもとてもお気の毒なことです。調べてみましょう」と言って、ひそかに人を呼ぶ。

老僧、童子を叱る　すると庵の後ろから返事があり、出て来た人を見ると、十四、五歳くらいの美しい童子で、きちんと唐綾の華やかな装束を着ている。僧はこの童子に「こちらの方がおっしゃっていることはお前のしわざか。全くあってはならないことだ。これから後は、そのようなまねをしてはいけないよ」と諫めると、童子は赤面し、何も言わずに下がっていった。「こう申しておきましたので、今はもう同じようなことはしますまい」と言う。

浄蔵に唐梨をふるまう　浄蔵は不思議に思いながら、帰ろうとする時、老僧は「はるばる山を分け入って来て下さり、きっとお疲れでしょう。ちょっとお待ち下さい。接待申し上げたい」と言って、また人を呼ぶ。同じような姿の童子が返事をしてやって来た。「遠いところからいらっしゃったのだから、しかるべきものをお出ししなさい」と言うと、童子は下がっていって、瑠璃の皿に赤りんごをむいたのを四ついれ、檜扇の上に並べて持って来た。「さあ、どうぞ、どうぞ」と勧めるので、取って食べると、味のおいしいこと、天の甘露のようである。わずか一つ食べただけで、体は楽になり、力がついた感じがする。

さて、雲をかき分けるようにして帰っていくと、道もはたいそう遠く、どこであったのか思い出せない。

浄蔵は「老僧の様子は、ただ者とは思えなかった。法華経を読誦する仙人の類だったのだろうか」などと語ったという。

三　永心法橋《えいしんほっきょう》が乞者を憐れんだこと

清水橋のあたりで泣く乞者　近ごろのことだろうか、永心法橋という人が、清水寺へ百日参りをしていた時、日暮れに橋を渡ると、鴨川の河原から人がひどく泣く声が聞こえてきた。「誰が何を嘆いているのだろう」と気がかりに思って、「観音様は慈悲を第一になさっている。その功徳を仰ぎ申し上げてお参りしているのに、つれなく、わけも聞かずに通り過ぎてしまうのはよくない」と思い、泣き声のする場所を捜して側に行き「誰がこんなに泣いているのか」と尋ねた。

乞者の返事　「体が不自由な者でございます」と答える。「何事を嘆いているのか」と聞くと、「私は体が不自由になった後、知人たちとも全て別れ、立ち寄るところもなくなりましたので、先に同じく不自由になった人の家を借り、そこを住まいとしています。しかし、そこでは昼は日がな一日責め使われます。そんな生活には慣れぬ身なので、つらくてもまた物乞いをして命を繋ごうと思いました。とにもかくにも、体のつらさは申しようがありません。どこかで体を休めようとしても、またこの病の苦痛に責められて眠れません。切り焼かれるようにうずき、ずきずき痛みます。体も熱っぽく、堪え忍ぶことができません。

もしかすると楽になるかと、川のそばまで来て足を冷やしております。『前世にどのような極悪の罪を作ったために、このような報いを受けるのでしょう』と、本当に情けなくつらく思います。

以前、私は比叡山に住んで、形ばかり学問などしました。妙楽大師湛然の法華文句記に『唯円教意、逆即是順、自余三教、逆順定故（法華経は悪縁を善縁とするが、他の三経では別とする）』とあったのを、今思い出して、その意味をしみじみと考え続けております。尊く頼もしく思われ、前後の見境なく、しゃくり上げながら泣いてしまったのです」と語った。

永心、帷子を与える　永心はこれを聞くと、哀れで気の毒なことこの上ない。そして「この人は、私と同じ比叡山の同学だったのだ」と思って、涙を流しながら、自分が着ていた一重の着物を脱いで与え、逆縁が順縁となるように、心をこめてしばらくの間、仏法を説き聞かせて立ち去った。永心は「何年も経った昔のことだが、今でも覚えている」と語った。

四　叡実が路上の病人を憐れんだこと

叡実、病人を見かける　比叡山に、叡実阿闍梨という尊い人がいた。帝の御病気が重くていらっしゃった時、お召しがあった。何度も辞退申し上げたが、度重なる仰せに断りにくくなり、仕方なく参上することにしたが、途中、ある土塀の前で痩せ衰えた病人が手足も動かせず、はいつくばっていた。

病人の介抱をして参内せず　阿闍梨はこれを見て、悲しみの涙を流しながら牛車から降り、哀れんで声をかけた。筵を捜して来させて敷かせ、寝ている上に簡単な屋根をつけ、食べ物を求めて世話をした。そうこうしているうちに、だいぶ時間が経ってしまった。勅使は「日が暮れてしまう。不都合なこと限りない」と言ったが、阿闍梨は「私は参上しない。そう申し上げよ」と言う。勅使は驚いて、理由を聞く。

帝も病人も同じ　阿闍梨は「世間を厭《いと》い専ら仏道に心を委ねて以来、帝の御事といっても取り立てて尊くはない。このような乞食人だからといって、おろそかには扱えない。どちらも同じと思われるのだ。そして帝の御祈りのためとあれば、験力にすぐれた僧をお召しになるには、山々寺々にいる大勢の僧のうち、参上しない者があるだろうか。困ることは全くないだろう。この病人については、嫌がり汚がる人ばかりで、近づいて世話する人がいるはずはない。もし私が見捨てて立ち去ったなら、もう間もなく命が尽きてしまうに違いない」と言って、専ら病人を哀れみ助けていて、とうとう参上せずに終わった。当時の人々は、すばらしく尊い行いだと言った。

この阿闍梨は最後には極楽往生を遂げた。詳しいことは続本朝往生伝に記されている。

五　肥後の国の僧の妻が魔となったこと　悪縁を恐れるべきこと

肥後の国の僧、妻帯する　中ごろ、肥後の国に僧がいた。もともとは身を清くしていたが、中年をすぎてから妻を迎えた。しかし、なお後世の安楽を願う気持ちをは失わなかった。仏法の真理を観想するよう努め、その修行のために別に建物を作り、そこを観想の場所と決め、長年勤行を続けていた。

僧の遺言　この僧の妻は、夫のためを深く思い、何につけても心をこめて世話をしていたが、どうしたことか、僧は病気になった時、この妻に心隔てをして、知り合いの僧を呼んで、ひそかに「もし私が臨終となったら、どうかどうか、妻にお知らせ下さるな。特に思うことが少々あるので」と言うので、その思いをよく理解し世話をしていた。僧はひどく苦しむこともなく、臨終の様子も願い通りに立派で、西に向かって息絶えた。

僧の臨終に、妻、狂乱　そのままにしておくわけにもいかないので、しばらくして妻に僧の死を告げた。すると妻は驚き騒ぎ、激しく手をたたいて目をいからかし、身悶えして気絶してしまった。

人々は怖がって、近づくこともできない。二時間ほどして、世にも恐ろしい、あらん限りの大声でわめき叫んび始めた。「私は狗留孫仏の昔から、こやつの悟りを妨げるために、何度も生まれ変わって、妻となり、夫となり、色々な形で近づきだまして、今までは願い通りまつわり続けてきたのに、今日はついに取り逃してしまった。悔しいことだ」と言って、歯を食いしばり土壁を叩く。人々はひどく恐れおののいて、みんなそっと姿を隠した。その間に妻はどこへともなく消えていった。そのまま行方知れずになったということだ。拾遺往生伝には康平の頃と注記してある。

悪縁を怖れるべきこと　これは他人の身の上のことではない。悪魔が去りがたい人となって現世と来世の妨げをなすことは、誰にとっても必ずありうることだ。だから、その事を念頭に置いて、親しいにつけ、疎いにつけ、善行を促す人がいたら「仏菩薩は様々な姿に変身して教え導いて下さる。もしかするとその人は仏菩薩の化身か、あるいはそのゆかりか」と親しく思い、一方、罪を作らせ、善行を積むことを妨げ、執着を持ってしまいそうな人がいたら「何度生まれ変わってもつきまとう悪縁だ」と恐れて、遠ざかることを心に願うべきだ。

人の心の弱さ 概して人の心というものは、野原の草が風に吹かれてなびくようなものだ。縁によってなびきやすいのである。道心のない人といっても、仏に向かい申し上げれば、手を合わせない人がいるだろうか。どんな学僧でも、媚びを含んだ姿を見て、楽しく思わない人がいるだろうか。あの浄蔵貴所は、日本第三の行者と言われるが、近江守ながよの娘と契りを結んだ。久米の仙人は神通力を得て空を飛び回ったが、洗濯をしている下仕えの女の脛が白いのを見て欲心を起こし、仙人をやめて普通の人になってしまった。

今の世でも、手足の皮をはいで指に火を灯したり、爪をくだき、いろいろなかたわ者になってまで仏道修行をする人は、仏道心を起こしていることは疑うべくもない、悪い縁に引かれて妻子を設ける例も多い。自分も人も凡夫であるのだから、女性には近づかないに越したことはない。

六　玄賓が大納言の北の方に思いを寄せたこと　不浄観のこと

玄賓、大納言の妻を恋慕 昔、玄賓僧都は大変尊い方だったので、身分の高下にかかわらず、みな、仏のように慕っていた。なかでも、大納言である人が、長年、特に互いに信頼し、頼みにしていらした。

そんな中、僧都が何となく体調をくずし、何日もの間、わずらった。大納言は心配のあまり、自らお出掛けになって「さてさて、どのようなお加減か」などと、心をこめてお見舞いなさった。すると「近くにお寄り下さい。申し上げたいことがございます」というので、不思議に思いながら側にいくと、僧都はひそかに「本当のところは、とくに病気ということではありません。先日、大納言様のところに参上しました時、北の方のお姿が、とても美しく見えたのを、わずかに拝見してから、何が何だかわからなくなって、わきまえを失い、心が迷い、胸もふさがり、思うように言葉も出なくなってしまいました。この事は、申し上げるのも憚りあることだが、長い間深く頼りにし申し上げている大納言様なので、どうして黙っていられようかと思って」と申し上げるのだった。

大納言、玄賓を家に招く　大納言は驚いて「そういうことなら、どうして早くおっしゃって下さいませんでしたか。簡単なことです。すぐに御病気を治しましょう。我が家にいらっしゃいませ。どのようにでも、おっしゃる通りに便宜をはからせていただきます」と言って、お帰りになった。

大納言は北の方に、このような次第だと申し上げなさると、北の方は「結構です。いいかげんなお気持ちでおっしゃったとはとても思われません。大変驚きつらいことではありますが、このようにあなた様が細やかに考え取り計らわれることですから、どうしてお断りすることができましょうか」と言うので、準備をして、僧都のもとに案内を差し上げた。僧都は大変あらたまった様子で、法服をきちんと着ていらした。

玄賓、弾指して帰る　その姿は男女の密会にはいかにも不似合いで、ふさわしくないように感じたが、間仕切りなどを立てて、しかるべき部屋にお通し申し上げた。僧都は北の方の姿形、美しく整えていらっしゃるのを、二時間ほどじっと見つめて、爪弾きを何度かした。

そうこうして、北の方のそばに全く近づくこともなく、中門の廊に出て、被り物をして帰ったので、主の大納言はいよいよ尊く思うことこの上なかった。不浄を観じて、その執着心を転じたのである。

醜悪な人体　この話は、人の体が汚らわしいことを感得するためのものだ。いろいろな仏法は、全て御仏の教えだが、聞いてなじみにくいことは、愚かな心にはひびかない。その中で、この不浄観というのは、目に見え、心に感じることができる。悟りやすく、思い描きやすい。「もしも誰かに心惹かれて愛着心をおこした時、心の中に分別の心があるなら必ず人体は不浄ということを思い浮かべよ」と言われている。

いったい、人間の体は、骨と肉の絡みでできている、朽ちた家のようだ。五臓六腑の様子は、毒蛇がわだかまっている姿そのものである。血が体をひたし、筋は関節をつないでいる。わずかに薄い皮一重で覆い、これらで様々な不浄を隠している。おしろいを塗り、薫物をたきしめても、それが偽りの装飾だと知らない者はいない。海や山で探し求めて来た珍味も、一晩経つとみな不浄になる。まるで彩色をほどこした瓶に糞穢を入れ、腐った死体が錦を身に付けているようなものだ。もし、大海を傾けて、その水全てで洗ったとしても、きれいになりようがない。もし、栴檀《せんだん》をたきしめてくゆらせても、長くは香りが続かない。

まして魂が抜け、命が尽きた後の体は、空しく墓のあたりに捨てられてしまう。身はふくらみ、腐爛して、最後には白い骨となる。この本当の姿を知っている人は、いつもそれを嫌う。「愚かな人が上べの美色ににふけって心を乱すのは、いうなれば便所の中の蛆虫が糞穢を好むようなものだ」と言っている。

七　ある女房が、臨終に魔がたぶらかす様を見たこと

臨終に火の車　ある皇女の子に仕えている女房で、遁世した女性がいた。病気になり、臨

終間近になった時、往生の導き手としてある聖を呼び寄せた。念仏を勧めているうち、この女は顔面蒼白になり、何かを怖れる様子である。聖は不思議に思って「どのようなものが目に見えていらっしゃるのか」と尋ねると、「恐ろしいものどもが、火の燃えている車を引っ張って来ている」と答える。「阿弥陀仏の本願を強く心に刻んで、名号を唱え続けなさいませ。五逆の大罪を犯した人でさえ、導き手に会い、念仏を十回唱えれば極楽に生まれられる。ましてそれほどの罪はよもや作っていらっしゃらないはずだ」と言う。女はすぐにこの教えに従い、声をあげて念仏を唱える。

玉飾りの車　しばらくして、顔色が戻り、喜んだ様子になった。聖がまた尋ねると、「火のついた車はなくなった。玉飾りのついたすばらしい車に、天女がたくさん乗って、音楽を奏でながら迎えに来た」と言う。聖は「それに乗ろうとお思いになってはいけない。今一度、今一度ひたすら阿弥陀仏の御名をお唱え申し上げ、仏の来迎にあずかろうとお思いなさい」と教える。これに従って、なおも念仏を唱える。

道しるべを申し出る尊げな僧　またしばらくして「玉の車はなくなって、墨染めの衣を着た立派な僧がただ一人来て『今は、さあいらっしゃい。行くべき先はあなたの知らない方角だ。私がついて道案内しよう』と言っている」と語る。「決して、その僧についていこうとお思いになってはいけません。極楽に参るには道案内はいらない。仏の悲願という車に乗って、自然と到着する世界なので、念仏を唱えて一人で参ろうとお思いなさい」と励ます。

聖の励ましの中、臨終　しばらくして「先ほどの僧も見えない、誰もいない」と言う。聖は「この機会に、すぐに参ろうという気持ちを強く思って念仏なさいませ」と教える。その後、念仏を五、六十回ほど唱えて、まだ声が途切れぬうちに息絶えた。

これも、魔がいろいろな形に変身して、たぶらかそうとしたに違いない。

八　ある人が臨終にものを言えず恨みを残したこと　臨終を隠したこと

長明の知人、重病に臥せる　長年知り合いだった人がいた。去る建久の頃、重い病気になって、頼りにしていた聖を呼んだ。聖はやって来て、心をこめて世話をした。

そうして、聖が心静かに病人の様子を見ていると、どうも得心できない。日に日に弱っていくのに、自身は死にそうだとも思っていない。周囲の女房などは、まして、死ぬなどと全く思っていない。この人には幼い子供がたくさんいるが、中でも特にかわいがっている娘が一人いた。子供の母親は先立って亡くなったので、そのことを深く悲しんで、また別の妻も迎えなかった。この娘が、いずれはみなしごになってしまうことを不憫がり、この度、聟を迎えておこうと、いろいろ準備、差配して、それに関わることは、病気をしながらも続けていた。この聖は「本当に情けない、愚かしいことだなあ」と思ったが、容態が落ち着いている間は周囲にはばかって、言い出せない。

病人、重態になる　十日ほどして、いよいよ重態になった後、主もだんだんと心細くなってきて、周りの人も万一の事があったらいけない、などと思っている様子だったので、聖は「恐れながら申し上げますが、無常のはかない身には思いがけないことがあるものです。亡き後のことなどを、今、お決めになって置かれるべきでしょう」などと言った。「たしかにそうだ」と言うと、幼い子供や周囲の人が、一斉に泣き出す様子は本当に哀しい限りだ。「今夜は夜も更けた。明日には必ず」といって、一息入れたところ、その晩から急に危篤になり、非常に苦しそうな様子となった。

遺言もままならず　人々は驚いて「相続のことを申し合わせてお決め下さい。今、決めないと、みんなどうしてよいか困ってしまいます」と聖に急がせる。「たしかに」ということで「どのようにしましょうか」と言うと、病人は「遺産は次のように」と言って、苦しいのをこらえて、こまごまと二時間ほど言い続けるが、舌ももつれてきたのだろう、聖が「何とおっしゃっているのか聞き分けられません」と言うと、「では、紙と筆とを渡そう。大まかに書くだろう」と言う。早速手に取らせたが、手も震えて書くことができない。やっと書き付けたのは、全くみみずの這ったような字だった。

どうしようもなくて、姫君の乳母が「普段お考えの趣旨はこうこうでしたが」と言うのに従い、おおよそを書いて見せるが、病人は首を振って「すぐに破り捨ててほしい」というので、破り捨てた。全くどうすることもできない。そうはいっても、正気は失っていないのか、いろいろ思っていることを言い表せなくなったのを、つらく思っている様子で、気の毒で哀れなことこの上ない。夜中のうちは、これくらいの判断力はあるようだった。

念仏もできずに死亡する　夜が明けると、意識もはっきりしない。容態がおさまった時は、遺言のことは取り紛れてしまった。「もはやこれまで」と思い、念仏を唱えるよう促すが、もう何もできない状態である。

かくして、翌日の午前十時頃、何かにとても驚いた様子で、二度ほど大声を上げ、そのまま息絶えた。ひょっとすると、恐ろしいものなどが目に見えたのだろうか。

長明、故人の夢を見る　このことはら遠い所での出来事だったので、私は後に伝え聞いて、最後にもう一度会えなかったことを残念に思っていた。二十日ほどしてから、故人の夢を見た。なめらかな狩衣姿は、いつもと変わらず、会えたことを喜んでいる様子だが、口をきかない。こうして、ただ向かい会って座っているところで目が覚めた。現実に戻っても、まさにその姿は鮮やかに残っていた。だんだん時が経つにつれ、薄墨色にぼやけていって、最後には人の形とも分からず煙のようになって消え失せてしまったが、その面影は今も忘れがたく心に残っている。

臨終正念と導き手の大切さ　いったいに、人が死ぬ様子は哀れで悲しい事が多い。聡明な人はいつも死のことを気に掛けて、よき導き手に会うことを仏菩薩にお祈り申し上げるべきだ。もし、悪い病気になれば、その苦痛に身をさいなまれて、臨終が願い通りにならない。臨終に心静かでなければ、一生の修行も無駄となり、導き手の言葉も助けとならない。たとえもし、臨終に心静かでも、導き手が教えてくれなければ、また意味がない。生涯の命がまさに今最後だと思うと、愛する人との別れと言い、名誉や利益に対する執着心と言い、見るもの、聞くものにつけて、あれこれと思い煩わずにはいられない。これではいったいどの隙に心に浄土を願おうというのだろう。

念仏の功を積んだ人の臨終　しかし、念仏の功徳を重ね、心を傾けること年数を経ている人は、仏の御加護ゆえ、臨終には心静かで、必ず良い導き手に会う。耳には阿弥陀仏の誓願以外のものが聞こえず、口には阿弥陀仏の御名以外のものを言わない。何よりも阿弥陀仏の極楽へのお導きを期待するので、妻子との別れも心慰められる。浄土のすばらしさを思うので、汚れたこの世への執着も持たない。ひたすらに進み、最後には極楽往生が遂げられるのである。

また、「事前に死期を悟り、まだかまだかと待つことは、獄舎を出る人が、その日を待ち望むようだ」などとも言う。まして、菩薩などの聖衆が迎えに来て下さって、妙《たえ》なる音楽を聴き、すばらしい香りをかぎ、まさに阿弥陀如来のお姿を拝見する時、心の中のうれしさは、説明しきれない程である。だから、たとえ仏道心が少なくても、最期の有様を怖れるためであっても、どうして極楽往生を願わないでよかろうか。是非とも願うべきなのだ。

九　武蔵の国の入間川《いるまがわ》の洪水のこと

武蔵の国、入間川のほとり　武蔵の国の入間川の川沿いに、大変大きな堤防を築いて、水を防ぎ、その内側に田圃や畑を作り、多数の家々が集まり住んでいる所があった。そこには官首《かんじゅ》と呼ばれる男がいて、その者が土地の長で、長年の間、暮らしていた。

ある時のことだが、五月雨《さみだれ》が何日も降り続き、川が激しく増水していた。しかし、今の今まで堤防が壊れたことは一度もなかったので、「平気だろう」と思って、心配もしていなかった。だが、雨はますます降りつのり、容《い》れ物をひっくり返すみたいな激しい降りとなってきた。暗くて、怖ろしい夜だった。突然、雷が落ちたかのような大音響が、あたり一帯に響き渡った。家に寝ていた官首と家族、従者たちは全員飛び起き「何の音だ、何の音だ」と騒ぎ回り、強い恐怖心にとらわれた。

大雨で堤防決壊 官首は従者を呼んで「堤が切れたのではないか。外に出て見て来い」と言った。従者はすぐに戸を開けた。何と目の前は水でおおわれ、二、三町（二、三ヘクタール）ほど水でおおわれ真っ平《たいら》になっていた。その光景は海と全くかわるところがなかった。「大変だ。どうしよう」と言っているうちに、どんどん水嵩《みずかさ》は増しに増してきて、天井の高さまでやってきた。官首の妻子を始め、家にいたすべての者たちは天井に上がり、桁や梁に取りついて悲鳴をあげていた。官首と従者は屋根の葺板を押し破って、棟に登って「どうしたらいいか」など思案をめぐらしていたが、妙案はない。そのうちに家がゆるゆると揺さぶられ始め、とうとう柱が土台から抜けてしまった。家は浮いたまま堤防ごと湊の方へ流されていってしまったのだった。

妻子を置いて濁流に飛び込む その時、従者の男がこう言った。「今はもうだめです。海も間近に迫っています。湊に出てしまえば、波に打たれてこの家はこなごなに壊されてしまいます。『運が良ければ助かるかも』と思い、この水に飛び込み、泳いで助かることをお考え下さい。水はこれほどまで流れ広がっているので、ひょっとして浅い所もあるかも知れません」。

男の言葉を聞いて、幼い子供、妻などが「私たちを見捨てて、どこへ行こうとされるのですか」と、泣き叫ぶ声はとても哀しかったけれど、どうやっても彼らを助ける手立てはない。我が身一つだけはあるいは助かるかも知れないと思って、従者の男と一緒に水に飛び込んだ。全く生きた心地はしなかった。しばらくの間は官首と従者は二人で声を掛け合いながら泳いで行ったが、水の流れは猛烈に速く、いつしか行方が分からなくなってしまった。

大蛇、男の体に巻きつく　官首はたった一人、どこということもなく流れにまかせて泳いで行った。そして力も尽きようとしていた。水はどこが果てとも全く分からない。今、溺れ死ぬのだと思うと、とても寂しく悲しかった。お願いできるのは仏と神。一心に心の中でお祈りをした。いったいどんな前世の報いで、こんなつらい目に私は合うのだろうかと、ありとあること、すべてのことが思い浮かんでくる。

と、そんな時、白い波の間に少しばかり黒ずんで見える所がある。もしかしたら陸地かも知れないと思って、懸命に泳いでいってみると、流れ残った蘆の葉先だった。今はこれ程度の浅い所だってありやしない。「ここで少し休もう」と思っていると、だんだんと何かが体に巻き付いてくる。びっしりと隙間もないくらいからみついてくる。何だろうと驚いて手でさぐってみると、正体は巨大な蛇たちであった。水に流されて来た蛇たちが、この蘆の葉にわずかにひっかかり、次第に蛇たちが数珠つなぎになり、何匹となく固まっていたのだった。蛇たちは体に何かがさわったのを喜んで、巻き付いて来たのだ。気味が悪く、恐ろしいことはたとえようもない。空は墨を塗ったように真っ暗で、星一つも見えない。地はあたり一面、白い波におおわれ、少しの浅瀬もない。体にはびっちりと蛇が巻き付いて、重く、動くこともできない。地獄の苦しみだって、これほどではあるまい。夢を見ているような気分で、つらく悲しいこと限りなかった。

そうこうしているうち、しかるべき神仏のお助けなのだろうか、思いがけず浅い所にたどり着いた。そこで蛇を片っぱしから取り払い、一息ついて休んでいた。東の空がだんだんと明るくなってきたので、山を導《しるべ》にして泳ぎ進み、やっとのことで陸地に着くことができた。

家族の遺体を発見　船をさがして、まず浜辺の方へ行って見ると、すべて目も当てられない惨状だった。波に打ち壊された家々は算木をまき散らしたように散らばっている。水際に打ち寄せられた男女の遺体、馬牛などの死体は数え切れないほどだ。その中に官首の妻や子供をはじめ、我が家の従者たちなど十七人、全員の遺体が見付かった。泣きながら自分の家の方に行ってみると、三十余町（三十ヘクタール以上）、何一つない広河原となっていて、跡かたもない。あれほど多かった家々も、貯え置いていた品々も、朝夕、名前を呼んで召し使っていた下人たちも、一夜のうちにすべて死んでしまったのだった。一緒に飛び込んだ従者の男一人だけが、泳ぎの達者な者で、かろうじて命をとりとめて、翌日訪ねてきた。

発心のすすめ　このような話を聞いて、この世を厭う心を発《おこ》さなくてはいけない。この話を人の上のことだ、自分はこんな目には遭わないなどと、どうして平気でいられようか。人間の身はもろく、壊れ易いものだ。この世には苦しみばかりが集まっている。危険ではあるけれど、どうして海や山の道を通らないですませようか。海賊が恐いといって、無暗やたらに財宝を捨てるわけにもいかない。いわんやこの世に仕えて罪を作り、妻子のために身を滅ぼすこともあり、それ故に苦難にあうこともたくさんある。危害にあうことも色々ある。ただただ悟りの国に生まれることこそが、あらゆる苦しみにもあわず、それより解放されることなのである。

一〇　日吉社に詣でた僧が死人を葬ったこと

日吉社参詣の僧、若い女の泣くを見る　中ごろの事だろうか、特にこれといったこともない法師だったが、世の中を生き難く思って、京から日吉社に百日詣でをしていた。八十余日目になって、今日も参詣しようとする途中、大津というところを過ぎた辺りで、ある家の前で、若い女が人目もはばからずおいおいと泣きながら立っていた。

女、母の葬送に困る　この僧は、その光景を見て「どういう事情かは分からないが、普通の悲しみとは思えない。よほどのことなのだろう」と気の毒に思い、近づいて「何を悲しんでいるのか」と聞いた。女は「お姿を拝見するに、物詣での方とお見受けします。それでしたらとても申し上げられません」と言う。「憚ることがあるのだろう」と思われたが、気の毒に思うあまり、いっそう親身になって尋ねたところ「実はこういうことでございます。私の母に当たります者が、しばらく病気をしておりましたが、今朝とうとう亡くなりました。避けられない別れのならいとして、心に深く悲しいことはもちろんですが、どうやってこの遺体を葬ったらよいだろうといろいろ考えておりました。独り身なので相談する人もいません。我が身は女なので、力もございません。近隣の人達は、通り一遍には『お気の毒に』と言って下さいますが、神事の多い地域なので、実際には力を貸してくれようもございません。あれやこれやと考えつく方策がなくて…」などと言い終えることもできないうちに、ポロポロと涙を流して泣く。

僧、助けを申し出る　僧はこれを聞き「たしかに、そうだろう」ととても気の毒になり、しばらくの間、ともに泣いて立っていた。心中「神は人を憐れまれて、穢れたこの世に垂跡して下さっているのだ。この女の話を耳にしながら、どうしてつれなく行き過ぎてよかろうか。私は今までにこれほど深い同情心を起こした記憶がない。仏も御覧下さい。神もお許し下さい」と思い、「気落ちして下さいますな。私が、何とかしましょう。こうして家の外に立っていると、人も変に思うでしょう」と言って、家の中にそっと入った。女が泣く泣く喜んだことは限りなかった。

葬送の後、再び日吉社へ参詣　こうして、日が暮れたので、夜陰に乗じて遺体をしかるべきところに移動させ、野辺送りをした。その後は、眠れぬままにつくづく考えるには「それにしても、八十余日参詣したのをむだにして、終わってしまうのは残念だ。私は今回のことを、名誉や利益のためにしたのではない。ただお参りにだけは行ってみて、神が衆生を救おうとの御誓いのほどを知ろう。出産や死の不浄は、いわば仮りの禁制だろう」と強く思いなして、早朝に沐浴潔斎して、再度、日吉社に参拝に向かった。そうは言っても道すがら、胸騒ぎがし、この上なくそら恐ろしかった。

十禅師から名指しされる　日吉社に着くと、二の宮の御前に人がぎっしりと集まっている。たった今、十禅師が巫女に乗り移りなさって、様々の託宣をしていらっしゃる最中だった。この僧は、わが身の触穢を思うと、とても近寄ることはできず、物の隠れに遠くいて一通りのお祈りをして、百日詣での日数が途切れなかったことを喜び、帰ろうとした。すると、巫女が遠くから僧を見付け「そこにいる僧よ」と呼ばれた。もう胸はドキドキし、何が何だかわからなくなった。恐ろしかったが逃れようがなく、ガタガタ震えながら前に出た。たくさんの集まっている人々は、とても不思議に思い合った。

僧、神からほめられる　僧を間近に呼び寄せて、巫女を通しておっしゃるには「僧が昨夕したことを私ははっきりと見たぞ」と仰ったので、身の毛がよだち、胸いっぱいになり、生きた心地がしない。

重ねておっしゃるには「お前、怖れることはない。立派な行動だと思って見ていたぞ。私はもともと神なのではない。衆生を憐れむあまり、神として垂迹したのだ。人々に信仰心を起こさせるためなので、物忌みするというのも、導きのための仮の手段なのだ。理解のある人には自然と分かるだろう。ただ、このことを人に語ってはいけない。愚かな者は、お前が慈悲の気持ちに勝れていたために、禁制をやむなくおかしたのだということが分からない。むやみにこれを先例にして、わずかに起こした信仰心が乱してしまう。すべては、人によって違うのだ」と、懇ろに小声で語られた。僧は心中、感極まり、ありがたく思うことしきりで、涙を流しながら日吉社を後にした。

その後、何かにつけて神のお助けと思われることが多かったということだ。

発心集　第五

一　唐房《とうのぼう》の法橋が発心したこと

国輔、恋人と離れて暮らす　中ごろ、但馬守源国挙《くにたか》の子で、蔵人所の下仕えに国輔《くにすけ》という人がいた。ある皇女の子の召使い女を慕って思いが深かったが、父が但馬守として任地に下向したので、やむをえず父について、恋人と遠く離れた土地に行ってしまった。一日会えないだけでもとてもつらく思うのに、ずっと離れているのは堪えられそうになかった。だが、どうすることもできない。いろいろと女に言い置いて、泣く泣く別れた。

但馬の国に下向してからも、この人以外の女を心にかけることはない。機会あるごとに京へ手紙を送ったが、滞りがちで返事も来ない。気持ちが晴れないまま年月を送ったが、何かの話の時に「京では多くの人が病気になって、大騒ぎになっている」と人が言っているのを聞くにつけ、心配なことこの上なかった。

国輔、京に戻る　こうしているうちに国輔は、やっとのことで京へ帰ることができた。彼女が仕えていた宮を訪ねると、「病気になって、すでにここを出て行かれた」という。使いは空しく帰って来てこのことを語ると、国輔は胸いっぱいになり、物の分け目もつかない。いくども彼女の行く先を捜しにやらせたが、知っている人もいない。どうすることもできなくて、とてもこのままではいられない気持ちになって、あてもなく馬に乗って外に出た。

恋人と再会　そういえば、西の京の方に知っている人がいるようなことをいっていたとぼんやり思い出し、いずちともなく尋ね回ると、みすぼらしい家の前に、この女が使っていた女童が立っていた。とても嬉しくて、話しかけようとすると、女童は隠れるように家の中へ逃げ込んでしまった。国輔は馬から下り、その家に入って見ると、女が少し脇を向いて、髪をくしけずりながら座っていた。「ああ可哀想。ひどい御様子でいらっしゃる」と言って、後ろから抱きしめて、ずっとつらかった胸の内を懇切に語るが、女は返事もしない。ただ、激しく泣くばかりである。「私を恨んでいるのだ」と悲しく申し訳なく思い、涙を抑えながらいろいろと言い慰め続けた。

節穴になった眼　「それにしても、どうして背中ばかりをお向けになっていらっしゃるのですか。すぐにでもお顔を拝見したいと思っているのに、つらいこと限りありません」と言って、こちらを向かせようとすると、いっそうひどく泣いて、全く顔を合わせようとしない。「ああ、これほどまでに深く恨んでいらっしゃるのだ」と思って、無理にこちらを引き向かせると、二つの眼がなかった。木の節穴が抜けたようになっていて、全く目も当てられぬありさまである。もうわけが分からずしばらくは言葉も出て来なかった。ぐっとこらえて「それにしても、どういうことなのですか」と尋ねる。

女童、事情を語る　女は声を上げて泣いてばかりで、何も語らない。先ほどの女童が、泣く泣くいきさつを語った。「あなた様が但馬の国に下向された後、しばらくはお手紙などがあるかと、ずっとお待ちになっていましたが、全くご連絡がなく、一ヶ月、二ヶ月と過ぎたので、物思いにふけってばかりで明け暮れ過ごされていました。そのうち御病気になられ、宮を退出なさったのです。親しい方々との間にも不都合なことがあって、適当な滞在先がありませんでしたので、ここでお世話申していましたが、息が絶え、お亡くなりになりました。もはやどうしようもないので、近くの野原にお置きしたところ、半日ほどして、思いも寄らぬことに蘇生なさったのです。しかし、烏などのしわざで、すでに眼がくり抜かれ、是非もないことになっておりました。言葉もないくらい悲しい思いでした。あなた様をしっかりとお捜し申し上げるべきでしたが、この御ありさまがつらく、『今は何としてもこの世にあることを人に知られるまい』と深く決心されました。もっともことなので、先ほど隠れ申し上げようとした次第です」と涙を抑えながら語る。これを聞いて、国輔はつらく悲しいことこの上ない。

国輔、比叡山に登る　男は「何の報いで、このような憂き目を見るのだろう。現世にいるのはもはやこれまでだ」と思い、そのまま比叡山に登り、甘露寺《かんろじ》の教静僧都《きょうじょうそうず》の房に行き、慶祚《けいそ》の弟子となって、真言の秘法を伝えた。唐房の法橋行因というのはこの人である。日吉山王権現にお会いして灌頂を授け奉った人である。

覚運、逸材ぶりを見抜く　この人が、はじめて比叡山に登った時のことだが、よく道が分からず、案内する人もいなかったので、人に聞きながら、たどるたどる進んでいった。雲母坂の上の水飲という場所で、檀那《だんな》僧都覚運《かくうん》という人に会った。覚運は「変だな。あの様子から見ると出家しに登る人に違いない。とても智恵賢い目を持った人だ。どこへ行くのか見てこい」とおっしゃって、人に跡をつけさせた。使いが帰って来て「これこれで、甘露寺の僧都のところに入っていきました」と言ったので、「やはりそうか。あんなにすばらしい智者を、慈覚大師円珍の門下にできず、智証大師円仁の門流にやってしまうのは残念だ」とおっしゃった。

慶祚、道心を試みる　この人が真言を習い始めたころ、師である慶祚阿闍梨《あじゃり》が道心を試そ

う と思われたのか、「俗人だった時に、よく物真似をなさって、面白いと人に喜ばれたと聞いている。千秋万歳をやって下さい。見たい」とおっしゃったので、こともなげに「かしこまりました」といって、経の包み紙が手近にあったのを頭にかぶり、見事に舞ったので、阿闍梨は涙を流し「きっとお断りになると思ったのに、本当の仏道心を持っていらっしゃる人だった。とても尊いことだ」とお褒めになったという。

二　伊家の妾が頓死して往生したこと

男、女と離別する　中ごろ、朝晩帝にお仕えする男がいた。優美な女性に言い寄って、長年一緒に住んでいたが、他に心が移ったのか、宮仕えを口実にして、だんだんと途絶えがちになっていった「思いもしなかった絶え間だ」と思っているうちに、とうとう通って来なくなってしまった。女は何かにつけて心細く、嘆きながら年月を送っていた。ある時、男は事のついでに女の家の門前を通った。

男、女に呼び入れられる　家の者が見付けて「たった今、殿が邸の御前をお通りになりました。やはり、この場所がだとは思い出されたようで、車の物見窓からこちらをじっとご覧になっていらっしゃいました」といった。これを聞いて女は「申し上げたいことがございます。お立ち寄り下さいと申し上げよ」と言う。「通り過ぎてしまいましたものを。戻っていらっしゃいますかどうか」と言いながらも、走って行き、この由を男に伝える。「よく分からない。何事だろう」と思ったが、この申し入れまでも聞き流すべきではないので、車を留めた。

男、思いをかき立てられる　門から入って見てみると、草が深く生い茂り、以前と違い、荒れている。そんな庭の様子を見るにつけ、何となく哀れさも増してきた。我が身の罪深さも思い知られ、なぜか落ち着かない気持ちになっていった。女の方はいまさら心動かす様子でもない。前からこうしていたという風で、肘掛けにもたれながら法華経をお読みになっていらっしゃる。物思いにふけった様子で、少し面やつれしているものの、とても美しく愛らしくて、髪が顔にこぼれかかる様子などは、以前の人とは思えず、この上なくすばらしく見えた。「何が私の心を狂わせ、この人を悩ませたりしたのだろう」と、女が日々つらかったことを考えていると、心底深い思いが募ってくる。男は、どうにもならない事情があったことなどを心を込めて語った。

女、読経中に息絶える　女は何か言おうと思っている様子だったが、返事をしないので、経を読み終えてからと思っているらしい。男は心配でどうすることもできずに待っていると、法華経・薬王菩薩本事品の「於此命終、即往安楽世界、阿弥陀仏（この命終《つい》に、即ち安楽世界の阿弥陀仏のもとに往《ゆ》く）」という箇所を繰り返し、二度、三度と読み、そのまま眠るように、座りながら息絶えた。

この男の心の内はどのようであったろう。男とは某の弁とか聞いたが、名前は忘れた。人を恋い慕って、時には望夫石《ぼうふせき》の故事として名を残し、時には苦しさのあまり、悪霊などになった例も知られている。大変に罪深い例にこそなっていきますが、その思いを往生の機縁として、願い通りに亡くなったこの女は、大変立派な心の持ち主と言うことができるでしょう。

愛情のむなしさ　本当にこれを好例として、この世の中で悩み事のある人が往生を願うことになりましたら、どんなに賢い身の処し方となるでしょう。たとえ相思相愛の仲であっても、いつまでも続くことはない。楊貴妃は比翼《ひよく》の鳥になろうとの玄宗皇帝との約束だけを空しく残し、李夫人はかすかに反魂香《はんごんこう》の中に姿を現すばかりだった。ましてや、自分が思いをよせていない人のためには、何につけても哀れみをおこすようなことはない。恋の思いが胸にあまった時、富士山の燃える火にたとえたり、海人《あま》のように濡れる袖を嘆いたりして、懇切に胸の内を伝えるが、何の甲斐があるだろう。一人で胸を焦がし、袖を絞るほど泣くのは、全く意味のないことではないでしょうか。ましてや、こうした思いは現世だけで終わることではない。その報いは必ずやってくるので、来世にはまた、今度は自分が人に物思いをさせることにもなるに違いない。

生死の絆を断ち切る　このように、何度生まれ代わっても、お互いにきりがなく、生死のほだしとなることが、大変罪深いのです。今回思いを切って極楽に生まれることができれば、情けないこともつらいことも、寝ていた夜の夢と変わりなくなる。一転してつれない相手もよき導き手だと考えて、逆に相手を導いてやるのが願わしいことでしょう。

もし浄土に生まれてもなお尽きることのないほどの強い恨みならば、その時に恨みを言えばよいのである。

三　母が娘を妬《ねた》み、手の指が蛇になったこと

年上の妻　どこの国か、確かに聞きましたが、忘れました。

ある所に、壮年の男で、年配の妻と連れ添っているのがいた。妻は先夫との間に子を一人持っていた。どう思ったのか、夫に「私に暇を下さい。邸の一間の座敷に身を落ちつけて、心静かに念仏などしていたいのです。それにつけて、あなたはよその女と縁組みするよりも、ここにいる若い人と連れ添って、身の回りの世話をさせて下さい。全く疎遠な人よりも、私のためにもいいでしょう。今は年をとって、夫婦でいることが何かにつけて不

本意です」と言う。男は驚いた。娘もよくないと言ったが、「これはいい加減な思いではない」と、ともすれば真剣に、訴えることがたび重なった。「それほど思われていることなら、分かりました」と言って、言う通りにし、年配の妻を家の奥に住まわせて、男は継《まま》子《こ》である娘と連れ添って住んだ。

娘、母を案ずる　こうして、時々は様子をのぞいて「何か用事はありませんか」などと尋ねる。娘も男も、疎略に扱うことはなく年月を送っていた。ある時のこと、男が外出している間に、娘が母のところに行き、のんびりとおしゃべりをしたが、母親が大変物思いにふけっている様子なので、不審に思い「私には心隔てなさるべきではありません。お思いになっていることはおっしゃって下さい」と言う。「何も思っていることはない。ただ、このところちょっと気分が悪くて」などと言い紛らそうとするのが、どうもただごとでなく、変だったので、娘はしきりに問い尋ねた。

母の親指、蛇に変ずる　その時、母親は「本当のことをいえば、隠し申し上げるのはやめましょう。実はとてもつらいことがある。この家の中のことは、私の考えから勧め、申し出たことです。だから、誰のことも全く恨み申し上げる理由がない。なのに、夜中に目が覚めた時など、傍らに人がおらず寂しい時など、少し心が動くことがある。また、昼にそちらの様子がのぞかれることもある。他人の関係になったことは十分分かっていたはずだが、胸の中がざわつくのを『これは人のせいか、いや違う。ああ愚かな我が身のせいだ』と思い直しながら過ごすが、それでもこの恨めしい気持ちが深い罪となったのだろうか。とんでもないことがあるのだ」と言って、左右の手をさし出した。それを見ると、親指が二本とも蛇に変じて、見る目も鮮やかに舌をびろびろ出ししてしている。

三人の出家　娘はこれを見て、目がくらみ心は激しく動揺した。もう何も言わず、すぐに髪をおろして尼になった。夫が帰って来て、これを見て、すぐまた法師になった。母も姿を変え、尼となり、三人揃って同じく仏道修行をして日々を過ごした。朝晩嘆き悲しんでいるうちに、蛇になった指もだんだんと元に戻っていった。後には母親は京に頭陀して回ったとかいう。「実際に会ったことがある」とある老人が語っていた。近い頃のできごとだったのだろう。

女の罪深さ　女にありがちな、人をそねみ、妬む心から、多くは罪深い報いを受ける。かえってこのように外に表れると、後悔して罪が減ずる部分もあるのだろう。気がつかぬふりをして心の中だけで嘆き悩み、そのまま一生を送っていく人が、強く地獄行きの業を固めてしまうことは、とても悲しいことです。何としても、心を支配する師となって、一つにはこの苦しみを前世の報いと考え、一つにははかない夢の世の慰みごと程度と考え、わずか一念でも後悔する心を起こすべきである。ある論には「人がもし重い罪を作っても、多少でも悔いる気持ちがあれば、悪業とはならない」と書いてあります。

四　亡くなった妻が夫の家に帰って来たこと

愛妻の死ぬ前に髪を束ねてやる　中ごろ、片田舎に一人の男がいた。長年深く思い合って連れ添っていた妻であったが、子供を産んだ後、重い病気になってしまった。夫は付き添って懸命に看病した。臨終という時、髪が暑苦しく乱れているのを、結い束ねてやろうと、そばにあった反古を破り取って、髪を結んでやった。

亡妻、夫を訪ねてくる　こうはしたものの、ほどなく息を引き取ってしまった。泣く泣く葬儀の段取りをして、茶毘《だび》に付した。その後、没後の供養を丁寧に行ったが、気持ちが紛れることもなく、恋しさはどうしようもなかった。「何とかしてもう一度、以前の通りの姿を見たい」と涙にむせびながら明け暮れ思っていた。そんなある日、夜更けに、この女が寝所にやって来た。夢かと思うが、やはり現実である。嬉しくてまず涙がこぼれ「それにしても、命が尽きて幽明境《ゆうめいさかい》を異《こと》にしたのではないのか。どうやって来られたのだ」と尋ねると、「そうです。実際にこうして帰って来ることは、そうなる定めもないし、前例もありません。しかし、もう一度会いたいと思っているあなたの思いの深さから、難しいことではありましたが、やっとのことでやって来たのです」と言う。それ以外の胸の内のことはとても書き尽くすことができない。交情することも、生きていた当時と全く変わらなかった。

元結を落としていく　早朝に目覚めて、帰って行く時に物を落とした様子で、寝所をあちこち捜すが、どうしても分からない。夜がすっかり明けてから、帰った後を見ると、元結《もとゆい》が一つ落ちていた。手にとってよく見ると、臨終の時に、髪を結ってやった反古の切れ端に間違いなかった。この元結は遺体と一緒に荼毘に付したので、残っているはずがない。とても不思議に思い、切れ残りの反古と継ぎ合わせてみると、わずかの狂いもない。まさにその切れ端だったのだ。「これは近い世の不思議なことだ。すべて本当のことだ」と澄《ちよう》憲《けん》法師が誰かにお話しなさっていました。

小野篁の妹の霊　昔、小野《おのの》篁《たかむら》の異母妹が亡くなった後、毎夜実際に訪ねて来たのは、物を言う声だけで、実際に手に触れる物はなかったという。

仏菩薩のお誓い　概して、思いが深くなると不思議なことが起こるのは、これらの例で知ることができる。仏教を理解しない俗人でさえこの通り姿を現す。まして、仏菩薩の類は、「心を込めてお会いしようと願うなら、その人の前に現れよう」とお誓い下さっている。この誓いを聞きながら、修行をして仏菩薩のお姿を拝見しようとしないのは、我が心のあやまちだ。妻子を愛するように仏菩薩をお慕い申し上げ、名誉や利益を求めるような気持ちで修行したなら、仏菩薩が姿を現されるのも難しいことではない。心を込めることもなく「末世なのでありえない」「拙い我が身なので叶うはずがない」などと思って消極的な心を起こすのは、ただ思いの浅さから起こることである。

蜻蛉の夫婦の契り　ある人が言うには「蜻蛉《かげろう》という虫がいる。夫婦の絆が強いことでは様々な生き物の中で傑出している。その証拠に、この虫の夫婦をつかまえて、銭二文に別々に干して貼り付け、それを市場に持って行き、二つの銭を別々の人に一つずつ渡す。商人がやりとりするので、次から次へと手に渡って行く回数ははかり知れない。しかし、夫婦の絆が深いので、夕方には必ず元の如く、二つの銭は同じ紐に貫かれて再会する」と。このため、銭のことを別名「蜻蚨《せいぶん》」という。

虫の夫婦の絆について書いても意味がないが、これを何かにつけあてはめて考えるべきだ。我々が深い思いを抱いて、本当に仏法に出会い申し上げようと願うなら、どうして蜻蛉の絆に異なろう。たとえ悪業のために思わぬ道に入ったとしても、折りがあるごとに仏は必ず現れて、我々をお救いになるに違いない。

五　不動尊の信者が牛に転生したこと

牛と小童の夢　最近、比叡山西塔の西谷の南尾という所に、極楽房の阿闍梨という人がいた。住房のある南尾から北尾にあたる方向を見晴らすと、上り下りの道がすっかり見えるところであった。

この阿闍梨が念誦して、肘掛けによりかかって少しまどろんだ夢に、北尾から、ひどく痩せ細った牛に物を背負わせて登る人がいる。舌を垂れ下がらせて登りあぐねている牛に、髪が赤く縮みあがった、目つきがとても賢そうな小童がついて、後ろに回ったり先に立ったりして走り回って、この牛を押し上げ、押し上げしつつ助けながら登っていた。不思議で、普通の人とは思えなかった。「あの童は、さて、一体何者なのだろう」と思っていると、傍らに人がいて「あれは、不動尊が生まれ変わり死に変わりしても、加護しようとの誓いをたがえまいとのことなのだ」と言う、と見て目が覚めた。

不動の持者を助ける脇士　実際に外を見てみると、夢で見たのと全く変わらず、物を背負って登る同じ牛がいるが、赤い髪の童が見えない。これを思うに、この牛は前世で不動尊の信者だったのだろう。因果の理にはきまりがあるので、定業ゆえに動物に生まれ変わったが、不動尊はなお見捨て難くて、あのように、後ろに立ち前に立ちしてお助けになっているのだろう。大変ありがたい尊いことに思われたので「小法師よ、物に米を入れて少し持って来い」と言い残して自分は北尾に走り向かい、牛をしばらく休ませて、食い物を与えた。

仏の御誓いが決して虚しくないことは、まさにこの通りである。生まれ変わり死に変わりしてもお会い申し上げたい、と願うべきである。

六　少納言公経《きんつね》が、前世の宿願によって、河内の寺を作ったこと

仏寺建立の心願　少納言公経という能書の人がいた。地方官の除目の頃、心の中で願を起こし「もし相応な国に任官できたら、寺を造ります」と思ったが、河内の国というさほど良くもない国の国司になったので、不本意に思った。「それでは、古い寺などの修理をしよう」と思って、任国に下向した。

沙門の願を記した文　さて、その河内の国をあちらこちらと見て歩いた。ある古い寺の仏像の台座の下に書きものがあったので、取って開いて見てみると「沙門公経」と書いてあった。不思議に思い、よく見てみると、「来世にはこの国の国司となって、この寺を修理

しょう」という願いを立てた願文だった。これを見て、自分がこの国の国司になったのは運命なのだと悟り、望みが不本意な結果になったと考えたことを反省し、信心を起こして修理した。書いてある文字なども、現在の公経の筆蹟と全く変わらず酷似していた。伏見修理大夫の場合と同じく、前世で同じ名前だったのだ。

前世と願 私にしても人にしても、前世のことを知りません。にもかかわらず、何事においても今生だけのことではないのに、甲斐のないことに心を砕き、あくせくして、うまくいかないと神をそしり、仏までをも恨み申し上げるのは、ひどく愚かなことです。願い自体は滅びることなく効果が続き、願いは必ず達成されるのだ、ということを一方では知るべきであろう。

七　少納言統理《むねまさ》が遁世したこと

統理、出家の準備をする 少納言統理と申し上げる方は、長年出家遁世の思いを強くもっていた。雲一つない美しい月夜の晩、心を澄まして静かに物思いにふけっていると、山深く住みたい気持ちがわきおこり、ひどく切迫して感じられた。そこでまず、家で「洗髪の準備をせよ。物詣でに行こうと思う」と言い、髪を洗って櫛梳り、頭にかぶりものなどをした。

藤原道長から数珠をもらう　気配を悟ったのか、妻は夫の心に気づいて、ポロポロと涙を流して泣く。しかし、お互いに何か言葉を交わすこともなく、翌日きちんとした身なりで、時の関白、藤原道長のもとに参上した。挨拶をしようにも取り次いでくれる人がいない。しばらくして、ようやく、山里に籠もるためにお暇をいただきたいと申し出たところ、「少しばかり」と言って対面なさり、涙を抑えながら、数珠を下さり、統理はそれを拝領して退出した。

僧賀、統理の臨月の妻を見舞う　僧賀聖の庵に着いて、願い通り頭を丸めたが、いつも物思いにふけりがちで、勤行にも身が入らない。悩んでいる様子で、常に涙ぐみながら過ごしているので、聖は不思議に思い理由を尋ねた。言い逃れることもできず、ありのまま「臨月の女がおりまして、すべて思い捨てたはずのことですが、やはり心にかかりまして」と言う。聖はこれを聞くと、すぐさま都に入り、統理の家にいらっしゃった。様子おたずねになると、今、難産で苦しみ煩っている最中だった。聖がお祈りをして出産をすまさせ人に頼んで、恥かしくない程度に産養のお世話もなさった。

東宮からの和歌に感涙し戒められる　こうして統理大徳は、この一件では安心したが、三条院が東宮だった当時、いつもお仕え申し上げていたことがどうにも忘れがたく思われたので、次の和歌をお送りした。

君に人なれな習ひそ奥山に入りての後はわびしかりけり

(わが君に他の人が馴れ申し上げないでほしい。かつて馴れ仕えてきた私は、奥山に入った後、とても寂しくすごしております)

東宮からの御返歌、

忘られず思ひ出でつつ山人をしかぞ恋しき我もながむる

(山人となったそなたのことを忘れられずに、私もこのように山を眺めては偲んでいる)

これをいただいて、涙のこぼれるのをおさえていると、聖はこれを聞き「東宮から歌をいただけば仏になれるのか。こうした心根では、どうやって悟りの境地に到れようか」と厳しく叱責したという。

八　中納言顕基《あきもと》が出家、籠居したこと

源顕基の口癖　中納言顕基は大納言俊賢《としかた》の息子で、後一条天皇の寵臣《ちょうしん》として仕え、若くから官職について不満などは全くなかったが、心ではこの世の栄華を好まず、深く仏道に志

し、悟りを望む思いばかり抱いていた。いつも、あの白楽天の詩の、

古き墓何れの世の人ぞ　姓と名とを知らず　化して路傍の土となつて　年々春の草生ひたり

（古い墓はいつの時代の人のものだろう。姓も名もわからない。路傍の土と化して、毎年毎年春の青草に覆われる）

という一節を口癖に言っていた。大変な風流人で、朝晩琵琶を弾きながら、「罪なくして罪過に処せられ、配流先の月を見てみたい」と願っていらっしゃった。

後一条天皇死去後に発心　その後一条天皇が崩御された時、お嘆きになる様子は並一通りではなかった。御所の様子は、いつのまにかすっかり変わり、しまいには灯火をさえ灯さなくなったので、理由を聞くと「いろいろな係の者はみな、新帝の御用事を勤めているので、こちらにお仕えする人がいないのです」と言上したので、ひどく憂き世の情けなさが身にしみて思われた。然るべき人々は皆、新帝のところに参上したが、顕基は「忠臣は二君に仕えない」と言って、とうとう参上しなかった。崩御後の法事などに御奉仕し、そのまま家をお出になられた。長年一緒にいた妻もお子達も、袖をとらえて別れを惜しんだが、全くためらう気持ちはなかった。

上東門院への和歌　横川に登られて、剃髪してお籠もりになっている時、上東門院彰子か

ら様子をお尋ねいただいたので、

世を捨てて宿を出でにし身なれどもなほ恋しきは昔なりけり

（世を捨てて出家した私ですが、それでもなお恋しいのは昔のことです）

とお返事申し上げなさった。

藤原頼通、大原を訪ねる　後には大原に住み、一心に修行なさっていた。時の摂関藤原頼《より》通《みち》がその評判を尊いこととお聞きになり、お忍びで庵に来られて、対面なさったことがあった。夕刻から話し始め、夜が更けて暁になるまで、俗世のことは一言もお話しにならなかった。すばらしく尊くお思いになり、極楽浄土へお導き下さるようにとよくよく約束申し上げ、もはや帰ろうとされた時、顕基は「それにしても、お越しいただきまして大変恐縮に存じます。俊実は愚か者でございます」と申し上げなさった。

顕基の子を思う心　頼通はその時は何とも思い当たられなかったが、お帰りになってからこの言葉をお考えになり、「あの時はそんな話のきっかけもなかった。よもやわが子を愚かと言われるはずはない。すぐれたことがなくとも見放さず、面倒を見てくれという意味だろう。俗世を捨てても、やはり愛する者への恩愛は捨てがたいもので、思い余って、ああ言われたのだろう」とあわれに思われて、その後、何かにつけてお引き立てなさった。後ろ楯のない人だったが、早くに大納言まで昇った。美濃の大納言と申し上げるのはこの方である。

九　成信《なりのぶ》と重家《しげいえ》が同時に出家したこと

照る中将、光る少将　兵部卿致平《むねひら》親王の子、源成信中将と、堀河右大臣顕光の子、藤原重家少将と申し上げた人は、当時、世の中で比類のないすぐれた若者だった。照る中将、光る少将と並び称せられていた。この二人は同時に発心して、出家しようと約束されていた。志すところは同じだったが、そのきっかけは違った。

重家、道長病悩を見て発心　重家少将は、時の一の人左大臣藤原道長が重い病気をなさった時に、道長の世話を受けた人々の悲しむ様子を受け止められる方々、道長と深い御縁のある方々などの様子などを御覧になり、「権力者の存在を惜しむのも妬《ねた》むのも、情けないものだ」とお思いになってから、自然と世の中を厭うようになった。

成信、四納言の才気で発心　成信中将は、藤原斉信《ただのぶ》・藤原公任《きんとう》・源俊賢《としかた》・藤原行成《ゆきなり》などの傑出した人々が、陣の座の会議で、学識を発揮して発言している姿のすばらしさを見聞きして「官職位階につけて出世しようと思うのは、恥を知らないのと同然だ。この人達にはどうやってもかなうべくもない。それでは俗世にいて何になろう。後世を願うべきなのだ」と決心しなさったのだった。

慶祚のもとで出家を約束　この二人は出家をその日と決めて、三井寺の慶祚阿闍梨のもとで落ち合おうと約束なさった。重家様がなかなかいらっしゃらないので、成信は夜が深まるのを待ちかねて「何か心掛かりなことがあるのだろう」と残念には思いながら、一人、阿闍梨の房にいらっしゃり「剃髪したい」とお願いした。阿闍梨は「若く盛りのもったいないご様子の上、名士でもいらっしゃる。賛成いたしかねます」と言って断り申し上げるので、成信はちょっと出て行くふりをして、自ら髪を切り「このように致しました」と言って戻って来た。もはや仕方ないことなので、阿闍梨は出家をお許し申し上げた。

重家、遅れる　さて、明け方に成信が帰ろうとなさった時、露にぐっしょり濡れながら重家がいらっしゃった。成信が「どうして遅くなられたのです。夜更けまでお待ち申し上げたが、もしかしてためらいなさる事情などがおありかと思い、先に剃髪いたしました」と言うので、「あの通り約束申し上げたことですから、どうして日を違《たが》えることができましょう。父上に別れの挨拶を申し上げないでは、罪深いことに思われまして、お会いする機会を見計らっておりました。でも日を違えまいと思って、昨夕髻《もとどり》は切りました」と言って成信にお見せになった。

成信中将は二十三歳、重家少将は二十五歳だった。大変に立派な方で、出家するのに相応しい人でさえいよいよ世を捨てるとなれば惜しまれるものなのに、このように二人が心を同じくして剃髪なさったので、阿闍梨は涙を流しながら、一方では惜しみ哀しみ、一方では尊くありがたいことだと思った。

さて、この重家は、まず元結を切って、そっと冠をかぶり、夜の暗さにまぎれて父の大臣に暇乞いをなさったのだが、自然と気配が見て取られたのか、「どう言っても留まるように思えなかったので、引きとめることができなかった」と父上はおっしゃったということだ。

藤原高光の場合　また、多武峰《とうのみね》の入道、藤原高光少将は、兄の一条摂政伊尹が、何かにつけて誤ったふるまいが多いのを御覧になり、「俗世に生きるのは恥ずかしいことなのだ」と思い、それから仏道心を起こされたという。

人の賢いにつけ、愚かなのにつけ、どちらからしても真の仏道心を願うきっかけとなるのは、本当によろしいことだと思われます。

一〇　花園の左府が石清水八幡に詣で往生を祈ったこと

花園左大臣の暮らしぶり　花園左大臣源有仁《ありひと》は、お姿、気立て、才覚、全てにおいて欠けることなく整っていらっしゃる人であった。今上天皇に近い王孫でいらっしゃる。このような方なので、臣下におなりになったことを人々はたいそう惜しみ申し上げた。そのことは御自分でも御存じで、お喜びになるべき事があっても、その様子を人にお見せになることはなかった。

もし、仕えている人の中で、男でも女でも、何かのはずみに心地よげに笑っていたりすると「このような不運な者の近くにいながら、何が嬉しいのか」など、聞き過ごされずたしなめなさるので、正月祝いの挨拶さえ、晴れ晴れとは言えないのが習いだった。

春は内裏周辺もかえって窮屈なので、才芸にすぐれた若い人は、専らこの左大臣の邸に集まって、詩歌管弦などでしきりと心を慰めた。北の方の兄君たちもまたお見えになる。朝な夕なお集まりになるので、大臣邸とは申しながら、然るべき邸での様々な作法と変わらず、物足りないことは何もなく見えた。しかし、全てについて我が身を不幸なものだと深く思いなしていらっしゃって、いつも物思いに沈んでいらっしゃるように見えた。

石清水八幡宮に詣で極楽往生を願う　いつのことだったか、京より石清水八幡宮へ、徒歩で、御束帯姿で七夜参りなさったことがあった。別当の紀光清がこのことを聞き、盛大に準備して、お迎えしようとしたが、「今回は特に、泊まらずに参拝しようと思うので、立ち寄ることはできない」と言って、お寄りにならなかった。七夜満ちてお帰りになったが、美豆という所で、光清が有仁に、「御望みがかなうに違いない」、との和歌を差し上げた。しかし返歌はなさらず、「これは八幡神からの仰せ事だ」と言って御袋に収め、帰り道で、お乗りになっていた馬を、鞍を置いたままお与えになった。

お供を仕った人は「一体どのような願い事あって、このように徒歩で毎晩参詣なさっているのだろう」と畏れ多いことと思い、「きっと普通のお願いごとではないのだろう。八幡大菩薩は現人神の中でも、昔の帝、応神天皇でいらっしゃる。至尊の御血筋が絶えようとなさっていることについて、跡継ぎのことを祈っていらっしゃるのだろうか」と、気がかりに思ったが、神に奉る幣帛《へいはく》の役を勤めるため、そば近く伺候していた時に聞くと、低い声で「臨終に心乱れることなく、極楽往生を願う」と申していらしたのをうかがい、あわれに哀しくもまた尊くも感じた。

たしかに天皇の御位も貴いが、最後には殺利も須陀も変わることなく同じなのだから、往生極楽を常に願うことが大切で、それにまさるものはない。

一一　目上人が法成寺供養に参り、道心を固めたこと

法成寺の落慶供養　河内の国に、目聖《もくしょう》という尊い人がいた。御堂入道殿藤原道長が法成寺

をお造りになって、その落慶供養があった日、参拝に行った。儀式や宝前の装飾など、まさに想像もできぬほどで、宇治殿藤原頼通が、時の関白であれこれ差配をしていらっしゃった。肩を並べる人のいないくらい立派に見えたので、「人間界に生まれるならば、一の人がすばらしい」と人々は賛嘆した。すると多くの役人が群がり集まるように取り囲み、天皇出御の笛の音も高らかに近づいていらした時、すばらしいと思った関白も物の数でなく思われて、「何といっても、国王にはかなわない」と先ほどの考えを改め見ていると、帝が金堂にお入りになり、仏を拝み申し上げる。その時「やはり仏こそこの上なくていらっしゃる」と思われて、ますます道心を固めたのだった。

あの妙荘厳王が、夫人と二人の子供のはかりごとで、仏に帰依するようになったのと同様、大変賢いおもんぱかりと言うべきである。

一二　乞食が語ったこと

乞食同士の言い合い　ある上人が出かける途中、乞食三人ばかりが連れ立って、自分たちで話しているのを聞いていると、一人が「あなたは甚だしく運のいい人だ。坂道の付き合いに加わってまだ三年にもならないのに、宝鐸《ほうちゃく》を許されるとはめったにないことだぞ」と言う。もう一人が「あれはまた特別な果報の人だ。悪しざまに言ってはならない」と言う。
上人は「このやりとりを聞いて、仏菩薩が私のありさまを、何かにつけて心もとなくお思いになっているだろうことが思い知られ、しみじみ恥ずかしく思いました」と語った。

出世を望む老人　またある人が片田舎に行って、身分の低い人の家に泊めてもらったところ、この家の主は八十歳余りだろうか、髪は雪のように白く皮膚は黒く、皺《しわ》だらけで、目はただれ、歯が抜けて口がゆがみ、腰は二重に曲がって、立ち居のたびに大きく苦しい息づかいで、まさに今日、明日の命のように見えてとても気の毒だった。この老人に「あなたは老いが迫っていて、残りの命もどれだけであろう。歩くのもやっとなのだから、人中に交わっているだけでも苦しいだろう。今は出家の一つもして、念仏を唱え、心静かにしておいでなさい。そうすれば、来世が楽しみであるだけでなく、体も楽でしょう」と言った。翁は「たしかに、今はそのようにさせていただくべきなのですが、どうしても就きたい官職が一つありますので、堪え難い身ながら老いの力で頑張って、ここまで仕えて来ています。私よりもう三歳年上の老人が、私の上役にいます。この人が亡くなった後には、必ず私がその職に就く順番なので、それまで待っているのです」と言うのだった。
この程度の人物が就く官職を考えてみると、その程度の大したものでないに違いない。そんなことに執着して、今か今かと見つめているとは、罪深く情けないことであります。

現世の望みの愚かしさ　ただし、これらの話は愚かに聞こえるが、よく考えてみると、現世での望みは、身分の高下にかかわらず、同じ事柄だ。我々がすばらしいと考えている官位も、これを上流の人たちのそれに比べたなら、先ほどの老人と同じことである。まして、インド・中国の国王や大臣の様子などは雲の上の存在すぎて、たとえて考えることもできないほどである。

治承の乱の刑人　また、ある人が次のように言った。「治承の頃、世の中が乱れ、人がたくさん亡くなりました時、敵方の人を捕まえ、首を刎《は》ねに行くと大騒ぎし合っている。見ると、多少身分のある者なのだろう、やはりたしなみのある様子に見える人を、情容赦なく手荒い態度で追い立てて行く。まるで地獄絵に描かれた鬼そのものである。『ああかわいそう。きっと普通の気持ちではいられまい』と哀れで気の毒に思っていたところ、道に茨があるのを、この人は踏むまいと避けて行こうとした。それを見ていた人は、『これほどの目に遭い、あとどれだけ生きながらえられる身でもないのに、茨を踏むまいと思うのか』と、哀れに悲しく思い合いました」。

命は短い　これもまた、他人の身の上のことではない。我々は末世に生まれ、命は短く、不仕合わせな時代だ。せめて人間界に生まれたとはいえ、釈迦が没し、弥勒菩薩がまだ現れない無仏の闇は深く、修行者たちも激しくあい争うという。仏道衰退の怖れは甚だしい。

すきまから見える馬があっという間に通り過ぎるように、歳月は早く過ぎ去り、屠所に引かれる牛馬の命があとわずかであるように、死は刻々と近づいている。死の到来は今日かも知れない、明日かも知れない。そんな身にとって仏道の他に考えることがあろうはずもない。居ても立っても煩悩という仇のために縛り付けられていることを悲しみ、寝ても覚めても無常という剣にすぐさま命を絶たれることを怖れるべきなのだ。それなのに、最後には空しい塵灰となってしまう限りある我が身を思って、わずかな間の貴賤を嘆き、心を悩まし、名誉や利益をむさぼるのは、ただただ、あの茨を避けようとした人と同じではないでしょうか。

ひお虫の寿命　一体、蜻蛉《かげろう》のひお虫が、朝生まれて夕方に死ぬ習性も、まさしく皆、我が身の上にあてはまる。天の中では命が短いとされる四天王では、人間界の五十年が一日一夜に相当すると聞いている。人間界で長寿とされる人でも、この天では一日、二日の命でしかないのだろう。ましてや、もっと上位の天に比べたなら、人間の寿命などほんの一瞬の間ということになろう。こう考えていくと、我々がひお虫の寿命について考えるのといったいどこが違っているのだろうか。

全ての事についてこのように考えていくと、この世ではどうあってもやっていけるものである。ただ、あの「夢の中での有無は有無共に無であり、迷いの中の是非は是非共に非である」という言葉は、すばらしい道理だと思います。

禅仁の言葉　そんなことから禅仁という三井寺の名僧が法印になった時、人がお祝いを言った返事に「法印（仏の教えのしるし）は、あの六欲天《ろくよくてん》と四禅天の王位に付随しているものである。この小国辺土の位である法印の地位など、喜ぶに足りない」とおっしゃったという。智恵というのはやはりすばらしいものである。

凡夫の習い　概して凡夫の常として、身分が低いとか不遇であるとかいう、自分の身の上を知らないものである。だから乞食もまた名声のために体裁をとりつくろう。他方、立派で貴いことは、分に過ぎたことだとして望まない。人民が王宮が欲しいと願わないようなものである。今このことを考えると、濁った末世の人々が極楽を願わないのは当然のなりゆきである。極楽の様子、そこに住む人々の楽しさ、ことにつけ、ものにつけ、どうして我々の分だと思えるだろう。皆、想像することも、言葉にすることもできないほどのすばらしさなのである。

だから、もし阿弥陀如来の誓願を聞いて、信心を起こし、多少なりとも極楽を望む心のある人は、今生だけではなく、生まれ変わり死に変わりして仏道を志して来たことのおかげで、必ず極楽に近づけるのだと、頼もしく期待していいことなのである。

一三　貧しい男が設計図を書くのを好んだこと

設計図を書く男　最近のことだろうか、年をとって貧しく身のふりようのない男がいた。官位などある者だったが、出仕する手がかりもない。そうはいっても古風な心根で、芳しくない振舞いなどは考えもつかない。俗世間への執着がないわけでもないので、また、剃髪してしまおうという気持ちもなかった。いつもは定まった住まいもなく、壊れた古い堂に泊まっていた。

つくねんと年月を送るうち、朝夕、やることとしては、反古紙などをもらって回り、たくさん家の設計図を書いて、家を建てる計画をする。「母屋はこのように、門はこんなふうに」など、これを想像しながら、尽きることのない計画に心を慰めて過ごしていた。これを見聞きする人々は、ばかばかしいことだといっていた。

設計図の家の利点　たしかにあるはずもないことに趣向を凝らすのは心もとないが、よくよく考えると、俗世の楽しみは心が慰むことが一番だ。一、二町（三千から六千坪）の敷地に作っている家を、立派だと思ってくれる人もいようが、実際自分が寝起きするのは一、二間程度に過ぎない。その他は、皆親しかったり親しくなかったりする人の住まいのため、あるいは野山に住む牛馬のために作りおいているのではなかろうか。

このようなつまらないことのために心身を苦しめ、家が百年、千年もつようにと材木を選び、檜皮《ひわだ》や瓦を玉や鏡のように磨き立てても何の甲斐があろう。主人の命ははかないものなので、住むといっても長くは住めない。あるいは他人の所有となったり、あるいは風雨で破損したりする。まして一旦火事になどになったら、長年の苦労もまたたくまに雲、煙となって消えてしまうではないか。それに対しあの男の想像の家は、あくせくしたり、造作したり、磨き立てたりする煩いもない。風雨にも壊れず、火災の心配もない。使うのはわずかに紙一枚だが、心を住まわせるのに十分である。

龍樹菩薩の言葉　龍樹《りゅうじゅ》菩薩がおっしゃったことがある。「豊かであっても、願望が鎮められなければ貧しい人である。貧しくても、願望がなければ豊かな人である」。書写山の性空上人が書き留めた言葉に「肘を折って枕にする。心の満足はそこにある。どうしてこれ以上に浮き雲のようにはかない栄華を求めようか」とあります。またある物には「中国に一人の琴の先生がいた。絃を張っていない琴を身近に置いて、しばらくも放さない。人が不審に思って理由を聞くと『私は琴を見ると曲が心に浮かぶ。そのため見るのは弾くのと同じで、心が慰むことも弾く時と同じなのだ』と言った」とある。

だからかえって、目に見えるように作り、繰り広げたものは、人目には「ああ立派だ」

と見えるだろうが、心の中ではまだ不足に思うことが多いに違いない。その点、あの空想の住まいは色々な意味で長所が多いといえよう。

極楽への希求　ただ、これとても、世間一般のやり方と比べれば賢そうだが、よく考えてみると、天における楽しみにはなお終わりがあるのと同様である。壺中天地の故事に出て来る、壺の中に入ったら立派な建物と酒肴があったというあの住まいとて、長くは居られないのだ。ましてや、つまらない空想だけして無意味に一生を終えるより、願えば必ず得られる極楽世界の楽しみや、不退転の宮殿や楼閣を望むべきである。

それに比べれば設計図の男の空想は、はかない望みにすぎないのである。

一四　勤操が栄好を憐れんだこと

栄好、老母を養う　昔、大安寺に、栄好《えいこう》という僧がいた。わが身は貧しく、老母もいたので、寺の中に住まわせて、形ばかり命をつなぐだけの世話をしていた。七大寺のやり方で、住んでいる僧の房では炊事をしない。外で飯を炊いて、車に積みながら、朝夕ごとに僧房の前を配って回るのだった。栄好はこれを受け取り四つに分けて、一つは母に、一つは乞食に、一つは自分に、そしてもう一つはただ一人使っている童のために充てた。まず母に与え、召し上がったと聞いて後、自分は食べるのを習慣として、長年この段取りを変えなかった。

栄好、急死する　この栄好の房のそばに、垣根一つを隔てて勤操《ごんそう》という人が住んでいた。心を同じくして互いに頼りにしていた人で、長年、栄好のやり方を立派なことだと見聞きし、思っていたが、ある時、壁越しに栄好の小童が忍び泣きしているのが聞こえてきた。勤操は不審に思い、童を呼んで「どうして泣くのか」と尋ねる。すると童は「我が師が、今朝突然亡くなったので、私一人で野辺送りし申し上げるにはどうしてよいかわからない。その上、母の尼上が、この後どうやって命を継いでいかれるのだろうかと考えるととても悲しいのです」と答えた。

勤操、栄好に代わって老母を養う　勤操はこれを聞いて、あわれで哀しいことこの上ない。童を慰めて「お前はそんなにひどく嘆かなくてよい。野辺送りは私も一緒に、今夜のうちに何とかしよう。また、母上のことは、亡き栄好に代わって私の食糧を分けて養おう」と言った。小童はこれを聞いて、悲しい中にもこの上なくありがたく思い、涙をぬぐいながら、何事もなかったようにして過ごした。

勤操は自分の食糧を分かって、栄好が送っているようにして童に持たせ、老母のところに送る。老母が息子の死を知らない様子であるのを見るにつけ、童は涙がこぼれるが、何かと言い紛らわせながら、何も言わず食事を置いて帰る。日が暮れたので、夜中ばかりに勤操と童と二人で、栄好の遺体を深い山に野辺送りした。

老母、真相を知る　母である尼公《にこう》は、童に以前と変わった様子もないので、我が子が死んだとも知らず月日を送っていたが、ある時、勤操のところに客が来て、酒など飲むことがあった。そのため何となく取り紛れて、いつも食事を届ける時刻が過ぎてしまったが、尼公と勤操とは親子ではないので、童は憚《はばか》って言い出せなかった。少し時間が経ってから食事を届けたところ、母の尼公は「どうしていつもより遅いのか。空腹で気分が悪くなり、年老いた身にはとてもつらく、ただ事でなく思われた」というのを聞き、この童はふがいなくも涙を流してしまい、こらえようとしたが、とうとう声も惜しまずおいおいと泣いた。

老母、絶命する　老母は不思議に思い、何度も尋ねるので、いつまでも隠しおおせることではない。とうとう童はことの次第を始めから語った。「すぐに申し上げるべきだったが、御高齢の御身では、悲しみに堪えられずに息絶えてしまわれるといけないと思い、今まで申し上げなかったのです。この召し上がり物は、亡き御房の同法がいらっしゃって、以前のやり方を聞いておられ、お亡くなりになった日から、自分の分を分かってあなた様に差し上げていたのです。今日は客が来て、酒など召し上がっているうち、心ならずも時間が経ってしまったのです。しかし、実のお子様であれば『何としても早く』と促せますが、そうは言っても他人の御方には、遠慮されまして」などと言い終えることもできず、涙をこぼして泣く。

老母は聞くや否や倒れ伏し、泣き悲しんで「我が子が亡くなったのに、私は知らずにいたのですか。『この次の夕方には顔を出すかも知れない』と待っていたのは何ともはかないことだった。今日の食事が遅いのを変だと思わなければ、我が子の生き死にも知らなかっただろう」と言って、そのまま息絶えてしまった。

勤操、老母を葬り、法華八講を始める　さて勤操はこのことを聞き、岩淵寺という山寺で野辺送りをし、七日ごとに食膳を用意し、同法を募って法華経を説き、四十九日の法事まで怠りなく勤めた。

その後、年に一度の祥月命日に、同法八人が力を合わせ、同法八講と名づけた法事を延暦十五年から始めた。後に岩淵寺の八講と名づけた。これがいわゆる法華八講の起源で、ここから始まっていろいろなところで、今日まで行われている。

勤操、僧正を追贈される　こうして勤操は、公私につけて尊い評判が広まり、亡くなった後には僧正の位を追贈されたのだった。

一五　正算僧都の母が、子のために志深かったこと

母からの贈り物　比叡山に正算《しょうざん》僧都という人がいた。我が身はとても貧しく、西塔《さいとう》の大林《だいりん》という所に住んでいた頃、年の暮れに雪が深く降り積もって、訪ねて来る人もなく、一切の食糧や燃料がなくなってしまった時があった。京に母がいたが、母も生活が厳しいようだったので、かえって知られるとつらくなるので、母には特に聞かせまいと思っていた。ところが母は雪の中での心細い様子を想像したのか、あるいはまた、何かのついでに漏れ聞こえたのか、母親から心のこもった手紙が届いた。都でさえ人の訪れもままならない雪の中で、山深い峰の住まいの大変さなどを、いつもよりも細やかに心配して、少ないながら物も添えて送って来てくれた。

母の工面　思いもかけないことで、僧都はとてもありがたく母親の気持ちがしみじみと感じられた。そんな中使いの男が、とても寒そうで、深い雪をかき分けてやって来たのが気の毒だったので、すぐに火を焚き、男の持って来たものを食べさせようとした。さて食べようとして、男は箸をつけるが、涙をぽろぽろとこぼして食べられない。とても不思議に思って僧都が理由を尋ねる。男は「この贈り物はあだやおろそかに工面されたものではご

ざいません。母上は方々に当たられたけれどもどうにもうまくいかず、とうとうご自分の髪のしたを切って人にお売りになり、その代金でやっとのことで工面し、お届けした品々なのです。今これを食べようと致しましたが、そのお気持ちの深さ、もったいなさを思い出すと、私のような身分の低い者ではございますが、あまりにも切なくて胸一杯になり、どうしても喉を通らないのです」と言う。これを聞いておろそかに思うはずがあろうか。しばらくの間、僧都も涙を流して泣き続けた。

焼野の雉　すべてにおいて、慈悲の深さで母の思いにまさるものはない。知恵のない鳥獣《とりけだもの》であっても慈悲を備えている。田舎の人の語りましたことには「雉《きじ》が子を生んで暖めている時に、野火が起こると、一旦は驚いて逃げるが、なお子を捨てがたいあまりに、立ち上る煙の中に戻って来て、最後に焼け死んでしまう親鳥が多い」という。

鶏の抱卵　また、鶏が卵を暖める様子は誰もが見ていることだ。卵との間が、自分の毛で隔てられるのを物足りなく思うのか、自分の嘴《くちばし》で胸の毛を引き抜いて、卵を自分の肌に付け、一日中暖める。物を食べにたまたま場を離れても、卵が冷えないうちにと急いで帰って来る様子は、なまなかな志には見えない。

射られた母犬を見て出家　また、その昔、故郷のあたりで、思いがけず遁世した人がいた。「遁世」のきっかけは、私が鷹狩《たかがり》の鷹を好んで飼っていた時、その餌にしようと犬を殺したところ、おなかの大きかった母犬の腹を矢で射切ってしまったところ、そこから胎児が一四、二匹こぼれ落ちた。走って逃げた母犬はすぐさま戻って来て、その胎児を口にくわえて行こうとして、そのまま倒れて死んだ。それを見て、発心したのだ」と語ったのでした。

親の慈しみの深さ　鳥獣のような深い心のない獣でも、子供のためには、これほど我が身に替えて慈しみが深い。ましてや、人間は、親の腹の中に宿ってからひとかどの大人になるまで、一瞬一瞬子供を慈しむ親の深い思いは、たとえ命を捨てて孝行しても報い尽くすことができないほどのものである。

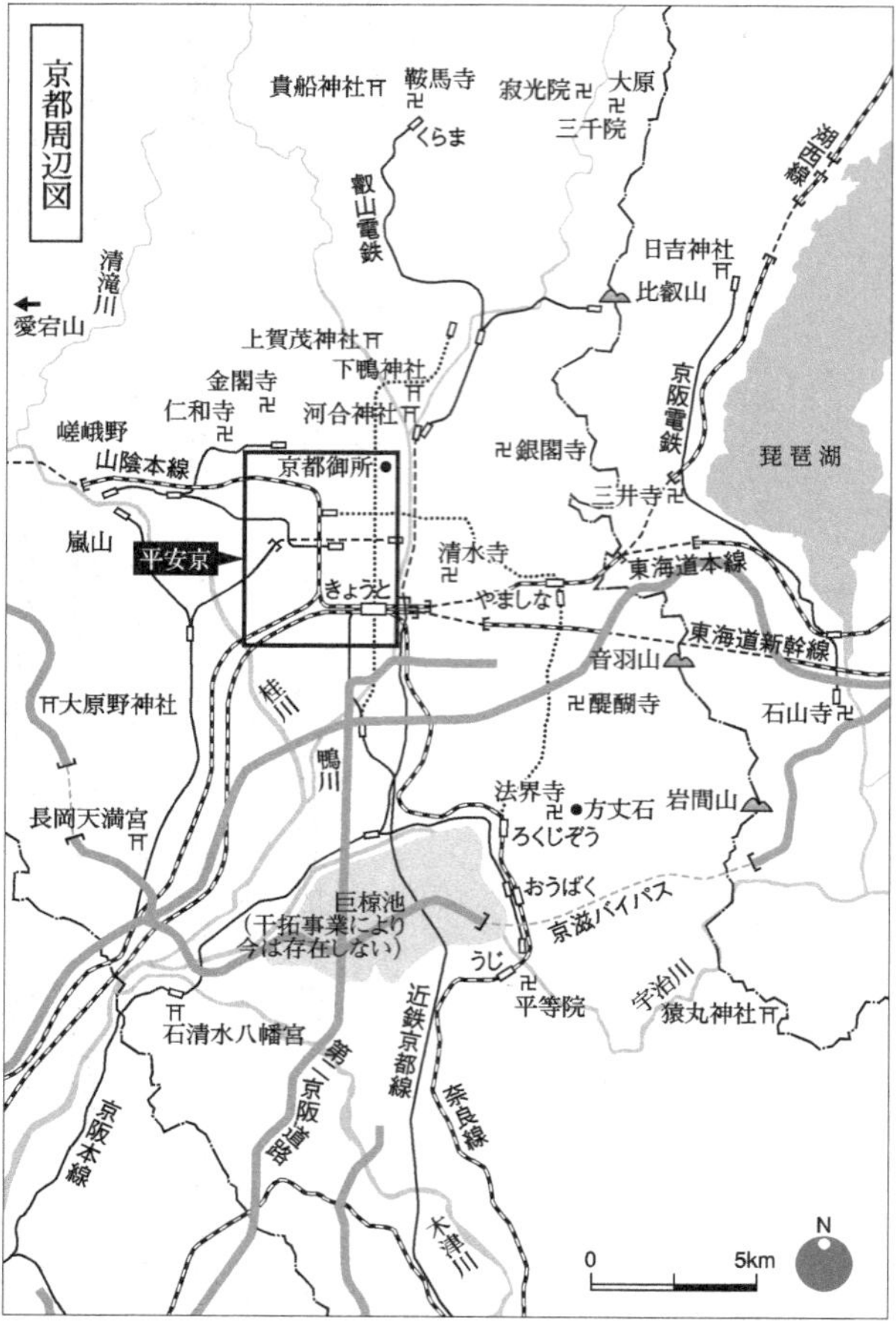
京都周辺図
貴船神社
鞍馬寺
寂光院
大原
三千院
くらま
叡山電鉄
湖西線
日吉神社
比叡山
清滝川
愛宕山
上賀茂神社
下鴨神社
金閣寺
仁和寺
河合神社
嵯峨野
銀閣寺
京阪電鉄
琵琶湖
山陰本線
京都御所
三井寺
嵐山
平安京
清水寺
東海道本線
きょうと
やましな
東海道新幹線
音羽山
大原野神社
桂川
醍醐寺
石山寺
鴨川
法界寺
方丈石
岩間山
長岡天満宮
ろくじぞう
おうばく
巨椋池
（干拓事業により
今は存在しない）
京滋バイパス
うじ
平等院
宇治川
猿丸神社
石清水八幡宮
近鉄京都線
第二京阪道路
京阪本線
奈良線
木津川
0
5km
N

新版《しんぱん》
発心集《ほっしんしゅう》 上《じょう》
現代語訳付《げんだいごやくつ》き

鴨《かもの》 長明《ちょうめい》　浅見和彦《あさみかずひこ》・伊東玉美《いとうたまみ》＝訳注

平成26年 3月25日　初版発行
令和 4 年 9月30日　9版発行

発行者●青柳昌行

発行●株式会社KADOKAWA
〒102-8177　東京都千代田区富士見2-13-3
電話　0570-002-301（ナビダイヤル）

角川文庫 18477

印刷所●株式会社KADOKAWA
製本所●株式会社KADOKAWA

表紙画●和田三造

●お問い合わせ
https://www.kadokawa.co.jp/（「お問い合わせ」へお進みください）
※内容によっては、お答えできない場合があります。
※サポートは日本国内のみとさせていただきます。
※Japanese text only

ISBN978-4-04-400116-2　C0195

◆◇◇

角川文庫発刊に際して

角川源義

第二次世界大戦の敗北は、軍事力の敗北であった以上に、私たちの若い文化力の敗退であった。私たちの文化が戦争に対して如何に無力であり、単なるあだ花に過ぎなかったかを、私たちは身を以て体験し痛感した。西洋近代文化の摂取にとって、明治以後八十年の歳月は決して短かすぎたとは言えない。にもかかわらず、近代文化の伝統を確立し、自由な批判と柔軟な良識に富む文化層として自らを形成することに私たちは失敗して来た。そしてこれは、各層への文化の普及滲透を任務とする出版人の責任でもあった。

一九四五年以来、私たちは再び振出しに戻り、第一歩から踏み出すことを余儀なくされた。これは大きな不幸ではあるが、反面、これまでの混沌・未熟・歪曲の中にあった我が国の文化に秩序と確たる基礎を齎らすためには絶好の機会でもある。角川書店は、このような祖国の文化的危機にあたり、微力をも顧みず再建の礎石たるべき抱負と決意とをもって出発したが、ここに創立以来の念願を果すべく角川文庫を発刊する。これまで刊行されたあらゆる全集叢書文庫類の長所と短所とを検討し、古今東西の不朽の典籍を、良心的編集のもとに、廉価に、そして書架にふさわしい美本として、多くのひとびとに提供しようとする。しかし私たちは徒らに百科全書的な知識のジレッタントを作ることを目的とせず、あくまで祖国の文化に秩序と再建への道を示し、この文庫を角川書店の栄ある事業として、今後永久に継続発展せしめ、学芸と教養との殿堂として大成せんことを期したい。多くの読書子の愛情ある忠言と支持とによって、この希望と抱負とを完遂せしめられんことを願う。

一九四九年五月三日